U0105366

新亞文商學術叢刊

琮錦交輝

何敬群教授論著知見錄

孫廣海　編著

圖版

圖一　何敬群先生而立之年留影，
　　　旁為夫人黃素貞（寬素），
　　　攝於一九三二年，時住瀋陽

圖二　何敬群先生壯年留影

圖三　何敬群先生八十壽慶留影，
一九八二年攝於九龍

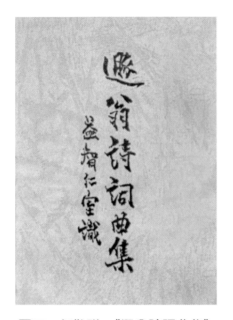

圖四　何敬群：《遯翁詩詞曲集》
　　　　書影

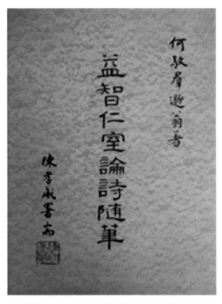

圖五　何敬群：《益智仁室論詩隨筆》
　　　　書影

圖六　何敬群：《遯翁詩詞集》書影

圖七　何敬群：《莊子義繹》書影

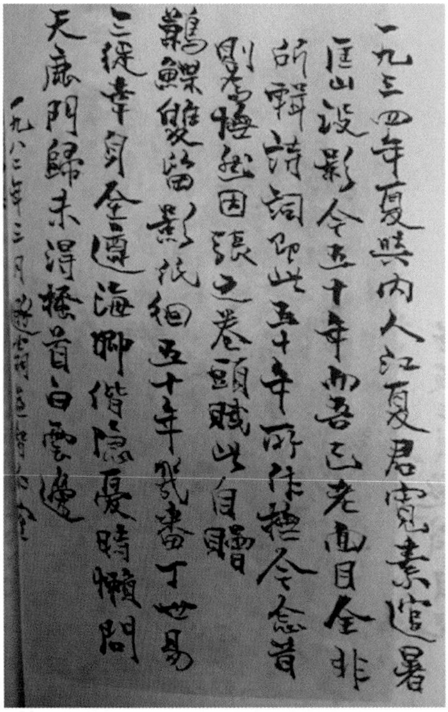

圖七　何敬群自書其作

〈三十歲小照題辭〉

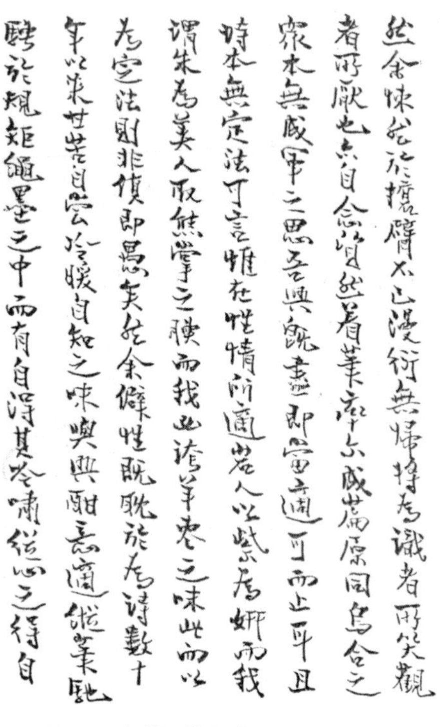

圖八　何敬群自書

《益智仁室論詩隨筆・序》

推薦序一

〈題孫廣海《琮錦交輝——何敬群教授論著知見錄》〉

偶誦詩歌思往哲，悠揚聲曲腦飛颺。瑤琰奪目愁魂魄，錦繡紋心沃枯腸。
清廟之歌惟感嘆，擊壺而唱掩青緗。故人已逝文章在，讀罷茫然忽自傷。

　　首讀孫廣海兄《琮錦交輝——何敬群教授論著知見錄》，先賢面貌一
一縈於腦際。余自就讀樹仁學院（今樹仁大學），隨潘小磐師、溫中行
師、吳天任師習詩詞；於新亞研究所，則隨王韶生師習經學。課堂上諸師
屢述時賢行誼趣事，娓娓道來，心嚮往之，諸先生風儀流於心胸。當代名
賢如蘇文擢教授、陳湛銓教授、陳荊鴻教授等等，皆為話題主流。其中何
敬群教授之詩詞，盡在推崇之列。今孫兄搜羅資料，為保存何教授之作品
而盡力。本書內容豐富，補上何教授師棣唱酬之作，使人得窺時人雅士之
言行，允為佳構。何教授不少師友，俱為本人認識，時間倥匆，用以緬懷
舊事。書內所引名家，不少已登仙籙，讀來難免有逝者如斯之慨。本書所
引諸家，均為一時俊彥，為香港詩詞史留下印記，亦為後來者立一研究津
道。謹此推薦本書列入新亞文商學術叢刊。

香港樹仁大學歷史學系助理教授

楊永漢博士

癸卯冬於香港孔聖堂

推薦序二

　　何敬群教授祖籍江西，自幼家貧，未克接受學校教育，在母親及舅父指導下，初習《論》、《孟》。十五歲入小學，漸諳讀書門徑，自是孜孜不倦，自修經史，並致力詩歌創作。未及二十，遽失怙恃，環境迫人，只得充任學徒，餘暇時自習諸子以至釋道書籍，並以吟詠為志。一九四九年移籍香江，投身教育，先後任教珠海書院、浸會學院、新亞書院；在教學以外，繼續從事學術研究。

　　何教授之研究範疇，主軸在詩學，旁及《周易》、《老》、《莊》；觀其著作，太半為論詩或個人詩作，庶幾欲以詩人身分傳世乎！

　　何教授對詩歌之欣賞及創作，有獨特見解；一生詩詞創作，除專集外，散見報章、雜誌刊物，以及詩會中之創作，亦多不勝數。孫廣海博士是作搜羅何教授詩詞著作及有關研究資料，允稱完備，想往後研究何老師詩歌見解及個人心跡者，斷難捨此津梁矣。

新亞文商署理院長

程光敏

二〇二三年冬

陳序
——搖盪性靈尚有詩

　　月前新生面世，聽到有同學提及：知道中文大學中文系（包括其前身的新亞、聯合、崇基三所書院）是兩岸四地罕有的依然將格律詩創作設為必修科目的學系，可謂欣慰。數十年來，「詩選及習作」的任課老師可謂濟濟多士，早期如曾克耑、何敬群、陳湛銓、蘇文擢諸老皆詩名顯赫，其後鄺健行、鄧仕樑、佘汝豐、吳宏一、何文匯、黃坤堯諸位老師亦為吟壇健將。傳統上，「詩選及習作」的課本會使用高步瀛《唐宋詩舉要》，因此諸位前輩任課之時雖然勤於批閱同學的詩作，一般卻述而不作，很少自行準備講義。數年前，鄺健行老師結合記憶與文獻資料，撰就大作〈曾克耑先生論作詩〉，使後學能窺見曾先生當年授課的旨趣。但其他老師宿儒的情況，現今就不易得知了。唯一的例外，大概是何敬群先生——他留下一本題為《詩學纂要》的教材，讓我們能較為系統地了解何先生講授內容。

　　何敬群先生（1903-1994）本名鑒琮，以字行，又號遯翁，齋名天遯室、益智仁室，江西清江人。遯翁自幼好學，卻因家貧而無法上學，於是母親沈氏親自為他講授《論語》，時而隨舅父學習《孟子》。十四歲時，從宿儒楊蘭階講授《詩經》。十五歲入樟樹鎮立小學，校長沈慶林是遯翁表舅，光緒間曾擔任乳源、寶安等地知縣。這時，遯翁方知為學讀書之門徑，於是孜孜不倦，自修五經，涉獵史書，並開始創作詩文。但好景不常，年未二十，遯翁竟遭父母雙亡之痛，迫於環境，只好到藥材行擔任學徒，學習辨別藥物乃至商業會計事務。囊中但凡有餘錢，便用以購書。一有餘暇，

就遍讀諸子百家乃至釋道書籍，且依然不廢吟詠。縱然遯翁在十五歲以前接受的教育只可謂斷斷續續，但皆以儒經為課本。這種薰染令他在十五歲就讀新式小學、乃至在藥材行學師時期皆能積極自修國學典籍，並從事詞章之學。如此看來，真是商表儒裡、以商養儒，可謂「商儒」了。

一九四九年遯翁遷港，繼續經商。新亞書院中文系黃華表主任（1897-1977）欣賞遯翁博學，相邀到系上兼課，於是開啟了遯翁的壇坫生涯。新亞以外，他先後任教於珠海、經緯等書院，並與本地詩人過從甚密，每有聚會酬唱。一九六三年，新亞書院併入新成立的中文大學，遯翁依然執教。其後，又轉職浸會學院。

兩岸四地自一九五〇年代以降，數香港高校中文系仍勉力將「詩選」設置為必修課；而在偏重古典範疇的歲月裡，該科是少有的涉及創意寫作之課程。遯翁先後於諸院校講授該科，《詩學纂要》作為課堂講義，累積了多年教研與創作心得。而其最後脫稿則是一九七三年秋在浸會學院售課詩。那時他將講義油印，發給學生，系主任徐訏於是建議排印成書，以廣其用。對於「詩選」課，遯翁有這樣的認知：近代以來，中小學僅教散文而不講詩，直到大學的中文系才有「詩選」課。但是，這門課的課時有限，僅能使修課者知其大概而已。不過對如此窘況，遯翁仍抱樂觀態度。他認為「詩選」一科並非孤立的，其他科目皆可為詩歌創作提供素材。假如將其他科目的學習成果應用於詩歌創作之上，「詩選」課便游刃有餘了。

高步瀛《唐宋詩舉要》卷帙較廣、註釋詳博古雅，對於大學新生未必便利。因此，歷來「詩選」任課教師仍會在《唐宋詩舉要》以外往往會提供額外教材。何著《詩學纂要》大概是以《唐詩三百首》及《唐宋詩舉要》為基礎，而更為精簡。《詩學纂要》共分為三編，上編〈詩學導論〉，包括〈詩之淵源及體制〉、〈詩之聲韻及律法〉、〈詩之聲調〉三節。中編〈唐詩選讀〉，下編〈宋詩選讀〉，則以詩人為綱，依時代先後為次，繫以作品。中、下編各有總序，概論一朝詩風。中編〈唐詩選讀〉分為初、

盛、中、晚四節,共收唐代詩人二十九家、作品一百六十首;下編〈宋詩選讀〉分為北宋、南宋兩節,共收宋代詩人十二家、作品八十三首。每節各有小序。作品選錄超過十首者,唐代有王維、李白、杜甫三大家,宋代有歐陽修、王安石、蘇軾、黃庭堅、陸游五家。

此外,遯翁將學詩分為五個階段:其一為熟規矩,關鍵在於掌握聲調格律;其二知運化,關鍵在於熟讀唐宋詩;其三為試言志,關鍵在於不斷寫作;其四為鍊其辭,關鍵在於泛覽漢魏六朝篇什;其五為厚其氣,關鍵在於涵泳《詩經》、《楚辭》。然就為期一年之「詩選」課而言,僅能帶引學子進入前三個階段。這三個階段乃是以體式論和欣賞論為基礎,而以創作論為依歸。在遯翁看來,二三百篇唐宋詩便能作較完足之體式展示、欣賞範例,而不必如文學史教學那般,依照時序由先秦詩開始講起。

簡介詩歌淵源之餘,《詩學纂要》從五言古風、七言古風、樂府、五言律詩、七言律詩、排律、絕句七方面,就詩歌之體制展開論述——這幾種都是當時學生在詩選課上必須習作的體裁。例如絕句方面,遯翁頗能拿捏五七絕之異趣,以及絕句不同於律詩之處:

> 五言絕句,音節短促,不易迴旋,故作者多從拗體仄韻,以清峭冷儁為工,以偏師出奇制勝。七言語句紆徐,利於舒捲,故其體出不旋踵,即於近體之中,蔚成大國。蓋律詩有如垂紳立朝,瑟入合樂,要在鋪陳典重,吐屬高華。而絕句則當如持麈引盃,清談戲論,么絃低唱,妙趣橫生,此其大較也。

他認為五絕篇幅短小,採用拗體仄韻能在有限的文字中產生更多的變化;而正因拗體仄韻之不和諧感,導致清峭冷儁的詩風。箇中因素可謂環環相扣。而正因七絕句式較五絕為長,有轉圜之餘地,故能以近體律句為依歸,音調和諧,為人所喜作喜讀。相對於律詩而言,絕句之對仗並非必

須,間以篇幅短小,故能靈動活潑,不似律詩之莊矜典重,故遯翁喻為「么絃低唱」。

遯翁的創作,最早結集者為一九四四年所編《天遯室詩輯》,錄存作品五六百首,僅為稿本,未幾亡於戰火。至一九五六年,「偶默憶舊作,及朋友抄寄」,得三十篇左右,題為《天遯室舊作詩存》。其中如作於一九三六年的〈上海旅邸〉七絕:

> 八王倡亂終亡晉,六國紛爭竟入秦。
> 把劍沉吟天未曙,朔風寒雨滿春申。

上海租界縱然繁華,卻本來就是清朝遭西方列強侵凌後的產物。兼以一九三六年,抗戰之爆發迫在眉睫,上海的朔風寒雨自然更令有人砭肌骨之感。

一九六一年,遯翁在《舊作詩存》的基礎上編成《遯翁詩詞輯》,新增皆為居港以後所作。這些詩中固然有懷鄉之思、遊子之感的主題,但比例並不算高。更多的是對於當下生活的紀錄,包括授課、出行、題畫、唱和等等。儘管為口奔馳,但詩中卻往往流露出一種隨遇而安之態。如七絕〈攜兒子歷耕沙田訪竺摩上人不遇〉:

> 攜幼南山訪遠公。一庭花藥幾番風。
> 上人剛入雲深處,猶裊爐香滿室中。

此詩首句把高僧竺摩比喻為東晉時期隱居南山的慧遠大師,次句的「一庭花藥」為詩歌的空寂感增添了幾絲清麗的色調。第三句化用唐代賈島「只在此山中,雲深不知處」的詩意,又在末句翻出新意:為什麼能確認這位高僧騰雲駕霧了呢?他居室中可以找到證據──那裊裊的爐香,不就是殘留的雲霧麼?不過,將爐香與雲霧相扣連,也許還可追溯到李清照的〈醉

花陰〉「薄霧濃雲愁永晝，瑞腦銷金獸」想必這也是遯翁靈感的一大來源。

一九八三年八十大壽，又增入近二十餘年所作，合訂為《遯翁詩詞曲集》，全書共收錄韻文七百餘篇，最為齊全。也正是在這個本子中，我們得以讀到遯翁的詞曲。遯翁自謂「壯歲耽詩、老去耽詞」，其詞作每見曠達之風，有時甚至不無幽默感。如一九七四年秋久旱成災，幸而風送雨來，於是他創作了一首〈清平樂〉。寫完後，他意猶未盡，又填了一首〈踏莎行・再詠風姨〉：

> 昔號風姨，今名風姐。婀娜潑辣威難惹。
> 能鳴萬籟駭爰居。須懸五兩迎蓮駕。
> 憐目憐蛇，飄簷飄瓦，無蹤無影何瀟灑。
> 水塘喜汝送甘霖，船家怕汝當頭打。

風姨是古人對風的戲稱，而港人稱為風姐，乃是因為當時天文臺為颱風取名，皆使用女性英文名。據記載，一九七四年十月十四日，颱風嘉曼（Typhoon Carmen）襲港，天文臺於是懸掛九號熱帶氣旋信號。儘管嘉曼對華南地區的破壞不輕，但是豐沛的雨水卻紓緩了香港的旱情，促使香港政府全面撤銷該年的制水措施。正因如此，這首〈踏莎行〉中既說她「婀娜潑辣」、「船家怕汝當頭打」，又稱許她送來甘霖，十分瀟灑。此外，下片「憐目憐蛇」出自《莊子・秋水》「蛇憐風，風憐目」，「飄簷飄瓦」出自李商隱〈重過聖女祠〉「一春夢雨常飄瓦」，兩句與第三句的「無蹤無影」形成鼎足對，風格與散曲相近；但第三句又加上「何瀟灑」三字而，有意破壞鼎足對的純粹，也令行文不致過於諧謔，而能保持詞的溫厚。可見遯翁誠然深諳詞曲之辨。

據當年學生回憶，遯翁上課時非常投入，興到之時甚至手舞足蹈。批改同學的詩詞習作，更是非常細緻。只是遯翁江西口音極重，新生一時之

間難以習慣。有一次，幾位女生趁著課間休息時走到講臺前對遜翁說：「以後您上課，可以用國語講授嗎？」可見她們作為香港本地人，認為聽國語都比聽江西話好太多。誰知何老師回答道：「幹嘛要講國語？我一直都在講廣東話啊！」新亞研究所劉楚華所長當年上過遜翁的課，說他固然不是在講江西話，而所謂「廣東話」，其實只是採用粵語詞彙而已。例如他口中的「了哥仔」（小八哥）雖是粵語的講法，但發音依舊是江西腔。儘管如此，遜翁一直用江西腔講粵語，而不貪圖方便直接講江西話或國語，就是想讓學生多明白一些。這種入鄉隨俗的心態，以及良苦的教學用意，仍是令人讚賞的。

　　遜翁著述頗富，生前付梓者十部、遺稿待訪者五種，尚有大量單篇發表之論文、詩作。數年前，有供職出版社的師弟打算重梓其書，與我商洽。我希望盤點遜翁著作，卻苦難抽身。得悉孫廣海博士比年究心於本港先賢著述輯考，遂相邀肆其餘力於遜翁遺著。未及朞年竟成近十萬字之書稿，額曰《何敬群教授論著知見錄》，令人感佩。前此復機緣巧合，在網上拜識遜翁次公子歷耕醫師，慨然賜贈遜翁遺著多種，感念不已。是故撰成〈謂我識途馬，宜作知津告：何敬群《詩學纂要》創作論初探〉，於二〇二一年宣讀於公開大學之研討會。今再藉此機會，草成本文，以向遜翁在天之靈致意，並質於歷耕醫師、廣海博士。七絕曰：

　　　　江右流風到海湄。商儒表裡繼鷗夷。
　　　　休嗟殘稿無尋處，搖盪性靈尚有詩。

香港中文大學中國語言及文學系副教授
陳煒舜

林序

〈孫廣海博士之《何敬群教授論著知見錄》成，爰賦詩以賀〉

楓火紅映琮錦輝，雲城孫綽彩筆揮。[1]
名家詩文瑤璣串，香海鴻儒道貌巍。
著錄今到何敬老，郇廚昔嘗饌餚肥。
遯翁隱精光豈掩，欣見隋珠寶櫝歸。

林翼勳草於揖梅齋
癸卯冬

---

1 吾兄移居楓城，人品學養擬晉之孫興公綽亦宜。

凡例

一、本書論著知見錄所收專書編著類、詩詞曲賦聯文類、期刊論文類、何敬群研究類，悉依寫作年代先後為序，方便檢索。

二、專書編著類，收香港刊刻專書九種，臺灣刊刻專書一種，香港中文大學圖書館電子書一種，凡十一種。

三、詩詞曲賦聯文類，收珠海新亞期刊五十四篇，香港民間雜誌一百零一篇，香港紀念文集八篇，遯翁專書二十七篇，遯翁同輩後學專書五十五篇，臺灣史料叢刊一篇，合共二百四十六篇。

四、期刊論文類，收《人生》雜誌七十三篇，珠海校刊學報三十一篇，新亞浸會學報十篇，香港民間雜誌二十篇，合共一百三十四篇。

五、何敬群研究類，收中港臺期刊論文二十七篇，遯翁友朋專書七十六篇，遯翁後學專書四十五篇，香港學者專書二十二篇，香港學者網誌二篇，臺灣學者網誌一篇，Google 網上文獻二篇，合共一百七十五篇。

六、全書資料來源，主要來自香港各間公立大學圖書館、網上文獻，以及筆者平素讀書經眼所見為限，資料掛一漏萬，在所難免，並希廣大讀者不吝賜教。

目次

何敬群教授論著知見錄[1]

壹　前言

　　余與遯翁何敬群教授雖一面緣慳，惟誦讀其詩詞曲文、對聯論著，無不擊節讚賞，深受感動。余近歲本有意效法陳鼓應先生翻譯老莊原著，惟翻檢何敬群教授《老子新繹》、《莊子義繹》二書，內容富贍，譯義精審，便知無需另花心思，浪費精力而為此事，遂打消另譯《老》、《莊》之念頭。

　　本文輯錄，實應陳煒舜教授力邀撰述所致，全文材料多取自香港大學馮平山圖書館、香港中文大學圖書館、新亞書院錢穆圖書館三館所藏。

　　何敬群教授教學上庠，其詩詞曲撰作造詣，可稱無出其右。遯翁一生敬業樂業，有論著十部、論文百餘篇，子嗣成材，高山仰止，成就足供後人學習。

貳　何敬群教授小傳

　　何敬群（1903-1994）教授，又名鑑琮，字敬群，號遯翁、齋曰益智仁室。益智仁室主，以字行，江西清江人。何教授家族從事中藥材生意，年少時便隨父親四出採購藥材，多有閱歷。一九四九年來港，[2]歷任經緯書院、珠海書院和香港浸會學院教授。一九五九至一九七二年間，在新亞書

1　關鍵詞：遯翁、詩詞曲、賦聯文、人生、益智仁室。
2　遁翁詩：「避地遵海濱，寒暑八往復。」由1949年計至1956年，可證。載《人生》第12卷第7期（總第139期），頁22。

院兼任中國文學系教授。[3]

何敬群教授長於韻文，精研《詩經》、《楚辭》及《周易》，著有《詩學纂要》、《楚辭精注》、《易義淺述》、《遯翁詩詞輯》、《遯翁詩詞曲集》等書。

何敬群妻子黃素貞（寬素）乃三寶弟子，節印光法師《念佛方便法門》全書，何敬群曾校閱出版，長子（何）健耕（培正中學畢業，留學美國加州大學，攻讀工程。）題書，皆能廣結佛緣；次子（何）歷耕肄業伊利沙白中學，留學英倫皇家醫學院，考取院士學位；孫兒（何）保承。

何敬群教授於佛學，亦素有研究。一九六三年經緯書院興辦佛學系，他應陳湛銓教授邀約，擔任佛學系教授，乃與羅時憲、敏智法師等學人共事數載。何敬群亦曾擔任《經緯文藝》創刊號之編輯顧問。碩果社、愉社、南薰詩社社員、國際筆會香港中國筆會會員。

參　論著知見錄

一　專書編著類

1. 老子新繹遯翁自題
   香港　人生出版社　1959年1月　鄉粹出版社　1977年
2. 易義淺述梁寒操書耑
   香港　人生出版社　1959年7月
3. 遯翁詩詞輯林千石署
   香港　人生出版社　1960年12月　香港中文大學圖書館電子書
4. 孔孟要義探索劉太希署耑
   香港　人生出版社　1961年11月

3　何敬群教授云：「我與（徐）伯訏，在珠海、新亞、浸會同事，執教鞭者逾二十年，互為惺惺相惜之老友。」見何敬群：〈哀悼徐先生伯訏〉，載《徐訏紀念文集》（香港：香港浸會學院中國語文學會，1981年5月），頁7。

5. 益智仁室論詩隨筆陳孝威署耑

香港　人生出版社　1962年12月

6. 莊子義繹遯翁甲辰秋題

香港　人生出版社　1965年2月　正生書局　1971年

7. 詩學纂要

九龍　遠東書局　1974年9月

8. 詞學纂要

九龍　遠東書局　1975年9月

9. 楚辭精注

臺北　正中書局　1978年4月　1998年

10. 遯翁詩詞曲集益智仁室識

香港　志文出版社　1983年8月

11. 益智仁室詩詞曲論彙

存目　待訪

12. 各體韻文選注

存目　待訪

13. 宋六家詞導讀

存目　待訪

14. 文學史綱

存目　待訪

15. 遯翁文彙

存目　待訪

16. 楚辭詮繹

存目　待訪

二 詩詞曲賦聯文類（文從略）

（一）詩

1. 端午雅集

   見《人生》第10卷第5期（總第113期）　1955年7月16日　頁18；本書頁125　001

2. 擘荔

   見《人生》第10卷第6期（總第114期）　1955年8月1日　頁16；本書頁125　002

3. 曉望獅子峯前雜花，因憶羊城木棉，慨然有作

   見《人生》第12卷第2期（總第134期）　1956年6月1日　頁22；本書頁125　003

4. 在炎先生吟正吳君在炎指頭畫，為高南村以後第一人。余于鑽石山華清池貫之（王道）兄齋中得觀其作品，吳君即席寫紫藤一幅，染指拂素，不須試色作稿，目送手揮，一瞬而就。至其畫境之佳，猶餘事也。貫之謂不可無詩，因為短歌以紀之。即呈　在炎先生吟正遁翁于益智仁室

   見《人生》第12卷第3、4期（總第135、136期合刊）　1956年6月11日　頁7；本書頁126　004

5. 和（太希）世網柬敬群

   見劉太希　《無象盦詩》　臺南　圖書教室　1956年7月　頁5；本書頁126　006

6. 長兒健耕高中畢業，賦此勗之

   見《人生》第12卷第7期（總第139期）　1956年8月16日　頁22；本書頁126　007

7. 秋聲

   見《人生》第12卷第11期（總第143期）　1956年10月16日　頁20；《珠海校刊》第2卷第8期　1959年3月　頁13；本書頁127　008

8. 詩一首文錦、鶴琴、士心、因明東招志蓮淨苑歌詩畫會，以婦病未能往，賦此以謝

見《人生》第13卷第12期（總第156期） 1957年5月1日 頁23；本書頁127　009

9. 自港歸山居過門不覺，遂至粉嶺

見《人生》第15卷第2期（總第170期） 1957年12月1日 頁5；本書頁128　010

10. 苦熱

見《人生》第15卷第2期（總第170期） 1957年12月1日 頁5；本書頁128　011

11. （劉）太希往星洲過港喜作

見《人生》第15卷第2期（總第170期） 1957年12月1日 頁5；本書頁128　012

12. 就珠海講席有作

見《珠海校刊》第2卷第3期 1958年1月 頁25；《人生》第15卷第4期（總第172期） 1958年1月1日 頁17；《嶺雅》第23期 1996年12月 頁110；本書頁128　013

13. 贈（黃）華表學長余與（黃）華表學長昔昧平生，乃以文學因緣相招任教，余感於相知之意勉作嘗試，因有此作

見《珠海校刊》第2卷第3期 1958年1月 頁25；《人生》第15卷第5期（總第173期） 1958年1月16日 頁15；本書頁129　014

14. 讀諸葛亮傳近講授諸葛亮傳畢，因賦此以示諸生

見《珠海校刊》第2卷第3期 1958年1月 頁25；本書頁129　015

15. 秋懷寄太希

見《人生》第15卷第4期（總第172期） 1958年1月1日 頁16；本書頁129　016

16. 丁酉（1957）度重陽

見《人生》第15卷第4期（總第172期）　1958年1月1日　頁17；本書頁
129　017

17. 和太希見懷韻

見《人生》第15卷第6期（總第174期）　1958年2月1日　頁15；《珠海
校刊》第2卷第6期　1958年10月　頁30；本書頁130　018

18. 晨起步前韻

見《人生》第15卷第7、8期（總第175、176期）　1958年2月16日　頁
14；本書頁130　019

19. 丁酉（1957）除夕祭詩

見《人生》第15卷第9期（總第177期）　1958年3月16日　頁16；本書
頁130　020

20. 大埔山居冬日

見《珠海校刊》第2卷第4期　1958年3月　頁25-26；本書頁130　021

21. 戊戌（1958）新歲，得長兒健耕信，覆書附此示之

見《珠海校刊》第2卷第4期　1958年3月　頁25-26；本書頁131　022

22. 題臺灣異花蚨蝶蘭

見《珠海校刊》第2卷第4期　1958年3月　頁25-26；本書頁131　023

23. 裝書

見《珠海校刊》第2卷第4期　1958年3月　頁25-26；本書頁131　024

24. 公遂兄有星洲之行，詩以贈之，並柬太希兄

見《人生》第16卷第1期（總第181期）　1958年5月16日　頁27；《珠海
校刊》第2卷第5期　1958年7月　頁30；本書頁132　028

25. 月夜歸大埔車中作

見《人生》第16卷第2期（總第182期）　1958年6月16日　頁29；《珠海
校刊》第2卷第5期　1958年7月　頁30；本書頁132　029

26. 四月朔後夜坐講堂課作文即事

見《珠海校刊》第2卷第5期　1958年7月　頁30；《人生》第16卷第6期
（總第186期）　1958年8月1日　頁27；本書頁133　030

27. 夜酌對客

見《珠海校刊》第2卷第5期　1958年7月　頁30；本書頁133　031

28. 山居步月聞琴

見《珠海校刊》第2卷第5期　1958年7月　頁30；《人生》第16卷第9期
（總第189期）　1958年9月16日　頁16；本書頁133　032

29. 大埔道中見月

見《人生》第16卷第6期（總第186期）　1958年8月1日　頁27；本書頁
134　036

30. 丁酉（1957）思親節

見《人生》第16卷第8期（總第188期）　1958年9月1日　頁15；本書頁
134　037

31. 大埔山居溫四子書感賦丁酉（1957）夏，余為內子素貞久病，嘗作山居，為調醫藥。
日讀四子書，則兒時吾母沈太夫人所口授者。弱冠後賈遊，雖間為獺祭翻閱，不復能畢讀
一過也。幼時家貧，無力從師；舞勺之年，猶依吾母授書，故舅氏伯樵公為吾母誌墓云，
每夜靜機畔課讀，母子相伴，一燈熒然，怡如也。今四十餘年，此景猶歷歷若在目前，而
孤兒海外至今乃能重溫吾母之所教，慚傷曷已，遂為韻語，以誌吾之不肖也

見《人生》第16卷第8期（總第188期）　1958年9月1日　頁15；何敬群
《孔孟要義探索》　香港　人生出版社　1961年11月；本書頁134　038

32. 市樓茗座和（梁）簡能夜讀韻

見《人生》第16卷第9期（總第189期）　1958年9月16日　頁16；本書
頁135　039

33. 夜讀

見《珠海校刊》第2卷第6期　1958年10月　頁30；本書頁135　040

34. 端午弔屈原

見《珠海校刊》第2卷第6期　1958年10月　頁30；本書頁136　041

30；方寬烈編　《香港詩詞紀事分類選集》　香港　香港文史研究會　1998年　索引頁3；本書頁145　068

54. 剪竹

見《人生》第18卷第1期（總第205期）　1959年5月16日　頁27、頁30；本書頁145　069

55. 野望

見《人生》第18卷第1期（總第205期）　1959年5月16日　頁27、頁30；本書頁145　070

56. 讀《杜工部集》

見《人生》第18卷第2期（總第206期）　1959年6月1日　頁27；本書頁146　071

57. 履川（曾克耑）兄以《曾氏家學》屬題古風，為寫二百三十八字

見《珠海校刊》第2卷第9期　1959年7月　頁19；本書頁146　072

58. 題黃曼士藏劉海粟《十駿圖》

見《珠海校刊》第2卷第9期　1959年7月　頁19；本書頁146　073

59. 題隨園詩稿真蹟

見《珠海校刊》第2卷第9期　1959年7月　頁19；本書頁147　074

60. 題陳氏藏水墨龍

見《珠海校刊》第2卷第9期　1959年7月　頁19；本書頁147　075

61. 題綠端硯

見《珠海校刊》第2卷第9期　1959年7月　頁19；本書頁147　076

62. 林千石贈兩面刃石章，賦此以誌

見《珠海校刊》第2卷第9期　1959年7月　頁19；本書頁147　077

63. 大埔車中快讀（黃華表）《壁山閣存稿》，到家得句，即題其眉

見《人生》第18卷第6期（總第210期）　1959年8月1日　頁20；本書頁148　080

64. 太希讀拙作《易義淺述》畢，以詩見寄，即次其韻
    見《人生》第18卷第12期（總第216期）　1959年11月1日　頁23；本書
    頁148　081

65. 己亥（1959）仲冬，新亞中文學系青山旅行有作
    見《人生》第19卷第4期（總第220期）　1960年1月1日　頁21；本書頁
    148　082

66. 前題餘興未盡，再和書枚韻
    見《人生》第19卷第4期（總第220期）　1960年1月1日　頁21；本書頁
    148　083

67. 志蓮淨苑詩書畫琴棋之會（呂培原、蔡德允女士、饒宗頤、徐文鏡、高
    美芙小姐），文鏡、亦園請賦其事，因為長歌以記之
    見《人生》第20卷第1期（總第229期）　1960年5月16日　頁29；本書
    頁149　084

68. 過公園見杜鵑盛開得十二韻
    見《人生》第20卷第1期（總第229期）　1960年5月16日　頁29；本書
    頁149　085

69. （夏）書枚、（曾）克耑、（勞）思光集誼（郭）亦園，過大埔山居，用
    亦園韻
    見《珠海校刊》第3卷第1期　1960年7月　頁23-24；本書頁150　086

70. 庚子（1960）詩人節雅集酒家，樓祭屈子有作
    見《珠海校刊》第3卷第1期　1960年7月　頁23-24；本書頁150　087

71. 春暮入蓬瀛仙館
    見《珠海校刊》第3卷第1期　1960年7月　頁23-24；本書頁150　088

72. 挽李景康先生
    見《珠海校刊》第3卷第1期　1960年7月　頁23-24；本書頁151　089

73. 聽呂培原琵琶
    見《珠海校刊》第3卷第1期　1960年7月　頁23-24；本書頁151　090

74. 贈本屆畢業諸生

見《新亞生活》第3卷第4期　1960年7月　頁6；本書頁151　093

75. 勗兩兒長兒健耕治工程物理於加州大學，次兒歷耕就讀香港伊利沙伯中學，均於今夏畢
業。健耕頗好詩書而改習理工，所修四科：高級數學、古典力學、電磁應用及工程自動管
制學，成績三 A 一 B。歷耕會考九科，五優三良，而中文作文則僅能及格。計兩兒所攻，
均與國故之學殊途，健學違其趣，歷則志不在此，因為韻語以勗之

見《人生》第20卷第7期（總第235期）　1960年8月16日　頁27、頁
330；本書頁152　094

76. 題「人生」十周年

見《人生》第21卷第5期（總第245期）　1961年1月16日　頁33-34；本
書頁153　097

77. 新亞南灣旅行，與（莫）可非學長攀登兒童院後峯頂，快然有作

見《新亞生活》第3卷第17期　1961年4月　頁12；本書頁155　101

78. 新亞書院師生長洲遠足，歸途餘興未盡，於舟中復作游藝，遂為賦之

見《人生》第21卷第12期（總第252期）　1961年5月1日　頁28；本書
頁156　102

79. 貫之兄邀伴（牟）宗三先生等登太平山，歸途慨然有作

見《人生》第21卷第12期（總第252期）　1961年5月1日　頁28；本書
頁156　103

80. 太希寄示與荊鴻唱和詩，即次其韻

見《人生》第22卷第8期（總第260期）　1961年9月1日　頁19；本書頁
157　104

81. 薰風吟

見《人生》第22卷第9期（總第261期）　1961年9月16日　頁28；《珠海
校刊》第14週年校慶紀念特刊　1961年10月　頁22；本書頁157　105

82. 題芷友先生冊頁

見《人生》第22卷第9期（總第261期）　1961年9月16日　頁28；本書頁157　106

83. 大埔觀魚

見《人生》第22卷第11期（總第263期）　1961年10月16日　頁27；本書頁158　107

84. 社集歸途得句

見《人生》第22卷第11期（總第263期）　1961年10月16日　頁27；本書頁158　108

85. 送邵鏡人往台灣

見《珠海校刊》第14週年校慶紀念特刊　1961年10月　頁22；本書頁158　109

86. 孝威索題《重印太平洋鼓吹集》

見《珠海校刊》第14週年校慶紀念特刊　1961年10月　頁22；本書頁158　110

87. 月下聽琴

見《人生》第22卷第12期（總第264期）　1961年11月1日　頁15、頁25；本書頁159　113

88. 辛丑（1961）九日小病山居，千石、亦園諸兄過訪有作

見《人生》第22卷第12期（總第264期）　1961年11月1日　頁15、頁25；本書頁159　115

89. 憶故園菊

見《人生》第23卷第3期（總第267期）　1961年12月16日　頁26；本書頁160　116

90. 戴澍霖過港見訪貽詩，即酬其意

見《人生》第23卷第3期（總第267期）　1961年12月16日　頁26；本書頁160　117

91. 太希過港格於例，一宿即去，悵然有作

　　其一　星馬剛歸棹

　　見《人生》第23卷第6、7期（總第270、271期合刊）　1962年2月1日
　　頁27；郭亦園編　《網珠集》(于右任署)　香港詩壇編集　1964年；本
　　書頁160　119

　　其二　舊東藏懷袖

　　見《人生》第23卷第6、7期（總第270、271期合刊）　1962年2月1日
　　頁27；本書頁160　119

　　其三　未盡平生意

　　見《人生》第23卷第6、7期（總第270、271期合刊）　1962年2月1日
　　頁27；郭亦園編　《網珠集》(于右任署)　香港詩壇編集　1964年；本
　　書頁161　119

　　其四　此會何時又

　　見《人生》第23卷第6、7期（總第270、271期合刊）　1962年2月1日
　　頁27；本書頁161　119

92. 和（黃天石）壬寅（1962）新春試筆，敬步原韻

　　見《文學世界》第6卷第1期（總第33期）　1962年3月　頁1；本書頁
　　161　120

93. 宅旁新種菊，為雞雛所敗

　　見《人生》第23卷第10期（總第274期）　1962年4月1日　頁22；本書
　　頁161　121

94. 哀梧桐山再疊履川風字韻

　　見《人生》第24卷第2期（總第278期）　1962年6月1日　頁31；曾克耑
　　（1899-1975）　《風窗酬倡詩》　收入《頌橘廬叢稿續編》　外篇
　　卷第一　香港　新華印刷公司　1961年；本書頁161　122

95. 驛柳

見《珠海校刊》第12屆畢業典禮特刊　1962年7月　頁21-22；本書頁
162　123

96. 次文擢韻過鏡人舊居

見《珠海校刊》第12屆畢業典禮特刊　1962年7月　頁21-22；本書頁
162　124

97. 荃灣圓玄院小集，即席分詠得潭字

見《珠海校刊》第12屆畢業典禮特刊　1962年7月　頁21-22；本書頁
163　125

98. 次太希韻兼柬聲伯

見《人生》第24卷第5期（總第281期）　1962年7月16日　頁27；香港
知用學社編印　《知用學社成立四十周年紀念集》　1962年11月　頁
188-189；本書頁164　129

99. 端午後小病，聞蟄厂亦病，即次其韻

見《人生》第24卷第5期（總第281期）　1962年7月16日　頁27；本書
頁164　130

100.山居雜詠余住大埔山半，近海臨溪，境雖荒僻，而窗下有竹，籬邊有花，長夏苦熱，而
吾窗前獨清風琅然，足以負手吟哦，支枕展卷，起望隔溪驛車來往奔馳，則快然自足，爰
左茶一壺，右烟一盒，科頭跣足，披襟當風自欣，是亦可以傲睨天地間，自得其得矣。因
雜記所吟，遂成此篇

見《人生》第24卷第8期（總第284期）　1962年9月1日　頁30；本書頁
164　131

101.履川兄（曾克耑）贈《頌橘廬叢稿》，並媵以詩，即次其韻

見曾克耑（1899-1975）　《風窮酬倡詩》　收入《頌橘廬叢稿續編》
外篇　卷第一　香港　新華印刷公司　1961年；本書頁165　132

102.柳莊

見香港知用學社編印　《知用學社成立四十周年紀念集》　1962年11月
頁188-189；本書頁166　134

112.和太希前韻

見《人生》第27卷第6期（總第318期） 1964年2月1日 頁25；本書頁

173 153

113.悼林君秀芳十四韻

見《人生》第28卷第2期（總第326期） 1964年6月1日 頁28-29；本

書頁173 154

114.沙田道中雜作

見《人生》第28卷第2期（總第326期） 1964年6月1日 頁28-29；本

書頁174 155

115.甲辰（1964）暮春林村修禊，賦呈幼椿、澹園、善同學長，並示諸生

見《文史學報》第1期 珠海學院文史學會 1964年7月 頁146、頁

152；本書頁174 156

116.颱風過後有作

見《人生》第28卷第9期（總第333期） 1964年9月16日 頁8；《珠海

校刊》本校成立第17週年校慶紀念特刊 1964年10月 頁11-12；本書

頁176 167

117.春日雜詠

見《珠海校刊》本校成立第17週年校慶紀念特刊 1964年10月 頁11-

12；本書頁177 168

118.邵鏡人兄有新翁之喜，賦此調之

見《珠海校刊》本校成立第17週年校慶紀念特刊 1964年10月 頁11-

12；本書頁177 169

119.題王世昭君聖教序、玄秘塔、劉熊碑等唐宋拓本展覽

見《人生》第29卷第3期（總第339期） 1964年12月16日 頁26；本書

頁178 177

120.同貫之過林村，訪陳文山農舍，即贈主人

見《人生》第29卷第5期（總第341期）　1965年1月16日　頁26；本書
頁179　178

121.余園春禊，同經緯諸生

見《人生》第29卷第9期（總第345期）　1965年3月16日　頁28；本書
頁179　179

122.題黎生炳昭畫展

見《人生》第29卷第9期（總第345期）　1965年3月16日　頁28；本書
頁179　180

123.選堂見示和東坡七古六首，勉和一章奉酬

見《人生》第30卷第2期（總第350期）　1965年6月16日　頁22；《珠海
校刊》第15屆畢業典禮特刊　1965年7月　頁23-24；香港中國筆會詩歌
選編輯組編　《現代詩歌選》　香港中國筆會　1972年3月；本書頁180
181　頁80

124.壽幼椿學長七十乙巳（1965）二月十九日雅集頌橘廬，為幼老七十壽記。前三日同本
校文史系青山旅行，諸生均訝其登陟輕健，幼老笑謂吾年顛倒數之正十七年耳，余為撫掌
此語，可以入詩矣，因步其自壽韻以張之

見《珠海校刊》第15屆畢業典禮特刊　1965年7月　頁23-24；本書頁
181　184

125.壽彭醇士鄉老七十，即用其前年見贈韻

見《珠海校刊》第15屆畢業典禮特刊　1965年7月　頁23-24；本書頁
182　185

126.除夕港夜聞海上汽號齊鳴有作

見《珠海校刊》第15屆畢業典禮特刊　1965年7月　頁23-24；方寬烈編
《香港詩詞紀事分類選集》　香港　香港文史研究會　1998年　索引頁
3；本書頁182　186

127.悼汪君樹聲君休寧人，倫敦大學哲學博士，獨客香港，任教華僑書院，去年忽罹胃癌，

至前日卒以不起。其醫藥殮葬皆華僑校友諸生為之經紀，發軔之際，余與（王）淑陶校長等八人為之舉櫬，諸生有泣不能止者，此動人之一幕，余亦為惻然；嗚呼汪君，雖孤羈客死，可以瞑目矣！

見《人生》第31卷第4期（總第364期）　1966年8月10日　頁33；本書頁184　193

128.贈洪生肇平

見《人生》第31卷第4期（總第364期）　1966年8月10日　頁33；香港中國筆會詩歌選編輯組編　《現代詩歌選》　香港中國筆會　1972年3月　頁80-81；本書頁185　194

129.次韻（王道）高樓

見《人生》第31卷第6期（總第366期）　1966年10月10日　頁7；本書頁185　195

130.和《江皋集》

見《新亞生活》第9卷第17期　1967年3月　頁3；本書頁185　196

131.為《江皋集》口號

見《新亞生活》第9卷第17期　1967年3月　頁3；本書頁186　197

132.再疊《江皋集》韻

見《新亞生活》第9卷第17期　1967年3月　頁3；本書頁186　198

133.任吾表兄七十

見《文史學報》第4期　珠海學院文史學會　1967年6月　頁122-123；本書頁186　199

134.珠海文史系長洲旅行，以事未能同遊，步涂公遂教授韻

見《文史學報》第4期　珠海學院文史學會　1967年6月　頁122-123；本書頁187　200

135.夏夜

見《人生》第32卷第4期（總第376期）　1967年8月10日　頁35；本書頁187　204

146.題何少蘭手冊

見《珠海校刊》第18屆畢業特刊 1968年7月 頁20-21；本書頁194
223

147.同韋生金滿入大嶼山宿寶蓮寺風阻

見《新亞生活》第11卷第7期 1968年10月 頁11；香港中國筆會詩歌
選編輯組編 《現代詩歌選》 香港中國筆會 1972年3月；本書頁195
227 頁82

148.新亞中文系師生百花林秋遊

見《新亞生活》第11卷第12期 1968年12月 頁7；本書頁195 229

149.己酉（1969）元旦，壽曾履川先生七十，課文系諸生同作己酉元旦，履川
詞兄七十誕日。履端兆慶，正當椒花獻頌之辰；古稀揆覽，宜作美意延年之祝，況乃遠飆
遼東之帽，同鳴海上之琴。蒿目則氛塵未息，行吟則江國難歸。而能頤養天和，自全性
命。但樂心之所安，不知老之將至。為斯文存一脈，宏化育之三千。是天欲有以淑茲世，
故宜有以壽其身也。其老能益壯，正新諧魚水之歡，刃游有餘，不讓於春秋之富。喜年躋
於國老，更望重為儒宗。豐鑠哉翁，足張吾軍之氣，期頤可卜，齊晉九如之觴，而余為俗
冗所牽，未能飛觥作壽，爰摛辭以祝曰

見《新亞生活》第11卷第19期 1969年4月 頁6；本書頁196 231

150.上已東英樓分詠得風字

見《新亞生活》第12卷第1期 1969年5月 頁5；本書頁196 232

151.太希書云今年已七十矣，賦此賀之

見《新亞生活》第12卷第1期 1969年5月 頁5；本書頁197 233

152.（陳）伯祺屬題〈淡墨荷鷺圖長卷〉

見《新亞生活》第12卷第1期 1969年5月 頁5；本書頁197 234

153.趙文漪女士述哀詩後

見《新亞生活》第12卷第1期 1969年5月 頁5；香港中國筆會詩歌選
編輯組編 《現代詩歌選》 香港中國筆會 1972年3月 頁82；本書
頁197 235

154.急雨

　　見《新亞生活》第12卷第1期　1969年5月　頁5；本書頁197　236

155.伯祺招飲青松觀

　　見《新亞生活》第12卷第1期　1969年5月　頁5；本書頁197　237

156.秋興次杜韻

　　見《新亞生活》第12卷第14期　1970年1月　頁8；本書頁198　238

157.新亞中文系馬鞍山官坑秋遊_{用淵明遊斜川韻}

　　見《新亞生活》第12卷第14期　1970年1月　頁8；本書頁199　239

158.上水鄉村俱樂部地有試馬場

　　見《人生》第34卷第1、2期（總第397、398期）　1970年9月28日　頁
　　50；方寬烈編　《香港詩詞紀事分類選集》　香港　香港文史研究會
　　1998年　索引頁3；本書頁199　242

159.勒馬洲北望

　　見《人生》第34卷第1、2期（總第397、398期）　1970年9月28日　頁
　　50；林仁超、陳荊鴻、蘇文擢編　《詩詠香江雅集》　九龍　油尖區文
　　化藝術協會　1987年12月；本書頁200　243

160.泰園漁村

　　見《人生》第34卷第1、2期（總第397、398期）　1970年9月28日　頁
　　50；林仁超、陳荊鴻、蘇文擢編　《詩詠香江雅集》　九龍　油尖區文
　　化藝術協會　1987年12月；方寬烈編　《香港詩詞紀事分類選集》　香
　　港　香港文史研究會　1998年　索引頁3；本書頁200　244

161.青松觀

　　見《人生》第34卷第1、2期（總第397、398期）　1970年9月28日　頁
　　50；林仁超、陳荊鴻、蘇文擢編　《詩詠香江雅集》　九龍　油尖區文
　　化藝術協會　1987年12月；方寬烈編　《香港詩詞紀事分類選集》　香
　　港文史研究會　1998年　索引頁3；本書頁200　245

162.健忘在貫之兄處遺忘眼鏡，作此解嘲

　　見《人生》20周年紀念特刊　1971年2月16日　頁51-52；本書頁200　246

163.（郭）亦園以〈搖落吟〉屬和，因次韻以廣其意

　　見《人生》20周年紀念特刊　1971年2月16日　頁51-52；本書頁200　247

164.哭貫之兄二十韻

　　見《新亞生活》第13卷第20期　1971年4月；本書頁201　248

165.送次兒歷耕赴英京皇家醫學院進修

　　見《新亞生活》第14卷第7期　1971年11月　頁4；本書頁202　251

166.（余）少颿贈雞旦花，索詩次韻

　　見《新亞生活》第14卷第7期　1971年11月　頁4；本書頁202　252

167.題吳俊老庚戌（1970）自敘三叠舊題韻

　　見吳俊升　《庚年酬唱集》　1971年　俊升署耑本　頁13；《新亞生活》第14卷第7期　1971年11月　頁4；本書頁202　253

168.和少颿原韻

　　見余祖明　《自強不息齋辛亥吟草》　香港　香港中文大學香港文學特藏　1971年；本書頁203　255

169.同華僑師生集芙蓉山竹林寺

　　見香港中國筆會詩歌選編輯組編　《現代詩歌選》　香港中國筆會　1972年3月　頁80；方寬烈編　《香港詩詞紀事分類選集》　香港　香港文史研究會　1998年　索引頁3；本書頁204　257

170.清明前一日，衝雨歸大埔山居，於火車中作

　　見香港中國筆會詩歌選編輯組編　《現代詩歌選》　香港中國筆會　1972年3月　頁80；本書頁204　258

171.同新亞中文系重陽登青山作，步（潘）重規韻

　　見香港中國筆會詩歌選編輯組編　《現代詩歌選》　香港中國筆會　1972年3月　頁81；本書頁205　259

181.為創作社發刊題

見《珠海校刊》第22屆畢業典禮特刊　1972年7月　頁28-29；本書頁207　269

182.苦雨

見《珠海校刊》第25週年校慶特刊　1972年10月　頁28-29；本書頁209　275

183.壬子（1972）新秋用亦園韻

見《珠海校刊》第25週年校慶特刊　1972年10月　頁28-29；本書頁209　276

184.池上

見《珠海校刊》第25週年校慶特刊　1972年10月　頁28-29；《新亞生活》第15卷第6期　1972年12月　頁5；本書頁210　277

185.初夏

見《珠海校刊》第25週年校慶特刊　1972年10月　頁28-29；本書頁210　278

186.對月

見《珠海校刊》第25週年校慶特刊　1972年10月　頁28-29；《新亞生活》第15卷第6期　1972年12月　頁5；本書頁210　279

187.重陽華岡雅集索詩

見《珠海校刊》第25週年校慶特刊　1972年10月　頁28-29；本書頁210　280

188.次兒歷耕留英一年，考取皇家醫學院院士學位，賦此寄之

見《新亞生活》第15卷第6期　1972年12月　頁5；本書頁211　284

189.展重陽

見《新亞生活》第15卷第6期　1972年12月　頁5；本書頁211　285

190.壬子（1972）冬仲，珠海文史研究所泛舟鯉魚門外，考察香港前代史迹，舟中有作

見《珠海校刊》第23屆畢業典禮特刊　1973年7月　頁28-29；本書頁
212　286

191.九壽歌壽夏先生書枚八十詩有九如之頌，詞有福唐之體，因仿其意為九壽之歌，用
博壽翁一笑樂也，壽翁為本校教授

見《珠海校刊》第23屆畢業典禮特刊　1973年7月　頁28-29；本書頁
212　287

192.蘭亭二十七癸丑華岡分詠得峻字

見《珠海校刊》第23屆畢業典禮特刊　1973年7月　頁28-29；《新亞生
活》第1卷第1期　1973年9月　頁15；《香港中國書道協會首屆會員作品
展覽集》　香港　香港中國書道協會　1974年；本書頁212　288

193.癸丑重三隱廬禊集

見《新亞生活》第1卷第1期　1973年9月　頁15；本書頁215　295

194.次韻太希地震不寐韻

見《珠海校刊》第26週年校慶特刊　1973年10月　頁26-27；本書頁215
296

195.水原子瑞寄詩，次韻以答

見《珠海校刊》第26週年校慶特刊　1973年10月　頁26-27；本書頁215
297

196.次謝扶雅八十自挽韻

見《珠海校刊》第26週年校慶特刊　1973年10月　頁26-27；本書頁215
298

197.秋興用公遂韻

見《珠海校刊》第26週年校慶特刊　1973年10月　頁26-27；本書頁215
299

198.春坎角秋遊

見《珠海校刊》第26週年校慶特刊　1973年10月　頁26-27；林仁超、

陳荊鴻、蘇文擢編　《詩詠香江雅集》　九龍　油尖區文化藝術協會　1987年12月；本書頁216　300

199.重九

見《珠海校刊》第26週年校慶特刊　1973年10月　頁26-27；本書頁216　301

200.甲寅（1974）重三暨詩學研究所成立六周年聯吟，以蘭亭序文分韻得信字

見《掌故月刊》第33期　九龍　1974年5月　頁89；本書頁216　302

201.74年2月14小集酒樓，到者14人，年皆七至八十，合計千歲以上。費老云此次可以十四鹽為韻，因賦此

見《掌故月刊》第33期　九龍　1974年5月　頁89；《珠海校刊》第24屆畢業典禮特刊　1974年7月　頁32；本書頁217　303

202.題費子彬大夫南覓含圖

見《珠海校刊》第24屆畢業典禮特刊　1974年7月　頁32；《珠海校刊》第25屆畢業典禮特刊　1975年7月　頁18-19；本書頁218　305

203.香港中國筆會詩人節前夕會集即席

見《珠海校刊》第24屆畢業典禮特刊　1974年7月　頁32；本書頁218　306

204.春盡大埔山居偶成

見《珠海校刊》第24屆畢業典禮特刊　1974年7月　頁32；本書頁218　307

205.壽方啟東先生八十

見《珠海校刊》第24屆畢業典禮特刊　1974年7月　頁32；本書頁218　308

206.答何浩天（中華民國國立歷史博物館館長）

見《香港中國書道協會第二屆會員作品展覽集》　香港　香港中國書道協會　1975年；本書頁219　310

216.健社銀禧三百期雅集

　　見《華僑日報》　香港　華僑文化　1976年2月15日；本書頁222　321

217.穎廬詩與畫欣賞雅集題

　　見陳伯祺　《穎廬詩草》　黃維琯題　1978年　香港大學馮平山圖書館
　　藏本　頁34；本書頁225　334

218.題（伍揖青）揖青荷鷺圖

　　見陳伯祺　《穎廬詩草》　黃維琯題　1978年　香港大學馮平山圖書館
　　藏本　頁147；本書頁225　335

219.吳公俊升寄示八十生朝感懷八章，拜讀賦此作壽

　　見吳俊升　《庚年酬唱續集》附義本室近稿　1980年　俊升署耑本；本書
　　頁226　338

220.香港詩壇同人庚申（1980）酬唱

　　見吳俊升　《庚年酬唱續集》附義本室近稿　1980年　俊升署耑本；本書
　　頁226　339

221.（吳天任，1916-1992）《荔莊詩稿》題詞

　　見吳天任　《荔莊詩稿初續集》　臺北　孚佑印刷公司　1980年5月
　　頁11；本書頁226　340

222.輯亡友郭亦園君遺詩，即以悼之亦園於己未（1979）冬至前數日，病歿調景嶺養
　　真苑，知交擬刊其遺詩而無存稿。乃相與搜集剪報雜誌，斷紙零謙，輯其殘缺，去其重
　　複，得數百首。余既為之編次，復念此老友，三十年來為海上騷壇鼓吹詩風，播揚雅奏，
　　所為者何事，則為之愴然，寫此以致慨也

　　見郭亦園　《郭亦園先生詩集》　香港詩壇　1980年10月；《嶺雅》第3
　　期　1984年　頁18；本書頁226　341

223.輓徐訏詩

　　見香港浸會學院中國語文學會出版　《徐訏紀念文集》　香港　1981年
　　5月；本書頁227　342

235.壬戌（1982）重陽步公遂韻（即〈重陽登鑪峯〉）

　　見陳新雄　《香江煙雨集》　臺北　學海出版社　1985年7月；林仁
　　超、陳荊鴻、蘇文擢編　《詩詠香江雅集》　九龍　油尖區文化藝術協
　　會　1987年12月；本書頁232　360

236.觀荷

　　見陳新雄　《香江煙雨集》　臺北　學海出版社　1985年7月；本書頁
　　232　361

237.伯元博士招飲醉瓊樓，時一九八二年，歲盡賦此紀興，並柬同席

　　見陳新雄　《香江煙雨集》　臺北　學海出版社　1985年7月；本書頁
　　232　362

238.七十二年（1983）元旦，應中山學會邀作

　　見陳新雄　《香江煙雨集》　臺北　學海出版社　1985年7月；本書頁
　　232　363

239.伯元博士以贈文擢教授、戒庵先生之作見示，亦次韻分呈三君

　　見陳新雄　《香江煙雨集》　臺北　學海出版社　1985年7月；本書頁
　　233　364

240.伯元鄉兄將歸台北，賦此以贈

　　見陳新雄　《香江煙雨集》　臺北　學海出版社　1985年7月；本書頁
　　233　365

241.壽李璜幼椿先生九十，即次其七十自壽壁字韻

　　見《嶺雅》第5期　1985年　頁19-20；本書頁233　366

242.次韻壽王世昭鐵髯先生八十

　　見《嶺雅》第5期　1985年　頁19-20；本書頁233　367

243.次蘇文擢先生移居荃灣韻兩首

　　見《嶺雅》第5期　1985年　頁19-20；本書頁234　368

244.南康薛逸松先生與我同庚，寄詩相慶，即次其韻

　　見《嶺雅》第5期　1985年　頁19-20；本書頁234　369

255.珠海文史研究所新界一日遊，齋於清涼法苑，步公遂韻
　　見《孔道專刊》第10期　1986年　頁30-32；本書頁238　386

256.梅花港社春禊分詠，百駕老人代拈得邊字韻
　　見《孔道專刊》第11期　1987年　頁34-35；本書頁238　388

257.詩學研究所外雙溪至善園禊集，未能赴賦此
　　見《孔道專刊》第11期　1987年　頁34-35；本書頁238　389

258.和公遂重陽登太平山，遙奠先靈韻
　　見《孔道專刊》第11期　1987年　頁34-35；本書頁239　390

259.感事三首
　　見《孔道專刊》第11期　1987年　頁34-35；本書頁239　391

260.丁卯（1987）人日立春天氣晴暖，喜而有作
　　見《孔道專刊》第11期　1987年　頁34-35；本書頁239　392

261.題梁譚玉櫻居士《燕居叢憶錄及書翰圖照影存》，居士為梁士貽先生姬人
　　見《孔道專刊》第11期　1987年　頁34-35；本書頁239　393

262.珠海書院四十週年校慶，次公遂韻
　　見黃毓民主編　《珠海書院四十周年紀念集》　城市出版　1987年10月；本書頁240　394

263.芙蓉山竹林寺小集
　　見林仁超、陳荊鴻、蘇文擢編　《詩詠香江雅集》　九龍　油尖區文化藝術協會　1987年12月；方寬烈編　《香港詩詞紀事分類選集》　香港　香港文史研究會　1998年　索引頁3；本書頁240　395

264.錦山文社第九屆隱廬春禊，時1979年3月27日
　　見林仁超、陳荊鴻、蘇文擢編　《詩詠香江雅集》　九龍　油尖區文化藝術協會　1987年12月；本書頁240　396

265.港九渡海之一

見林仁超、陳荊鴻、蘇文擢編　《詩詠香江雅集》　九龍　油尖區文化藝術協會　1987年12月；本書頁240　397

266.蓬瀛仙館望雨

見林仁超、陳荊鴻、蘇文擢編　《詩詠香江雅集》　九龍　油尖區文化藝術協會　1987年12月；方寬烈編　《香港詩詞紀事分類選集》　香港文史研究會　1998年　索引頁3；本書頁241　398

267.過石塘咀

見林仁超、陳荊鴻、蘇文擢編　《詩詠香江雅集》　九龍　油尖區文化藝術協會　1987年12月；本書頁241　399

268.重陽登鑪峯

見林仁超、陳荊鴻、蘇文擢編　《詩詠香江雅集》　九龍　油尖區文化藝術協會　1987年12月；本書頁232　360

269.夜宿寶蓮寺

見林仁超、陳荊鴻、蘇文擢編　《詩詠香江雅集》　九龍　油尖區文化藝術協會　1987年12月；本書頁241　400

270.乙丑（1985）重九，步公遂、懷冰、文擢詩老唱和韻

見黃惠嫦編　《文薈》　珠海書院文史學會　1989年6月　頁37；本書頁242　402

271.再疊公遂兄猿魂韻書感

見黃惠嫦編　《文薈》　珠海書院文史學會　1989年6月　頁40；本書頁242　403

272.三疊前韻，故作豪語以袪閒愁，並呈吟壇諸公

見黃惠嫦編　《文薈》　珠海書院文史學會　1989年6月　頁40；本書頁242　404

273.四疊韻秋盡偶成，並呈詩壇諸公

見黃惠嫦編　《文薈》　珠海書院文史學會　1989年6月　頁40；本書頁242　405

274.何敬群壽詩

　　見《嶺雅》第11期　1989年10月　頁56；本書頁243　406

275.夢故人（即〈憶勃賓〉）

　　見《嶺雅》第15期　1992年3月　頁52；《嶺雅》第23期　1996年12月
　　頁109；何乃文、洪肇平、黃坤堯、劉衛林編　《香港名家近體詩選》
　　香港　香港中文大學出版社　2007年　上冊　頁94-96；本書頁243
　　408

276.颶風過後，自大埔山居往香港

　　見《嶺雅》第23期　1996年12月　頁108-110；本書頁243　409

277.中秋前夕車中見月

　　見《嶺雅》第23期　1996年12月　頁108-110；本書頁244　410

278.客傳揖岩近況，黯然有作

　　見《嶺雅》第23期　1996年12月　頁108-110；何乃文、洪肇平、黃坤
　　堯、劉衛林編　《香港名家近體詩選》　香港　香港中文大學出版社
　　2007年　上冊　頁94-96；本書頁244　411

279.和太希留別韻

　　見《嶺雅》第23期　1996年12月　頁108-110；何乃文、洪肇平、黃坤
　　堯、劉衛林編　《香港名家近體詩選》　香港　香港中文大學出版社
　　2007年　上冊　頁94-96；本書頁244　412

280.得舍姪莘耕贛州來信

　　見《嶺雅》第23期　1996年12月　頁108-110；本書頁244　413

281.洞庭舟中

　　見《嶺雅》第23期　1996年12月　頁108-110；本書頁244　414

282.買書

　　見《嶺雅》第23期　1996年12月　頁108-110；本書頁245　415

283.香港市樓和伯常韻（1938）

見方寬烈編 《香港詩詞紀事分類選集》 香港 香港文史研究會
1998年 索引頁2-3；本書頁245 416

284.同浸會同人春礐角海灘消暑（1973年8月）
見方寬烈編 《香港詩詞紀事分類選集》 香港 香港文史研究會
1998年 索引頁2-3；本書頁245 417

285.十月九日（易）君左徙宅大角咀，招飲即席
見方寬烈編 《香港詩詞紀事分類選集》 香港 香港文史研究會
1998年 索引頁2-3；本書頁245 418

286.曉行桃源洞山寺，時1960年5月
見方寬烈編 《香港詩詞紀事分類選集》 香港 香港文史研究會
1998年 索引頁2-3；本書頁246 419

287.自大光精舍入半春園
見方寬烈編 《香港詩詞紀事分類選集》 香港 香港文史研究會
1998年 索引頁2-3；本書頁246 420

288.過松仔園悼罹難者
見方寬烈編 《香港詩詞紀事分類選集》 香港 香港文史研究會
1998年 索引頁2-3；本書頁246 421

289.青山寺下聞晚鐘
見方寬烈編 《香港詩詞紀事分類選集》 香港 香港文史研究會
1998年 索引頁2-3；本書頁247 422

290.上已後一日同內子黃素貞禮佛錦田凌雲寺
見方寬烈編 《香港詩詞紀事分類選集》 香港 香港文史研究會
1998年 索引頁2-3；本書頁247 423

291.薄扶林道上見紅葉
見方寬烈編 《香港詩詞紀事分類選集》 香港 香港文史研究會
1998年 索引頁2-3；本書頁248 424

292.港九渡海之二

見方寬烈編　《香港詩詞紀事分類選集》　香港　香港文史研究會
1998年　索引頁2-3；本書頁248　425

293.北角新村居民協會十四周年

見方寬烈編　《香港詩詞紀事分類選集》　香港　香港文史研究會
1998年　索引頁2-3；本書頁248　426

294.台灣行九章

見香港中文大學中國語言及文學系編　《歲華──香港中文大學三十五
年中國語言及文學系教師文藝作品集》　香港　香港中文大學中國語言
及文學系　1998年12月　頁55-59；本書頁251　437

295.夢故人（即〈憶勃賓〉）

見潘兆賢（1938-）《采薇廔吟草》　香港　科華圖書公司　2005年3月
頁92；本書頁243　408

296.失約即用太希韻以代負荊

見何乃文、洪肇平、黃坤堯、劉衛林編　《香港名家近體詩選》　香港
香港中文大學出版社　2007年　上冊　頁94-96；本書頁253　440

297.午睡

見何乃文、洪肇平、黃坤堯、劉衛林編　《香港名家近體詩選》　香港
香港中文大學出版社　2007年　上冊　頁94-96；本書頁253　441

298.三十歲小照題辭1934年夏與內人江夏君寬素，追暑匡山設影，今五十年，而吾已老，
面目全非。所輯詩詞，即此五十年所作。撫今念昔，則為憮然，因張之卷頭，賦此自贈：
鶼鰈雙留影，低徊五十年。幾番丁世易，三徙幸身全。遵海卿偕隱，憂時懶問天。鹿門歸
未得，搔首白雲邊

見何敬群自輯　《遯翁詩詞曲集》　香港　志文出版社　1983年8月；
本書頁229　350

299.八十歲小照題辭1982年3月25日生辰設影時，方輯成五十年來行吟之作為一集，因率筆
賦此贈影，亦以自壽吾詩詞曲

見何敬群自輯　《邋翁詩詞曲集》　香港　志文出版社　1983年8月
頁1；本書頁229　351

（二）詞

1. 齊天樂：劉郎筆底皆奇氣
   見劉太希　《無象盦詩》　臺南　圖書教室　1956年7月　頁5；本書頁
   126　005

2. 奪錦標學期試兀坐監場，走筆戲作：黌舍圜橋
   見《珠海校刊》第2卷第4期　1958年3月　頁25-26；本書頁131　025

3. 齊天樂上元夜渡海講授今年第一課：軟風馱宕橫波影
   見《珠海校刊》第2卷第4期　1958年3月　頁25-26；本書頁132　026

4. 唐多令講〈赤壁賦〉畢，作此示諸生：明月湧江天
   見《珠海校刊》第2卷第4期　1958年3月　頁25-26；本書頁132　027

5. 陌上花載酒看杜鵑花：塵居匝月
   見《珠海校刊》第2卷第4期　1958年3月　頁25-26；本書頁133　033

6. 望海潮淺水灣觀泳：消閒消暑
   見《珠海校刊》第2卷第4期　1958年3月　頁25-26；本書頁133　034

7. 酷相思聞笛：院落風飄螢一瞥
   見《珠海校刊》第2卷第4期　1958年3月　頁25-26；本書頁134　035

8. 金人捧露盤聽雨：細敲簾
   見《珠海校刊》第2卷第6期　1958年10月　頁30；本書頁136　042

9. 減字木蘭花覓句：一池水定
   見《珠海校刊》第2卷第6期　1958年10月　頁30；本書頁136　043

10. 高陽臺秋笛：何處頻傳
    見《珠海校刊》第2卷第6期　1958年10月　頁30；本書頁136　044

11. 花犯對菊小飲，戲效東坡體：世人言
    見《珠海校刊》第2卷第7期　1959年1月　頁26；本書頁140　053

12. 千秋歲秋夜泛舟：燈飄珠箔

　　見《珠海校刊》第2卷第7期　1959年1月　頁26；本書頁140　054

13. 蝶戀花憶別：記得江南花落處

　　見《珠海校刊》第2卷第8期　1959年3月　頁13；本書頁141　060

14. 蝶戀花疊前韻酬（夏）書枚教授和作：萬里雲山重疊處

　　見《珠海校刊》第2卷第8期　1959年3月　頁13；本書頁141　061

15. 百字令當頭月：一年難再

　　見《珠海校刊》第2卷第8期　1959年3月　頁13；本書頁142　062

16. 洞仙歌沙田探梅：南天春早

　　見《珠海校刊》第2卷第8期　1959年3月　頁13；本書頁142　063

17. 水龍吟浮萍：東風吹綠江南

　　見《珠海校刊》第2卷第8期　1959年3月　頁13；本書頁147　078

18. 蝶戀花新荷：莫為空囊如洗歎

　　見《珠海校刊》第2卷第8期　1959年3月　頁13；本書頁148　079

19. 浪淘沙大埔山居夜雨聽溪聲：夜半雨添寒

　　見《珠海校刊》第3卷第1期　1960年7月　頁23-24；本書頁151　090

20. 醜奴兒新月：輕描淡寫誰家筆

　　見《珠海校刊》第3卷第1期　1960年7月　頁23-24；本書頁151　092

21. 如此江山題鶴琴藝展：如君腕底何神異

　　見《新亞生活》第3卷第8期　1960年10月31日　頁15；李潤桓主編
　　《趙鶴琴：南來香港重要篆刻書畫家》　香港　香港中文大學新亞書院
　　藝術系系友會　2018年8月　頁26-27；本書頁153　095

22. 瑤臺聚八仙己亥（1959）立秋前二日，為新亞、崇基、聯合三院新生入學試閱卷。中午
　　與梁秉憲、鍾應梅、王韶生、吳笑笙、黃華表、莫可非六君小憩九龍城七喜茶座。諸君呼
　　紅茶壽眉，余獨索龍井；諸君戲謂龍井為少年茶，壽眉六安為中年茶，紅茶普洱為老年
　　茶，以其品目甚新，因走筆為倚聲以寫之：談笑瀾翻

見何敬群　《遯翁詩詞輯》　香港　人生出版社　1960年12月　頁80；
本書頁153　096

23. 卜算子蜻蜓：點水看萍開
見《新亞生活》第3卷第15期　1961年3月　頁10；本書頁155　098

24. 醉花間新秋：風蕭瑟
見《新亞生活》第3卷第15期　1961年3月　頁10；本書頁155　099

25. 荊州亭秋雁：雲外數聲到耳
見《新亞生活》第3卷第15期　1961年3月　頁10；本書頁155　100

26. 小重山觀奕：兩界山河雙陸分
見《新亞生活》第3卷第15期　1961年3月　頁10；本書頁158　111

27. 鷓鴣天夏夜：水滿陂池月在天
見《新亞生活》第3卷第15期　1961年3月　頁10；本書頁159　112

28. 雨淋鈴問初雁：流哀天末
見《人生》第22卷第12期（總第264期）　1961年11月1日　頁15、頁
25；本書頁159　114

29. 臨江仙秋鯉：昨夜銀河垂海碧
見《人生》第23卷第3期（總第267期）　1961年12月16日　頁26；本書
頁160　118

30. 鶯啼序題與湖授經圖：圖為淮陰顧君翊群紀念其先人所作，與湖書院為其祖翁講學之所，
地本同縣先賢阮裴園太史別業中，有妙蓮閣奉祀阮、顧兩公，並先後視學湖湘，迨居於此
也。顧從其尊人讀書院中，跫園則其尊人詩集名也：長淮導源到海
見《珠海校刊》第12屆畢業典禮特刊　1962年7月　頁21-22；本書頁
163　126

31. 東風第一枝題張紃詩女史牡丹畫展：染黛研螺
見《珠海校刊》第12屆畢業典禮特刊　1962年7月　頁21-22；本書頁
163　127

32. 河傳競渡（詞選堂課示範作）：雲淡

見《珠海校刊》第12屆畢業典禮特刊　1962年7月　頁21-22；香港知用學社編印　《知用學社成立四十周年紀念集》　1962年11月　頁188-189；本書頁164　128

33. 一叢花春暉草堂看菊：一園佳色放秋妍

見《文學世界》第6卷第4期（總第36期）　1962年12月　頁45；本書頁166　133

34. 踏莎行海濱銷夏：石澳烟波

見香港知用學社編印　《知用學社成立四十周年紀念集》　1962年11月　頁188-189；本書頁166　136

35. 臨江仙久雨：報道夏來俱苦熱

見香港知用學社編印　《知用學社成立四十周年紀念集》　1962年11月　頁188-189；本書頁167　137

36. 木蘭花慢曇花出天竺，其全名為優曇砵華。《法華經》云，一切皆愛樂者是也。四年前，余得一本植盆中，久候無蓓蕾，乃棄置籬畔，聽其自為生滅，不復措意矣。癸卯（1963）七月望前一日，忽見此花在草叢中發紫莖逾尺，正含苞即待展放，時內人寬素方禮佛，作中元荐，急移入室中，夜漏初下，瓣蕊漸舒，將屆三鼓，盛放如碗，縞衣絹裳，明艷勝於白蓮，異香氤氳，益覺夜氣之清也。於時月色一庭，荒雞再唱，余徘徊其側不忍就寢，念佛言優曇砵華，時一現耳，而余於不意中，幸未失之交臂，是亦一段因緣也。因走筆賦此闋，以志一時之愛樂，但未能會人于微笑之間，猶不免為著相耳：正新秋露冷

見《人生》第26卷第10期（總第310期）　1963年10月1日　頁26；本書頁173　152

37. 憶江南香港重九登高：秋正好

見《文史學報》第1期　珠海學院文史學會　1964年7月　頁146、頁152；本書頁174　157

38. 調笑令五二（1963）年雙十節：今日何日

見《文史學報》第1期　珠海學院文史學會　1964年7月　頁146、頁152；本書頁177　170

47. 清平樂颱風過港，蘊鬱盡消，靜坐山窗，悠然賦此：秋聲何處

見《文史學報》第1期　珠海學院文史學會　1964年7月　頁146、頁152；本書頁177　171

48. 西江月風姐頻來，不勝其擾，更作此解：嬾嬾遠從蘋末

見《文史學報》第1期　珠海學院文史學會　1964年7月　頁146、頁152；本書頁177　172

49. 一叢花公園看杜鵑盛開：春風噓拂海南天

見《珠海校刊》第15屆畢業典禮特刊　1965年7月　頁23-24；本書頁182　187

50. 八聲甘州木棉花：訝凌霄

見《珠海校刊》第15屆畢業典禮特刊　1965年7月　頁23-24；本書頁182　188

51. 滿庭芳和（王）弼卿教授春感韻：海誤槎期

見《珠海校刊》第15屆畢業典禮特刊　1965年7月　頁23-24；本書頁183　189

52. 沁園春太空船探月：不藉填河

見《珠海校刊》第15屆畢業典禮特刊　1965年7月　頁23-24；《新亞生活》第10卷第18期　1968年4月　頁8；本書頁183　190

53. 滿庭芳水仙花：泡露凝香

見《文史學報》第4期　珠海學院文史學會　1967年6月　頁122-123；本書頁187　201

54. 水龍吟觀泳：漫幸淺水灣頭

見《文史學報》第4期　珠海學院文史學會　1967年6月　頁122-123；《珠海校刊》第25週年校慶特刊　1972年10月　頁28-29；本書頁187　202

55. 行香子春假郊遊：春假頻仍

見《文史學報》第4期　珠海學院文史學會　1967年6月　頁122-123；
本書頁187　203

56. 瑤臺聚八仙芳洲詞社豪華樓雅集賦：獅子山前

見《人生》第32卷第7、8期（總第379、380期）　1967年12月16日　頁
32-33；《人生》第32卷第9、10期（總第381、382期）　1968年2月16日
頁26；《文史學報》第5期　珠海學院文史學會　1968年6月　頁106-
108；本書頁189　208

57. 憶秦娥對菊：霜初白

見《人生》第32卷第7、8期（總第379、380期）　1967年12月16日　頁
32-33；本書頁190　209

58. 滿江紅丁未（1967）十月新亞書院中文系旅行元朗南生圍，賦此闋課諸生同作：秋盡
霜飛

見《人生》第32卷第9、10期（總第381、382期）　1968年2月16日　頁
26；《文史學報》第5期　珠海學院文史學會　1968年6月　頁106-108；
方寬烈編　《香港詩詞紀事分類選集》　香港　香港文史研究會　1998
年　索引頁3；香港中文大學中國語言及文學系編　《歲華——香港中
文大學三十五年中國語言及文學系教師文藝作品集》　香港　香港中文
大學中國語言及文學系　1998年12月　頁55-59；本書頁190　211

59. 湘春夜月丁未（1967）除夕，大埔山居賦以送歲：慶依然

見《人生》第32卷第11期（總第383期）　1968年3月16日　頁32；《文
史學報》第5期　珠海學院文史學會　1968年6月　頁106-108；方寬烈
編　《香港詩詞紀事分類選集》　香港文史研究會　1998年　索引頁
3；本書頁190　212

60. 一萼紅戊申（1968）人日立春：舉欣欣

見《人生》第32卷第11期（總第383期）　1968年3月16日　頁32；《文

史學報》第5期　珠海學院文史學會　1968年6月　頁106-108；本書頁
191　213

61. 望湘人（饒）固庵畫〈溪山平遠圖〉長卷，（羅）忼烈愛而奪得，作〈望湘人〉，邀與同
賦：對煙嵐點染
見《文史學報》第5期　珠海學院文史學會　1968年6月　頁106-108；
本書頁192　216

62. 西河和清真〈金陵懷古〉韻：形勝地
見《文史學報》第5期　珠海學院文史學會　1968年6月　頁106-108；
《珠海校刊》第18屆畢業特刊　1968年7月　頁20-21；本書頁192　217

63. 掃花遊大會堂看花卉展覽：渡頭雜
見《珠海校刊》第18屆畢業特刊　1968年7月　頁20-21；本書頁194
224

64. 滿庭芳題（張）紉詩為救濟越南難民詩畫義展：花是花王
見《珠海校刊》第18屆畢業特刊　1968年7月　頁20-21；本書頁194
225

65. 鶯啼序芳洲社集，送饒宗頤往星洲：同君海隅久住
見《新亞生活》第11卷第7期　1968年10月　頁11；方寬烈編　《二十世
紀香港詞鈔》　香港　香港文學研究社　2010年9月　頁264-267；本書
頁195　228

66. 永遇樂前題與諸生同作：峯崿飛鵝
見《新亞生活》第11卷第12期　1968年12月　頁7；本書頁196　230

67. 賀新郎和元一（羅香林）主任教授懷水原子瑞詞丈韻：風雨雞鳴又
見《珠海學報》第4期　1971年7月　頁249-251；本書頁201　250

68. 行香子六首
其一　訪菊：秋到南天
其二　秋聲：何處傳聲

其三　春假：春假頻仍

其四　落葉：紅是江楓

其五　酬水原子瑞丈：引領東瀛

其六　年宵花市：猶是殘冬

見《新亞生活》第14卷第12期　1972年2月　頁2；〈行香子・落葉〉此
闋詞亦見方寬烈編　《香港詩詞紀事分類選集》　香港　香港文史研究
會　1998年　索引頁3；本書頁203　256

69. 錦纏道新娘潭上作：結伴尋幽

見《珠海校刊》第22屆畢業典禮特刊　1972年7月　頁28-29；本書頁
208　270

70. 錦纏道太平山秋望：秋到南溟

見《珠海校刊》第22屆畢業典禮特刊　1972年7月　頁28-29；本書頁
208　271

71. 錦纏道電視機：是有還無

見《珠海校刊》第22屆畢業典禮特刊　1972年7月　頁28-29；本書頁
208　272

72. 錦纏道觀泳：海靜山圍

見《珠海校刊》第22屆畢業典禮特刊　1972年7月　頁28-29；本書頁
208　273

73. 錦纏道重陽後一日新亞青山旅行：秋在誰邊

見《珠海校刊》第22屆畢業典禮特刊　1972年7月　頁28-29；本書頁
208　274

74. 天仙子初夏：嶺外四時皆是夏

見《珠海校刊》第25週年校慶特刊　1972年10月　頁28-29；本書頁211
281

75. 鵲橋仙秋星：餘霞散綺

　　　見《珠海校刊》第25週年校慶特刊　　1972年10月　　頁28-29；本書頁211
　　　282

76. 西江月迎秋：誰道悲哉秋風
　　　見《珠海校刊》第25週年校慶特刊　　1972年10月　　頁28-29；本書頁211
　　　283

77. 漁家傲本意：打槳鳴榔煙水媚
　　　見《珠海校刊》第25週年校慶特刊　　1972年10月　　頁28-29；本書頁213
　　　289

78. 醉落魄珠海旅遊：小春時節
　　　見《珠海校刊》第25週年校慶特刊　　1972年10月　　頁28-29；本書頁213
　　　290

79. 揚州慢癸丑（1973）上已，港九禊會紛來相招，大埔道上，車輛闐塞不能赴，賦此以
　　　謝：峻嶺迴環
　　　見《珠海校刊》第25週年校慶特刊　　1972年10月　　頁28-29；《新亞生活
　　　月刊》第1卷第1期　　1973年9月　　頁15；本書頁213　291

80. 浪淘沙端午：佳節又端陽
　　　見《珠海校刊》第25週年校慶特刊　　1972年10月　　頁28-29；本書頁214
　　　292

81. 水龍吟劉君祖霞鄉兄，以《椰風續集》屬題，欣然為賦。吾江西自宋以來，即多詞人，晚
　　　近流寓嶺南以詞名者：前有文芸閣，萍鄉人，君之鄉里。後有萬載龍榆生，教授中山大
　　　學。君之僚友，今有信豐劉太希，嘗教授南洋大學，則君之同宗也。並君而四，可謂盛
　　　矣。君昔客婆羅洲，今息影香港，與余同住九龍區，復同好為詞曲，又可謂德不孤，必有
　　　隣。然不在桑梓優遊之時，而在海濱避世之地，回首匡山頭白，南浦雲飛，又不能不為之
　　　憮然。因倚此意成聲，知君當有同感也：一編珠玉披紛
　　　見《珠海校刊》第25週年校慶特刊　　1972年10月　　頁28-29；本書頁222
　　　320

82. 踏莎行風姐：昔號風姨

　　見《珠海校刊》第26屆畢業典禮特刊　1976年7月　頁36；本書頁222

　　322

83. 清平樂風姐：拔山拔海

　　見《珠海校刊》第26屆畢業典禮特刊　1976年7月　頁36；本書頁222

　　323

84. 清平樂秋登太平山：涼風萍末

　　見《珠海校刊》第26屆畢業典禮特刊　1976年7月　頁36；本書頁223

　　324

85. 南鄉子秋登太平山：海澨待時清

　　見《珠海校刊》第26屆畢業典禮特刊　1976年7月　頁36；方寬烈編

　　《香港詩詞紀事分類選集》　香港　香港文史研究會　1998年　索引頁

　　2-3；本書頁223　325

86. 鳳銜盃秋郊：清秋何處好遊嬉

　　見《珠海校刊》第26屆畢業典禮特刊　1976年7月　頁36；本書頁223

　　326

87. 醉落魄秋郊：天蒼氣爽

　　見《珠海校刊》第26屆畢業典禮特刊　1976年7月　頁36；本書頁223

　　327

88. 臨江仙夜讀：月挂香鑪峯頂上

　　見《珠海校刊》第26屆畢業典禮特刊　1976年7月　頁36；本書頁223

　　328

89. 清平樂丙辰（1976）上元夜：時光如瞥

　　見《珠海校刊》第26屆畢業典禮特刊　1976年7月　頁36；本書頁224

　　329

90. 清平樂競渡：端陽時節

見《珠海校刊》第26屆畢業典禮特刊　1976年7月　頁36；本書頁224
330

91. 清平樂大環頭旅遊：山亭一角
　　見《珠海校刊》第26屆畢業典禮特刊　1976年7月　頁36；本書頁224
　　331

92. 浪淘沙大環頭旅遊：冬日尚清妍
　　見《珠海校刊》第26屆畢業典禮特刊　1976年7月　頁36；本書頁224
　　332

93. 祝英台近新燕：杏花時
　　見《珠海校刊》第26屆畢業典禮特刊　1976年7月　頁36；本書頁224
　　333

94. 滿庭芳：照眼榴紅
　　見陳伯祺　《穎廬詩草》　黃維琩題　1978年　香港大學馮平山圖書館
　　藏本　頁166；本書頁225　336

95. 鷓鴣天：夜報空中甲馬鳴
　　見香港浸會學院中國語文學會出版　《徐訏紀念文集》　1981年5月；
　　本書頁227　343

96. 臺城路芳洲社集拈此調，適春假鄉居，日對山雲海濤，悵然追念雙江昔遊。登八景臺，瞰
　　清江水，恍如昨夢。此亦臺城路也！因倚其聲，並東太希，當有同感也：記曾假日芳
　　華地
　　見何敬群自輯　《邅翁詩詞曲集》　香港　志文出版社　1983年8月；
　　本書頁230　352

97. 八聲甘州香鑪峰春望，十年不到山頂。甲子（1984）初春，偶一往遊，憑高四望，撫事
　　感時，余懷愴然，遂倚聲寫之：踞鑪峰頂
　　見《嶺雅》第5期　1985年　頁65；《孔道專刊》第9期　1985年　頁44-
　　47；本書頁234　370

98. 滿庭芳題公遂繪〈松茂蘭馨圖〉為懷冰八十壽，收誼女何少蘭碩士上契志慶：謖謖
    風生
    見《嶺雅》第5期　1985年　頁19-20；本書頁235　375

99. 好事近為何根權學弟梁淑儀女士婚禮佐賀：銘潢月媚
    見《嶺雅》第5期　1985年　頁19-20；本書頁236　376

100.行香子甲子重陽：歲歲重陽
    見《嶺雅》第5期　1985年　頁19-20；本書頁236　377

101.水龍吟夜望當頭明月書感：一年幾度當頭
    見《嶺雅》第5期　1985年　頁19-20；《孔道專刊》第10期　1986年
    頁30-32；本書頁236　378

102.齊天樂甲子端午感懷：年年簫鼓端陽節
    見《嶺雅》第5期　1985年　頁19-20；本書頁236　379

103.鷓鴣天寄沈子良表姪：身在風塵澒洞間
    見《孔道專刊》第10期　1986年　頁30-32；本書頁238　387

104.西江月：不寫蟲魚花鳥
    見羅鶴鳴（1922-2001）繪圖、七十名家題詠　《歷代文壇名人造象》
    香港　當代教育出版社　1991年12月　何敬群先生題詠六；本書頁241
    401

105.蝶戀花太平山春望：峰是香爐雲作篆
    見方寬烈編　《香港詩詞紀事分類選集》　香港　香港文史研究會
    1998年　索引頁3；香港中文大學中國語言及文學系編《歲華——香港
    中文大學三十五年中國語言及文學系教師文藝作品集》　香港　香港中
    文大學中國語言及文學系　1998年12月　頁55-59；本書頁248　427

106.望海潮爐峰晚望：明霞光射
    見方寬烈編　《香港詩詞紀事分類選集》　香港　香港文史研究會
    1998年　索引頁3；本書頁248　428

107.臨江仙美孚新村海濱晚眺：日向鳳凰山落

　　見方寬烈編　《香港詩詞紀事分類選集》　香港　香港文史研究會

　　1998年　索引頁3；本書頁249　429

108.臨江仙美孚秋夜，徙居荔枝角美孚新村瞬一年矣：月皎美孚村裡

　　見方寬烈編　《香港詩詞紀事分類選集》　香港　香港文史研究會

　　1998年　索引頁3；本書頁249　430

109.風入松林村紀遊導新亞諸生同作：幽尋同趁小陽春

　　見方寬烈編　《香港詩詞紀事分類選集》　香港　香港文史研究會

　　1998年　索引頁3；本書頁249　431

110.念奴嬌宋王臺公園：一拳孤石

　　見方寬烈編　《香港詩詞紀事分類選集》　香港　香港文史研究會

　　1998年　索引頁3；本書頁250　432

111.鷓鴣天1971年冬攜孫兒保永，九龍觀香港節燈綵百戲遊巡：燈火鰲山暮到朝

　　見方寬烈編　《香港詩詞紀事分類選集》　香港　香港文史研究會

　　1998年　索引頁3；本書頁250　433

112.江城子除夕午夜海上汽笛長鳴，余方自文咸街寓所歸大埔，適在尖沙咀渡輪中感賦

　　（1963）：一年光景太匆匆

　　見方寬烈編　《香港詩詞紀事分類選集》　香港　香港文史研究會

　　1998年　索引頁3；本書頁175　161

113.一叢花宵禁，時為針對天星碼頭加價，四月七日夜，九龍突起騷動：播音傳遍市西東

　　見方寬烈編　《香港詩詞紀事分類選集》　香港　香港文史研究會

　　1998年　索引頁3；本書頁250　434

114.浪淘沙過萬宜水壩，贈義大利工程師羅君：萬頃水涵煙

　　見方寬烈編　《香港詩詞紀事分類選集》　香港　香港文史研究會

　　1998年　索引頁3；本書頁250　435

115.沁園春啟德機場：南望爐峰

見方寬烈編　《二十世紀香港詞鈔》　香港　香港文學研究社　2010年
9月　頁264-267；本書頁255　447

（三）曲

1. 喜春來秋日郊遊（堂課）：蟹肥元朗須先訪
   見《珠海校刊》第13屆畢業典禮特刊　1963年7月　頁13；本書頁170
   145

2. 滿庭芳對菊（家課）：蓮房粉墜
   見《珠海校刊》第13屆畢業典禮特刊　1963年7月　頁13；本書頁170
   146

3. 叨叨令趁巴士（堂課）：擺人龍腳也痠些筒
   見《珠海校刊》第13屆畢業典禮特刊　1963年7月　頁13；本書頁170
   147

4. 四塊玉海濱對月（期考）：玉鏡懸
   見《珠海校刊》第13屆畢業典禮特刊　1963年7月　頁13；本書頁170
   148

5. 中呂癸卯（1963）歲朝（家課）：才聞臘鼓聲喧
   見《珠海校刊》第13屆畢業典禮特刊　1963年7月　頁13；本書頁171
   149

6. 雙調入春久晴（家課）：年年入春時雨蘇
   見《珠海校刊》第13屆畢業典禮特刊　1963年7月　頁13；本書頁171
   150

7. 雙調新水令題涂公遂、劉太希臺北畫展：江山文采待誰扶
   見《珠海校刊》第13屆畢業典禮特刊　1963年7月　頁13；《人生》第28
   卷第7期（總第331期）　1964年8月16日　頁24；本書頁176　166

8. 雙鴛鴦（北曲）春柳：曉風輕

見《珠海校刊》本校成立第17週年校慶紀念特刊　1964年10月　頁11-12；本書頁178　173

9. 刮地風（北曲）中秋颱風報警：月姐終輸風姐狂

見《珠海校刊》本校成立第17週年校慶紀念特刊　1964年10月　頁11-12；本書頁178　174

10. 慶宣和（北曲）春遊青山：岳色松濤翠一灣

見《珠海校刊》本校成立第17週年校慶紀念特刊　1964年10月　頁11-12；本書頁178　175

11. 雁兒落帶得勝令題亮齋伉儷書畫展覽：雙清誰佔先

見《珠海校刊》本校成立第17週年校慶紀念特刊　1964年10月　頁11-12；本書頁178　176

12. 雙調新水令太空船探月：人間花樣已翻全

見《新亞生活》第8卷第2期　1965年6月　頁3；《珠海校刊》第15屆畢業典禮特刊　1965年7月　頁23-24；《新亞生活》第10卷第18期　1968年4月　頁8；本書頁180　182

13. 雙調新水令春郊即事：塵居坐送暮還朝

見《新亞生活》第8卷第2期　1965年6月　頁3；本書頁181　183

14. 太平詠賽馬：人潮長過龍

見《珠海校刊》第15屆畢業典禮特刊　1965年7月　頁23-24；本書頁183　191

15. 南呂宮一枝花（北套曲）《人生》編者以詠「新聞」詩徵和，余既慨乎其言，因以詩人賦溱洧墙茨之義，寫此曲以廣其意，惜無負聲盲翁，能為歌唱於豆棚瓜架之間，一警昏晦沉迷之耳目，則亦惟余與編者自吟自唱而已：新聞日出奇

見《人生》第30卷第5期　1965年9月16日　頁42；本書頁184　192

16. 青年節放歌附叨叨令：青春令轉青陽月

見余祖明　《自強不息齋辛亥吟草》　香港　香港中文大學香港文學特藏　1971年；本書頁203　254

17. 憑欄人（北曲）春燕：余住文咸西街逾二十年，前年遷出。昨過其地，則全街盡改建成摩天高樓，故借春燕以志感：**剪取東風來海邊**

見《珠海校刊》第23屆畢業典禮特刊　1973年7月　頁28-29；本書頁214　293

18. 中呂宮粉蝶兒二十七周癸丑上已又為清明，少驪索作套曲，賦此以應：**數良辰今年何巧**

見《珠海校刊》第23屆畢業典禮特刊　1973年7月　頁28-29；本書頁214　294

19. 雙調新水令苦旱行：**舉頭紅日掛天高**

見《文學世界》第7卷第4期（總第40期）　1974年冬　封頁；本書頁218　309

（四）賦

1. 題「人生」十周年

見《人生》第21卷第5期（總第245期）　1961年1月16日　頁33-34；本書頁153　097

2. 太空船探月賦

見《新亞生活》第10卷第18期　1968年4月　頁8；本書頁191　215

（五）聯

1. 何敬群、韋金滿〈戊申（1968）七月宿寶蓮寺阻風〉聯句

見《新亞生活》第11卷第5期　1968年9月　頁4；韋金滿　《懷燕廬吟草》增訂版　香港　香港浸會學院中國語文學會　1982年7月　頁1-2；韋金滿　《希真詩存》　香港　科華圖書公司　2006年3月　頁133；本書頁194　226

2. 鮑莫可非（曲齋）先生聯

見《新亞生活》第12卷第15期　1970年2月　頁3；本書頁199　240

3. 悼故張丕介先生（1904-1970）輓聯

   見《新亞生活》第13卷第5、6期　1970年9月　頁2；《人生》第34卷第
   1、2期（總第397、398期）　1970年9月28日　頁44；本書頁199　241

4. 何敬群率男健耕、歷耕〈悼念王貫之輓聯〉

   見《人生》第34卷第5期（總第401期）　1971年6月1日　頁7-9、頁42；
   本書頁201　249

5. 《夢真軒詩稿》題詞其一

   見李孟晉　《夢真軒詩稿》（羅香林署耑，涂公遂題）　九龍　珠海中國文史
   研究所學會　1974年6月；本書頁217　304

6. 悼羅香林先生輓聯

   見余偉雄、何廣棪編　《羅香林教授紀念集》　香港　1979年8月　頁
   68-98；本書頁225　337

7. 梁隱盦先生輓聯

   見《梁隱盦先生哀思錄》　1982年；本書頁229　349

8. 悼陳肇炘先生輓聯

   見陳肇炘（1923-1983）　《穎廬趨庭吟草》　1983年12月　遯翁署本；
   本書頁230　353

9. 挽錢賓四先生聯

   見《新亞生活》第18卷第3期　1990年11月　頁8；本書頁243　407

（六）文

1. 《念佛方便法門》定稿後記壬辰（1952）4月，敬群寫於九龍益智仁室

   見三寶弟子何黃寬素敬贈　《念佛方便法門》（何健耕敬題）

2. 《益智仁室詩存》序丙申（1956）初冬，遯翁自記於九龍半島古媚川都之益智仁室

   見何敬群　《遯翁詩詞輯》　香港　人生出版社　1961年12月　頁1-3

3. 《天遁室詞存》序丙申（1956）十一月望前，遁翁記

   見何敬群　《遯翁詩詞輯》　香港　人生出版社　1961年12月　頁65

4. 天遁室題壁丙申（1956）初冬遯翁記
   見何敬群　《遯翁詩詞輯》　香港　人生出版社　1961年12月　頁99
5. 益智仁室詞鈔小記丙申（1956）十一月望前遯翁記
   見《人生》第16卷第12期（總第192期）　1958年11月1日　頁23
6. 《老子新繹》附記丁酉（1957）9月於大埔益智仁室遯翁再記
   見何敬群　《老子新繹》　香港　人生出版社　1959年1月
7. 《孔孟要義探索‧編次說明》庚子（1960）白露前七日，遯翁於益智仁室記
   見何敬群　《孔孟要義探索》　香港　人生出版社　1961年11月
8. 《孔孟要義探索‧前記》丁酉（1957）仲冬，敬群記於九龍大埔山居益智仁室
   見何敬群　《孔孟要義探索》　香港　人生出版社　1961年11月
9. 《孔孟要義探索‧後記》民國50年辛丑（1961）立夏後十日，遯翁記
   見何敬群　《孔孟要義探索》　香港　人生出版社　1961年11月
10. 《千夢堂詩集》序
    見劉太希　《千夢堂詩集》　1958年　克崙署崙本
11. 《益智仁室詩存》自序
    見《人生》第18卷第2期（總第206期）　1959年6月1日　頁27
12. 《易義淺述》序戊戌（1958）歲杪，遯翁於益智仁室
    見何敬群編　《易義淺述》　香港　人生出版社　1959年7月
13. 瘞貓文
    見《人生》第18卷第9期（總第213期）　1959年9月16日　頁25
14. 論學書簡
    見《人生》第20卷第7期（總第235期）　1960年8月16日　頁27、頁330
15. 論語「子絕四」章詮釋
    見《人生》第22卷第12期（總第264期）　1961年11月1日　頁15、頁25
16. 益智仁室讀書雜記‧讀孔子家語書卷首
    見香港知用學社編印　《知用學社成立四十周年紀念集》　1962年11月
    頁147-148

17. 益智仁室讀書雜記‧記程學恂韓詩臆說
    見香港知用學社編印　《知用學社成立四十周年紀念集》　1962年11月
    頁147-148

18. 益智仁室讀書雜記‧題後漢書卷頭
    見香港知用學社編印　《知用學社成立四十周年紀念集》　1962年11月
    頁147-148

19. 《益智仁室論詩隨筆》自序壬寅（1962）秋仲，遯翁書於古媚川都之山居
    見何敬群　《益智仁室論詩隨筆》　香港　人生出版社　1962年12月；
    《人生》第25卷第5、6期（總第第293、294期合刊）　1963年1月20日
    頁33

20. （何棟）《華僑文選》序
    見《人生》第26卷第1期（總第301期）　1963年5月16日　頁30

21. （葉子修）《慈道集》序
    見《人生》第26卷第2期（總第302期）　1963年6月1日　頁31

22. （王道）《心聲集》序
    見《人生》第26卷第11期（總第311期）　1963年10月16日　頁31

23. （林智經）《青溪集》序江右何敬群遯翁序於九龍古媚川都之益智仁室
    見《人生》第28卷第1期（總第325期）　1964年5月16日　頁29；林智
    經編　《青溪集》　香港　海天出版社　1965年1月

24. 郭亦園《網珠集》序
    見《人生》第28卷第2期（總第326期）　1964年6月1日　頁28-29

25. 珠海學院詞課示範詞序
    見《文史學報》第1期　珠海學院文史學會　1964年7月　頁146、152

26. 《莊子義繹》引言民國第一甲辰（1964）立秋後九日艾黛颶風掠港之夜，遯翁記於古
    媚川都錦山臺之益智仁室
    見何敬群　《莊子義繹》　香港　人生出版社　1965年2月

27. 《竹林精舍詩》序

　　見劉太希　《竹林精舍詩》　臺北　正中書局　1968年

28. 《網珠續集》序何敬群丙午（1966）八月作

　　見郭亦園編　《網珠續集》　1969年　克崟署崟本

29. 題（吳俊升）《江皋集》再疊集中庚子自敘韻并序

　　見《新亞生活》第9卷第17期　1967年3月　頁3；《人生》第31卷第12期

　　（總第372期）　1967年4月16日　頁29

30. 《楚辭精注》前言民國57年（1968）11月，遯翁於九龍大埔錦山臺之益智仁室

　　見何敬群注　《楚辭精注》　臺北　正中書局　1978年4月

31. 祭莫可非先生（1907-1970）文

　　見《新亞生活》第12卷第15期　1970年2月

32. 書評：鍾應梅著《老子新詮》

　　見《珠海學報》第3期　1970年

33. 祭王貫之先生文

　　見《新亞生活》第13卷第20期　1971年4月

34. 一位誠篤的學者王貫之先生的殞逝

　　見《珠海學報》第4期　1971年7月　頁249-251

35. 易君左先生之逝世

　　見《珠海學報》第6期　1973年1月　頁337-339

36. 《詩學纂要》序1974年2月遯翁於九龍浸會學院中文系室

　　見何敬群　《詩學纂要》　九龍　遠東書局　1974年9月

37. 《詞學纂要》引言1975年夏，清江何敬群遯翁記於九龍美孚新村之益智仁室

　　見何敬群　《詩學纂要》　九龍　遠東書局　1974年9月

38. 祭曾履川先生文

　　見《新亞生活》第3卷第2期　1975年10月　頁8

39. 翁一鶴（1911-1993）《赤馬謠》

　　見《近代中國史料叢刊續輯》第17輯之170　臺北　文海出版社　1975年

40. 陳伯祺（1902-1993）《穎廬詩草》序歲戊午（1978）7月，清江何敬群遯翁寫於益
    智仁室
    見陳伯祺　《穎廬詩草》　黃維琩題　1978年　香港大學馮平山圖書館
    藏本　頁34、頁147、頁166

41. 《郭亦園先生詩集》跋庚申（1980）二月
    見郭亦園　《郭亦園先生詩集》　香港詩壇　1980年10月

42. 哀悼徐先生伯訏（1908-1980）
    見香港浸會學院中國語文學會出版　《徐訏紀念文集》　香港　1981年5月

43. 《懷燕廬吟草》序
    見韋金滿　《懷燕廬吟草》　1982年7月　文攫署崇本

44. 何序楊勇（東波）《洛陽伽藍記》校箋
    見《新亞生活》第10卷第4期　1982年12月

45. 《遯翁詩詞曲集》前記1982年庚戌7月，何敬群記於九龍海濱益智仁室
    見何敬群自輯　《遯翁詩詞曲集》　香港　志文出版社　1983年8月

46. 《穎廬趨庭吟草》序江右何敬群遯翁益智仁室寫
    見陳肇炘（1923-1983）　《穎廬趨庭吟草》　1983年12月　遯翁署本

47. 《夏書枚詩詞集》序
    見夏書枚　《夏書枚先生詩詞集》　香港詩壇編輯　1984年12月

48. 伯元吟草《香江煙雨集》序癸亥（1983）12月
    見陳新雄　《香江煙雨集》　臺北　學海出版社　1985年7月

49. 《天白詩詞選》序
    見包天白　《天白詩詞選》　臺中　三大印刷廠　1986年2月　涂公遂
    敬題本

50. 《南飛集》序1989年己巳花朝，清江何敬群遯翁於香港九龍之益智仁室
    見袁子予　《南飛集》（涂公遂題）　香港　香港中文大學新亞書院錢穆
    圖書館藏本　1989年

51. 《希真詩存》序—1993年立秋之日邂翁何敬群寫於九龍美孚益智仁室

見韋金滿　《希真詩存》　香港　科華圖書公司　2006年3月　頁5-6

三　期刊論文類

1. 談談有韻律的詩

見《人生》第4卷第2期（總第38期）　1952年11月15日　頁10-11

2. 《離騷》經今語譯（一）

見《人生》第10卷第2期（總第110期）　1955年6月　頁14-15

3. 《離騷》經今語譯（二）

見《人生》第10卷第3期（總第111期）　1955年6月　頁16-17

4. 《離騷》經今語譯（三）

見《人生》第10卷第4期（總第112期）　1955年7月　頁8-10

5. 《老子新繹》前言

見《人生》第12卷第1期（總第133期）　1956年5月　頁10-11

6. 老子新繹（上篇一）

見《人生》第12卷第5期（總第137期）　1956年7月16日　頁16-23

7. 老子新繹（上篇二）

見《人生》第12卷第6期（總第138期）　1956年8月1日　頁12-13

8. 老子新繹（上篇三）

見《人生》第12卷第7期（總第139期）　1956年8月16日　頁16-27

9. 老子新繹（四）

見《人生》第12卷第8期（總第140期）　1956年9月1日　頁16-27

10. 老子的政治哲學——老子新繹之五

見《人生》第12卷第11期（總第143期）　1956年10月16日　頁3

11. 墨子學說的評價

見《人生》第13卷第3期（總第147期）　1956年12月16日　頁2-9

25. 關於《易經》與若干經義的商榷

   見《人生》第16卷第9期（總第189期）　1958年9月16日　頁4-7

26. 孟子知言養氣章要義研究

   見《珠海校刊》第2卷第6期　1958年10月　頁25-26；《人生》第17卷第4期（總第196期）　1959年1月1日　頁18-19

27. 伏羲畫卦與《易》為六藝之原

   見《新亞生活》第1卷第14期　1958年12月　頁8-10；黃浩潮主編　《珍重・傳承・開創：《新亞生活》論學文選》　香港　商務印書館　2019年7月　頁31-40

28. 從古代史官制度看胡適先生的說史

   見《人生》第17卷第11期（總第203期）　1959年4月16日　頁22-27

29. 關於《大學》《中庸》兩書的研讀——宋明理學與佛學的分辨

   見《新亞生活》第2卷第2期　1959年6月　頁8-10

30. 左丘明與《左傳》

   見《珠海校刊》第2卷9期　1959年7月　頁17-18

31. 從孔子的教學方法看現代教育

   見《人生》第18卷第6期（總第210期）　1959年8月1日　頁12-14

32. 閱「大學新生入學試卷」雜感

   見《人生》第18卷第7期（總第211期）　1959年8月16日　頁20-21

33. 孔孟言天命性命界說之探討

   見《新亞書院學術年刊》第1期　1959年10月　頁1-20

34. 孔孟言天命性命界說之探討

   見《人生》第18卷第10期（總第214期）　1959年10月1日　頁2-7

35. 談古籍今譯

   見《人生》第18卷第11期（總第215期）　1959年10月10日　頁31

36. 再論左丘明與《左傳》

   見《珠海校刊》第3卷第1期　1960年7月　頁19-22

37. 關於《詩經》幾個問題的商榷

見《新亞書院學術年刊》第2期　1960年9月　頁1-25

38. 談溫故知新──紀念孔子誕辰及校慶

見《新亞生活》第3卷第6期　1960年9月　頁6

39. 題鶴琴藝苑展覽

見《新亞生活》第3卷第8期　1960年10月　頁15

40. 利害得失與是非義利

見《人生》第20卷第11期（總第239期）　1960年10月16日　頁5-6

41. 天遯室題壁

見《人生》第21卷第6期（總第246期）　1961年2月1日　頁19

42. 孟子性善說是決定人類前途的學說

見《孔道專刊》第12期　香港　香港孔聖堂　1961年6月　頁19

43. 益智仁室論詩隨筆（一）

見《人生》第22卷第8期（總第260期）　1961年9月1日　頁28-30

44. 論《中庸》並非秦時晚出之書

見《珠海校刊》第14週年校慶紀念特刊　1961年10月　頁14-16

45. 益智仁室論詩隨筆（二）

見《人生》第22卷第9期（總第261期）　1961年9月16日　頁26-27

46. 益智仁室論詩隨筆（三）

見《人生》第22卷第12期（總第264期）　1961年11月1日　頁22-24

47. 益智仁室論詩隨筆（四）

見《人生》第23卷第1期（總第265期）　1961年11月　頁26-27

48. 益智仁室論詩隨筆（五）

見《人生》第23卷第2期（總第266期）　1961年12月1日　頁26-27

49. 益智仁室論詩隨筆（六）

見《人生》第23卷第3期（總第267期）　1961年12月16日　頁23-26

50. 《孔孟要義探索》序目

見《人生》第23卷第4期（總第268期）　1962年1月1日　頁18-19

51. 益智仁室論詩隨筆（七）

見《人生》第23卷第6、7期（總第270、271期合刊）　1962年2月1日　頁28-29

52. 益智仁室論詩隨筆（八）

見《人生》第23卷第8期（總第272期）　1962年3月1日　頁28-29

53. 益智仁室論詩隨筆（九）

見《人生》第23卷第9期（總第273期）　1962年3月16日　頁22-23

54. 詩在周代應用之分析（上）

見《民主評論》第13卷第6期　1962年3月16日　頁129-131

55. 益智仁室論詩隨筆（十）

見《人生》第23卷第10期（總第274期）　1962年4月1日　頁20-21

56. 益智仁室論詩隨筆（十一）

見《人生》第23卷第11期（總第275期）　1962年4月16日　頁23-24

57. 詩在周代應用之分析（中）

見《民主評論》第13卷第7期　1962年4月1日　頁150-153

58. 詩在周代應用之分析（下）

見《民主評論》第13卷第8期　1962年4月16日　頁186-188

59. 益智仁室論詩隨筆（十二）

見《人生》第23卷第12期（總第276期）　1962年5月1日　頁22-23

60. 益智仁室論詩隨筆（十三）

見《人生》第24卷第3期（總第278期）　1962年6月1日　頁21-22

61. 益智仁室論詩隨筆（十四）

見《人生》第24卷第3期（總第279期）　1962年6月16日　頁26-27

62. 益智仁室論詩隨筆（十五）

見《人生》第24卷第4期（總第280期）　1962年7月1日　頁17-18

63. 益智仁室論詩隨筆（十六）

見《人生》第24卷第5期（總第281期） 1962年7月16日 頁24-25

64. 益智仁室論詩隨筆（十七）

見《人生》第24卷第6期（總第282期） 1962年8月1日 頁27-28

65. 益智仁室論詩隨筆（十八）

見《人生》第24卷第7期（總第283期） 1962年8月16日 頁23-24

66. 詞課新聲

見《珠海校刊》15周年校慶紀念特刊 1962年10月 頁18

67. 益智仁室讀書雜記

見《知用學社四十週年紀念集》 香港 香港知用學社 1962年11月
頁147

68. 宋詞概說

見《文學世界》第6卷第4期（總第36期） 1962年12月 頁1-11

69. 《益智仁室論詩隨筆》自序

見《人生》第25卷第5、6期（總293、294期合刊） 1963年1月20日 頁
33

70. 課曲賸語

見《人生》第25卷第9期（總第297期） 1963年3月16日 頁22-27

71. 《離騷韻讀大要》前言

見《經緯書院校刊》第2期 九龍 1963年4月 頁21-22

72. 楚辭《九歌》繹述（一）

見《人生》第26卷第4期（總第304期） 1963年7月1日 頁24-25

73. 楚辭《九歌》繹述（二）

見《人生》第26卷第5期（總第305期） 1963年7月16日 頁29-30

74. 楚辭《九歌》繹述（三）

見《人生》第26卷第6期（總第306期） 1963年8月1日 頁25-27

75. 《禮記》溫柔敦厚之詩教

見《人生》第26卷第7期（總第309期） 1963年9月16日 頁29

76. 讀書偶記二則

見《人生》第26卷第10期（總第310期）　1963年10月1日　頁25-26

77. 評《樂府指迷》論詞法（一）

見《人生》第27卷第1期（總第313期）　1963年11月16日　頁27-30

78. 評《樂府指迷》論詞法（二）

見《人生》第27卷第2期（總第314期）　1963年12月1日　頁27-30

79. 評《樂府指迷》論詞法（三）

見《人生》第27卷第3期（總第315期）　1963年12月16日　頁21-24

80. 評《樂府指迷》論詞法（四）

見《人生》第27卷第4期（總第316期）　1964年1月1日　頁20-24

81. 莊子〈逍遙遊〉第一

見《人生》第27卷第9期（總第321期）　1964年3月16日　頁8-10

82. 莊子〈齊物論〉（讀莊子札記之二）

見《人生》第27卷第10期（總第322期）　1964年4月1日　頁9-13

83. 莊子〈齊物論〉（下）

見《人生》第27卷第11期（總第323期）　1964年4月16日　頁10-13

84. 莊子〈養生主〉

見《人生》第28卷第1期（總第325期）　1964年5月16日　頁12-14

85. 莊子〈人間世〉（讀莊子札記之五）

見《人生》第28卷第3期（總第327期）　1964年6月16日　頁11-13

86. 莊子〈德充符〉（讀莊子札記之六）

見《人生》第28卷第4期（總第328期）　1964年7月1日　頁6-9

87. 莊子〈大宗師〉（上）（讀莊子札記之七）

見《人生》第28卷第5期（總第329期）　1964年7月16日　頁14-17

88. 詞題與詞的演進

見《文史學報》第1期　香港　珠海書院文史學會　1964年7月　頁20-22

89. 莊子〈大宗師〉（下）（讀莊子札記之七）

　　見《人生》第28卷第6期（總第330期）　1964年8月1日　頁17-19

90. 莊子〈應帝王〉

　　見《人生》第28卷第7期（總第331期）　1964年8月16日　頁11-13

91. 〈知北遊〉（莊子外篇義繹之二）

　　見《人生》第28卷第9期（總第333期）　1964年9月16日　頁7-8

92. 《莊子義繹》例略

　　見《珠海校刊》本校成立第17週年校慶紀念特刊　1964年10月　頁6-7

93. 〈庚桑子〉（莊子雜篇義繹之一）

　　見《人生》第29卷第2期（總第338期）　1964年12月1日　頁19-21

94. 〈徐無鬼〉（莊子雜篇義繹之一）

　　見《人生》第29卷第3期（總第339期）　1964年12月16日　頁16-18

95. 〈外物〉（莊子雜篇義繹之三）

　　見《人生》第29卷第5期（總第341期）　1965年1月16日　頁20-21

96. 《莊子義繹》引言及例略

　　見《人生》第29卷第10期（總第346期）　1965年4月1日　頁26-28

97. 《莊子義繹》引言

　　見《文史學報》第2期　香港　珠海書院文史學會　1965年7月　頁3-4

98. 益智仁室詞論

　　見《文史學報》第3期　香港　珠海書院文史學會　1966年7月　頁9-17

99. 詞曲同異

　　見《文史學報》第4期　香港　珠海書院文史學會　1967年6月　頁54-58

100.《孔孟要義探索》補遺

　　見《珠海校刊》第17屆畢業專號　1967年7月　頁24-26；《香港浸會學院學報》　1982年　第9卷　頁15-22

101.論《片玉詞》

　　見《文史學報》第5期　香港　珠海書院文史學會　1968年6月　頁5-9

102.益智仁室詞論之一

　　見《珠海校刊》第18屆畢業特刊　1968年7月　頁12-13

103.從三禮春秋傳探討《詩》在周代之應用

　　見《珠海學報》第3期　1970年6月　頁70-92

104.書評鍾應梅著《老子新詮》

　　見《珠海學報》第3期　1970年6月　頁236-239

105.悼念王貫之兄

　　見《人生》第34卷第5期（總第401期）　1971年6月1日　頁7-9

106.書評楊勇：《世說新語校箋》

　　見《珠海學報》第4期　1971年7月　頁222-224

107.楚辭屈宋文研究導論

　　見《珠海學報》第5期　1972年1月　頁155-174

108.序篇

　　其一　　（翁一鶴）《紀事詩三種》序

　　其二　　（郭霖沅）《大學文選析義》序

　　其三　　（關志雄）《吐綺集》序

　　見《珠海校刊》第22屆畢業典禮特刊　1972年7月　頁26-27

109.論姜白石詞

　　見《珠海學報》第6期　1973年1月　頁63-74；鄺健行、吳淑鈿編　《香港中國古典文學研究論文選粹（1950-2000）：詩詞曲篇》　南京　江蘇古籍出版社　2002年4月　頁194-208

110.中國的新詩應從何處來？

　　見《珠海校刊》第23屆畢業典禮特刊　1973年7月　頁21-24；《文學世界》　1974年春　頁9-12

111. 近體詩之聲調

　　見《珠海校刊》第26週年校慶特刊　1973年10月　頁24-26

112. 宋詩散論

　　見《珠海校刊》第24屆畢業典禮特刊　1974年7月　頁21-23

113. 談元代散曲

　　見《文學世界》元曲研究專號　1974年冬　頁52-64

114. 益智仁室說詞

　　見《珠海校刊》第26屆畢業典禮特刊　1976年7月　頁33-34

115. 清代傳奇概說

　　見《文學世界》明清傳奇文學專號　1976年夏　頁23-29

116. 楚辭《天問》詮釋

　　見《珠海學報》第9期　1976年12月　頁41-84

117. 楚辭《九歌》詮釋

　　見《香港浸會書院學報》第4卷第1期　1977年　頁27-42；《文學學報》
　　香港　香港浸會書院　1977年　頁27-42

118. 《論語》研讀導言

　　見《香港浸會書院學報》第5卷　1978年　頁1-8；《孔道專刊》第2期
　　1978年　頁13-30；《文學學報》　香港　香港浸會書院　1978年　頁1-8

119. 孟子距楊墨的理論及其成就

　　見《孔道專刊》第3期　1979年　頁9-16

120. 《儀禮》《周易》《中庸》作者問題之探討

　　見《香港浸會書院學報》第7卷　1980年　頁29-40

121. 左丘明作《左傳》問題之檢討

　　見《珠海學報》第11期　1980年10月　頁21-34；鄭良樹　《續偽書通
　　考》中冊　臺北　臺灣學生書局　1984年6月　頁837-838

122. 《左傳》作者問題之檢討

　　見《孔道專刊》第4期　1980年　頁37-54

123.《中庸》作者問題之辨正

　　見《孔道專刊》第5期　1981年　頁24-28

124.《孔孟要義探索》補遺

　　見《香港浸會學院學報》第9卷　1982年　頁15-21

125.中國文學史綱導言

　　見《珠海校刊》第32屆畢業典禮特刊　1982年7月　頁60-61

126.《周易》作者問題之探討

　　見《孔道專刊》第6期　1982年　頁27-33

127.讀《四書》劄記

　　見《孔道專刊》第7期　1983年　頁81-91

128.論孔子刪詩

　　見《孔道專刊》第8期　1984年　頁55-63

129.論吳夢窗詞

　　見《珠海學報》第14期　1985年5月　頁125-131

130.從《論語》為政以德章看孔子的政治理論

　　見《孔道專刊》第9期　1985年　頁40-44

131.孟子說性善是本於孔子的

　　見《孔道專刊》第10期　1986年　頁32-37

132.論東坡樂府詞

　　見黃毓民主編　《珠海書院四十周年紀念集》　城市出版　1987年10月

　　頁117-118

133.孟子對孔子作春秋的評論

　　見《孔道專刊》第11期　1987年　頁29-33

134.論志學的程序與治學的方法

　　見朱夢曇主編　《孔學論文集》　1992年壬申仲冬　頁15-18

四 何敬群研究類

（一）詩

1. 劉太希〈別敬群〉

百感芒芒無可說，但於悱惻見情真。

龍蛇已分成殘劫，跫岠相依亦妙因。

身世浮漚安所託，文章磨蝎竟如神。

相期時論歸吾子，青眼高歌十丈塵。

見劉太希　《無象盦詩》　臺南　圖書教室　1956年7月　頁28-40；何敬群　《遯翁詩詞輯》　香港　人生出版社　1960年12月；《人生》第18卷第12期（總第216期）　1959年11月1日　頁23；劉太希　《太希詩文叢稿》　吉隆坡　聯邦教育用品社　1960年10月　頁104

2. 劉太希〈敬群書稱文章有價，賦此解嘲〉

入抱天倪氣漸淳，行畸忤俗率吾真。

文章有價空欺世，歲月如仇不貸人。

縱使桑田復滄海，難明去果況來因。

聖凡已分同清濁，此意深微為子陳。

見劉太希　《無象盦詩》　臺南　圖書教室　1956年7月　頁28-40

3. 劉太希〈和敬群歲朝見懷〉

我有忘形友，相思隔海天。望中蓬島月，曾照靖康年。

閶闔春如夢，山河淚灑戔。酒杯無世態，勞汝致拳拳。

見劉太希　《無象盦詩》　臺南　圖書教室　1956年7月　頁28-40

4. 劉太希〈世網束敬群〉

世網相嬰性萬殊，茫茫何處覓真吾。

山河大地供孤注，機巧勞生坐一愚。

片念可教田變海，六經難使跖成儒。

頹流己分終同盡，卻為人天一歎吁。

見劉太希　《無象盦詩》　臺南　圖書教室　1956年7月　頁28-40

5. 劉太希〈敬群詩有「情未斷時無淨土」句，賦此答之〉

入耳松濤雜市聲，眾生為我正營營。

高居龍象緣難寂，一夢蟲天世已更。

解道拈花得真意，不因聞唄便無情。

一心徧照輸吾子，知見空時物累輕。

見劉太希　《無象盦詩》　臺南　圖書教室　1956年7月　頁28-40；何
敬群　《遯翁詩詞輯》　香港　人生出版社　1960年12月；《人生》第
18卷第12期（總第216期）　1959年11月1日　頁23；劉太希　《太希詩
文叢稿》　吉隆坡　聯邦教育用品社　1960年10月　頁104

6. 劉太希〈和遯翁閑情韻〉

諸天無量願無窮，事與生來詎有終。

迷處萬緣皆足礙，悟時三界一齊空。

閻浮再壞知何世，孽海橫流叩大雄。

林籟引風花落盡，上方禪定夜聞鐘。

見劉太希　《無象盦詩》　臺南　圖書教室　1956年7月　頁28-40

7. 黃華表〈敬群先生惠詩，依韻奉答〉何先生博學工詩，近著《老子新譯》，博瞻
有制斷，非今人所及，故詩及之

舊傳上公輔嗣鄰，近箋平叔喜相親。

謗今疑古自餘子。篤實沉潛見此人。

下筆文章皆浩瀚，即論肝膽亦輪囷。

旦評莫儗汝南劭，已看諸生德日新。

見《人生》第15卷第5期（總第173期）　1958年1月16日　頁15

8. 劉太希〈歲暮有懷遯翁〉

悠悠吾與子，冰雪比聰明。燈養寒滋味，詩諧懶性情。

流年如此了，殘月可憐生。一慕莊嚴界，還為放浪行。

見《人生》第15卷第6期（總第174期）　1958年2月1日　頁15

9. 劉太希〈夜坐〉

南洲終歲暖，詩境卻蒼涼。

天地猶盃勺，山川亦獚狂。

孤雲孤雁遠，一月一燈荒。

夜宇對寥寂，烹茶意興長。

見《人生》第15卷第6期（總第174期）　1958年2月

10. 夏書枚〈大埔初訪遯翁，錄示贛州舊作。自經喪亂，唱和諸公鮮有存者，賦此誌慨〉

海曲呷嚘遯此才，明眼今見禁山臺。

十年舊國餘霜鬢，八月驚濤入麝煤。

野水暗添秋澗靜，幽花長向曉帷開。

揖巖主客飄零盡，知否虔州劫有灰。

見《珠海校刊》第2卷第6期　1958年10月　頁29

11. 王道〈己亥二月遯翁邀遊半春園，率成七韻四十八句〉

良辰佳興將毋同，聯袂翩若鳥出籠。

長幼相携春風中，世間萬慮俱消融。
橋橫湖繞花千樹，湖邊合有詩人住。
叩關初訪半春園，林莽泉石荒成趣。
拾級攀籐登佛境，耳目湛然忻所遇。
池亭勝處懷舊遊，忽覺離憂紛欲吐。
澗之曲，巖之阿，園有桃，嘯也歌。
吾曹去國之日多，旄丘之葛且摩挲。
萇楚無知信可樂，其華其實總猗儺。
濃陰夾道多喬木。勞生小憩亦云足，
仰看凌雲百尺松。恨不移栽庭前綠。
入山豈應空手回。宜生買取一竿竹，
遯翁為誦東坡句。雜以諧語資笑謔。
載詠風雩陌上歸，郇廚酒煖雞魚熟。
座上黃公最健談。數能飲者祇二三，
江右風味美而甘。童稚頗似食葉蠶。
我乃起坐捫腹還就酌。張侯伉儷各微酣，酣復斟。主人意純誠，再訂他日
約。晚霞天際明，烟嵐流群壑，油然奢望生。安得山中多好友，帶我白雲
深處走，採藥煉就補天手，或有斗酒藏之久。相逢即便剪春韮，醉聽黃鸝
鳴翠柳。
見《新亞生活雙周刊》第1卷第20期　1959年4月

12. 夏書枚〈敬群示冬郊篇次韻〉

南遊何所遇，愛此冬日煖。心安即吾鄉，豈謂衣帶緩。載酒北郊原，陂陀
異敷淺，鄉心共明月，稍恨從公晚。雅言盡精粹，茗閣瀉惘款。小鬟語嫚
隅，亦復雙眸剪。六藝今委棄，燕說如脫盌。惟几釋聃軻，盅受豈其滿。
我慚才甚薄，十投乃一反。
見《珠海校刊》第2卷第8期　1959年3月　頁14

13. 劉太希〈題《遯翁詩詞集》〉

民紀卅八秋，時近重陽節。遯翁遺我書，吟稿將刊集。與子廿年交，君詩
常誦習。精思所造處，成者鬼神泣。噫氣所摩盪，雲垂而海立。吐胸萬丘
壑，吟儔為閣筆。龍蛇俄起陸，揚塵昏八極。脫命尾閭海，呼號天地窄。
蛩駏作詩囚，誇我尚可匹。篇章往復間，彈指閱歲十。我詩苦冥搜，一字
煩肝膈。君詩大國士，騰吟如草檄。雲龍上下逐，嗟余恆辟易。君才未可
量，君學難蠡測。向騁貨殖場，清望籠邦邑。憂患釋易老，澄聖藥狂惑。
真宰終昭朗，講幄匯儒墨。下牖無窮世，鐸聲震冥渤。悠悠姬孔情，不共
山河擲。時運邁復邁，馬隊適吾適。期壽待河清，世外數晨夕。

見《人生》第18卷第12期（總第216期） 1959年11月1日 頁23；劉太
希 《太希詩文叢稿》 吉隆坡 聯邦教育用品社 1960年10月 頁
105-106

14. 劉太希〈讀《易義淺述》畢寄敬群〉

誰歟無悶撩鴻濛？日月風霆孕遯翁。
水赴方諸同軌順，火來陽燧看霜紅。
道樞不息千生轉，氣穀常流億界通。
兒戲搏沙工造化，羲皇一畫海天雄。

見何敬群 《遯翁詩詞輯》 香港 人生出版社 1960年12月；《人
生》第18卷第12期（總第216期） 1959年11月1日 頁23；劉太希
《太希詩文叢稿》 吉隆坡 聯邦教育用品社 1960年10月 頁104；
郭亦園 《網珠續集》 1969年 頁16

15. 黃天石〈壬寅（1962）新春試筆〉壬寅元宵前夕，筆會同人團拜聚餐，黃天石會
長出長律囑和，敬步原韻

寒消九九入嘉辰，第一番風海宇新。

久鬱湖山天吐氣，漸舒烟景地迴春。

晴光綠換江南草，花霧香留陌上人。

閒數小桃開幾朵，曉窗珍重百年身。

見《文學世界》第6卷第1期（總第33期）　1962年3月

16. 夏書枚〈初夏與敬群、文擢諸君集荃灣圓玄學院，即席分韻得影字〉

清風吹衣裾，眾綠搖靚影。始知夏初臨，歲序易俄頃。

濠梁忝嘉招，圓玄初造請。我如鈍根禪，寶地願三省。

郊原黛色深，颶輪載馳騁。朱闌映坡陀，鼓吹起鼉黽。

俗塵洗滌淨，珍此半日景。暮鐘不引去，出山猶引領。

見《珠海校刊第12屆畢業典禮特刊》　1962年7月　頁22

17. 劉太希〈歲暮懷敬群〉

客裡流光盡可憐，每逢殘臘倍淒然。

風飄泉洌知何世，天動星回復此年。

半畝荒園容小住，一庭冷月照無眠。

朝來春酒為君壽，心逐飛鴻到海邊。

見《人生》第27卷第6期（總第318期）　1964年2月1日　頁25

18. 柏蔭培〈甲辰（1964）立夏前二日，文史系同學四十人奉彭師澹園、李師幼椿、何師敬群、徐師善同同至林村野炊〉

花落春仍在，相將郊外行。林中燃野火，樹下學調羹。

上下五千載，東西十萬程。高談猶未已，餘韻遶山縈。

見《文史學報》第1期　珠海書院　1964年

19. 陳文山〈何敬群先生賜詩，敬和奉答〉

國難值年少，天涯此飄泊。吾族正艱危，何敢獨云樂。躬耕且事親，未忘

在溝壑。林村信好居，差足慰流落。朝溉出山泉，暮賞歸林雀。對雀思淵明，見泉想諸葛。悠悠千載心，淡然非寂寞。用心苟志仁，于物無所惡。水清何所嫌，洗得世間濁。學養愧未能，是以甘藜藿。承示學中味，自當細咀嚼。尚望時教言，冀幸終成學。

見《人生》第29卷第9期（總第345期）　1965年3月16日　頁28

20. 洪肇平〈余園春禊次邂師原玉〉

遣興余園碧水邊，尋幽覓句午風前。

禊詩當日蘭亭勝，莫負春光在少年。

攜友隨師共嘯吟，風雩寄興到山林。

郊原樂趣幾人識，燕子飛來有綠陰。

春色烟波碧一灣，楸枰雅對小亭間。

樂居此世兼忘我，莫道人間未得閒。

到眼鶯花作詠哦，無端心事入悲歌。

桑田幾度蓬萊改，彩筆何為感慨多。

見《人生》第30卷第2期（總第350期）　1965年6月16日　頁22

21. 郭亦園〈賢母吟〉并序邂翁著《孔孟要義探索》一書，序言幼貧，無力從師。舞勺之年，母氏沈太夫人授以書，每夜靜，機畔燈前，有怡然之樂。邂翁今將頭白，著作等身，桃李滿門。其教人與律身，胥秉諸太夫人當年之訓。故受其教者，多能勵志敦行，卓然自立。於以知賢母之澤，深且遠矣。世變方殷，綱常日汨，邂翁茲著，不獨紀念母慈，永垂世則，且可普詔為人子者，毋忘劬勞之恩，克盡孝道，其有裨於世道人心，詎可限量也。爰賦〈賢母吟〉一章，用申景仰

歐母邈千載，畫荻更有誰。清江何氏母，賢德世所稀。

一燈明機畔，教子禮與詩。邂翁聰且勤，于學無不窺。

經鎔史亦鑄，文章暢其辭。直探聖賢奧，大道末流持。

南來振木鐸，桃李競芳菲。新書闡孔孟，要義舉無遺。
可以起薄俗，可以振衰時。盥誦對晨牕，仰止到萱慈。
賢哉何氏母，可稱師之師。遜翁今頭白，思親長淚垂。
母恩深罔極，抱恨對春暉。自云成此作，聊伸繼志私，
漪歟歐母何母千秋百世名並馳。
見《人生》第30卷第4期（總第352期）　1965年8月

22. 王淑陶〈九日次何敬群教授韻〉
年年海角渡重陽，不為艱危易主張。
風雨層樓多變化，河山一脈費思量。
江楓燄盡秋生露，雁陣飛來夜叫霜。
萬樹商聲號殺伐，終當龍戰決玄黃。
見王淑陶（1904-1991）　《海天樓詩鈔》　香港　永泰印務　1967年
10月　于右任題耑本　頁37

23. 王淑陶〈敬群山居招飲誤址不遇〉
訪戴終無遇，徘徊意未闌。
日斜紅樹淡，潮退白沙寒。
濁世容高隱，親賢故整冠。
趨堂期異日，願接百鍾乾。
見王淑陶　《海天樓詩鈔》　香港　永泰印務　1967年10月　于右任題
耑本　頁39

24. 王淑陶〈豪雨和俊光、敬群諸教授〉
滔滔銀漢瀉，我亦動中情。
世妖真堪畏，山洪未足驚。

補天終有石，暄日豈無晴。

琴座星將顯，西河定晚耕。

見王淑陶　《海天樓詩鈔》　香港　永泰印務　1967年10月　于右任題

耑本　頁43

25. 潘新安〈何敬群〈無題〉述往事以為自諷者也。識者當能賞其高妙，而不以近乎鄭

衛之音視之也〉

載酒江湖記昔游，石塘西畔醉忘憂。

當時風月無邊夜，今日滄桑幾度秋。

薄倖已難分覺夢，低徊曾與結綢繆。

重來莫再尋鄰里，銷盡豪情一笑休。

見潘新安（1923-2015）　《草堂詩緣》　1971年10月　小山草堂自丁

本　頁117

26. 王韶生〈次韻遯翁春礴角秋遊〉

簪黃孕紫值霜天，樂晒壺觴近海邊。

斗米可舂誰掘地，危峯遠插似浮煙。

我思委宛饒秋興，一笑疎慵學少年。

濯足振衣今日事，太沖胸次合悠然。

見《珠海校刊》第24屆畢業典禮特刊　1974年7月　頁32；《文史學報》

第10期　1974年3月　頁110

27. 李孟晉〈敬和何師遯翁教授對月原韻〉

散慮江湖塊壘銷，天階獨自對清宵。

舉頭明月丰姿好，負手行吟意興饒。

玉宇無塵空眷戀，金樽有酒且逍遙。

身逢亂世隨蓬轉，只有詩心解寂寥。

見李孟晉　《夢真軒詩稿》　1974年　涂公遂題本　珠海中國文學歷史研究所學會叢刊之三　頁54

28. 李孟晉〈敬和何師遯翁教授考察香港前代史蹟，舟中扣舷原韻〉

追陪師友樂無窮，共放扁舟出海東。

喜伴成連悟琴意，還思宗慤駕長風。

探幽稽古碑猶在，寄興題詩句倍雄。

生恐高吟波浪湧，故將情思送冥鴻。

見李孟晉　《夢真軒詩稿》　1974年　涂公遂題本　珠海中國文學歷史研究所學會叢刊之三　頁55

29. 余璞慶〈乙卯（1975）春集珠城，文擢、幹卿、遯翁、靜庵、墨齋諸老未預，即呈公遂、韶生、伯祺、乃文、靜寰諸公〉

香風帶暖拂衣襟，春集珠樓大雅吟。

一座清樽宜共醉，幾人玉步未曾臨。

風流靜默傳詩案，倜儻蘇陳設帳心。

遯老書來稱目疾，何時佳景與同尋。

見余璞慶　《未肥樓吟草》增訂版　香港　新中國柯式廠　1995年　頁76

30. 余璞慶〈次韻墨齋丙寅（1986）九月朔，招飲寧波會館，賦呈公遂、韶生、荊鴻、晉偉、淑陶、文擢、襄陵、乃殷諸老，敬群、天任、子餘三翁事阻未預，翌日補呈〉

新秋華館集諸儒，雅論高談詩酒餘。

九月爐峯啼鳥換，卅年江畔落花初。

霜來草木皆凋脫，風挾煙雲任卷舒。

此日瓊筵應共醉，好隨眾樂漫愁予。

見余璞慶　《未肥樓吟草》增訂版　香港　新中國柯式廠　1995年　頁
88-89

31. 陳伯祺〈穎廬酬唱書畫集五輯彙成，謝各詞長雅睨，又次邂翁韻〉

穎廬本陋室，落寞稀詩篇。邂公與鑄老，啟迪復導前。聲氣既已通，書畫
張時賢。造詣各淵源，灑脫出人寰。天籟何鏗鏘，采筆何炫爛。集之毋散
佚，披閱心怡然。如水君子交，檢點付吟邊。珍重此高情，用垂千百年。

見陳伯祺　《穎廬詩草》　黃維琩題　1978年　香港大學馮平山圖書
館藏

32. 陳伯祺〈次敬群教授送次子歷耕醫生英倫深造韻〉

濟世襟懷莫與京，痌瘝在抱邁斯行。

刀圭雖著通神術，學理尤耽百煉精。

窺奧未妨多借鏡，乘槎正合展新程。

椿庭詩教方風被，盼爾功成護眾生。

見陳伯祺　《穎廬詩草》　黃維琩題　1978年　香港大學馮平山圖書
館藏

33. 陳伯祺〈歷耕醫生得英倫皇家醫學院院士學位，爰次敬群韻以賀〉

學有專精氣自華，穿楊百步不分差。

玉梯穩上窺天秘，藝海歡乘貫月槎。

真理無涯求闢拓，療醫多術遍深遐。

功成實踐儕盧扁，大地春回澤萬家。

見陳伯祺　《穎廬詩草》　黃維琩題　1978年　香港大學馮平山圖書
館藏

34. 陳伯祺〈次遯老春盡韻〉

脩竹依依蔭鬱蔥，錦山如在畫圖中。

桃源紅褪桃花浪，柳岸烟籠柳絮風。

有恨黃鸝啼綠野，無言芳草寄詩筒。

春光九十倏然去，欲乞餘春問碧翁。

見陳伯祺　《穎廬詩草》　黃維琨題　1978年　香港大學馮平山圖書館藏

35. 蘇文擢〈辛丑（1961）元日偕遯翁、叔美沙田小酌，八用前韻〉

夏侯靜者性，暖暖若冬日。仲言氣縱橫，詩才一當十。綢繆兩賢間，語語肝肺出。及此金牛歲，俊約取勞隙。靜躁雖萬殊，所期勵平昔。即事快朵頤，杯盤肆瓊席。來日繼前悰，詩板應滿壁。

見蘇文擢　《邃加室詩文集》　己未三月　1979年　頁146-176

36. 蘇文擢〈贈何遯翁惠詩十一疊前韻〉

雕琢愁肺肝，力竭夸父日。始求一句妙，浪墨倏過十。君初偃旗鼓，歘若劍鞘出。如刃發新硎，險語批窾隙。絕勝註蟲魚，風雅蘄振昔。餘事乃作詩，陋彼韓孟席。接屬知有餘，毋為嘴掛壁。

見蘇文擢　《邃加室詩文集》　己未三月　1979年　頁146-176

37. 蘇文擢〈遯翁以益智仁室詩鈔見惠賦贈〉

李逸韓雄奇，杜勁柳幽峭。東野宜山林，盧陵宜廊廟。何侯今振奇。一一具眾妙，力能排南山。勢欲逼萬竅，有時寫心畫。刻物見神肖，經歲牛腰束。刊落存體要，袖底出瓊琚。驖目眾星曜，君號取肥遯。沖默謝跳叫，如何筆英發。響若蘇門嘯，乃知大智仁。燭物無近徼，智故了群象。仁乃有餘照，鏜鞳鍾呂音。於古非賊剽。一從詩教衰，偽體肆原燎。別裁新月

名，商籟出胡調。新舊壁壘明，滕薛爭長少。別有百騷盟，喜以古作料。
淳風了無取，聲氣供弋釣。情志苟弗宣，今古等一誚。澄濁貴情源，風雅
溯周召。清如螿訴月，歘若劍出鞘。剛柔總自然，旨在窮奧窔。世情足悲
吒，詩境獨溫笑。下視塵冥冥，相期簡雲嶠。

見蘇文擢　《邃加室詩文集》　己未三月　1979年　頁146-176

38. 蘇文擢〈己酉（1969）元日，履川（曾克耑）七十壽旦，次遯翁韻 奉
　　祝〉

閩侯鴉里多賢英，一十二世詩長城。曾侯挺出善取精，探奇月窟掀雷霆。
抗手吳范初分庭，神閒意定發則驚。海涵地負實以宏，早歲朝隱蜚英聲。
有文傲睨諸公卿，辟地南服存艱貞。筆舌要為膠庠耕，力以叢稿揚芬馨。
作書餘事籠鵝經，摩古壁壘司今盟。脆質知服心所傾，醉如醇醪飫和羹。
天假文柄延其齡，一線絕續任匪輕。我祝公壽非私情，己酉元日東方明。
紅燭待曉殊未停，世或如晦雞三明。朋簪雜遝瑞氣清，坐有婺女光文星。
文章壽世薄衰榮，永延強兮得霜鷹。

見蘇文擢　《邃加室詩文集》　己未三月　1979年　頁146-176

39. 郭亦園〈癸卯（1963）重九集高華樓〉集者，新建夏書枚、閩侯曾克耑、清江何
　　敬群、修水涂公遂、順德蘇文擢、湘潭李任難、新化周游子、嘉興蔣醉六、武進陳蝶衣、
　　長沙張叔平、番禺張織雲、鎮海林秀芳及余凡十三人。來於四方，集於一堂，取風迴萍聚
　　之義。惟身居異域，節又重陽，撫松菊而懷鄉，望雲山而灑淚，又不勝其惆悵矣。爰成兩
　　律，聊誌我懷

其一

西風吹鬢又重陽，炎海晨昏氣漸涼。
能暖羈懷惟灑綠，肯虛嘉會負花黃。
災寧可避痴宜賣，家尚難回夢未忘。

十四年來千萬劫，何須此日檢黄囊。

其二

異域何來故國台，且容茗畔共徘徊。

流人厭作長生夢，浩劫驚飛匝地灰。

湖蟹肥時秋已老，風蟬鳴罷客猶哀。

樓頭漫說斜陽暖，多少寒衣待剪裁。

見郭亦園 《郭亦園先生詩集》 九龍 香港詩壇 1980年10月 王世昭署耑本 頁4-62

40. 郭亦園〈重過錦山臺訪邈翁〉

一車轆轆往來頻，為訪維摩病後身。

妙諦常從言外得，清輝合與靜中親。

孤松耐冷霜何畏，雙桂流芳月正新。

拄杖錦山臺上望，四圍蒼翠鬱成春。

見郭亦園 《郭亦園先生詩集》 九龍 香港詩壇 1980年10月 王世昭署耑本 頁4-62

41. 郭亦園〈邈翁患膀胱瘤有年，近入院割治，遂告霍然，讀近作豪邁如昔，爰拈長句以贈〉

一刀割卻五年瘤，豪氣依然射斗牛。

笑結珠胎同老蚌，暫拋塵網學閒鷗。

當樓風月容長嘯，緩日溪山待共游。

莫謂爐鐺曾擾擾，病中詩句尚清遒。

見郭亦園 《郭亦園先生詩集》 九龍 香港詩壇 1980年10月 王世昭署耑本 頁4-62

42. 郭亦園〈重陽後一日遯翁招茗〉

西風相約共清遊，九日詩為十日酬。

自絕塵緣常閉戶，每因鄉思獨登樓。

故山千劫天難問，窮海廿年客尚留。

園有黃花壺有茗，炎升差不負深秋。

見郭亦園　《郭亦園先生詩集》　九龍　香港詩壇　1980年10月　王世昭署耑本　頁4-62

43. 郭亦園〈江樓公餞王質盧詩老〉同盟王子質盧，將赴台定居，爰約夏書枚、曾履川、何敬群、涂公遂、區季子、余少颿、張紉詩、蔡念因、蔣醉六、吳稼秋、李任難、徐義衡、趙湘琴、曾直夫、高贛賜、張方、林盛之諸耆賢，暨質老父女孫三位，公宴江樓，聊誌別意，爰再賦二律，以伸余懷

其一

江樓杯酒餞君行，二十老賢共此情。

醉後不妨同虎嘯，吟邊且莫論鷗盟。

交從翰墨珍生命，心繫河山重甲兵。

漫說蓬壺隔塵世，近來風鶴亦堪驚。

其二

有女將雛跨海迎，一門笑語壓吟聲。

老年只喜親人伴，晚景差同夕照明。

萬里風雲休擾擾，百年宇宙待澄清。

書生報國文章在，敢說忠貞比上卿。

見郭亦園　《郭亦園先生詩集》　九龍　香港詩壇　1980年10月　王世昭署耑本　頁4-62

44. 郭亦園〈吾黨〉何遯翁

詩詞推何遜，名遜實未遜。優遊庠序間，百世有定論。

見郭亦園　《郭亦園先生詩集》　九龍　香港詩壇　1980年10月　王世昭署耑本　頁4-62

45. 郭亦園〈君左、水心、任難、疊山、游子、兆覺、德稱、遯翁、西恩諸公招宴大華園賦謝〉

天涯詩酒寄餘生，鷗鷺交游證舊盟。

座上壺觴良友意，亭邊花木故園情。

十年海隱忘名姓，一醉春回化甲兵。

藻繪江山吾輩事，相期囊筆賦歸程。

見郭亦園　《郭亦園先生詩集》　九龍　香港詩壇　1980年10月　王世昭署耑本　頁4-62

46. 郭亦園〈夏日偕克耑、敬群、公遂、文擢、書枚諸教授小集市樓〉

逭暑相將上市樓，清涼冷氣爽逾秋。

稻梁早被狂濤噬，苜蓿聊為遠客謀。

窮海萍浮欣聚首，殘山雲壓怕凝眸。

亂離漫笑儒冠賤，吟嘯猶能酒一甌。

見郭亦園　《郭亦園先生詩集》　九龍　香港詩壇　1980年10月　王世昭署耑本　頁4-62

47. 余少颿（1903-1990）〈叔美（夏書枚）自美洲回，出示和文擢贈詩，遯翁、樹青次韻，余亦繼聲〉

瀛海逍遙遠俗塵，扶搖鵬度水雲身。

洗桐日夕群高士，荷蓧清閑遇丈人。

大塊縱罹千萬劫，靈臺猶貯十分春。

思通玄牝何由致，臏欲從公養谷神。

見余少颿　《自強不息齋吟草》　1982年　于右任題耑本

48. 韋金滿〈壬子（1972）遯翁師生辰獻詞〉

天欲起斯文，吾師蓄大德。雖屆老而傳，依然健且碩。處事忍而讓，待人謙以直。才如萬斛泉，汩汩難自抑。麓裘纘詞章，博學更宏識。朝看廿四史，夕覽百家集。不慕繁華地，獨闢天遁室。室小雖方丈，居此自閒適。文惟喜莊周，洸瀁盡其極。詩惟尚少陵，雄渾世衿式。詞惟宗白石，騷雅入清逸。振鐸諸上庠，孳孳復矻矻，不辭舟車苦。不避風雨櫛，滿門桃與李。率皆親培植，我從程門遊。十年如昨日，諄諄時訓誨。茅塞蒙啟迪，課餘勉立達。待我如子侄，自慚資稟鈍，未能得萬一。值此嶽降時，默默禱安吉。美意信延年，兒孫時繞膝。愧無火棗獻，以報化雨澤。欣然賦新詩，聊表寸心跡。

見韋金滿　《懷燕廬吟草》增訂版　香港　香港浸會學院中國語文學會1982年7月　頁1-54；韋金滿　《希真詩存》　香港　科華圖書公司2006年3月　頁100-152

49. 韋金滿〈讀《遯翁詩詞輯》〉

十年風誼師友兼，唱酬往復同陶然。
襟懷灑落塵垢外，不問瀛海成桑田。
詩詞一卷入我手，篝燈夜讀當窗前。
詩律精嚴追工部，詞境雄健同稼軒。
吐韻妍和舌生津，運辭深邃意萬千。
騰踔激宕若湍瀨，揮斥舒捲如濤瀾。
低吟百遍猶未厭，心神啟沃宵不眠。
相期鐸聲震溟渤，宏我大漢天聲傳。

見韋金滿　《懷燕廬吟草》增訂版　香港　香港浸會學院中國語文學會1982年7月　頁1-54；韋金滿　《希真詩存》　香港　科華圖書公司2006年3月　頁100-152

50. 韋金滿〈辛酉（1981）錦山春禊，步遯翁詩韻〉

隱廬今日禊脩，王謝依然集雋儔。

紅杏枝頭黃鳥鬧，白雲深處錦山幽。

滄溟萬里茫茫見，曲水千觴滾滾流。

引領鄉關腸九轉，且同王粲賦登樓。

見韋金滿　《懷燕廬吟草》增訂版　香港　香港浸會學院中國語文學會
1982年7月　頁1-54；見韋金滿　《希真詩存》　香港　科華圖書公司
2006年3月　頁100-152；何乃文、洪肇平、黃坤堯、劉衛林編　《香
港名家近體詩選》　香港　香港中文大學出版社　2007年

51. 梁寒操〈贈何敬群〉

潔志韓康甘賣藥，苦心何遜獨工詩。

老聃玄恉曾參透，一士廛中稱最奇。

見中國國民黨中央委員會黨史委員會編　《梁寒操先生文集》　臺北
裕台公司中華印刷廠　1983年6月　頁1456

52. 梁簡能〈仲春偕（黃）兆顯、（洪）肇平訪（常）宗豪、（黎）曉明大埔
新居，並同過益智仁室，賦示諸子兼寄遯翁教授〉

鬧市何由見好春，出郊唯欲接芳辰。

但看嘉樹成蹊道，自播光風掃俗塵。

待頌中興期爾汝，為傳孤詠要清新。

窗前眾嶺多佳氣，更得何侯結善鄰。

見梁簡能　《簡齋詩草》　1983年　馮康侯署本　香港大學馮平山圖書
館藏

53. 陳肇炘〈奉遯翁師孔鑄老市樓雅敘〉

新光樓頭興悠然，自欣有幸親時賢。

兩公管鮑交結兄，碩果流風名久傳。

學士逸雋飄雲煙，工部沉雄勁參天。

黃鐘大呂雅以淵，洛陽紙貴傳錦箋。

今宵得此天假緣，杯酒縱橫聆什篇，

潮音動地雷鼓闐。金鏘石錚鳴朱弦，

激流濺岸三峽邊。胡笳偃草大漠前，

曼衍魚龍氣萬千。蕩滌塵氛沐清泉，

我如終南晤散仙。餐霞餌芝同盤旋，頓忘夷土覊連年。

見陳肇炘　《穎廬趨庭吟草》　1983年12月　遯翁署本　頁4-77

（案：《穎廬趨庭吟草》，本書有作者識語：「此集耑為祝賀恩師遯翁何敬群教授八十大壽而出版　肇炘謹識」）

54. 陳肇炘〈遯翁師以九日集酒家樓，應亦園先生索詩見示，敬步原韻〉

天涯吟望此淹留，節應清商座市樓。

九日黃花撩客思，三秋白露繫鄉愁。

幼安皂帽居遼海，夢得驪珠咏石頭。

振玉鳴球椽筆健，敢將菊酒數詩籌。

見陳肇炘　《穎廬趨庭吟草》　1983年12月　遯翁署本　頁4-77

55. 陳肇炘〈次遯翁師闌韻〉

其一

林泉雅敘到更闌，抱道能宏缺與殘。

海角清吟賓主美，天南朔氣歲時寒。

好從丘壑娛梅鶴，不向京華羨蓋冠。

樽畔燈前縱騷賦，濁醪杯到莫辭乾。

其二

詩酒蹉跎歲月闌，悠然衲破伴經殘。

一肩書劍忘枯菀，兩鬢風霜歷燠寒。

海客挑燈新世語，遺民引領舊衣冠。

聲聲臘鼓吾何願，但願樽罍倒不乾。

其三

樓頭月冷夜珊闌，覓夢無端夢忽殘。

欲撫朱弦塵半浣，任燒銀燭爐將寒。

金釵屢拔籌沽酒，玉鏡疏揩懶正冠。

青鳥蓬山音訊絕，湘簾隱約淚痕乾。

見陳肇炘　《穎廬趨庭吟草》　1983年12月　遯翁署本　頁4-77

56. 陳肇炘〈歲首俗務冗集，用遯翁師和亦園先生韻〉

栗碌勞人歲又分，無緣琴鶴臥松雲。

胸中林壑空招隱，耳底笙歌已倦聞。

白髮懷鄉生萬縷，黃金結客散千斤。

卅年自覺忘嗔恨，祇憾棲夷窘俗氛。

見陳肇炘　《穎廬趨庭吟草》　1983年12月　遯翁署本　頁4-77

57. 陳肇炘〈春日呈遯翁師〉

其一

異國棲遲恨事多，悠悠壯氣漸銷磨。

千般生計慚形役，百載繁華轉眼過。

灼灼杜鵑開燦爛，垂垂楊柳舞婆娑。

勞人久負春風意，空對蒼茫一放歌。

其二

仲春樓外有輕寒，姹紫嫣紅倦眼看。

濁酒每緣憂世縱，疏才更覺合時難。

身非我有嗟元亮，詩問誰高憶伯鸞。

何日清芬許重挹，研經問字論書翰。

見陳肇炘　《穎廬趨庭吟草》　1983年12月　遜翁署本　頁4-77

58. 陳肇炘〈步遜翁師沙田示原韻〉

沙田漫遊

南宮射策苦藏修，試罷聯翩探秘幽。

林美峯奇水清淺，沙田不厭百回遊。

酒肆

振衣獅嶺數聲呼，綠醑欣能近處沽。

門外酒帘帘外舫，推窗更對輞川圖。

香林別墅

修篁颯颯綠陰清，近掩紅樓拂畫楹。

似和風雩童冠咏，如聞鏗爾瑟聲聲。

馬氏園

卉木幽深馬氏園，雞鳴桑樹犬迎門。

東橋問訊重遊地，賓主相攜笑語喧。

見陳肇炘　《穎廬趨庭吟草》　1983年12月　遜翁署本　頁4-77

59. 陳肇炘〈敬步遜翁師，題家君（陳伯祺）西湖紀遊〉

寒梅疏影小孤山，西子無時不玉顏。

柳浪鶯傳千笛脆，平湖月掛一勾彎。

椿庭藜枚清吟放，絳帳騷懷錦軸頒。

久臥滄江心欲冷，新詩把誦幾迴環。

見陳肇炘　《穎廬趨庭吟草》　1983年12月　遯翁署本　頁4-77

60. 陳肇炘〈步遯翁師，和貫之先生韻〉

南陲卑溼蟄經年，可奈驕陽又灼天。

蚊蚋刺人薰可淨，蛇蟲犁穴計方全。

忘憂卻懼尼山訓，鑒古觀今涑水篇。

清濁燈前辨狂聖，不愁多露自怡然。

見陳肇炘　《穎廬趨庭吟草》　1983年12月　遯翁署本　頁4-77

61. 陳肇炘〈游仙詩步鳳坡先生韻並序〉《披雲樓詩集》乃邑彥鳳坡李景康先生民十二年（1923）作品，家大人近得數冊，以一冊遺遯師，師以校近年出版之《鳳坡詩文集》，不見有此。蓋因年代湮遠，編遺稿者或未之見。余侍親師，幸得披覽諸作，特愛遊仙詩之意境恍儻迷離，遂為唱和，亦聊告鳳坡先生故交，此集尚在人間云耳

其一

神凝秋水想豐姿，舞罷瑤台卸羽衣。

方朔窈窺聞笑語，帝姬留夢幻靈芝。

冰肌夜浥飛瓊露，眉月機牽織女絲。

一自塵寰輕謫後，蓬山回首是耶非。

其二

香溢蟠桃意興濃，君門無復隔重重。

成丹笑尚攜黃犬，吮筆閒能起壁龍。

紫氣關前看曄曄，酒旗天上慰忡忡。

武陵放眼雲封處，陶令奔欣最動容。

見陳肇炘　《穎廬趨庭吟草》　1983年12月　遯翁署本　頁4-77

62. 陳肇炘〈和遯翁師寶蓮寺困風〉

    其一

    挈侶招提避俗塵，寶蓮花放見金身。

    正趨方丈參禪悅，忽報封姨襲海濱。

    倒瀉銀河天莫補，橫搖鷲嶺地疑嗔。

    遙知逸興隨風發，果有新詩示故人。

    其二

    瀟洒揮毫似運斤，敲窗狂雨任紛紛。

    初傳梵唄分煨芋，三宿僧房待掃氛。

    上接高寒通沆瀣，下看幽壑尚氤氳。

    歸來詩思清於水，為有名山滿袖雲。

    見陳肇炘　《穎廬趨庭吟草》　1983年12月　遯翁署本　頁4-77

63. 陳肇炘〈步遯翁師，上巳分韻得風字〉

    元氣洸潢塞頹濛，經傳域外振高風。

    借枝窮海傷沉陸，仰首穹蒼欲吐虹。

    春夢留痕餘拾翠，鄉愁有託詠飛紅。

    中原何日澄天宇，好向蘭亭發酒筩。

    見陳肇炘　《穎廬趨庭吟草》　1983年12月　遯翁署本　頁4-77

64. 陳肇炘〈己酉（1969）四月廿九日侍嚴親金禧樓歡宴時彥〉

    朱夏薰風好，金禧旨酒歡。椿庭迓珠履，賤子侍華筵。

    座上豪賢集，杯中宇宙寬。晤言展襟抱，吟嘯引鳳鸞。

    好繼風騷緒，同舒錦繡肝。畫堂紛卷帙，几案盡文翰。

    群力揚風雅，齊心正頗偏。遯師雄逸並，菊老邁清兼。

    籀篆梁能擅，丹青朱更妍。炎黃魂不泯，洙泗教長存。

板蕩廿年客，棲遲一角天。管寧遼海畔，越石薊門邊。
燈燭欣今夕，衣冠憶往年。斯文當羽翼，絕學起叢殘。
且吮文犀筆，毋嫌苜蓿盤。登樓宜作賦，域外暫游仙。
沽酒歌燕市，披襟拍玉欄。雲垂終海立，翮欲待時遷。
詠鳳何嗟爾，傷麟總喟然。扶輪陪大雅，稽首拜群賢。
見陳肇炘　《潁廬趨庭吟草》　1983年12月　邅翁署本　頁4-77

66. 陳肇炘〈入夏甚少作詩，酒後用髯仙百步洪韻，呈家大人及邅翁師〉

薰風海上吹鯨波，柳陰樓外猶鶯梭。
荔熟蟬鳴報時節，勞人碌碌方矗矗。
火維地熱況氛瘴，負瓢安得如東坡。
市廛鱗櫛無餘隙，揮汗且自傾金荷。
一醉神遊任馳騁，回看海瀁迴漩渦。
龍車翱翔遍八極，彷彿絕漢橫天河。
天孫慇懃弄機杼，瓊樓為我裁雲羅。
北望朔方雪皚皚，西顧流沙紛橐駝。
忽逢洪崖肩共拍，更與王喬同委蛇。
又見達摩正面壁，頭上有鳥來營窠。
自云閒散學稽懶，笑我醺醺將誰何。
醒來索紙寫所遇，篇成肅待親師呵。
見陳肇炘　《潁廬趨庭吟草》　1983年12月　邅翁署本　頁4-77

66. 陳肇炘〈邅翁師以遊臺灣諸作見示，賦此恭謝〉

天風飄袂訪蓬萊，搜勝尋幽亦快哉。
茶詠烏龍紛茂美，樹歌神木入崔巍。
安平堡溯延平志，博物宮存博望懷。

吟望旗山見情性，奚囊玉滿賦歸來。

見陳肇炘　《穎廬趨庭吟草》　1983年12月　遯翁署本　頁4-77

67. 陳肇炘〈遯翁師以近作梅訊見示，即用前韻恭答〉

傲雪凌霜清絕塵，羅浮夢裡記前身。

壽陽額點簷邊影，處士家傳枕畔人。

秉燭訪攜三鼓月，思鄉期報一枝春。

南疆落拓牽懷久，追憶豐姿為愴神。

見陳肇炘　《穎廬趨庭吟草》　1983年12月　遯翁署本　頁4-77

68. 陳肇炘〈步遯翁師刪韻二章〉

其一

膡語卮言尚未刪，又萌狂態闖詩關。

一樓抱膝尋佳句，鎮日搜腸愧汗顏。

地缺金銀宵漢氣，心同鷗鷺水雲閒。

正愁囊澀杯中涸，笑喜山荊貫酒還。

其二

傷時疾世句須刪，又憶髫齡住下關。

山秀紫金開氣象，湖平玄武照客顏。

雨花臺畔花如錦，燕子磯頭燕自閒。

今日蒼茫窮海望，何時結伴故鄉還。

見陳肇炘　《穎廬趨庭吟草》　1983年12月　遯翁署本　頁4-77

69. 陳肇炘〈步遯翁師次太希教授，寄公遂教授韻〉

其一

薑桂由來老愈辛，名韁利鎖付浮塵。

化行桃李門牆盛，道在詩書禮樂親。

壯志肯輸屠狗輩，豪情不讓少年人。

齊烟終有澄清志，海上何妨靜守神。

其二

忘卻人天有苦辛，莊周野馬與埃塵。

胸涵湖海無邊闊，心照圓通平等親。

越石朔方留賦筆，東坡瓊島作詞人。

黌宮振鐸吟還醉，無悶無思妙入神。

見陳肇炘　《穎廬趨庭吟草》　1983年12月　遯翁署本　頁4-77

70. 陳肇炘〈讀遯翁師集中日曆賦感〉

無思無悶時怡然，哦詩躭酒無掛牽。往事如塵鴻爪印，揭來抱甕花間眠。有日曆，置案前。一朝一月倏經年，漫不經意隨手掀。米薪貴賤嬾過問，拔釵但計沽酒錢。醉裏欣與淵明共把菊洪喬共拍肩，渾渾噩噩尚謂流光萬萬千。拜讀師尊日曆篇，憬然星霜滿鬢邊。白日堂堂悔虛擲，一事無成紙寄塵。也曾沙場盼戰死，其奈歸來世態更頗偏。征衣早敝匣劍銹，未知何日能歸田。業師佳構撼心魄，醒我迷津出生天。誰云詩作雕蟲技，我欲手持清江所作喚起地下之青蓮。

見陳肇炘　《穎廬趨庭吟草》　1983年12月　遯翁署本　頁4-77

71. 陳肇炘〈讀遯翁師《書學纂要》，步所選眉山留題延生觀後山上小堂韻〉

把誦迴環百不厭，階梯信步到峯尖。

少陵沉鬱標高古，坡老縱橫起細纖。

恰似生公點頑石，何當后羿逐靈蟾。

花前窗下一壺酒，相伴醰然月上簾。

見陳肇炘　《穎廬趨庭吟草》　1983年12月　遯翁署本　頁4-77

72. 陳肇炘〈五九生朝呈遯翁師〉

人瀕耳順尚無聞，嶺畔斜暉岫外雲。

希聖希賢希一貫，課兒課女課三墳。

流年似水宜躭酒，往事如煙記佐軍。

毋難偶然成拙句，恩師肯賜運風斤。

見陳肇炘　《穎廬趨庭吟草》　1983年12月　遯翁署本　頁4-77

73. 陳肇炘〈遯翁師以咏水仙〈滿庭芳〉一闋見示，長句奉答〉

鴻鈞運轉接新年，香國量珠聘水仙。

文石清泉君自潔，銀臺金盞我偏憐。

幽芳直使寒梅妬，本色平添陋室妍。

絳帳倚聲風遠送，人間蓦似大羅天。

見陳肇炘　《穎廬趨庭吟草》　1983年12月　遯翁署本　頁4-77

74. 陳肇炘〈遯師以孔鑄老入院療養，仍不忘詩壇雅集事，有詩慰候，並以
見示，因成此，祝早占勿藥〉

維摩示疾尚論經，莊舄耽吟見性靈。

小恙由來是清福，偷閒正好學黃庭。

躬非稚子心猶赤，志若喬松雪後青。

二豎三彭俱煉盡，詩壇重耀老人星。

見陳肇炘　《穎廬趨庭吟草》　1983年12月　遯翁署本　頁4-77

75. 陳肇炘〈次遯師，步公遂教授重陽登香爐峯韻〉

蹉跎詩酒又重陽，風雨淒迷眺遠岡。

北地黃花憐舊夢，南天海氣愛新涼。

邇來漸覺多閒趣，老去翻能少感傷。

但得鷦巢無擾攘，安居何必定江鄉。

見陳肇炘　《穎廬趨庭吟草》　1983年12月　遯翁署本　頁4-77

76. 陳肇炘〈壬戌（1982）九日風雨如晦，用遯師重陽課諸生韻〉

高處寒應怯，嘉期困小齋。茱萸插無地，菊酒酹重霾。

祖墓遙天祭，鄉思亂客懷。劉伶欣作伴，醺釅把愁埋。

見陳肇炘　《穎廬趨庭吟草》　1983年12月　遯翁署本　頁4-77

77. 陳肇炘〈談詩疊前韻〉

無邪為體調須諧，反手飛花覆手霾。

言志貴乎摯情性，舒襟何碍放形骸。

星垂平野乾坤闊，霜染楓林氣象佳。

覓句不如憑妙筆，天心早自妥安排。

（遯翁師有句「天排我輩作詩人」，偶憶及之，借用作結。）

見陳肇炘　《穎廬趨庭吟草》　1983年12月　遯翁署本　頁4-77

78. 陳肇炘〈恭賀恩師遯翁教授八十大慶〉

桴浮海外幸追陪，儒雅恂恂曠代才。

明道昌黎尋墮緒，傳經伏勝拾秦灰。

文章述作名山寄，桃李門牆細意栽。

虔祝喬松無量壽，更為山斗壽崔巍。

見陳肇炘　《穎廬趨庭吟草》　1983年12月　遯翁署本　頁4-77；何敬群　《遯翁詩詞曲集》　1983年8月　頁104

79. 陳肇炘〈遯翁師以癸亥（1983）重陽應詩學研究所登高雅作見示，即步原韻〉

長歌當哭嘯洪荒，九日蕭條懶舉觴。

人欲忘情偏鬱結，鄉惟入夢到麻桑。

南來天地愁風雨，北望乾坤信渺茫。

臘燭有情陪伴我，更深紅淚亦成行。

見陳肇炘　《穎廬趨庭吟草》　1983年12月　遯翁署本　頁4-77

80. 蘇文擢〈用偶書韻寄答遯翁茗飲市樓，並訂後約，兼柬公遂、懷
冰、霖沉詞老〉

勞勞筆舌耗筋骸，入肆調心數子偕。

莫向徂年嗟幕燕，久知群吠定官蛙。

一樓尚佔歌呼地，百歲相期福壽涯。

妍日接寒春氣動，好從休澣接談諧。

　　　　　　　　　　　　　　　　　　辛酉小寒文擢甫稿

見蘇文擢　《邃加室詩文續稿》（甲子初秋龍礪居士署）　1984年9月　頁62-
139

81. 蘇文擢〈次韻奉題遯老《益智仁室詩詞曲集》即政〉

但有高文能壽世，不須逢老更疑年。

一名寶比儒珍重，三卷編同趙璧全。

水部清吟心未苦，信陽才調妙由天。

他時鼓吹中興後，稿筆從君庾贛邊。

　　　　　　　　　　　　　　　　　　癸亥春日　蘇文擢

見蘇文擢　《邃加室詩文續稿》（甲子初秋龍礪居士署）　1984年9月　頁62-
139

82. 蘇文擢〈遯翁引退上庠，賦此寄意〉

廿載交期感百端，各憑孤咏驗胸肝。

撐天願大誰能識，如水心清世已難。

高蹈漫論千里志，倦飛還戀一巢歡。

揮絃目愧冥鴻遠，垂老鮎魚尚上竿。

　　　　　　　　　　　　　　癸亥（1983）六月初十日　文擢

　　見蘇文擢　《邃加室詩文續稿》（甲子初秋龍磵居士署）　1984年9月　頁62-
139；《嶺雅》第36期　2007年12月　頁132

83. 夏書枚〈次韻公遂見懷，並呈遯翁〉

野橋日日踏長虹，卻悔東遊別兩公。

驛路萬千仍漢月，人文銖寸異華風。

未類華嶽雲猶滃，已圮陂塘派不通。

磐石且安甌脫地，可哀巢閭尚稱嵩。

　　見夏書枚　《夏書枚詩詞集》　香港詩壇　1984年12月　頁20

84. 陳新雄〈贈何敬老〉

西江詩派總堪誇，一代宗師氣自華。

老樹盤根森鬱鬱，錦囊收盡好煙霞。

　　見陳新雄　《香江煙雨集》　臺北　學海出版社　1985年7月

85. 陳新雄〈遯老贈詩謹步原玉奉答〉

灌耳聲名非一日，相逢如入芝蘭室。

豫章故郡是君家，我從虎頭城下出。

吾鄉人物自足誇，詩成宗派粲春華。

遯翁筆走龍蛇鬱，光芒萬丈穿雲霞。

　　見陳新雄　《香江煙雨集》　臺北　學海出版社　1985年7月

86. 陳新雄〈東坡赤壁泛舟九百年，次遯老韻〉

民國壬戌秋，停雲詩友集。欲歌蘇長公，清風和明月。公為萬世人，丰神
自儁逸。忠義注骨髓，寧論得與失。峰巧能障日，無端遭遠謫。扁舟橫大
江，萬頃煙波闊。行雲賦赤壁，高懸輝日白。公乃人中傑，如龍潛淵澤。
龍去淵潭空，江水為嗚咽。方其揮橡筆，天下稱豪客。思能驅虎豹，一寫
胸襟豁。恨余生也晚，與公五朝隔。自公泛舟後，掐指年九百。斯人難再
遇，典型存夙昔。歌罷似耳聞，英聲響天末。

見陳新雄　《香江煙雨集》　臺北　學海出版社　1985年7月

87. 陳新雄〈次韻遯翁壬戌（1982）重陽〉

南來此日值重陽，也擬登高陟屺岡。
綵服娛親情久闊，征鴻成列夢仍涼。
遺民淚盡王師遠，巢幕詩增港客傷。
天意若隨人意轉，相期結伴早還鄉。

見陳新雄　《香江煙雨集》　臺北　學海出版社　1985年7月

88. 陳新雄〈觀荷步遯老韻〉

淩波仙女浴寒漪，玉立亭亭萬頃陂。
花送清香香嫋嫋，蓋擎圓葉葉離離。
多情斷藕絲絲意，翠扇搖風習習池。
最喜操持冰皎潔，污泥不染可規時。

見陳新雄　《香江煙雨集》　臺北　學海出版社　1985年7月

89. 陳新雄〈壬戌（1982）冬與遯老、幼川、希真聚飲旺角醉瓊樓，遯老賦
詩紀興，因次韻奉答，並柬幼川、希真〉

魯殿靈光獻一卮，巋然矍鑠出新辭。

羨公才似行空馬，愧我胸無織錦詩。

得趣忘年遺遠近，起衰救弊共推移。

煙霞滿室人長好，擊節高吟意自怡。

見陳新雄　《香江煙雨集》　臺北　學海出版社　1985年7月

90. 陳新雄〈民國七十二年（1983）元旦，次邅老韻〉

其一

履端振響笛聲傳，萬戶春風換綵箋。

寶島芬馨盈瑞靄，神州靉靆滿狼煙。

遺民久盡千行淚，鐵幕深垂卅四年。

何日中原回漢朔，攙頭我欲問蒼天。

其二

蟲沙浩劫有窮無，億萬生靈尚炭塗。

不信神州終黯黜，細觀舊史識榮枯。

始皇任暴秦祧滅，光武親仁漢祚蘇。

速解倒懸人共望，出師吾欲大聲呼。

見陳新雄　《香江煙雨集》　臺北　學海出版社　1985年7月

91. 陳新雄〈邅老惠和贈文擢詩，賦此答謝，仍用前韻〉

揚騷振雅志勤斯，一老堂堂素所儀。

胸有五車歌白雪，水傾三峽瀉千詩。

陳編入手翻新境，魯殿流輝挺異姿。

論誼我應參北面，竟蒙青眼共瓊厄。

見陳新雄　《香江煙雨集》　臺北　學海出版社　1985年7月

92. 陳新雄〈余應聘香港浸會學院中文系講學，期滿返臺，邅老賦詩贈別，
因和韻奉答〉

共擁皋比共梓桑，若論儕輩丈人行。

傳經早已承休晏，樂道居然過邵張。

妙思縱橫抽乙乙，騷壇稱譽仰堂堂。

他年重聚歸鄉去，定和東坡八境章。

　見陳新雄　《香江煙雨集》　臺北　學海出版社　1985年7月

93. 陳新雄〈歲暮有懷浸會學院中文系同仁：何教授遯翁〉

歲暮陰陽催短景，天涯風暴捲寒濤。

遯翁詩已追工部，感慨成篇曲定高。

慷慨悲歌欲振聾，憂懷家國寄篇中。

老來縱筆尤剛健，漸覺遯翁如放翁。

巋然魯殿發靈光，謦欬時親話梓桑。

但願他年重侍宴，還吟八境出瓊章。

相投氣味早忘年，絕代才如玉局仙。

更顯我為陳正字，常隨步履聳詩肩。

　見陳新雄　《香江煙雨集》　臺北　學海出版社　1985年7月

94. 羅戎庵（尚）〈奉酬遯翁詩老、伯元教授並柬文擢先生〉

港臺酬唱盛於斯，一代風騷曜羽儀。

遙羨九龍同把瑓，可憐京國獨吟詩。

德星聚處天應笑，明月生時海弄姿。

聲氣相通千古事，傾談不覺似傾卮。

　見陳新雄　《香江煙雨集》　臺北　學海出版社　1985年7月

95. 包天白〈詩壇諸老邀飲，何遯老贈詩並謝〉

新春乘興又春遊，依舊元龍氣未秋。

獨我瀟陵憝隱市，羣公蠻海約登樓。

好廝南社成城志，喜接西江一派流。

明發台員倍惆悵，憑窗何意望神州。

見包天白　《天白詩詞選》　臺中　三大印刷廠　1986年2月　涂公遂
敬題本　頁53

96. 王韶生〈讀（涂公）遂翁、（曾希）穎翁、遯翁「思子苦懷聯榻夢」唱
和詩，走筆奉和〉

風雨聯床追舊夢，重關同越歷艱難。

驚心白髮頻催老，容膝書軒審易安。

繭紙共題詩句逸，星河將曙漏聲殘。

商山採得靈芝藥，休論桃甜賽李酸。

見《珠海校刊》1985-1986　香港　1986年7月；王韶生　《懷冰室續
集》卷三‧詩　香港　志文出版社　1984年8月；王韶生　《懷冰室續
集》增訂本　香港　現代教育研究社　1993年　頁120

97. 王韶生〈珠城春茗，遁翁未至，有詩步原玉作〉

春花怒放及春時，聊散煩襟賞佚姿。

緩駕飛箋懷逸叟，投冰和酒要金卮。

詞壇韻事傳三影，東道高清繼四詩。

大塊文章天籟作，于喁相唱復相吹。

見黃毓民主編　《珠海書院四十周年紀念集》　城市出版　1987年10月
頁121；王韶生　《懷冰室續集》增訂本　香港　現代教育研究社
1993年　頁121

98. 蘇文擢〈懷冰翁出示次韻遯翁晚晴海濱漫步一首，欣然繼興，柬寄二
老〉

龍城海合與山圍，從古人間眷落暉。

芳草有情憐獨往，恬波無耐忽群飛。

雨餘喜接蟬高唱，暝色愁看鳥倦歸。

水部龍標風格在，新詩如脫彈丸揮。

閏小月十八日文擢

見蘇文擢　《邃加室叢稿》（顧植槐題）　1987年12月　頁34-107

99. 蘇文擢〈自郊區移居鬧市，三疊重九韻，柬公遂、韶生、遯翁三詩老〉

梁謀久逐隨陽雁，枝寄終慚擁樹猿。

眼底人天同泊旅，亂餘鄉國望歸魂。

忘機自息奔輪鬧，生意還從老樹論。

更有微吟慕儔侶，詩心如住武陵源。

乙丑（1985）十月十五日文擢

見蘇文擢　《邃加室叢稿》（顧植槐題）　1987年12月　頁34-107

100. 勞天庇（1918-1995）〈丙寅（1986）九月朔，香港寧波會館雅集，賦呈公遂、韶生、荊鴻、晉偉、淑陶、文擢、璞慶、襄陵、乃殷諸老；敬群、天任、子餘三翁事阻未預，翌日補呈〉

旗亭載酒待高儒，問字看花舉白餘。

諸老春秋週甲外，滿城風雨入玄初。

欹風珠樹香難掩，帶雨霜枝蕾尚舒。

同是天涯今日會，豈唯眇眇獨愁予。

見《嶺雅》第9期　1987年　頁22

101. 王韶生〈和陶一首呈遯翁〉

山木工度之，倚樹獲小休。文林集群彥，踪跡憶昔遊。

樂水復樂山，仁智豈異流。斂氣若木雞，飛翔羨海鷗。

折枝事本易，引重喻山丘。尚友每希賢，親彼屈賈儔。

聯吟以言志，韓豪孟亦酬。石室可藏書，此願果達否？

世態有媸妍，杜酒解煩憂。仰視浮雲馳，富貴非所求。

見《珠海校刊》第38屆畢業典禮特刊　1988年7月15日　頁67

102.王韶生〈疊韻敬和遜翁書懷，並柬敬群、文擢兩教授〉

置郵不待書傳雁，一藝當如劍學猿。

對菊卓為霜下傑，銜杯猶樂聖中魂。

齊安得句思才士，南郭談玄入物論。

正是楓丹秋色好，江流依舊接長源。

見珠海文史學會編刊　《文薈》（劉十覺題耑）　1989年6月

103.文幸福〈1983年元旦，敬次遜老原韻〉

三朝風暖曉雞傳，寶歷新箋換舊箋。

且喜慶雲饒淑氣，卻憐哀曲思春煙。

禹疇半壁陽和日，紂土千秋水火年。

憔悴枯黎翹隔岸，指東斗柄共皇天。

見文幸福　《無益詩稿》　臺北　文史哲出版社　1990年6月　頁40

104.何竹平〈遜翁宗丈以跌失養傷詩寄示，依韻奉候〉

清江香海任炎涼，名重韓康復上庠。

既述尼山明格物，還從釋氏悟無常。

嵩齡此日當扶杖，安步何期若履霜。

天福善人神亦護，漫因腰腳廢吟章。

見《嶺雅》第11期　1989年10月　頁27

105.潘兆賢（1935-）〈引玉詩——十三位詩學家之傑作〉〈夢故人步何敬群
世丈憶勃賓韻〉

故人入夢醒難追，酌酒排愁已覺遲。

情到深時深似海，霜凝鬢裏鬢如絲。

藏山大業名垂世，教我清狂淚灑碑。

未許並肩同皓首，餘生猶可讀君詩。

見《嶺雅》第15期　1992年3月　頁52；潘兆賢　《采薇廔吟草》　香
港　科華圖書公司　2005年3月　頁92

106.王韶生〈次韻文擢兄答遯翁茶敘〉

計拙歸田乞骨骸，茶邊愁破數君偕。

共知日下思鳴鶴，奚事車停式怒蛙。

截彼南山岩有石，量如東海福無涯。

旂亭後約歡相見，會以笙簧擊節諧。

王韶生　《懷冰室續集》增訂本　香港　現代教育研究社　1993年　頁
81

107.王韶生〈奉答遯翁見寄之作〉

煌煌詩筆喜飛騰，示我周行信有徵。

著論深漸追慧地，窮經猶自志深寧。

試從華路開新運，偶向天河覯玉繩。

且樂文林長共事，鰲洋塔聳射明燈。

王韶生　《懷冰室續集》增訂本　香港　現代教育研究社　1993年　頁
82

108.王韶生〈何敬群教授八十〉

講學當年記遁翁，高賢心跡例相同。

優遊搦管文多富，剛直包懷氣自雄。

卅載交親情契合，四時佳興與人同。

不才忝法西江句，歡樂銜杯醉笑中。

王韶生　《懷冰室續集》增訂本　香港　現代教育研究社　1993年　頁93

109.王韶生〈慰遯翁傷足〉

一朝趑蹶如何致，三月醫樓養足傷。

說法哦詩原奧妙，栽花種藥久芬芳。

險夷世路曾身歷，苦樂人生亦坐忘。

箋付郵筒相慰問，安心法住是奇方。

王韶生　《懷冰室續集》增訂本　香港　現代教育研究社　1993年　頁135

110.陳伯祺〈敬群教授以目疾辭上庠職，賦此奉慰〉

商而積學進儒宗，莊老禪機悉有容。

鴻著等身傳教澤，吟篇照眼見遯蹤。

明眸漸眊隨齡至，芳桂當春著意穠。

譽繼二疏高蹈處，孫賢子孝采雲封。

見陳伯祺　《穎廬餘墨》　1993年　中大圖書館藏本

111.李雲谷〈讀遯翁《孔孟要義探索》〉

久仰淵涵著等身，宣揚聖道邁時新。

講壇坐論儒生事，要義重溫母教恩。

學貫誠明原本性，治推仁政在親民。

互參漢宋勞爭辯，篤導終為譽共參。

見《嶺雅》第22期　1996年7月　頁7

112. 訃告：本院前中文系同事何敬群（遯翁）先生，於一九九四年一月十七
日，壽終於香港聖保祿醫院，享壽九十有四歲，已於一月廿五日出
殯

尋常學行即瑰奇，風義平生友亦師。

疾病經年終委蛻，知交同輩幾衰遲。

書成百卷非時尚，後懵群流失舊規。

低首詩人何水部，欲憑苦語塞深悲。

遯翁教授詞長靈鑒

教弟蘇文擢頓首拜挽

見《新亞生活》第21卷第7期　1994年3月　頁13

113. 蘇文擢〈寄懷遯翁詞老，五用斜川韻〉

吾慕王官谷，築亭名休休。又愛宗少文，作圖供臥遊。其事足千秋，其人
復一流。世情艱欲退，狎狎忘機鷗。遯老真其人，智仁宗尼丘。和峻夷畎
間，文史揚班儔。近聞默聰明，觴詠辭賡酬。春花明海甸，作意出門不。
昨奉迎年詩，快語知無憂。何時三徑問，一笑來年求。

戊辰（1988）二月十二日文擢

見蘇文擢　《邃加室遺稿》　1998年5月　幼惠署本　頁10

114. 涂公遂（1905-1991）遺音〈吾友〉

遯翁筆墨勤，咳唾散珠玉。冬日兮可親，清風兮穆穆。（敬群）

見《嶺雅》第34期　2005年11月　頁128；涂公遂　《浮海集》　香港
珠海書院文史學會　1981年9月　頁22

115. 韋金滿〈甲子（1984）三月庚辰，陪遯師送女歸湘潭，因事宿深圳華僑
大廈。時值春雨綿綿，憑欄獨眺，悵然有作〉

九街人寂寂，客館獨凝看。淅瀝窗前雨，蒼茫眼底山。

特區今始至，故里不曾還。待得浮雲白，心飛嶺外關。

見韋金滿 《希真詩存》　香港　科華圖書公司　2006年3月　頁100-152

116.韋金滿〈壬戌（1982）重九登高，次遯師韻〉

秋旻萬里正重陽，欲遣閒愁且陟岡。

落葉蕭蕭千樹舞，西風颯颯一襟涼。

茫茫煙靄層巖隱，杳杳關河異客傷。

縱目雲天遙寄意，相扶何日始還鄉。

見韋金滿 《希真詩存》　香港　科華圖書公司　2006年3月　頁100-152

117.韋金滿〈觀荷次遯師韻〉

橫塘一碧泛漣漪，菡萏香飄百畝陂。

翠蓋風吹翻且舞，紅衣魚戲合還離。

亭亭出水斜撐日，片片浮雲倒映池。

此際凝眸堪惜取，明朝又是採蓮時。

見韋金滿 《希真詩存》　香港　科華圖書公司　2006年3月　頁100-152

118.張樹青（1900-1978）〈壬寅（1962）九日郭亦園招品茗江樓，次何遯翁韻〉

九日登樓倦眼張，座中豪氣屬汾陽。

清茶邀約交何淡，好句虞吟力不量。

遠客三秋同賞菊，故園六月尚飛霜。

閒愁合共江潮漲，夕照天涯草漸黃。

見何乃文、洪肇平、黃坤堯、劉衛林編　《香港名家近體詩選》　香港
香港中文大學出版社　2007年

119. 饒宗頤（1917-2018）〈大埔遯翁山居和石禪〉

繞樓江水羨肥仁，詞客今為隴畝民。

望裏山川成隔世，心中風雨暗悲春。

喚愁新變寒前草，覓句冥搜劫後塵。

同為官梅動詩興，可憐王粲不歸秦。

見何乃文、洪肇平、黃坤堯、劉衛林編　《香港名家近體詩選》　香港
香港中文大學出版社　2007年

120. 陳耀南（1941-）〈次韻奉和希真詞長，癸亥（1983）雙十並呈遯翁教
授〉

南島歸然抗北風，旌旗歲歲遍城中。

齟齬眾庶終勞止，和協萬邦始仰崇。

道器同形上下貫，聖王合體各今通。

青天竚覩重輝日，結伴還鄉樂靡窮。

見陳耀南　《敝帚珍留五十年》　2009年6月　孫桂權題本　頁59

（二）詞

1. 夏書枚〈蝶戀花〉二闋，步何敬群教授韻

其一

好夢醒來無覓處，報道春來，一霎春還去。客館孤清誰訪故，何郎珠玉投
無數。　　鵲噪晴簷休再誤，三徑園荒，望斷斜川路。碧落蛛絲黏粉絮，
多情怎忍將情負。

其二

織就相思無寄處，萬水千山，夢也難飛去。小硯紅箋訝紙故，鐙前卜盡金
錢數。　　陌上花開遊女誤，綠遍江南，那有尋春路。記得分襟鶯語絮，
殷勤後約休輕負。

見《珠海校刊》第2卷第8期　1959年3月　頁14

2. 方乃斌〈蘭陵王〉丙午（1966）上巳偕珠海文史學會諸友遊大嶼寶蓮寺，用周美成韻，并柬彭澹園、夏書枚、何敬群、饒宗頤、羅錦堂、王韶生、甄陶、鄭水心諸教授

輪波直，雪浪翻鵝轉碧。坪洲過，銀鑛窩中。涓瀉如練動春色，徘徊記上國，堪惜。羅浮舊客，風光好。龍洞水簾，幽雅酥醱柏千尺，紅車去來跡。睹古剎寶蓮，雲霧茵席。榕陰塔影寒泉食，任泥路盤繞，許多艱阻。縈縈浩氣黃花驛，白雲隱天北。悲惻，恨長積。況崖削水深，鴻雁沉寂，人情何處相思極。但目斷河漢，宋臺登覽。杜鵑處處，更忍聽啼血滴。

見《文史學報》第3期　珠海書院　1966年

3. 韋金滿〈滿江紅〉丁未（1967）十月，新亞書院中文系旅行元朗南生圍，遯翁師賦〈滿江紅〉一闋見示，謹和之以答

景淑天清，趁假日，南生應節。試指點，路平如砥，水平堪涉。幽鳥喜迎堤上客，殘荷猶舞塘邊葉。更湖亭，籬菊散幽香，槳輕拽。郊野迥，湖山豁。心自遠，愁俱袚。待盤桓晨夕，幾番風月。縱有塵喧都盡隔，此中樂趣吾能說。約明年，結伴再來遊，雲山接。

見韋金滿　《懷燕廬吟草》增訂版　香港　香港浸會學院中國語文學會
1982年7月　頁1-54

4. 韋金滿〈漁家傲〉戊申（1968）7月，侍遯翁師遊大嶼山寶蓮寺

假日相呼遊野寺，尋幽路入羣巒裏。嶺畔停車看晚霽，風光美，波嬌草舊遙峰翠。鳥語枝頭塵俗洗，天涯極目流雲逝。引領鄉關殘照裏。歸無計，孤帆遠過秋山外。

見韋金滿　《懷燕廬吟草》增訂版　香港　香港浸會學院中國語文學會
1982年7月　頁1-54；《新亞生活》第11卷第12期　1968年12月　頁7

5. 韋金滿〈隔浦蓮近拍〉戊申（1968）暮秋，與遯翁師遊青山青松觀

芳園紅紫掩映，卉木通幽徑。檻繞垂絲柳，秋林陰落盃茗。松觀遊屐盛，

臨仙境，頓覺塵心瑩。池臺淨，萍青荇翠，西風吹破平鏡。亭皋極目，往事倚欄回首。雲外鄉關客夢冷，愁憑，斜暉搖蕩波影。

見韋金滿　《懷燕廬吟草》增訂版　香港　香港浸會學院中國語文學會1982年7月　頁1-54

6. 韋金滿〈江城子〉日前偶患河魚，蒙遯翁師惠函慰解，賦此謝之

惱人天氣最難憑。乍炎蒸，乍寒輕。執教窮鄉，不戒病侵凌。經卷藥鑪愁未了。尋好夢，夢難成。　　遙頒尺素慰門生，喜忘形，愧無名。迴溯前塵，清淚一襟盈。算有千山和萬水，猶不及，我師情。

見韋金滿　《懷燕廬吟草》增訂版　香港　香港浸會學院中國語文學會1982年7月　頁1-54

7. 韋金滿〈柳梢青〉辛酉（1981）2月，賀遯翁師壽

鴻才清德，禮堂經學，梅花詞筆。廣結鷗盟，遍栽桃李，幾人能匹。春盤壽獻無疆，祝純嘏，兒孫繞膝。更祝年年，九如載賦，如松如柏。

見韋金滿　《懷燕廬吟草》增訂版　香港　香港浸會學院中國語文學會1982年7月　頁1-54

8. 蘇文擢〈淡黃柳〉遯翁寄示春柳五詞，情辭悱惻，感而有和，次韻二闋

紅亭翠驛，舊夢章臺客。玉勒嬉春逢巷陌，記得遊驄小繫，窗牖盈盈正初識，念傾國。　　靈根倩誰植。怕重見，漫天碧更飄綿。點點臨風擲，不似靈和。當年張緒，愁付長愁暗織。

見蘇文擢　《邃加室詩文續稿》（甲子初秋龍碖居士署）　1984年9月　頁62-139

9. 袁子予〈江月令〉次奉遯翁

記自江干，揖別此情，滿載輕舟。落花流水幾多愁，酒漬淚痕雙袖。休問

江湖，健老布衣，淡飯無憂。黃花過眼點清秋，最怕醒來夢後。

見袁子予　《南飛集》（涂公遂題）　香港　香港中文大學新亞書院錢穆圖書館藏本　1989年

10.　袁子予〈南鄉子〉次遯翁咏荔枝句

初夏喜和暄，顆顆虬珠暈蔻丹。不似丁香向伊唾。那般，趕上飛馳獻玉環。妃子賞冰丸，縱識蠻書值幾錢。遺世風情桴海客。堪憐，辜負增城綠絳仙。

見袁了予　《南飛集》（涂公遂題）　香港　香港中文大學新亞書院錢穆圖書館藏本　1989年

11.　袁子予〈小闌干〉敬步遯翁詩韻

迴瀾堆雪，溟煙聳翠，山繞荔村圍。側帽斜暉，江雲任翦，驚起白鷗飛。潯陽流落天涯客，莫道不思歸。月碎秋心，芳菲都嫁，回首涕頻揮。

袁子予　《南飛集》（涂公遂題）　香港　香港中文大學新亞書院錢穆圖書館藏本　1989年

（三）文

1.　劉太希〈《老子新繹》序〉丁酉（1957）10月，劉太希序於星洲

見何敬群　《老子新繹》　香港　人生出版社　1959年1月；劉太希《太希詩文叢稿》　吉隆坡　聯邦教育用品社　1960年10月　頁137-139

2.　黃華表〈半春園春遊詩序〉己亥（1959）10月，永春王道於雪蘭莪

見《新亞生活雙周刊》第1卷第20期　1959年4月　頁212

3.　王道〈遯翁詩詞輯序〉己亥（1959）10月，永春王道於雪蘭莪

見何敬群　《遯翁詩詞輯》　香港　人生出版社　1960年12月；《人生》第19卷第3期（總第219期）　1959年12月16日　頁25

4. 黃華表〈遯翁詩詞輯序〉庚子（1960）秋，黃華表於九龍

   見何敬群 《遯翁詩詞輯》 香港 人生出版社 1960年12月；《人生》第19卷第3期（總第219期） 1959年12月16日 頁25

5. 劉太希〈《益智仁室論詩隨筆》序〉壬寅（1962）七月，劉太希序於千夢堂

   見何敬群 《益智仁室論詩隨筆》 香港 人生出版社 1962年12月；《人生》第25卷第4、5期（總第293、294期合刊） 1963年1月20日 頁33

6. 王韶生〈七十年來香港之中國文學〉

   見《珠海學報》第12期 1981年8月 頁205-225

7. 陳肇炘〈《遯翁詩詞曲集》跋〉1982年8月，門生南海陳肇炘謹跋

   見何敬群 《遯翁詩詞曲集》 香港 志文出版社 1983年8月

8. 林慶彰〈《周易》研究著述分類目錄（三）〉

   見《周易研究》1991年第3期 頁79-80

9. 王煜〈漫評劉德清《歐陽修論稿》〉

   見《江西社會科學》1992年第5期 頁149-150

10. 洪肇平〈追記孔聖堂主講蘇文擢教授〉

    見《國文天地》第30卷第3期（總第407期） 2019年4月 頁70-75

11. 陳煒舜〈謂我識途馬，宜作知津告：何敬群《詩學纂要》創作論初探〉

    見香港公開大學人文社會科學院田家炳中華文化中心主辦、創意藝術學系協辦 第一屆華文創意寫作與跨媒體實踐國際研討會 2021年5月21-22日

（四）指導論文

1. 陳楷文《王漁洋之神韻說及其詩的成就研究》

   新亞研究所文學碩士論文（第26屆） 1982年 何敬群教授指導

2. 何佩明《湯顯祖四夢之成就研究》

　　新亞研究所文學碩士論文（第30屆）　1986年　何敬群教授指導

　　（注）指導論文資料由新亞研究所李啟文先生電傳告知，書此致謝

（五）聯語

1. 何乃文〈輓何師敬群癸酉（1993）十二月十一日作〉

　　受業記年時，入耳鄉音如昨日。草玄好辭賦，埋頭國故足千秋。

　　見何乃文　《窩山集》　香港　明雙硯齋叢書　2010年　乃文自署本

　　頁288

2. 經緯校友會同人〈輓何遯翁教授〉簡訊：名教授何敬群先生，號遯翁，江西清江

　　人。於1994年1月17日病逝，積閏享壽九十有四。遺著有《遯翁詩詞輯》、《易義淺說》、《老

　　子新繹》、《莊子義繹》、《孔孟要義探索》等書。先生歷任香港各大專院校教授。所成就甚眾

　　受業記年時，入耳鄉音如昨日。草玄好辭賦，埋頭國故足千秋。

　　見《嶺雅》第18期　1994年4月　頁91

（六）其他

1. 通訊錄資料：「何敬群（Ho Kin Kwan）筆名：遯翁　性別：男　年

　　齡：六一　籍貫：江西省清江縣　任職機構：珠海書院、中文大學新亞

　　書院文學系教授　通訊地址：香港文咸西街32號2樓　電話：441717

　　著作：⋯⋯（從略）」

　　見《香港中國筆會通訊錄》　1967年3月　羅香林署本　頁37-38

2. 何敬群先生讀祭文、顧翊群〈王道先生逝世哀悼辭〉（節錄）

　　見《人生》第34卷第5期（總第401期）　1971年6月　頁6、頁72

3. 潘新安：「昨接何敬群〈社集醉歸〉一律，有情有景，亦詩亦畫，允稱

　　盡美。詩云：『小集敲詩句未刪，自扶餘興返柴關。路隨低詠容安步，

　　天散明霞映醉顏。歸去足留三月味，吟成消得一宵閑。幾時更作桑麻

　　社，村北村南任往還。』」

見潘新安（1923-2015）　《草堂詩緣》　1971年10月　小山草堂自丁本　頁117

4. 李孟晉《夢真軒詩稿·自跋》：「在此數年，先後得梁師友衡、何師遯翁之指點，受益良多。甲寅（1974）五月端陽前一日，李孟晉自跋於香港九龍客寓。」

　　見李孟晉　《夢真軒詩稿》　1974年　涂公遂題本　珠海中國文學歷史研究所學會叢刊之三

5. 何世強《含璋館詩鈔·跋》：「余初定名此詩集為《瀟湘館詩鈔》，但敬群老師云『瀟湘』一詞過於輕佻，余乃向俊光老師請示斟酌，卒改成『含璋館』，蓋《易》坤有『含章可貞』句也。俊光老師並於去年夏季代余作序，幾隔一年，余詩集始行付梓，此因紙價之高昂所致焉。敬群老師除代為刪改部份拙作外，更代題辭，叨光不少。謹此向蔡、何兩位老師致謝。甲寅（1974）年端陽節世強跋於含璋館。」

　　見何世強　《含璋館詩鈔》　九龍　友誼圖書公司　1974年　遯翁書耑本

6. 謝鳳美（1980年畢業）〈憶拾中國語言文學系20年的點滴〉：「中文系的老師都很和藹可親，卻又富個性——詩才驚人，每個星期都能批好我們的詩作的何敬群老師。」

　　見《浸大中文校友園地》　Google 網頁

7. 徐訏紀念文集籌委會編　《徐訏紀念文集》　香港　香港浸會學院中國語文學會　1981年5月

8. 涂公遂《夏書枚先生詩詞集》跋語：「己丑（1949）之歲，神州陸沉，余流寓九龍，以文會友，廣識四方君子。黃岩郭君亦園，邀約吟朋，組芳洲詩社，定期茗敍。於是與吾鄉夏翁書枚，何翁敬群，閩侯曾翁履川，及各地賢達，莫逆相交。」

　　見夏書枚　《夏書枚先生詩詞集》　香港詩壇編輯　1984年　頁73

9. 《夏書枚先生詩詞集·附錄二·詩壇同人哀挽小輯》：「蘇文擢：『叔美詞老移居美洲，近年不獲音訊，甲子（1984）暮春，聞以腦溢血逝世，

得年九十二矣。憶辛丑（1961）歲，予獲交夏書枚、曾履川、何遯翁三老於新亞書院。自是文酒游燕，幾二十年。中間履老早亡，今茲夏老云逝，感老成之難得易失，輒為長律，敘平生而志哀悼云。甲子（1984）三月初九日，順德蘇文擢』」

見夏書枚　《夏書枚先生詩詞集》　香港詩壇編輯　1984年12月　頁68

10. 「作者簡介：何敬群，別字遯翁，江西清江縣人，僑居香港五十年，歷任中文大學新亞書院，浸會學院，珠海書院講師教授，著有《遯翁詩詞曲集》、《老子新繹》、《莊子義繹》、《益智仁室論詩隨筆》、《楚辭精注》等書十餘種行世。」

見林仁超、陳荊鴻、蘇文擢編　《詩詠香江雅集》　九龍　油尖區文化藝術協會　1987年12月

11. 0972　何敬群〈詞曲同異〉；3091何敬群〈談元代散曲〉；4892何敬群〈清代傳奇概說〉

見香港大學中文學會出版組：文灼非、陳偉明、陳偉傑、鄭振偉、香港大學中文學會編著　《中國古典戲曲研究資料索引》　香港　廣角鏡出版社公司　1989年9月

12. 《歷代文壇名人造像》題詠者簡介：「何敬群先生：江西清江人，少負才名，詩古文詞，清新博遠，歷任國內多所大學教席。香港經緯書院兼任教授，浸會書院中文系教席。」

見羅鶴鳴　《歷代文壇名人造像》　香港　當代教育出版社　1991年12月

13. 潘兆賢〈引玉詩——介紹近代十三位詩學家之傑作〉：「【小敘】予居港凡五十餘年，以文會友，廣識四方君子，對善詩者尤為心焉嚮往，傾佩無既。孟子曰：王者之跡熄而詩亡，詩亡然後《春秋》作。士大夫之吟咏，足以表達下情，發抒民意，儻任其散佚而不加蒐存，有詩等於無詩，故曰詩亡。詩亡之後，聖人起而有《春秋》之作；以褒以貶，使亂臣賊子知所畏懼，詩之績效，猶聖人之事功也。不佞何幸，多年來叨蒙

詩學耆宿賜予專集，今特選吳天任、陳荊鴻、陳湛銓、曾希穎、蘇文
擢、梁簡能、鄭春霆、潘小磐、傅子餘、王韶生、何敬群、涂公遂及先
師熊魯柯（潤桐）之傑作，強顏和之，用資借鑑。予淺學疏庸，所和者
實不足觀；然拋磚引玉，以期博雅君子觀賞藏山之作，各詩老繼美前
脩，自鳴天籟，固宜珊網肆張，玄珠是索，此『引玉詩』撰作之由
也。」

見《嶺雅》第15期　1992年3月　頁48

14. 何貴初編　《元明清散曲論著索引》　香港　玉京書會　1995年　頁67

15. 「本所歷任所長及教務長皆為導師。此外，任導師者先後有……王韶
生、何敬群……」

見《新亞研究所概況》　1999／2000學年度

16. 黃坤堯　《香港詩詞論稿》　香港　當代文藝出版社　2004年8月　頁
147

17. 鄺健行、吳淑鈿編　《中國古典文學研究論文目錄（1950-2000）》　上
海　上海古籍出版社　2005年10月　頁517

18. 《嶺雅》簡訊：「詩人書畫家吳寄池，字寄之，痛於丁亥（2007）年七
夕病逝。吳氏生於一九四四年甲申。曾師事陳湛銓、馮康侯、梁簡能、
何敬群、曾希穎、張韶石、鄭家鎮等名宿。」

見《嶺雅》第36期　2007年12月　頁134

19. 方寬烈　《香港文壇往事》　香港　科華圖書公司　2010年3月　頁486

20. 林慶彰〈香港近五十年《詩經》研究述要〉：「香港的《詩經》研究，早
期以何敬群、潘重規、李雲光等人的成果豐碩，當代學者則以李家樹的
研究成果最受矚目。年輕一輩則以李雄溪、陳致、盧鳴東的研究成果較
為凸出。」

見《人文中國學報》第16期　2010年9月　頁383-430

21. 「馬桂綿（1947- ）中學從黃相華、潘學增習詩詞，珠海書院畢業，隨何敬群教授專研詞曲，獲博士學位，刊有《燃藜集》、《燃藜兩集》、《燃藜三集》、《鍾馗在此》。」
見鄒穎文編　《香港古典詩文集經眼錄續編：詩社集詞社集》　香港　香港中文大學出版社　2021年　頁181-183

22. 潘新安、程中山編　《愉社詩詞輯錄》　香港　匯智出版公司　2011年10月　頁427

23. 蘇賡哲〈語言與南北和〉：「曾經說過：祖籍江西的何敬群先生南下香港後，在多家大專院校教授詞曲課程。學期結束時，責任心極重的他要學生對他的教學方式提意見。同學們一致感謝他批改作業非常認真，遺憾的是他的國語不容易聽得懂。不料何教授很錯愕地說：『我從來都在講廣東話，何曾講國語？』失敬點來形容，就是雞以為牠很努力地說鴨話，而鴨以為牠在說雞話。」
見蘇賡哲博士網誌　〈懷鄉書訊〉　2012年2月22日

24. 黃坤堯〈憶舊遊──跟陳新雄老師在一起的日子〉：「1981年，陳新雄教授來港任教浸會學院中文系，越一年返臺，輯成《香江煙雨集》，1985年由臺北學海出版。何敬群、汪中、張夢機諸先生撰序。」
見香港中國語文學會　《文學論衡》總第21期　2012年10月

25. 何敬群書法五字　見附錄一‧二　詞‧1
見陳萬雄、鄧偉雄編　《承前啟後：近代旅港學人墨跡》　香港　香港中華文化促進中心　2013年6月　頁23

26. 黃坤堯（馮永軍）《當代詩壇點將錄》述評「香港詩壇：何敬群（鑑琮，1903-1994）」
見《韓山師範學院學報》第34卷第5期　2013年　頁80-86；趙松元主編《近百年傳統詩詞高峰論壇論文集》　廣州　暨南大學出版社　2015年12月　頁196

27. 程中山〈古典詩文創作課程及活動簡介〉:「除了『詩選』課外,中文系
    亦常設『詞選』課,早期新亞何敬群、聯合夏書枚、常宗豪、崇基鍾應
    梅等負責任教,諸先生均要求修課學生填詞。」
    見《吐露春風五十年──香港中文大學中文系圖史文集》 香港 香港
    中文大學中國語言及文學系 2015年 頁50

28. 何敬群(條目)
    見黃振威編輯 《珠海七十年》 香港 商務印書館 2017年 頁132-
    133

29. 鄺龑子、陳德錦、陳子康 《廿一世紀香港詩詞:古典詩詞美學的
    前瞻與透視》 香港 中華書局 2019年3月 頁57-58

30. 盧達生〈何敬群先生〉
    見黃浩潮編 《珍重・傳承・開創:《新亞生活》論學文選》 香
    港 商務印書館 2019年7月 上卷 頁30-40

31. 芳洲詞社
    見鄒穎文編 《香港古典詩文集經眼錄續編:詩社集詞社集》 香
    港 香港中文大學出版社 2021年 頁181-183

32. 黃坤堯 《詩意空間》 香港 初文出版社 2021年6月 頁10-12

33. 蘇賡哲〈齊人之福和口腔內置碎骨機〉:「何(敬群)教授的個人生活層
    面充滿驚奇。他八十歲了,吃起雞來從不吐骨,你聽得見他的口腔內置
    碎骨機嚓嚓有聲,還邊說最好吃就是雞骨,為什麼要吐掉?他住在美孚
    新村,一間屋有兩位師母,三人行,相處很融洽。」
    見蘇賡哲博士網誌 〈懷鄉書訊〉 2020年5月27日

34. 香港孔聖堂國學研習班:自1976年10月第一屆國學研習班開學至今仍然
    舉辦。首兩屆老師包括何叔惠、何敬群、溫中行、梁宜生、梁隱盦、蘇
    文擢、陳耀南、翁一鶴、于照芳、麥友雲、伍永順等。
    見施仲謀、蔡思行著 《香港中華文化教育》 香港 商務印書館 2020
    年9月 頁243

35. 1954年（克耑55歲），端午節，曾與梁寒操、易君左、何敬群等雅集於
香港仔，聯句賦詩；1974年（克耑75歲），春，先生出席芳洲社雅集，
何敬群有〈芳洲社春集，列座諸老——並余十四人均七十至八十以上，
因以十四鹽分詠，七律紀事〉
見鄺健行、陳志誠、佘汝豐、梁巨鴻、楊鍾基選編　《頌橘廬詩文：曾
克耑先生（1900-1975）作品選》　香港　中華書局　2022年2月　頁
418-442

36. 陳志清〈八聲甘州〉香爐峯春望：這是八四年讀研究生，跟何敬群教授學詞時寫的習
作，其中有：遊人離去，四野冷清清……繁華夢，恐難長保，已感凋零。——怎麼會知道：人離
去，已凋零

又春臨海港、遍爐峰，嚶嚶囀鶯鳴。眺雲中仙界，人間塵境，碧水盈盈。
隱約黃沙起處，賽馬競輸贏。穀摩肩地，一片昇平。　　西下斜陽，冉冉
上華燈。點點漁火，星星漸。遊人離去，四野冷清清。這邊山群鴉聲噪，
那邊天孤月照，仃伶繁華夢，恐難長保，已感凋零。

見陳志清面書　2022年9月

37. 《楚辭》研究綜述：「何敬群又名何鑒琮，號邋翁，著有《楚辭精注》
及論文〈楚辭屈宋文研究導論〉、〈楚辭《天問》詮釋〉等篇。」
見《汨羅新聞網》　Google 網頁　2023年12月

肆　何敬群教授論著輯錄

一九五五

001.端午雅集

海豁山環地一隅，朱旗畫鷁景非殊。客邊辦有愁而已，天下如斯久矣夫。
且與風騷招笠屐，暫舒襟抱向菰蒲。油雲更作蕭蕭雨，能洗人間蘊鬱無。

《人生》第10卷第5期（總第113期）　1955年7月16日　頁18

002.擘荔

爐峯四月多珍果，舶致車輸種何夥。荔枝一出盡銷聲，盧橘楊梅亦猥瑣。
羅岡瑩爽畢村腴，尤物天生莫相左。擘去羅襦玉體陳，含來瓊液丁香裏。
爪禁祿山毋浪施，肌憐姑射須輕瀉。徧嘗亦知齒得病，欲罷其如意難捨。
海濱作客無已時，分與晶丸結香火，飽輸積核難滿盃，卻訝東坡三百顆。

《人生》第10卷第6期（總第114期）　1955年8月1日　頁16

一九五六

003.曉望獅子峯前雜花，因憶羊城木棉，慨然有作

東風二月開木棉，東風三月啼杜鵑。木棉開成杜鵑血，杜鵑啼斷征人魂。
客裡行囊齊檢點，粵王臺下花如錦。幾樹撐天霸氣存，千枝吐餤春愁欲。
踏歌花下足流連，回首芳菲一惘然。七年不到山前路，杜鵑聲喚空纏緜。
昨宵偶向九龍宿，早起看山曉烟簇。岩前花放杜鵑紅，岩上雲濛獅子綠。
花紅斗憶粵臺春，獅聳應窮滄海目。頗思躡蹻凌絕頂，便擬披雲揮若木。
誰知世事已如棋，朵朵高花化作坭。北望蒼茫烟一點，耳邊惟有杜鵑啼。

《人生》第12卷第2期（總第134期）　1956年6月1日　頁22

004. **在炎先生吟正**吳君在炎指頭畫，為高南村以後第一人。余于鑽石山華清池貫之（王道）
兄齋中得觀其作品，吳君即席寫紫藤一幅，染指拂素，不須試色作稿，目送手揮，一瞬而
就。至其畫境之佳，猶餘事也。貫之謂不可無詩，因為短歌以紀之。即呈　在炎先生吟正
遁翁于益智仁室

延陵作畫神乎技，不用濡毫用雙指。萬靈奔湊入鑪錘，藉甚聲華動歐美。
我聞世人盡訝奇，今朝失喜親見之。一盂一硯對座客，笑談揮手裁化機。
研丹弄粉着顏色，落紙元氣何淋漓。初營點畫騁豪縱，細妥意匠添風規。
籐花照眼紛爛漫，游魚掉尾回漣漪。畫成不覺毛穎泣，手奪造化猶須夷。
南溟已運大鵬翼，東風又到華清池。主人揝指座客歎，南村以後今人稀。
古傳一指誰能喻，天地茫茫亦陶鑄。丈夫何必定毛錐，染指之頃即真趣。

　　《人生》第12卷第3、4期（總第135、136期合刊）　1956年6月11日　頁7

005. **齊天樂**
劉郎筆底皆奇氣，拈來萬象俱備。抱膝哦詩，登高作賦，未止人間遊戲。
平生壯志，半水賸山殘，雲流烟逝。哀樂中年，正須寫出共回味。　　天
涯又同顛沛，慣飛蓬處處，琴書恥寄。甲子猶存，衣冠未改，海外尚留天
地。新亭涕淚，歎江左詩人，蒼涼憔悴。且讓師生，奮毛錐凌厲。

　　　　　　劉太希　《無象盦詩》　臺南　圖書教室　1956年7月　頁5

006. **和（太希）世網柬敬群**
世網彌深世相殊，故吾纏縛況今吾。心餘一孔難通達，道有多歧孰智愚。
天下莫容沮與溺，眾人相競墨非儒。賈生太息馮唐老，並作刁調大塊吁。

　　　　　　劉太希　《無象盦詩》　臺南　圖書教室　1956年7月　頁5

007. **長兒健耕高中畢業，賦此勗之**
辟地遵海濱，寒暑八往復。搔頭吾漸老，志學汝宜篤。平生所聚書，插架

堪滿屋。寧知滄海易，不得肆汝讀。負笈走從師，下帷對秉燭。和丸稍助苦，畫粥已為福。（余賃居新界田家，數年前尚無電燈，兒就讀培正，辰出暮歸，籧燈夜讀，境雖苦而實幸也。）六年倏已畢，一簣仍待覆。射策偶中程，交稱乃相勖。（兒畢業會考，報載其成績破歷屆最高紀錄，培正林子豐、何宗頤兩校長設宴獎之，知交亦交相獎藉，慮其因而虛憍，不知此皆師友誘掖之力也，故為儆之如此。）橫經貴明道，遜志始典學。詩言日緝熙，記重求正鵠。應知千里行，今日方舉足。搏風惟鯤鵬，戀豆非駑駪。膏火雖云艱，螢囊尚可續。勉赴師友期，毋忘玉須琢。

《人生》第12卷第7期（總第139期）　1956年8月16日　頁22

008.秋聲

四時之氣皆能鳴，夏蟲唧唧，春禽嚶嚶，冬有北風虎虎仍泠泠。如何古來操觚善感者，獨為落木傳秋聲？秋聲倏然誰得知？乃在歐子之賦宋玉詞，宋詞變衰何傷悲？歐賦歎息何噫嘻？商音蕭蕭天地肅，草木應節潛推移，人生意氣不自得，感此便覺聲愴悽。我身未逢得意時！我心但與造物期。春花秋月兩俱適，到眼一一皆堪怡。秋氣颯爽解慍鬱，秋聲蕭瑟清心脾，蟲吟四壁足伴讀，林籟半夜宜催詩。我懷直為秋聲開；風聲壑聲，更聲角聲；漁歌雁陣，寒砧清磬皆化裁。但覺天地到秋爽，秋聲於我何快哉；起舞中庭月正涼，耳邊風笛弄清商，煩他醒喚關河夢，何必關河枉斷腸！

《人生》第12卷第11期（總第143期）　1956年10月16日　頁20；

《珠海校刊》第2卷第8期　1959年3月　頁3

009.詩一首文錦、鶴琴、士心、因明東招志蓮淨苑歌詩畫會，以婦病未能往，賦此以謝

盛會相招繼永和，竟無緣分聽弦歌。室憂病婦須求艾，心似疲兵尚枕戈。花徑連朝羞蠟屐，德星今夜望天河。主人情款何由答，寫入吟箋且自訶。

《人生》第13卷第12期（總第156期）　1957年5月1日　頁23

010.自港歸山居過門不覺，遂至粉嶺

朝朝趁驛車，僕僕港九間。眾人苦奔波，我獨喜偷閒。

皂囊滿貯書，登車即一編。不覺風沙飛，但覺心目寬。

平生所欲讀，藉此幸徧翻。誰云旅途擾，頗勝廛市喧。

今朝返山居，就途意悠然。探囊得遷史，快讀何醰醰。

身居奔車中，心在龍門邊。稽古已移神，越站了不關。

一卷興未盡，亂峰斷忽連。舉頭風景殊，乃訝非故山。

大埔去已遠，粉嶺近在前。過門竟忘入，一笑禹八年。

《人生》第15卷第2期（總第170期） 1957年12月1日 頁5

011.苦熱

鄉居不覺城中熱，袒裼園林欲清絕。連朝趨市作廛居，始訝煩襟待冰雪。

出門路滿汗揮雨，噓氣人如牛喘月。夜深枕簟不生涼，日午盤飧等虛設。

開窗欲招北風至，捲簾又恐陽光烈。宵分自計胡太苦，向曉驅車立阡陌。

歸來松竹仍候門，笑我趨炎作逋客。山前泉石可枕漱，谷口煙霞足怡悅。

悠悠此心倏自淨，頓有清涼滿胸隔。回頭遙望太平峰，百萬人家嗟火宅。

《人生》第15卷第2期（總第170期） 1957年12月1日 頁5

012.（劉）太希往星洲過港喜作

幹轉維旋孰主張，重逢莫訝海生桑。三年回首餘孤憤，五日留行況異鄉。

鬢髮漸同詩境老，情懷真與水天長。來朝屈指乘桴去，洄溯蒹葭又隔洋。

《人生》第15卷第2期（總第170期） 1957年12月1日 頁5

一九五八

013.就珠海講席有作

跌宕江湖不計年，又飄華髮試青氊。居陶屢散千金產，浮海終辜萬里船。

已分琴書供嘯傲，尚堪童冠共留連。眼前十畝俱成累，一笑吾今擁硯田。

《珠海校刊》第2卷第3期 1958年1月 頁25；

《嶺雅》第23期 1996年12月 頁110

014.贈（黃）華表學長余與（黃）華表學長昔昧平生，乃以文學因緣相招任教，余感於相知之意勉作嘗試，因有此作

氣類相孚德有隣，天涯何處不交親。揮絃流水來孤賞，知己平生又一人。

海聚浮漚成遇合，世留文學許輪囷。青谿敢惜柯亭笛，合為徽之疊曲新。

《珠海校刊》第2卷第3期 1958年1月 頁25

015.讀諸葛亮傳近講授諸葛亮傳畢，因賦此以示諸生

天下正棼絲，隆中方抱膝。忽因水鏡傳，遂為蒼生出。

地利孫方擅，天時曹已竊。鼎足暫分三，王猷須混一。

梁益作根本，荊襄為輔弼。沉機待虎鬪，伐罪方鷹擊。

如何計已周？豈意天難測！雲長既輕舉，白帝復趨�蹶。

乃知蛟龍時，已非魚水日。感慨志不酬，追思法孝直！

《珠海校刊》第2卷第3期 1958年1月 頁25。

016.秋懷寄太希

滿目山河又到秋，清寥無計破離憂。鯤鵬天外猶行腳，豺虎人間屢掉頭。

風急任隨萍斷梗，陸沉安有壑藏舟。一燈夜聽寒螿咽，楓岸蒓鄉付夢遊。

《人生》第15卷第4期（總第172期） 1958年1月1日 頁17

017.丁酉（1957）度重陽

欲插茱萸憶故丘，搔頭已後閏中秋。如何佳節閒閒過，一任黃花黯黯然。

天上正橫新過雁，海濱猶有舊遊鷗。今年且喜氛埃淨，合向西風補酒籌。

《人生》第15卷第4期（總第172期） 1958年1月1日 頁17

018.和太希見懷韻

　　顧景天方瞍，觀河眼尚明。聖狂誰復辨，離亂各多情。

　　絕域憐羈客，鄉人笑兩生。天涯吾與子，夢寐賦同行。

　　　　　　　《人生》第15卷第6期（總第174期）　1958年2月1日　頁15

019.晨起步前韻

　　隆冬天地肅，門外猶青山。晨興鳥聲裡，曙動扶桑間。

　　披襟當朝暉，海色涵烟村。烹茶汲澗水，澗石鳴淙潺。

　　霜微地尚潤，氣爽心自閒。平旦清明存，負暄腰足頑。

　　信步陟南岡，寒徑草不刪。下望載道人，蚩蚩相追攀。

　　芒然孰為跲？卓爾誰學顏？得失理萬殊，蜉蝣海一灣。

　　忘機即逍遙，著物迷淵源。歸來讀君詩，擊節吟迴環。

　　何由共山中，披草時往還。

　　　　　　《人生》第15卷第7、8期（總第175、176期）　1958年2月16日　頁14

020.丁酉（1957）除夕祭詩

　　平生作詩兩成帙，屢經世變皆亡失。歸來海上忽十年，興到依然時命筆。

　　閒中偶檢案頭稿，斷簡零箋盡囊括。搔頭一笑吾非窮，不讓陶朱善居積。

　　千篇失去還復來，萬金縱散何須惜。回頭往事如雲煙，屈指明朝又除夕。

　　欲藏未暇計名山，什襲無妨同拱璧。安排清酌洗觥斚，准擬椒糈陳几席。

　　不因枚卜問靈氛，且辦心香釂子墨。吾吟爾識兩相許，爾寄吾情同此質。

　　床頭何必定黃金，得爾相隨即長物。

　　　　　　　《人生》第15卷第9期（總第177期）　1958年3月16日　頁16

021.大埔山居冬日

　　嶺外無隆冬，四時皆是夏。惟知晝稍短，未覺寒可怕。

連山鬱松竹，徧野覆苗稼。忽見梅花開。方為節序訝。

雖無雪可踏，尚有驢堪跨。鄰老偶相邀，披襟趁閒暇。

橙黃問園圃，酒美尋村舍。吾今世外人，直擬忘天下。

《珠海校刊》第2卷第4期　1958年3月　頁25-26

022.戊戌（1958）新歲，得長兒健耕信，覆書附此示之

獻歲郵書到，春添滿室妍。母憐兒獨客，弟羨學能傳。

書鬻家風慣，鋤經爾分肩。隔洋三萬里，吾亦慰綿綿。

《珠海校刊》第2卷第4期　1958年3月　頁25-26

023.題臺灣異花蚨蝶蘭

一叢幽獨異行藏，昨夜簷前暗吐香。不向東風爭尺土，自為王者冠群芳。

人憐去楚吟憔悴，春興隨莊夢杳茫。欲倚瑤琴彈一曲，臨眤故國感徬徨。

《珠海校刊》第2卷第4期　1958年3月　頁25-26

024.裝書

補綴叢殘逐蠹魚，夜來鍼線再裝書。遑云留與兒孫讀，我已經畬久未鋤。

《珠海校刊》第2卷第4期　1958年3月　頁25-26

025.奪錦標學期試兀坐監場，走筆戲作

黌舍圜橋，書堂校士，各勵學而時習。小試螢窗蟫業，新歲初更，三餘剛畢。似秋闈鎖後，看今夕，南宮圍棘。憶曾點、舍瑟鏗然，不減風雩當日。　　鐘鐸聲擊靜寂。負手緇林，一笑觀兵憑軾。曷繼添來紅燭，經席誰多，錦標誰得。漫便便隱几，引顏成，訝今非昔。也抽毫，隨興填詞，莫道不言何述。

《珠海校刊》第2卷第4期　1958年3月　頁25-26

026.齊天樂上元夜渡海講授今年第一課

軟風駘宕橫波影，嫦娥靚粧凝素。屈指今宵，當頭佳節，恰是蟾圓初度。
匆匆趁渡。笑美景誰家，賞心何處。擊楫中流，美人天末屢辜負。　　隨
他歌管徧地，且奇文共析，奇字成趣。閣上然藜，齋中讀《易》，也勝銀
花火樹。歸來顧兔，正楊柳輕梢，洛濱微步。我自高吟，盼明河轉曙。

《珠海校刊》第2卷第4期　1958年3月　頁25-26

027.唐多令講〈赤壁賦〉畢，作此示諸生

明月湧江天，依稀壬戌年。照東坡，一葉舟扁。指點周郎曹孟德，睇睨
處，盡如烟。　　江畔鶴蹁躚，舟中枕藉眠。到醒時，一樣茫然。只有荒
江依舊在，流不盡，夢纏綿。

《珠海校刊》第2卷第4期　1958年3月　頁25-26

028.公遂兄有星洲之行，詩以贈之，並柬太希兄

洪荒世外成孤往，故國蒼茫隔羅網。與君人海各浮漚，失喜相逢是鄉黨，
時聯比舍事傳經，亦話桑麻同抵掌。方期風雨共燈燭，忽報鯤鵬又天壤。
西京國子懷司業，南國諸生待都講。送君千里去悠悠，只我一廛重惘惘。
南中遠在天一方，昔為蠻貊今康莊。華鬟椎髻要正俗，夷言屈詰須裁狂。
君行不須悵踽踽，彼有劉子吾同鄉。左提右挈闡聲教，上說下教成圭璋。
料知細雨敲窗夜，蕉美椰甘正初夏。燈前若問隔洋人，尚有詩情如啖蔗。

《人生》第16卷第1期（總第181期）　1958年5月16日　頁27

029.月夜歸大埔車中作

車衝夜色走磷磷，窗外清光到眼新。山欲睡時雲擁絮，潮初平處月隨人。
不須屈指今何世，且對當頭正滿輪。遙問素娥凝睇久，下看寰宇幾氛塵？

《人生》第16卷第2期（總第182期）　1958年6月16日　頁29

030.四月朔後夜坐講堂課作文即事

　　扃戶摛文各構思，諸生射策我尋詩。晚風一室清如此，新月窗前亦展眉。

031.夜酌對客

　　磅礴共燈燭，盃深夜亦深。酌來新漉酒，澆到未灰心。
　　往事不堪說，奇思時一吟。莫辭同盡醉，招鶴問江潯。

032.山居步月聞琴

　　露下草際涼，潮平海宇淨。不眠愛明月，披襟出蘿徑。
　　對影德非孤，看山遠俱暝。忽聞琴韻清，失喜幽人近。
　　尋聲流水隔，側耳鳴泉應。泠泠弦上傳，悠悠風裏聽。
　　清音想揮手，夜氣堪存性。已喻山水情，足共風雩詠。
　　天高月漸小，曲罷更初定。何必見伊人，良宵各乘興。

033.陌上花載酒看杜鵑花

　　塵居匝月，番風來去，負春多少。杜宇聲中，又報杜鵑開了。者回再不尋
　春去，只恐東皇生惱。況園林一瞬，便歸閬苑，快邀周寶。　記平生載
　酒，江南二月，谷口山頭紅繞。落拓天涯，此境夢痕俱杳。眼前躑躅成何
　計，莫訝花名真巧。且相携，斗酒雙柑同醉，問花應曉。

034.望海潮淺水灣觀泳

　　消閒消暑，消煩消渴，人言淺水灣頭。沙水分明，風光駘宕，陂塘九夏三
　秋。波上載沉浮。盡鴛鴦灘鶒，鳧鷺鵬鷗。玉臂酥胸，燕環肥瘦並風流。

今朝命侶來遊。且灘邊就手,壁上凝眸。遺玖贈蘭,搴裳解佩,芙蓉亂
颭芳洲。濠上辯魚遊。正晴瀾柔軟,碧海綢繆。漫衍乘潮,眼中天地一
浮漚。

《珠海校刊》第2卷第5期　1958年7月　頁30

035.酷相思_{聞笛}

院落風飄螢一瞥,又到耳,誰家笛。似只隔,樓頭眉樣月。人不見,夜清
絕。夜不見,人清絕。　　料有幽情無處說,盡付與,聲悽咽。問透過,
簾櫳經幾折。聲如此,情彌切。情如此,聲彌切。

《珠海校刊》第2卷第5期　1958年7月　頁30

036.大埔道中見月

路入峯巒夜氣清,天留斜月照歸程。回看焪海開燈市,方覺衝車出火城。

《人生》第16卷第6期(總第186期)　1958年8月1日　頁27

037.丁酉(1957)思親節

誓墓孤兒歷苦辛,十年重作亂離人。殊方秋色愁如此,幾點齊烟望不真。
丘壟歲時餘涕淚,釣遊桑柘隔氛塵。可堪風雨增悽愴,頭白行吟瘴海濱。

《人生》第16卷第8期(總第188期)　1958年9月1日　頁15

038.大埔山居溫四子書感賦_{丁酉(1957)夏,余為內子素貞久病,嘗作山居,為調醫藥。}

日讀四子書,則兒時吾母沈太夫人所口授者。弱冠後賈遊,雖間為獺祭翻閱,不復能畢讀
一過也。幼時家貧,無力從師;舞勺之年,猶依吾母授書,故舅氏伯樵公為吾母誌墓云,
每夜靜機畔課讀,母子相伴,一燈熒然,怡如也。今四十餘年,此景猶歷歷若在目前,而
孤兒海外至今乃能重溫吾母之所教,慚傷曷已,遂為韻語,以誌吾之不肖也

山居日暑長,坐對窗前竹。發篋驅蠹魚,手把《四書》讀。

平生走江湖，久已廢磨琢。今朝再開卷，別久尚能熟。

乃知兒時功，母教勤且鞠。詩書代煦伏，孔孟作啟沃。

機畔熒一燈，口授應杼軸。晨曦朗背誦，乃起事盥沐。

悠悠四十年，忽忽頭已禿。重讀兒時篇，母聲恍可復。

重溫兒時教，母貌仍在目。伏念鬻子恩，自傷風與木。

四十尚無聞，五十愧魚鹿。投荒棲瘴海，萬事付轉燭。

儘此得不忘，能無淚盈掬。

右丁酉（1957）初夏作，因為有了這篇詩，才想到不要辜負了母親當日教讀的恩勤，才鼓起勇氣，寫成這本《孔孟要義探索》，因此將之寫在卷頭，紀念現在能有一知半解的來源，紀念無窮無盡的母德。辛丑（1961）春分日，鑑琮謹記。

《人生》第16卷第8期（總第188期）　1958年9月1日　頁15

039.市樓茗座和（梁）簡能夜讀韻

坷坎丘陵莫定居，眼中休問世何如？高談四座驚誰某，抵掌千年付子虛。

白髮暗添朝對鏡，青燈相照夜搜書。同君聽捨鏗然瑟，合與鴻荒說太初。

《人生》第16卷第9期（總第189期）　1958年9月16日　頁16

040.夜讀

半生付悠悠，終日苦碌碌。買書置高閣，自恨不暇讀。

偶因秋聲動，夜氣清滿屋。襟懷為之爽，展卷對燈燭。

百回本不厭，五夜味乃足。蟲吟階下草，螢映窗前竹。

忽憶兒童時，阿母教且勖。家貧乏鹽米，安有脩可束。

日出拾柴薪，夜歸啟書簏。經從機畔授，詩向燈前熟。

丸能代嫗煦，啟迪勞顧覆。屈指四十年，此景尚在目。

知新愧老大，溫故傷風木。危坐忽三更，悵此一夕曝。

《珠海校刊》第2卷第6期　1958年10月　頁30

041. 端午弔屈原

巫陽去後楚宮灰，終古精魂喚不回！室有椒糈招未得，天排閶闔杳難開。
反騷世已心肝改，哀郢今餘涕淚來。海上年年看競渡，八龍空駕鼓如雷。

《珠海校刊》第2卷第6期　1958年10月　頁30

042. 金人捧露盤聽雨

細敲簾，輕敲夢，急敲窗。飄燈焰，暗送微涼。竹梢蕉下，正添清絕憶瀟
湘。蕭驚穿瓦漏沾衾，無計移床。　　覓瓶盂，尋罇缶，承點滴，弄鏗
鏘。到耳又，鐘呂宮商。玉盤珠落，微霄鏗鞈和丁當。好將愁系盡排除，
漏也何妨。

《珠海校刊》第2卷第6期　1958年10月　頁30

043. 減字木蘭花覓句

一池水定，休道不干偏有興。負手巡階，引得家人又笑猜。
偶然回首，忽見秋山新損瘦。不費敲推，失喜拈來即化裁。

《珠海校刊》第2卷第6期　1958年10月　頁30

044. 高陽臺秋笛

何處頻傳，誰家巧弄，悽清散入西風。暗度園林，蕭蕭葉落梧桐。星疏月
淡銀河白，夜茫茫，悵望長空。並秋聲，譜入關山，飛入簾櫳。　　羇情
喚起怎排遣，料蘆應頭白，楓已顏紅。牛渚江寒，當時謝尚無踪。飄零往
事休回首，況山陽，水遠關重。任穿雲，吹過壚邊，吹向舟中。

《珠海校刊》第2卷第6期　1958年10月　頁30

045. 均默（梁寒操）先生六十大慶，賦此以祝

高要曠代文章伯，世仰皋夔兼甫白。抱山襟海憶昔遊。時許樽前章句摘，

三年洛社振騷雅。五載天涯隔京國，遙知甲算值重周。更讀新詩想標格，
少傳題柱已馳譽。壯沛甘霖久流澤，黑頭三公未足異。書生本色方為特。
當時謀國正銘勳，便自忘機謝爭席。誰知禹甸又豺虎。強起留侯再籌策，
身肩周孔將墜緒。志復中山未完責。頑廉懦立作綱紀，瞶啟聾通出金石。
萬方喁望卜中興，六秩康強等曦赫。我從南極看象緯，壽星炯炯聯奎璧。
未能登堂奉巵酒，尚可操觚頌松柏。交梨火棗祇俗態，納訓傳經仰明德。
擔當剝復待難老，整頓彝倫仗矜式。吟成隔海寄拳拳，純嘏無疆祝天錫。

《人生》第16卷第12期（總第192期） 1958年11月1日 頁16

046.喜見鄉先正蔡稼堂觀察《寓真詩集》用稼孫見憶韻新建蔡稼堂觀察，名希
邠。光緒間官廣西太思順兵備道，駐龍州。外攘內輯，頗著政聲，鳴武陸榮廷，即詣觀察
受撫者，著有《寓真軒詩集》。余居桂林時，其孫稼孫君與余為忘年交，嘗相與訂正文學。
出其先人詩集相示，謂丁世變，已同孤本。既日寇犯桂、柳，君倉猝攜詩集及善本書二篋
走永福。火車阻柳州站，突與兵車相撞，僅以身免。時余避地八步，君馳書以告，雖幸免
死，而先人手澤，自我而失，亦等於心死耳！忽忽十六年，昨於黃先生華表齋中，偶及稼
孫臨沒時贈余詩事，黃先生即出所藏《寓真集》原版四冊相示，為之狂喜，黃先生真廣西
之文獻也！惜無由過蔡君墓一奠泉下人，可以無憾，又不覺惘然矣！《寓真集》有己丑
（1949）重陽日喜生孫二首：畫堂無菊佐開樽，蘭吐清芬正滿盆，九日登高猶作客，百年
娛老又添孫。絲綸近渥頌南徼，鎖鑰真慚領北門；（自注昨承兩院檄委總理全邊防軍營務）
預擬歸時扶我醉，遍聯萸插共諸昆。憶三十一年（1942）重九，余於桂林月牙山綺虹樓作
高會，首唱為兩律詩：放眼嚴城畫角哀，一年重九一低佪！鄉思遠隔千峯外，秋色遙連百
粵來。賸有河山揮涕淚，更邀裙屐共樓臺。座中酒釃胡兒血，預祝收京盡此盃。劫隙猶留
歲月寬，不妨佳節暫為歡。桂飄雲外宜招隱，菊滿岩前任插冠。萬里烽烟回運會，九天珠
玉動高寒。只憐處處瘡痍滿，慚愧憑欄袖手看。一時桂林名士即席和詩者六七十人。君策
杖最先到曰，今日亦我生日也。計己丑至今，君如不死，則猶僅七十歲耳。既從黃先生假
得此集歸，竟夜讀之。遂賦其事以志感

風雨雞鳴論辯才，燈前肝胆照無埃，九州赤地猶蓬梗，廿載黃墟悵酒盃。
數把遺篇空有夢，幸存文獻未全灰。欲為挂劍酬泉壤，丘壠平時櫬已材。

《人生》第16卷第12期（總第192期）　1958年11月1日　頁16

047.憶題李忠簡公讀書堂公南宋人，以第三人及第，忤史嵩之、賈似道，去官歸隱。其書
堂在海珠公園，二十年前，海珠填塞，堂廢為市廛。再二十年，或將無知之者。偶與廣東
耆舊語及，遂為賦之

天地之水洄番禺，清波昔漾驪龍珠。江妃海若共將護，木棉兀傲榕扶疏。
文溪先生嶺南傑，誅茅拓地研詩書。堂成背郭足養氣，學紹東魯為真儒。
登朝正色折權貴，嵩之似道皆城狐。吾言不用即遠引，名滿天下歸菰蒲。
江山文藻已千古，書堂造像成名區。我曾作客城南隅，呼船數訪鋤經畬。
籐梢棘刺浣花徑，高風亮節南陽廬。徘徊林下禽鳥熟，指點江上蛟螭噓。
無何滄海邃清淺，眼中勝迹紛塵居。車喧市鬧走輪鞅，淵平珠沒尋模糊。
愴然作詩補地誌，後之覽者應嗟吁。

《人生》第16卷第12期（總第192期）　1958年11月1日　頁16

048.新亞秋季荃灣旅行，小集圓玄道院，賦呈同遊

市中苦煩囂，郊外報秋爽。相攜裙與屐，畢會少同長。
遠作荃灣遊，來為濮濠想。碧海淺以清，連山秀而朗。
涉澗記三叠，支筇仗雙掌。覓徑入山家，尋幽出塵網。
圓玄美臺樹，足作龍山賞。稍息腰足勞，頓覺心胸盪。
風雲樂羣彥，縱浪容吾黨。林巒供嘯歌，烟霞自來往。
海外望伶仃，峯頭隔香港。雖為鰲首戴，亦任鴻冥廣。
但悵暮雲生，依然向塵鞅。

《新亞生活》第1卷第12期　1958年11月10日　頁30

一九五九

049.夏教授書枚兄過訪山居，贈詩次韻

黯黯齊烟念念灰，羈情能得幾回開！因君萬里來同客，失喜孤燈又剔煤。
故國鳥頭悲黑白，仙山鰲首載樓臺。虔南舊夢依稀記，惆悵窮阨作散才！

050.吳承燕教授詩問近況，次韻代柬

灘江桂嶺記由緣，娓娓詩心曲曲傳。別後行踪各須說，漫為搔首問何年！
萍飄我亦慣西東，劫後瘡痍處處同。五載補苴方措手，又拋心血劫灰中。
黯黯齊州九點烟，蒼茫窮海各孤懸。居然雙鬢垂垂老，一樣同君感十年！
卅載人推貨殖才，萬金屢散意今灰！近來也試青氈味，故紙堆中眼再開。
秋風九月雁衝寒，兒隔重洋竹報安。遠囑堂前童卯弟，茱萸各插亦成歡。
兼葭秋水載賡歌，東障西傾定若何？千里長空共明月，雁書來往自茲多。

051.香港寓樓，夜半枕上見月

中宵就枕意茫茫，燈息方知月滿床。我已携家慣飄泊，亦挑羈思悵他鄉。

052.題谷雛旅途彙稿

張侯手操筆五色，作詩作畫皆超特。平生展印徧西南，盡攬山川貯胸臆。
揮毫點染已入妙，更放詩心騁餘墨。紛紛縑素滿行囊，信手拈來便成幀。
北征感激南山奇，未止鴻泥記登陟。蒼頭傳送喜先睹，支燈快讀添追憶。
山堂和我風雨時，同谷同君亂離日。十年眼底幾滄桑，萬里天涯又荊棘。
我詩飄零難自記，君詩往復猶堪識。新亭涕淚事未往，灘水風流感何極。

詞林他日留掌故，賓從如今斷消息。燈前彷彿溫昔夢，海上棲遲憐絕域。
夜闌把卷一低佪，落月穿簾光滿室。

《珠海校刊》第2卷第7期　1959年1月　頁26

053.花犯對菊小飲，戲效東坡體

世人言，蘭亭勝日，流觴乃佳耳。或醅綠螘，待雪後梅邊。微醉而止，我
今獨愛西風裏，呼來觥似匜。隨興到，淺斟低酌，悠然吾醉矣！　新亭
潦倒問如何？江山不解意，胡為流涕。揮濁酒，當叢菊，更招隣里。壺觴
盡，欲眠便散。盤殽具，往來忘汝爾。但放眼，海天深處，簫聲吹變徵。

《珠海校刊》第2卷第7期　1959年1月　頁26

054.千秋歲秋夜泛舟

燈飄珠箔，水漾蛟綃薄。烹魚煮酒來相約，醒時邀素月，醉後招橫鶴。船
不泊，蓬萊淺訝無人覺。　何處吹寒角，何處尋枝鵲。風裏聽，檣邊
掠。望洋山隱現，轉斗天寥廓。秋瑟索，雲間雁向沙頭落。

《珠海校刊》第2卷第7期　1959年1月　頁26

055.講堂課文有作，用勵諸生

講堂明靜各研翰，負手來為壁上觀。射虎論文誰奪席？羨魚臨水亦掄竿。
合尋點也浴沂樂，宜作歐公白戰看。用志不紛須共勉，累丸三月事非難。

《新亞生活》第1卷第19期　1959年3月30日　頁10

056.戊戌（1958）除夕，適立春後三日

十載居夷換海桑，靈氛何用卜行藏。漫隨季子枰俱遠，尚有伊耆臘未亡。
春到漸添襟袖暖，歲闌方共市廛忙。更看斗柄東旋處，天意茫茫孰較量。

《珠海校刊》第2卷第8期　1959年3月　頁13；

《新亞生活》第1卷第18期　1959年　頁12

057.大埔海濱

家寄禁山邊，俯瞰媚川港。昔傳採珠苦，今樂魚蝦廣。

朝曦拂釣竿，晚照曬漁網。不須臨淵羨，已饜盤餐想。

《珠海校刊》第2卷第8期　1959年3月　頁13

058.沙田酒家

沙田日夕過，酒帘時在望。停車入村店，沽取爐邊釀。

莫歎風景殊，狂歌為之放。雖無鄉味釅，足潤久枯臟。

《珠海校刊》第2卷第8期　1959年3月　頁13

059.冬郊

北郊正冱寒，南方獨溫煖。出門走晴郊，吹袂風和緩。

海雲斷復連，紅葉深兼淺，方知一陽復，稍覺三冬晚。

尋梅籬落橫，問菊柴扉款，酒入村店沽，蔬從野人剪。

攜樽就僧廚，陶然忽三盌。醺醺望西嶺，鬱鬱松杉滿。

莫問世運非，猶堪負暄返。

《珠海校刊》第2卷第8期　1959年3月　頁13

060.蝶戀花憶別

記得江南花落處，小住為佳，勸莫隨春去。其奈鵑聲催故故，當時喚起愁

無數。　　記得重來期莫誤。燕草如絲，綠到天涯路，其奈天涯飛柳絮，

如今密意深深負。

《珠海校刊》第2卷第8期　1959年3月　頁13

061.蝶戀花疊前韻酬（夏）書枚教授和作

萬里雲山重疊處，鳳泊鸞飄，未得乘風去。海外滄桑堪道故，羣仙失所今

無數。　　　總為浮槎期屢悮。話到斜川，魂斷關河路。已分東風吹作絮，來年慎莫將春負。

《珠海校刊》第2卷第8期　1959年3月　頁13

062.百字令當頭月

一年難再，看蟾肥鏡滿，中霄高潔。庭院沉沉光皎皎，萬里長天空闊。藥搗春邊，枝看斧處，翹首疑堪接。帽沿霜重，料應飄下香屑。　　　曾記幾度今宵，團圓相對，不負當頭節。青女嫦娥俱不寐，來共廣寒宮闕。橫漢無聲，凌波無影，海上同清絕。飛鴻驚顧，流哀遙向天來。

《珠海校刊》第2卷第8期　1959年3月　頁13

063.洞仙歌沙田探梅

南天春早，屈指花時節。料得寒林正香雪。記年年探處，樹樹含苞，應候我，北幹南枝同發。　　　山僧勞問訊，不禮牟尼，直詣籬邊繞三匝。一歲一回看，問丰神？問標格？依然孤潔，待折來，遠寄隴頭春，悵故國雲昏，故人書絕。

《珠海校刊》第2卷第8期　1959年3月　頁13

064.灣仔楊宅看曇花夜開

涼秋九月風日和，驅車夜出看曇花。主人高齋絕塵鞅，淨室正候舒靈芽。昔聞佛說茲花異，今見瓶中正呈瑞。斜抽葉杪紫莖長，乍醒枝頭玉人睡。羅襦漸解膚如雪，玉蕊旋垂態猶醉。韓湘頃刻已非奇，胡僧饑缽無其媚。定為天女示色相，來伴維摩散香氣。主人娓娓言其奇：開常卜夜無差池。世人正入春婆夢，始是瑤臺吐艷時！華燈皓月光相射，一瞥驚鴻九天下。不辭開謝太匆匆，要警繁華觀化化。百年人事幾滄桑，一枕黃粱孰短長。對座拈來緣不淺，室中頻放白毫光。

《新亞生活》第1卷第18期　1959年3月16日

065.拔齒己亥（1959）歲朝後即齒痛兼旬，忍之不得，拔去乃安，遂為韻語以悼之

　　獻歲頌未成。噬嗑齒先病。扶頭脹欲裂，摩煩痛難定。
　　遑云觀朵頤，直等劑兵刃。春盤不能舉，椒酒未敢飲。
　　擾擾忽兼旬，藥石枉雜進。已如附骨疽，急乞瘍醫診。
　　斷然拔之去，尚覺有餘慍。一念四紀來，與爾同性命。
　　甘肥爾先試，決斷爾為政。胡為漱石頑，傲慢竟成性。
　　世人尚競奔，爾挂亦屢吝。世人尚巧言，爾冷不與應。
　　與人既齟齬，於吾益蹭蹬。誰知剛則折，況乃痛連陣。
　　矧當三正始，累我毋乃甚。申申數婞直，楚楚猶委頓。
　　嗒然隱几寐，齒向夢中證。責我吾當承，陳詞請垂聽。
　　我本君骨餘，骨傲吾敢佞。酸辛久備嘗，折斷固當任。
　　昔存非牴牾，今沒何尤怨。瞿然起捫口，是非失其分。
　　但憐弱一個，未免生隙釁。如何作撐挂，所望頤中賸。

　　　　　　《人生》第17卷第9期（總第201期）　1959年3月16日　頁32；
　　　　　　　　　　　　《新亞生活》第1卷第18期　1959年　頁12

066.春日遊半春園十二韻，呈同遊（黃）華表、（張）丕介、（王）貫之、
　　（梁）宜生、質仁諸兄

　　城居厭囂隘，世亂思田園。雖當囊括時，尚有春服新。
　　浴沂未可得，被褉猶堪循。誰家美丘壑，扣之不得門。
　　知我武陵漁，相邀同問津。遠携童與冠，更喜晴且暄。
　　入門看修竹，陟磴留屐痕。幽徑發繁花，野鳥驚生人。
　　極目林莽外，披襟泉石根。即此足洗心，何須計避秦。
　　未妨滋蔓繞，但覺天地春。悠然和浩歌，所樂智與仁。

　　　　　　《人生》第17卷第11期（總第203期）　1959年4月16日　頁31

067.哀蒓鱸和太希作潮陽張荃女士，字蒓鱸。抗戰時執教硁石中山大學。詩學魏晉，筆力
雋健。民三十一二年，江西諸詩老高巨瑗蓬夫，程學珣伯臧，盧兆梅貞木，辛際周心禪，萬
方倬屏莊，周蔚生性初，袁盛沂浴春，廖民夢蘭均，避寇贛南，日集鄧氏挹岩樓，為文酒之
會，蒓鱸亦奉母來居城中八角亭街。諸老驚其詩才，號為女才子，高、程二丈尤傾倒備致，
為之游揚。余最後自港回虔中，始與為友，時諸老均龐眉皓髮，惟余與太希、蒓鱸猶在少
壯，故萬屏老作十子詩，以余二人為首列，時雖在顛沛之時，而皆興致甚豪。世變以後，
萬、程、廖均歸道山，或被桎梏以殞，餘人亦久斷音問，存亡莫知，僅余三人棲遲海外，又
天各一方，無由聚首，言念昔遊，已不勝其感喟，今蒓鱸復客死異域，太希既哀之以詩，又
函告曾附飛機往怡保參加尊孔中學追悼會，並往其墓地憑弔，淒然而返，人琴並逝，如何，
如何！余讀太希詩，益為惻然，西望海天，雖欲過其墓下呼腹痛而不可得，因成二十六韻，
聊以寫既歿者，行自念也之感云耳。時己亥（1959）立夏前六日，遯翁記

生當亂離世，彌覺朋友親。十年各投荒，所賸今幾人？

忽聞炎州南，又失匠石斤！雨聲打西窗，潮聲撼重溟。

憶昔胡氛時，虔中聚德星，我方海外歸，尚琬行李塵，

即聞女才子，傾倒高與程。二老翹巨擘，介我通姓名。

謂此巾幗英，氣蓋鬚眉倫。詩在典午前，人同林下清。

既從挹岩樓，亦集八角亭。文酒日相接，詠吟時相賡，

各忘顛沛苦，但覺意氣真。無何寇突至，散若鳥失林。

倉黃走會昌，獨與君共城。世事感茫茫，詩情尚惺惺。

因君蹈屬意，鼓我憔悴心。方期復旦時，再作松菊尋。

誰知一揮手？遂為蓬梗分。詩筒雖可傳，尊酒難共論。

如何三載來？忽斷尺素鱗。乃傳久沉痾，藥石盡失靈。

昨得太希書，惻然感人琴，又讀太希詩，愴然涕沾襟。

雙江念昔遊，相與歎飄零。嗟君一代才，逝矣千古身！

西望悲停雲，北望傷故林！

《人生》第18卷第1期（總第205期）　1959年5月16日　頁27、頁30

068.入荃灣鹿野苑聽明常上人為唱華嚴字母梵韻，歸途小雨，賦呈同遊諸君

未甘世網千重縛，更恐春花三月落。昨尋修竹訪芝房，今看菩提入蘭若。
正喜偷來半日閒，不圖得證三生約。上人丈室安磬陀，為我按指銷坎軻。
圓音妙演秘密義，四十二字先謳阿。悠洋梵韻一聲唱，華藏海上開蓮花。
耳根得聞度垣鼓，法界已具三乘車。座中合掌歎稀有。未止悟變觀恆河。
如余六賊苦難淨，幸此因緣能照性。如從衡岳嬾殘時，如對華嚴善財證。
清齋席有芋同啖，乾餤心期雨能潤。一時賓從大歡喜，祇樹林中舞雩詠。
歸途猶自說荃灣，今日相將入寶山。不負春風醒春夢，不辭春雨濕春衫。

《人生》第18卷第1期（總第205期）　1959年5月16日　頁27、頁30

069.剪竹

屋角在咫尺，並種竹與花。灼灼映籬落，狩狩上窗紗。
當春萬物滋，各各抽新芽。托地原太狹，敷榮便殊科。
修竹高拂簷，碧玉交枝柯。幽花被掩覆，雨露澤莫加。
枝葉日憔悴，培壅難護呵。移根苦無地，斫竹計亦差。
躊躇累兼旬，袖手生咨嗟。獨秀雖可任，兩全庶不頗。
朝來緝索綯，縛竹糾攲斜。盡扶直立枝，稍剪遠楊枒。
雨露得平均，風日皆清和。悠然釋刀剪，屋角高吟哦。

《人生》第186卷第1期（總第205期）　1959年5月16日　頁27、頁30

070.野望

兼旬不出門，春歸竟罔覺。朝來向郊坰，忽訝草已綠。
安步任短筇，憑高縱遠目。溪青柳帶金。海靜山浮玉，
東風送薄寒。披襟散塵俗，雖非熙熙登，亦自陶陶足。
人生貴適性，詹尹豈能卜。何必念江南，徒然亂心曲。

《人生》第18卷第1期（總第205期）　1959年5月16日　頁27、頁30

071.讀《杜工部集》

  文吾愛莊周，詩吾愛子美。莊文如觀雲，杜詩如觀水。

  御天雲從龍，瀦地水成海。江河通其脈，源泉達其始。

  汪洋孰能測，一一皆條理。夜來手一編，篝燈探微旨。

  造化同陶鑄，陰陽共張弛。磨礱謝斧鑿，瑰瑋非羅綺。

  生逢天寶亂，身在塵埃裏。勃鬱結不舒，幽憂積難已。

  稷契未可期，風騷肆其體。同谷發商音，曲江吟變徵。

  低佪念京國，浩蕩懷鄉里。言言直扣心，字字凹入紙。

  吾徒千載後，讀之為興起。掩卷歎悠悠，看天仍爾爾。

  古人不可復，世事將焉止。高吟金石音，莫便隨風靡。

      《人生》第18卷第2期（總第206期） 1959年6月1日 頁27

072.履川（曾克耑）兄以《曾氏家學》屬題古風，為寫二百三十八字

  履川健筆如游龍，履川孤懷如虯松。端居不問窮與通，集寫世德搜殘叢。

  中華聲教首亞東，武城一脈傳儒宗。文章德業高且崇，南閩十世追南豐。

  故家喬木猶華嵩，橫絕世界誰能同。不徒一姓靈秀鍾，是乃華胄之雄風。

  人丁世變傷道窮，履川奮業氣獨雄。人皆忘祖秷鑿空，履川獨閟家學功。

  朝來寄我緘一封，發緘狂草驅篆蟲。上言世業箕與亡，下言世運污待隆。

  不徒繼述責在躬，要使世界知舊邦。偉哉君言振瞆聾，昔為家學今為公。

  定當海國重譯重，藏之柱史傳靈宮。光我華胤天聲洪，十年避地同迹蹤。

  騰此禿筆攄心胸，欣君十世存恕忠。源長流遠世鮮雙，再讀三歎當南窗。

  不辭力弱鼎莫扛，高吟天地開陰濛。

        《珠海校刊》第2卷第9期 1959年7月 頁19

073.題黃曼士藏劉海粟《十駿圖》

  大宛曾傳汗血名，當時遠動貳師兵。今看尺幅皆神駿，只費丹青意匠營。

        《珠海校刊》第2卷第9期 1959年7月 頁19

074.題隨園詩稿真蹟

　　詩傳定稿墨淋漓，繭紙猶新字半欹。看取敲推塗一處，當時撚斷幾莖髭。

《珠海校刊》第2卷第9期　1959年7月　頁19

075.題陳氏藏水墨龍

　　爻象飛騰記伏羲，何人大筆染淋漓。濛濛雲氣漫空處，隱隱雷聲破壁時。
欲為乾坤留本色，不須金碧已神奇。黑風拔海玄黃戰，待向東南酹一巵。

《珠海校刊》第2卷第9期　1959年7月　頁19

076.題綠端硯

　　欲叩通明奏綠章，覓來端硯字生香。澤同玉美添溫潤，鑴比鐺圓訝吉祥。
只恐磨穿翻惜墨，細從陳處看生光。偷閒持向池邊洗，草色苔痕費較量。

《珠海校刊》第2卷第9期　1959年7月　頁19

077.林千石贈兩面刃石章，賦此以誌

　　撫漢摹秦兩刃奇，躊躇四顧舉相貽。並時海外推三石，屈指寰中賸一夔。
百體自精碑與帖，八人仍擅畫兼詩。十朋珍重瓊瑤贈，把玩渾忘五夜遲。

《珠海校刊》第2卷第9期　1959年7月　頁19

078.水龍吟浮萍

　　東風吹綠江南，陂塘搖漾晴光展。休云底事干卿，其奈天涯人遠。磯畔留痕，柳邊落絮，漪漪點點。似浮生飄泊，飛蓬處處，根難寄，情怎遣。
何必憐渠泛泛，看鱗鱗，一池新染。魚添錦被，蛙添茵褥，鴛添繡毯。仍為桃花水，添顏色，翠深紅淺。正無牽無繫，江湖去住誰能管。

《珠海校刊》第2卷第9期　1959年7月　頁19

079. 蝶戀花 新荷

　　莫為空囊如洗歎。二月東風，吹得青蚨徧。盈沼盈池千萬萬，纏腰任取愁
應散。　　莫為涼秋裁剪慨，四月薰風，吹得芙蓉綻。打點縫裳鍼與綫，
涉江任采淩波瓣。

《珠海校刊》第2卷第9期　1959年7月　頁19

080. 大埔車中快讀（黃華表）《壁山閣存稿》，到家得句，即題其眉

　　故老叢殘重藝林，弟兄商畧費搜尋。文章已足空餘子，家信真堪值萬金。
身歷滄桑添慷慨，壁藏文獻尚瑯琳。一編遺我車中讀，快意渾忘世路深。

《人生》第18卷第6期（總第210期）　1959年8月1日　頁20

081. 太希讀拙作《易義淺述》畢，以詩見寄，即次其韻

　　故國茫茫歎雨濛，腐儒囊括已名翁。平生襟抱俱成白，五夜孤燈尚自紅。
世已鴻荒存夢寐，卦無消息問窮通。君應笑我疑焉卜，未得為雌況守雄。

《人生》第18卷第12期（總第216期）　1959年11月1日　頁23

一九六〇

082. 己亥（1959）仲冬，新亞中文學系青山旅行有作

　　適郊蜡屐趁三餘，失喜南宮此有車。鴻雪留痕題處處，溪山開霽看徐徐。
飲逢傾蓋臨卯酒，饌設當爐丙穴魚。遙指青山問禪悅，舞雩方詠晚鐘疎。
不扣禪關忽五年，再來松竹已含烟。下看滄海波千里，細讀高山石一拳。
秋氣蕭森連故國，詩心斷續入寥天。鄉愁逸興相交錯，付與臨睨各惘然。

《人生》第19卷第4期（總第220期）　1960年1月1日　頁21

083. 前題餘興未盡，再和書枚韻

　　誰云海角盡囂埃，猶有雲林錦繡開。小隊出郊冬晝暖，不辭山遠路紆回。

谷風時送海潮音，舊徑磐陀不用尋。下指六朝僧渡處，夜來仍有老龍吟。
山雲斷處見人間，磅礡峰頭暫解顏。一笑身如離火宅，不逢僧話也偷閒。
招提蒼擁萬株松，昨夜西風盡向東。欲覓文殊問來去，散花拈得會心同。
莫負風雩似暮春，更邀歸詠趁歸輪。近來世事都看淡，只有尋山不後人。

《人生》第19卷第4期（總第220期）　1960年1月1日　頁21

084.志蓮淨苑詩書畫琴棋之會（呂培原、蔡德允女士、饒宗頤、徐文鏡、高美芙小姐），文鏡、亦園請賦其事，因為長歌以記之

箋傳禊事春三月，海上名山尋鑽石。細雨東風送薄寒，抱琴稿筆紛裙屐。
一時絃管迭飛聲，四座詩書張滿壁。入門但覺美俱備，耳目觀聽窮應接。
案頭縑素讓丹青，窗下楸枰爭黑白。中庭部勒作旗鼓，咳唾風雲待城北。
溢浦先翻賀老彈，青谿已弄柯亭笛。我來僅賸繞梁音，惆悵巡簷方自惜。
耳邊忽報蔡文姬，昔辨斷絃今理絲。普菴梵唄發深醒，斗憶衡山分芋時。
又傳潮陽老司業，換羽移宮精指法。不知何事須問天？搔首低徊劍鳴匣。
吳侯老手推斷輪，且歛劫棋來撫弦。爛柯一曲世已易，手揮目送漁樵邊。
徐公世美今師曠，清角清商兩高亮。當時金石已蜚聲，今日焦桐知雅量。
我如季子聞箾韶，足歎觀止堪逍遙。誰知鄉老善解意，更倩呂郎彈六么。
一聲臚唱再傾耳，風雨入指生春潮。高家女兒年最少，亦弄霓裳彈絕調。
白雪陽春和者難，舉座無人不心照。十年海上感棲遲，猶有孤懷効子期。
流水高山意俱遠，暫忘天下幾安危。

《人生》第20卷第1期（總第229期）　1960年5月16日　頁29

085.過公園見杜鵑盛開得十二韻

芳園盛遊屐，報道開杜鵑。爛熳叢薄中，十畝紅欲然。
密處疑烘霞，疎處俱含烟。噴火先石榴，燒天爭木棉。
映日已灼灼，臨風亦翩翩。誰云簇錦枝，定讓桃杏妍。

昨夜聞鵑啼，方惜春已殘。今朝見花好，且喜春未闌。

蝶夢猶迷離，鶯語猶纏綿。正須秉燭遊，莫辜紫陌塵。

摩眼對繁英，舉頭望寥天。放歌吟拜鵑，倚徙爐峯前。

《人生》第20卷第1期（總第229期）　1960年5月16日　頁29

086.（夏）書枚、（曾）克耑、（勞）思光集誼（郭）亦園，過大埔山居，用
　　亦園韻

閶闔昏霾掃不開，遠遊無計此歸來。閉門種菜今何世，披草邀君醉一回。

莫問龍蛇傷理亂，但為雞黍論鹽梅。酒邊塊壘能銷得，更向荊妻索舊醅。

《珠海校刊》第3卷第1期　1960年7月　頁23-24

087.庚子（1960）詩人節雅集酒家，樓祭屈子有作

地有荊榛海有桑，精魂何處弔三湘。空傳宋玉悲文藻，難遣巫陽下大荒。

九畹蕙蘭尋夢寐，八龍旗鼓感徬徨。客中把臂登樓賦，同指齊烟悵故鄉。

《珠海校刊》第3卷第1期　1960年7月　頁23-24

088.春暮入蓬瀛仙館

開春便理遊春屐，人事蹉跎倏三月。搔頭紫陌已飛花，屈指誰家尚春色。

招邀小隊出郊坰，笑指蓬瀛訪仙客。仙山樓閣在人間，門外紛紛輪鞅闃。

不信仙人尚棲止，但留珍樹盡珠玕。入門相與尋猿鶴，倚徙高丘座飛閣。

閣中抵掌幾滄桑，閣中披襟足磅礡。暫拋塵事對芳菲，且喜瓊華未搖落。

扶桑之枝看披紛，杜鵑之聲傳躑躅。鞠場童冠蹴正酣，花徑楸枰墅堪博。

一時少長各怡怡，四壁雲嵐俱漠漠。雖無曲水引流觴，亦謝東風踐前約。

眼中世事感顛連，一詠風雲一憮然。更愧班荊作東道，斜川惟有紀遊篇。

《珠海校刊》第3卷第1期　1960年7月　頁23-24

089.挽李景康先生

　　海內論交遊，香港數耆舊。相知計十載，相視如蘭臭。
　　公樓水坑左，我室文咸右。衡宇接同塵，詩文每同究。
　　抱山欣昔登，碩果幸今又。商量貫今古，縱浪隘宇宙。
　　如對六朝人，如儲五車富。嶺南訪文獻，海外窮鈎餤。
　　待公數家珍，為我豁淺陋。方期憖一老，胡竟阨中壽。
　　律報蕤賓吹，運丁陽八遘。儻非巫陽招，駕鶴毋乃驟。
　　椒糈正雜陳，簫鼓方迭奏。遠弔靈均魂，近引元佰柩。
　　黯然望壚峰，低雲正籠岫。

《珠海校刊》第3卷第1期　1960年7月　頁23-24

090.聽呂培原琵琶

　　琵琶一曲玉玲玎，四座無言各靜聽。疑是昆陽正酣戰，八方風雨挾春霆。

《珠海校刊》第3卷第1期　1960年7月　頁23-24

091.浪淘沙大埔山居夜雨聽溪聲

　　夜半雨添寒，到枕溪喧，依稀挂夢憶潺湲。柳岸五更船泊處，身在湖南。
　　早起看門前，溪漲成川。奔湍如繞石樓邊。惶恐灘頭鳴日夜，直下家山。

《珠海校刊》第3卷第1期　1960年7月　頁23-24

092.醜奴兒新月

　　輕描淡寫誰家筆，媚態彎彎，倩影姍姍。飛上天邊任意看。
　　柳梢池上人相對，照水翩翩，入鬢尖尖，似有幽愁暗恨傳。

《珠海校刊》第3卷第1期　1960年7月　頁23-24

093.贈本屆畢業諸生

　　四科設教三德明，一堂弦誦多士寧。學成釋奠夫子庭，各言爾志俱彬彬。

當今世運方消沉，羣言淆亂如絲棼。楊朱墨翟韓商申，西歐牙慧東詹炎。
並時風靡惟利名，達多忘頭紂忘身。士生斯世將安循，出門處處百戲陳。
謔謔跳踉奇巧新，前瞻後顧左右紛。萬蹊千徑百法門，應接不暇耳目昏。
欲尋家業何途真，諸君矯矯能軼群。不隨世俗同競奔，遠遵洙泗近河汾。
數年學道五夜勤，豐圖揚鞞舍瑟鏗。先傳誠正次治平，言語政事工商文。
就其成德日以精，進為世用効所能。如夷秩禮夔球鳴，退為世法勉固貞。
如顏自樂屈自清，光我新亞宏智仁。南傳菲印西馬星，振我華裔之天聲。
我聞十年樹木，百年樹人。又聞豪傑之士，雖無文王猶興。嗟哉！天時如
晦，人事如溺焚。雞鳴風雨誰同心。勉哉諸君須鐵肩，各行所知尊所聞。
不憂不惑不緇磷，各以風誼為屈伸。要從九萬搏鵬程，勿與斥鷃爭棘荊。
今當題柱須分襟，我慚仁者未足云贈言，所欣髦俊興莪菁。屈指歲曆當困
敦，挽回世運須及辰。合賡歌詠張吾軍，敢朂諸子同盍簪。

《新亞生活》第3卷第4期　1960年7月　頁6

094. 朂兩兒長兒健耕治工程物理於加州大學，次兒歷耕就讀香港伊利沙伯中學，均於今夏畢
業。健耕頗好詩書而改習理工，所修四科：高級數學、古典力學、電磁應用及工程自動管
制學，成績三 A 一 B。歷耕會考九科，五優三良，而中文作文則僅能及格。計兩兒所攻，
均與國故之學殊途，健學違其趣，歷則志不在此，因為韻語以朂之

投荒歲逾紀，百事無一成。兩兒漸長大，志學聊慰情。
健頗好詩書，而為生計紛。涉洋究考工，四載差知津。
歷不好咕嗶，乃事俵廬文。五年一彈指，終隔游藝門。
古云教子方，在能傳一經。又云克家子，在負荷析薪。
邇來世事易，古重今則輕。兩兒既異趨，我老寧復論。
況我無斧斤，但憑雙手營。所析非栱欂，所樞僅棘荊。
作爨火不炎，舌耕歲不登。本無業可傳，亦乏車三乘。
未欲誤兩兒，且聽尊所聞。不期讀父書，但朂德日新。

所趨雖殊途，所業宜專精。舊學存誠信，新學明厚生。

要當兼體用，茲乃為本根。勉哉進修功，及時各自珍。

　　　《人生》第20卷第7期（總第235期）　1960年8月16日　頁27、頁330

095.如此江山題鶴琴藝展

如君腕底何神異，丹青篆蟲奇字。石鼓金文，江山草木，興到俱憑羅致，
揮毫自恣。想雪竇嶔崎，鑑湖明媚。　　代有才人，正須海外闢天地。悠
悠香港一紀，歷滄桑變幻，風雨如晦。藻繪儒林，優游藝苑，松雪原傳家
世。寧云老至。看畫壁刊碑，鴻都車騎。踵接觀摩，料應回運會。

　　　　　　　　　　　　　避翁寫於益智仁室，庚子（1960）秋月

　　　　　　《新亞生活》第3卷第8期　1960年10月31日　頁15

096.瑤臺聚八仙己亥（1959）立秋前二日，為新亞、崇基、聯合三院新生入學試閱卷。中午

與梁秉憲、鍾應梅、王韶生、吳笑笙、黃華表、莫可非六君小憩九龍城七喜茶座。諸君呼
紅茶壽眉，余獨索龍井；諸君戲謂龍井為少年茶，壽眉六安為中年茶，紅茶普洱為老年
茶，以其品目甚新，因走筆為倚聲以寫之

談笑瀾翻。評月旦，茶品為換頭銜。壽眉龍井，分號老少中年。說與桐君
添品目，定知陸羽訝新鮮。竹林邊，正堪捉麈，合與偷閒。　　憑他消領
世味，記一壺夢破，三等僧傳，老去相如，秋雨病渴依然。分無仙掌玉
屑，正須待，山泉活火煎。連三碗，笑綠紅並淪，老少同甘。

　　　　　何敬群　《避翁詩詞輯》　香港　人生出版社　1960年12月　頁80

一九六一

097.題「人生」十周年

人生雜誌今十年，十年世運多變遷。貫之惕屬自檢討，語我為賦詩一篇。

共工昔觸不周山，天柱折斷大地殘，九州淪胥八紘易，東海西海俱泛瀾。
誰能鍊石再補天？誰能砥柱為中堅？世人倒懸方日急，手無斧柯徒茫然！
書生所有僅浩氣，欲藉禿筆為承肩。揭櫫人生第一義，十載辛苦心力殫。
不問收穫事耕稼，此志難語時世賢。我為人生進一解，松柏正須當歲寒，
天下興亡匹夫與有責，安能袖手盡作囊括觀。我聞樹木丘園邊，又聞樹義
天地間，當時亦若事迂緩，假以歲月根結蟠。中華文教上溯五千載，世運
隆替原循環，其中接續賴一脈，姬孔聖學成薪傳，為仁為義本誠正，並生
並育撐坤乾，以茲一貫毓國性，遂乃列宿隨璣璇，後來雖有異端肆，莫不
賴此安防閑。楊墨之言盈天下，古有好辯之叟言便便。公孫曲學欲阿世，
轅固董生相繼糾其愆。文衰道喪歷八代，奮起則有昌黎韓。周程張朱五子
各汲汲，陽明白沙兩賢均拳拳。當時聽者盡藐藐，奕世之後乃服其桓桓。
五胡之亂不能絕此緒，契丹金元滿清入據，不能損此一脈之綿延。茲乃中
華文教正氣所充塞，存亡續絕，世有明道正誼之士相班聯。我生適逢沛與
顛，我身親歷滄海為桑田，愴然回憶四紀前，當時遊士粲舌能生蓮；視經
籍之文為瓦磚，五倫八德詆曰孔家店，放言高論譽曰英雄拳，黌宮但見夷
變夏，典籍不復鑽與研，謂為澈底掃陳朽，乃可建設為新鮮。茫茫寒暑四
十易，但見後生侷促文字之邊緣。欲窺姬孔圭璋瑚璉不可得，儘有瓦釜土
缶陳其前，不知家寶有珍異，乃效貧兒托缽攢眉尖。徬徨復徬徨，遂為點
者引且牽，馬恩曲說羣附羶，肆其簧鼓乘其偏，外若醇醪內毒酖，先與剟
拳後鼻穿，六鼇盡餌龍伯竿，哀哉禹甸淪沉淵！誰令致之無可說，夷甫諸
人何責焉！如何痛定不思痛，起呼黃魂出瘴煙。上明人性辨儒墨，下明人
生關痌癏，一時師友盡呼應，十載孜矻忘迍邅。絲懸一髮維絕緒，文起一
世為源泉，障川之功雖未竟，覆簣之士仍須填。中華文教天地寬，天地不
絕此道終不刊，起衰振廢吾黨責，敦鄙立懦兼廉頑，但播種子徧大地，必
有蕃實生陌阡。試看十載來，士風時論日以端，漸知先聖重仁術，漸知今
世多狂狷。快哉吾德已不孤，遂矣缺月將復圓，更須鼓吹作磨礪，更須蹈

屬當熬煎。詩成敬以告吾友，挽回世運更待志如鐵，氣如虹，筆如椽。

　　　　庚子（1960）長至休暇之夜邂翁於益智仁室作

　　　《人生》第21卷第5期（總第245期）　1961年1月16日　頁33-34

098.卜算子蜻蜓

點水看萍開，逐隊憑風送。顧影盈盈立釣絲，影向池中弄。

陣陣趁腰輕，款款應情重。碧玉搔頭欲下時，並作釵頭鳳。

　　　　　　　《新亞生活》第3卷第15期　1961年3月　頁10

099.醉花間新秋

風蕭瑟，雨蕭瑟，都報秋消息。秋字上心頭，添作愁千百。

秋愁怎解得，沒個淵明宅。花從何處開？酒向誰家覓。

　　　　　　　《新亞生活》第3卷第15期　1961年3月　頁10

100.荊州亭秋雁

雲外數聲到耳，秋意被伊呼起。定是避矰來，先趁霜前獨徙。

為覓陸陵沼沚，為逐稻梁肥美。遙望月明中，落向汀洲沙水。

　　　　　　　《新亞生活》第3卷第15期　1961年3月　頁10

101.新亞南灣旅行，與（莫）可非學長攀登兒童院後峯頂，快然有作

仲冬風日宜晴郊，南灣山前集俊髦。前臨滄海中蘭皐，左右松竹連嶕嶢。

地非舞雩亦沂詠，時非重九仍登高。諸生少年已捷足，各自蹈厲衝雲霄。

莫侯見此亦心喜，招我共試足與腰。披荊走棘覓蹊徑，扳藤拊葛師猿猱。

巉巖陡峭不容趾，鐵鑠斷絕難通樵。──山半有鐵網，須繞道過之──

居然履險作安步，快哉披襟銷鬱陶。莫譏蟻壤陋丘垤，亦載鼇首同員嶠。

峽門東通潮汩汩，煙嵐北障天寥寥。南迴雁影阻何處，西望美人空見招。

誰云海水復清淺，惟見山色添森蕭。與君且復同逍遙，上呼閶闔來清飆。
風高不妨烏帽落，興到一任短髮飄。乘桴既無材可取，着屐尚有氣足豪。
放歌不知老將至，更與少壯爭連鑣。相將長嘯立峯頂，滔滔天下俱鴻毛。

《新亞生活》第3卷第17期　1961年4月　頁12

102.新亞書院師生長洲遠足，歸途餘興未盡，於舟中復作游藝，遂為賦之

二月風日和，三餘羣屐出。渡海凌波濤，跨山窮崛屴。
峰迴石磴挂，徑轉松筠密。浩歌望伶仃，陟險試腰膝。
既欣魚蝦美，更愛芳翠拾。少長興未闌，歸舟仍勃勃。
射覆校分曹，弦歌聽應律，或為抃然舞，或鼓鏗爾瑟。
掌聲數雷動，妙語每心折。我無一藝長，袖手坐怡悅。
但味沂水濱，更想淄林側。我雖濫半氈，亦會曾點說。
世事亂於麻，乾坤晦如墨。居然遵海時，尚有風雲集，
歸來寫此詩，餘味留三月。

《人生》第21卷第12期（總第252期）　1961年5月1日　頁28

103.貫之兄邀伴（牟）宗三先生等登太平山，歸途慨然有作

十年不登太平峯，栗碌峯下行成翁，偶然谷口遇吾友，邀與把臂披蒙茸。
懸車直上尋舊徑，頗訝不與昔見同。當時樹木尚童灌，今盡拱把迎東風。
下看崇樓茁春筍，遠眺滄海連鴻濛。十年不到風物換，歲月逝去何匆匆？
山靈笑我真疏慵，有峰不登將誰恫。枉云躧屐覽五岳，但見躑躅人海中。
我感山靈意可通，亦陳勃鬱明寸衷：禹甸地與海濱接，誰令洪水成汹汹。
昔登所見已怵目，陸沉胥溺嗟鞠凶。頻年怛惻為扼腕，豈忍再睹愁心胸。
況聞爾峰號太平，益使我意增憧憧。南臨海外半烽火，北弔宇內哀沙蟲。
誰云太平尚有望，感此裹足慵携筇。更為山靈進一語，曷不明目達爾聰。
人間何處不猛虎，大地何處非哀鴻。前年冶鍊及枯骨，去年躍進俱奴工。

田廬劖盡丘墓掘，腸腹枯槁升斗空。家人婦子盡離散，餓殍溝瘠餘疲癃。
是皆殘民惟自逞，未可罪歲尤天公！吾聞山者德廣大，何為熟視長懍懍？
徒知望風即駭汗，莫覩曷喪甘痴聾！山靈聞此默不語，漸亦掩面呼雲封。
於時吾友同一慨，太息口舌難為功。天方瞆瞆不可問，何必喋喋訾維崧，
愀然揮手返谷口，回望青嶂餘濛濛。

《人生》第21卷第12期（總第252期）　1961年5月1日　頁28

104.太希寄示與荊鴻唱和詩，即次其韻

世界迫火熱，何由覓清涼。惟留詩與騷，尚堪容莽蒼。
有懷炎洲南，沂詠傳膠庠。劉侯扇其風，泱泱復堂堂。
日作九皋鳴，不為燕雀忙。陳侯挾三絕，渡海探混茫。
遙知兩賢聚，足以吟方祥。朝來附便鴻，招我同猖狂。
一歌四愁張，再詠五噫梁。昔遊一葦近，今路千里長。
感此不能寐，盛會安得常。篝燈和君詩，此念俱不忘。

《人生》第22卷第8期（總第260期）　1961年9月1日　頁19

105.薰風吟

薰風來自南，鄉訊來自北。當風對鄉訊，有慍銷不得。
九洲盡洪爐，萬姓俱火宅。扇歕或有餘，招涼歎無術。
修羅鬥未已，煎迫幾時熄。枉思五弦彈，曷若射九日。

《人生》第22卷第9期（總第261期）　1961年9月16日　頁28

106.題芷友先生冊頁

錦帙裝成索我題，蕭蕭風雨感鳴雞。知君編下珊瑚網，到處來然太乙藜。
許有鑪錘招共煅，恨無珠玉與同齊。眼前俱作萍飄客，留取他年印雪泥。

《人生》第22卷第9期（總第261期）　1961年9月16日　頁28

107.大埔觀魚

漁舟結陣會網集，後伍先編魚麗密。海邊負手踐晴沙，但見波心白鱗出。
蛟龍駭竄鷫鸘驚，市人喜有廚中珍。誰云濠上儵魚樂，眼中羅網方紛紛。

《人生》第22卷第11期（總第263期）　1961年10月16日　頁27

108.社集歸途得句

小集敲詩句未刪，自扶餘興返柴關。路隨低詠容安步，天散明霞映醉顏。
歸去足留三月味，吟成消得一宵閒。幾時再共桑麻社，村北村南任往還。

《人生》第22卷第11期（總第263期）　1961年10月16日　頁27

109.送邵鏡人往台灣

垂老緇帷共冷氈，分岐一笑祝高騫。鵬搏東海三千里，瓜種青門十二年。
禹甸生靈悲陷溺，漢庭風議待經權。只今日過沙田路，雲水蒼茫獨惘然。

《珠海校刊》第14週年校慶紀念特刊　1961年10月　頁22

110.孝威索題《重印太平洋鼓吹集》

二十年前同戮力，二十年後又荊棘，誰先燭照為籌策，此有當時鼓吹集。
世運茫茫問水濱，太平洋上總迷津。再將琴嘯動天地，喚起當仁不讓人。

《珠海校刊》第14週年校慶紀念特刊　1961年10月　頁22

111.小重山觀奕

兩界山河雙陸分，問誰先一着，定輸贏。公輸設巧墨嬰城，來憑軾，談笑
看鏖兵。　蝸角到牟螢，一般分黑白，事縱橫。試將冷眼看乾坤，應須
歎，劫子滿楸枰。

《珠海校刊》第14週年校慶紀念特刊　1961年10月　頁22

112.鷓鴣天夏夜

水滿陂池月在天，池中天上兩俱圓。雖然添得清涼意，也漾閒愁到眼前。

調雪藕，弄冰絃。記曾低下水晶簾，只今鳳泊鸞飄後，負此清宵又幾年。

《珠海校刊》第14週年校慶紀念特刊　1961年10月　頁22

113.月下聽琴

花下宜對酒，月下宜聽琴。有酒足忘憂，有琴足清心。

今宵共明月，正須豁胸襟。已洗穎水耳，合彈太古音。

君正揮五絃，我當發高吟。縱浪宇宙間，四顧天無雲。

寄情絲桐中，三弄指入神。松聲與虛籟，並作夜氣新。

泠然御長風，鏗爾詠暮春。似聞度垣鼓，亦醒如幻身。

在山山巍巍，在水水深深。嘯傲山水間，不知漢與秦。

繞樹鵲三匝，戾天鴻一鳴。沂然海濱住，今夕逢連成。

《人生》第22卷第12期（總第264期）　1961年11月1日　頁15、頁25

114.雨淋鈴問初雁

流哀天末。望星河轉，一片涼月。傳來北國秋訊，淮南木落，衡陽雲抹。

隻影孤飛到夜，幸關山能越。且小憩，矰繳驚魂，好覓蘆洲避冰雪。

曾經過處應能說，問江鄉，幾處飄紅葉。鱸魚紫蟹蓴菜，松與菊，十年疎

闊。對此清秋，都付天涯念裡重疊。待倩爾，雲外傳書，又恐歸途絕。

《人生》第22卷第12期（總第264期）　1961年11月1日　頁15、頁25

115.辛丑（1961）九日小病山居，千石、亦園諸兄過訪有作

重九年年共看山，今年小病謝登攀。不宜對酒遵醫誡，猶自尋詩笑我頑。

蟲臂鼠肝聽造化，藥爐經卷得清閒。插萸舊侶勞相問，已學枯禪暫閉關。

《人生》第22卷第12期（總第264期）　1961年11月1日　頁15、頁25

116.憶故園菊

故園舊種連畦菊，每到深秋開馥郁，邀來鄰老列壺觴，左撫虬松右修竹。

故園今在夢魂中。塞黑林青隔萬重，聞道蓬蒿滿三徑，獨持卮酒酬西風。

客中亦有三弓地，手植疏籬勤樹藝，年年陽九應時開，其奈鄉心總難寄。

南山佳氣幾時歸，巫峽行吟事事非。欲向秋鴻問鄉訊，十年風雨付迷離。

《人生》第23卷第3期（總第267期） 1961年12月16日 頁26

117.戴澍霖過港見訪貽詩，即酬其意

仙槎來自海西頭，德曜朝雲載一舟。陶令原同三徑隱，朱公今作五湖遊。

神交到處聯秋雨，詩料幽尋徧十洲。為告爐峰秋未老，平原乘興好淹留。

《人生》第23卷第3期（總第267期） 1961年12月16日 頁26

118.臨江仙秋鯉

昨夜銀河垂海碧，西風搖颭無垠。華東上鯉魚門。琴高揚鬐處，彷彿見翻騰。　　忽憶江鄉秋正好，因思鱸膾蓴羹。欲通音訊難憑。漫從江上數，不見寄書鱗。

《人生》第23卷第3期（總第267期） 1961年12月16日 頁26

一九六二

119.太希過港格於例，一宿即去，悵然有作

其一

星馬剛歸棹，臺澎遽促裝。不圖離別久，只得送迎忙。

萬緒紛俱集，殊方各自傷。問天天莫對，行止總茫茫。

其二

舊東藏懷袖，重逢憶昔時。欲為棲隱計，須有買山資。

兒女欣皆長，琴書尚自隨。一般成結習，頭白更耽詩。

其三

未盡平生意，難為信宿留。五年如彈指，一日亦三秋。

雞鶩方爭食，風塵合小休。但憐搔首處，海上泛浮漚。

其四

此會何時又，相看未易言。夜長猶待旦，萍寄況無根。

老至豪仍在，時衰道孰尊。河梁一揮手，惟祝互加餐。

　　　　《人生》第23卷第6、7期（總第270、271期合刊）　1962年2月1日　頁27

120.和（黃天石）壬寅（1962）新春試筆，敬步原韻

海上棲遲共此辰，吟邊又到歲華新。筆鋒自比矛頭健，天運方旋斗柄春。

列座豪添無酒量，加盟笑作後來人。當歌慷慨俱龍性，不負滄桑歷劫身。

　　　　　　《文學世界》第6卷第1期（總第33期）　1962年3月　頁1

121.宅旁新種菊，為雞雛所敗

種菊當西窗，培壅勤護將。新苗漸茁壯，計日期散芳。

今朝起憑欄，忽訝根株亡。不見裛露枝，但餘滿地霜。

誰為此狼藉，定是雞過牆。廢我兼旬功，惜我三徑荒。

養雞求時夜，蒔花愛春陽。宅邊本湫隘，逼處虞相妨。

為菊分短籬，為雞分界疆。各分數尺地，宜可無參商。

如何失關扃，遂令成披猖。欲繩三尺法，又覺兩盡傷。

繞徑一徘徊，負手重衡量。本無五畝宅，安樹墻下桑。

欲兼熊掌魚，如追歧路羊。藝菊空治畦，養雞徒互戕。

誰云物並育，自笑殊多方。解縛釋羣雛，再高籬上防。

　　　　　　　《人生》第23卷第10期（總第274期）　1962年4月1日　頁22

122.哀梧桐山再疊履川風字韻

梧桐山頭生悲風，千人萬人展轉溝壑中。生者性命一擲決羅網，死者銜恨

終古為鬼雄。九州荊棘逾一紀，大地漂杵膏血紅。食人不問肥與瘠，率彼
醜類犀兕熊。奪之衣食役其力，置之死地謂是公社工。摸金餟髓及枯骨，
未止十室成九空。哀哉孑遺膌殘喘，依止無地歌柏松。東從禹穴南百粵，
北過碣石西崆峒。生機所繫惟一線，引領海上思悻憧。戈船何日能擊楫，
王師何日能衣戎。呻吟忍死已十載，續命不得炊雙弓。流亡不計誅與戮，
逃死難顧媼與翁。冥行襁負去鄉井，烈日蒸炙淫雨濛。情同鹿駭挺走險，
事甚民棄梁溝宮。梧桐之山峻以崇，一生九死攀其東。方欣快出泥犁獄，
指顧即到香爐峰。誰知函谷不納客，西望慟哭俱槌胸。朝來邏騎搜莽叢，
鋒車四出鳴警鐘。見之即捕送虎口，道路塵土為昏蒙。交親迎候束手盡哽
咽，不意咫尺有幕垂重重。梧桐山頭號悲風，衝天寃氣貫日成長虹。人間
今日是何世，哀我列祖軒羲農。如何不弔罹此極，生丁劫運辰不逢。我聞
柏林築圍墻，舉世憤慨欲張弧矢尋桑蓬。又聞古巴質俘虜，全美懷資踴躍
贖之免奴童。胡為黃炎之子孫，世人視之如沙蟲。嗚呼問天方懵懵，何由
籲之能感通。嗚呼廊廟羣公論道方從容，何為袖手不念人心之朝宗。請看
梧桐山頭氛霧封，誰能馭天作飛龍。盡掃霾瘴還春融，起為援手拯此寃
苦窮。

《人生》第24卷第2期（總第278期）　1962年6月1日　頁31

123.驛柳

淵明宅畔五株青，太液池頭應列星。一自渭城能勸酒，至今攀盡短長庭。

《珠海校刊》第12屆畢業典禮特刊　1962年7月　頁21-22

124.次文擢韻過鏡人舊居

報道東陵路，重尋舊印苔。人同秋水遠，春憶歲朝來。

猿鶴從誰問，江山待此才。到門嗟室邇，惆悵任鷗猜。

《珠海校刊》第12屆畢業典禮特刊　1962年7月　頁21-22

125.荃灣圓玄院小集，即席分詠得潭字

　　絳宮高處接烟嵐，下望荃灣幾疊潭。四月風光猶旖旎，並時賓主盡東南。
　　鳥啼花放開諸象，海色山容共一庵。漫問逍遙在何許，但聞鐘磬即玄參。

　　　　　　　　　　《珠海校刊》第12屆畢業典禮特刊　1962年7月　頁21-22

126.鶯啼序題勺湖授經圖：圖為淮陰顧君翊群紀念其先人所作，勺湖書院為其祖翁講學之所，
　　地本同縣先賢阮裴園太史別業中，有妙蓮閣奉祀阮、顧兩公，並先後視學湖湘，迢居於此
　　也。顧君幼時從其尊人讀書院中，跬園則其尊人詩集名也

　　長淮導源到海，過名都幾處。挾泇泗，東繞山陽，地靈雄出南楚。匯城
　　北。烟波浩渺，依依柳色江南路。似春陵，佳氣蔥蔥，耐人泂溯。綠竹猗
　　猗，棠蔭芾芾，問伊誰作主。指淇奧，如璧如圭，百年惟阮顧。並輶軒，
　　湘沅返駕，並文藻，湖山容與。照人間，梁苑詞華，跬園詞賦。　　丹青
　　妙手，錦軸精裝，畫圖許快覩。看寫出：過庭聞禮，素絢分明；獨立聞
　　詩，往來俱喻。東林舊業，黃門舊學；崑山經濟長康藝，怎多般，本是君
　　家故。圖中隱約：長淮一帶縈紆，鑑湖一勺環護。　　樓遲海甸，向往童
　　時，總釣遊寐寤。更逗起：家山萬里，故國低佪；家訓重溫，妙蓮長慕。
　　傳經繼志，承艱擔鉅，澄清天下曾借箸，但如今，依舊還儒素。欣同天壤
　　神交，為倚新聲，引商刻羽。

　　　　　　　　　　《珠海校刊》第12屆畢業典禮特刊　1962年7月　頁21-22；
　　　　　　　　　　　　《人生》第23卷第10期（總第274期）　1962年4月

127.東風第一枝題張紉詩女史牡丹畫展

　　染黛研螺，勻黃搓粉，水晶簾下容與。不描京兆修眉，自續洛陽舊譜。雕
　　欄玉砌，偏裝點，迎風迎露。有沁鼻，脂粉餘香，彷彿散花天女。　　君
　　看起，數枝艷處。君聽取，幾行題句。娉婷格比簪花，依約泳成帶雨。相
　　歡相惜，懶理得，阿環相妬，更不待，太白揮毫，已自倚欄先賦。

　　　　　　　　　　《珠海校刊》第12屆畢業典禮特刊　1962年7月　頁21-22

128. 河傳競渡（詞選堂課示範作）

雲淡，風軟。鼓闐闐，打槳南溟浪翻。爭先不分唐與番。喧喧，錦標誰奪還。漁父舊曾相問訊。甘獨醒，江介傳〈哀郢〉。到如今，江水深，揚舲，空聽簫鼓聲。

《珠海校刊》第12屆畢業典禮特刊　1962年7月　頁21-22

129. 次太希韻兼柬聲伯

已分愚同陋巷顏，如何有舌又班班。括囊未解占旡咎，蒿目寧堪問兩間。閣上草玄人笑白，窮邊遁迹海成灣。隔洋賞我驪黃外，我正逃禪欲閉關。

《人生》第24卷第5期（總第281期）　1962年7月16日　頁27

130. 端午後小病，聞蟄厂亦病，即次其韻

石榴紅到半窻明，屈指芳華過幾程。斗室爐鐺銷永晝，畫船簫鼓負閒情。扣閽昔有天堪問，穗蕙今無地可耕。聞道維摩同示疾，一般心事感平生。

《人生》第24卷第5期（總第281期）　1962年7月16日　頁27

131. 山居雜詠余住大埔山半，近海臨溪，境雖荒僻，而窻下有竹，籬邊有花，長夏苦熱，而吾窻前獨清風琅然，足以負手吟哦，支枕展卷，起望隔溪驛車來往奔馳，則快然自足，爰左茶一壺，右烟一盒，科頭跣足，披襟當風自欣，是亦可以傲睨天地間，自得其得矣。因雜記所吟，遂成此篇

賃宅南山陰，避人如避債。閉門絕煩囂，開窗敞湫隘。
三冬凜朔氣，自屬履霜戒。九夏當北風，更作披襟快。
夜來高枕臥，對看樞斗挂。揮手運璇璣，轉丸乘沆瀣。
誰云一窗小，足攝三千界。興來嘯且歌，世人徒駭怪。
僻住荒山陬，來往惟雁燕。本無高隱情，敢訽丘壑擅。
但為苜蓿盤，就此蔬笋賤。飽食自捫腹，不知世已變。

火傘日高張，炎威日熏炙。市人苦消渴，爭水正相罵。
幸為山居人，山泉不須價。袒裼當薰風，招涼不知夏。
忽訝窗前花，萎頓驕陽下。因之念隴畝，焦枯到禾稼。
雖殷霖雨心，未得雲龍借。且自灌庭園，聊為銷夏課。
芳草不知名，芊芊深沒脛。方冬日以凋，入夏日以盛。
人嫌蔓難圖，我愛綠滿徑。朝為露珠瑩，夕為螢火映。
雖云小人德，亦有疾風勁。雨後任侵階，留添蛙鼓聽。
山居近臨海，盛夏堪盤桓。朝看扶桑日，夕對滄洲烟。
科頭修竹間，負手柴門前。日擁一榻書，坐忘三伏天。
笑彼城中人，兀兀嗟熬煎。

《人生》第24卷第8期（總第284期）　1962年9月1日　頁30

132.履川兄（曾克耑）贈《頌橘廬叢稿》，並媵以詩，即次其韻

九州蒿目吹腥風，斯文播蕩橫流中。溫柔敦厚久不作，恢詭譎怪方爭雄。
襄陵之水遍地泛，燎原之火燒天紅。誰令此風益靡靡，誰扇此焰成熊熊。
撫膺未止歎人事，扼腕真欲尤天公。中華詩教植根厚，百代燁燁涵蒼空。
如何世運厄陽九，一任蕭艾欺筠松。失其故步訥匍匐，妄比北斗淩崆峒。
亂鳴瓦釜廢鐘呂，不知蔀屋非帡幪。嗟哉傎黮但快意，遂使道喪終生戎。
紛挐叫囂歲數紀，日炫幻惑成杯弓。一朝巨盜挾之去，續絕只賴傳經翁。
相將填壙出荊棘，藉此甌脫開微濛。三千編簡繫鴻緒，十萬偈頌傳龍宮。
擔當是乃我輩責，洛鐘自應無西東。秦灰不廢在諷誦，足高聲教齊鑪峯。
行吟楚澤揚麗則，放歌巫峽同心胸。藝林得以紛立幟，黌宮得以鳴清鐘。
彌縫十載起頹廢，冥冥長夜排昏蒙。申公轅固幸可繼，韓毛齊魯欣能重。
誰歟屹作壇坫主，曾侯氣盛如長虹。耽詩不復問理亂，播種不媿為良農。
近師蘇黃遠蘇李，高吟鼉鼓聲逢逢。擔簦著述稿盈尺，坐忘湖海同飄蓬。
雄文奇句盡精悍，自言老至心猶童。書成遺我六巨帙，雕琢造化窮魚蟲。

誦之鏗鏘出金石，味之甘苦心脾通。下風甘拜我欲手，上乘取法人當宗。

媵詩餘勇愈可賈，光怪滿紙驚游龍。看君出奇日不盡，快哉斯道非終窮。

> 曾克耑（1899-1975）　《風窮酬倡詩》　收入《頌橘廬叢稿續編》
> 外篇　卷第一　香港　新華印刷公司　1961年

133.一叢花春暉草堂看菊

一園佳色放秋妍，青女對嬋絹。傲霜依舊嬌無那，好持護，莫浪吹彈。須問屈平，多應相惜，怎忍付盤飧。　　培成異種訝奇觀，玉紫更霞丹。十年海上今開眼，儘延佇，繞徑留連。還問淵明，東籬種得，能否比爛斑。

> 《文學世界》第6卷第4期（總第36期）　1962年12月　頁45

134.柳莊

桃已成陰蝶已稀，憐渠仍向路旁飛。春隨笛裏吹愁盡，風約萍邊逐水歸。誰謂顛狂偏作態，正緣飄泊故沾衣。淡黃深綠俱曾識，一例悽涼憶合肥。

> 香港知用學社編印　《知用學社成立四十周年紀念集》
> 1962年11月　頁188-189

135.上巳小集

三月東風軟，芳園坐海濱。漫論天下事，同是劫餘人。

有酒懷堪放，忘言意自真。更聯新舊雨，高詠和陽春。

> 香港知用學社編印　《知用學社成立四十周年紀念集》
> 1962年11月　頁188-189

136.踏莎行海濱銷夏

石澳烟波，荃灣洲渚，海邊盡足招涼處。磯頭好釣退潮鯔，波間更狎忘機鷺。　　燈火樓臺，園林雲樹，居然船在蓬山住。調冰雪藕泛珠論，薰風

吹散愁無數。

香港知用學社編印　《知用學社成立四十周年紀念集》
1962年11月　頁188-189

137.臨江仙久雨

報道夏來俱苦熱，方欣一雨成秋。誰知鳩婦日啁咻。閉門聽淅淅，秋事轉成愁。　搔首問天天正晦，低雲濕到樓頭。琴書霉潤蠹魚遊。但添庭草綠，時為捲簾鈎。

香港知用學社編印　《知用學社成立四十周年紀念集》
1962年11月　頁188-189

138.（臺北）《慧炬》月刊周年讚《慧炬》月刊為加拿大僑領詹勵吾先生所發起、資助，由周宣德先生主持策劃，由臺灣各大專學校高材生之研究佛學者負責撰述編校，以宣揚佛教為主旨，內容清新活潑，至適合大專學生閱讀

閻浮世界無西東，日月昏晦天地濛。眾生茫茫如聵聾，舉趾荊棘仍菅菅。
惟知逐利翊事功，漠視慧命忘其躬。達多迷頭悲憧憧，遂令陷溺成鞠凶。
嘉哉諸君能恢崇，宏我佛法為大雄。夜揚火炬光熊熊，朝鳴大鼓撞大鐘。
啟聾發聵開屯蒙，一年勤懇始有終。如佛按指坷坎空，作我髦士俱從風。
蔚為應化之前鋒，上至忉利下龍宮。般若廣照天眼通，我為此頌明其宗。
歡喜讚歎日載中，更千百年光無窮。

《人生》第25卷第5、6期（總第293、294期合刊）　1963年1月20日　頁34

139.壬寅（1962）歲除五首

其一

一年如彈指，百事俱無端。溫經經不全，繹史史半殘。
忽忽日復日，坐失歲月寬。檢點負心期，解嘲聊自圓。

去年計已虛，來年計再懸。莫問老將至，但樂隨遇安。
所喜橐中餘，明日堪春盤。

其二

今年歲在寅，明年歲在卯。卯糧寅每支，生來何方好。
去國十三年，年年費尋討。從今再作計，不必事機巧。
無車步亦安，脫粟腹亦飽。今朝既已足，明日自能了。
何必預營營，何須自擾擾。不為天下先，是乃吾三寶。
持此待新年，泰然忘煩惱。

其三

所居近山僻，鄉俗猶古風。村村社鼓鳴，戶戶伏蠟崇。
桃符煥滿眼。爆竹響震空。幼者喜新衣，老者謹祭供。
居然昇平時，恍與故鄉同。我已忘歲月，亦覺心猶童。
揮毫寫春帖，守歲尋薰龍。得此一日忙，幸不讓鄰翁。

其四

人言大掃除，布新先除舊。我無新可布，此言本懶究。
半生丁亂離，轉徙避盜寇。蓋藏掃屢盡，不得安耕耨。
歸來走海上，蕭然賸兩袖。事事無一成，嗤嗤笑孤陋。
俗例既云云，何妨作三復。箕帚既以具，躊躇又眉皺。
案頭稿堆積，榻上書釘餖。敝帚人尚珍，殘篇可覆瓿。
何為棄之去，不若仍守舊。

其五

年年歲除日，兩事時倒顛。賣痴痴益深，祭詩詩待刪。
竟夕目炯炯，坐看天道還。我本受廛氓，何為事硯田。
原知無豐歲，亦匪待素餐。讀書為明道，學文為承先。
奈何詖淫辭，泛濫如決川。狂瀾四十年，胥溺嗟稽天。
我身及其禍，焉忍終默然。著書雖好辯，尚論期希賢。

縱無力如虎，要奮筆若椽。寧為拂時宜，安得無痴頑。

但恨天地晦，忽忽歲又闌。

《人生》第25卷第7期（總第295期）　1963年2月10日　頁28-29

一九六三

140.題負暄山館梅花，憶亡友黃偉伯詞丈

七年回首謝公塾，猶有寒梅尚負暄。滿徑橫斜存老宿，數枝標格自晨昏。

記同羣屐花前酒，已隔人天夢裡痕。吹笛山陽一惆悵，縱傳三弄向誰論。

《經緯書院校刊》第2期　1963年4月　頁79-80

141.與藝文社同人入荃灣山寺

秋昊高處記同探，峰自青蒼海蔚藍。如詠舞雩風欱欱，更餐香積味醰醰。

峽中玉瀉泉三疊，潭上航橫佛一龕。遙向岩前招伴侶，數聲長嘯破烟嵐。

《經緯書院校刊》第2期　1963年4月　頁79-80

142.斗室

斗室雖云隘，吾懷自能廣。既忘恩怨情，亦絕難蟲想。

夜定羣動息，心源一時朗。攤書契古今，尚論隣天壤。

自欣方寸地，已得決羅網。呎尺足盤桓，何為必方丈。

《經緯書院校刊》第2期　1963年4月　頁79-80

143.題戴錦雲畫

尺幅之間勝境收，看君隨意着林丘。近來處處無安宅，只有丹青得自由。

《經緯書院校刊》第2期　1963年4月　頁79-80

144.哀郢

遠遊無意陟椒丘，又為臨睨悵去留。國步已非空疾首，吾謀不用枉凝眸。
低徊閶闔呼難應，憔悴江潭死始休。太息高陽同一脉，緒風吹袂望長楸。

《人生》第26卷第4期（總第304期） 1963年7月1日 頁19

145.喜春來秋日郊遊（堂課）

蟹肥元朗須先訪，酒熟沙田要快嘗。又聞粉嶺菊花黃，郊外爽，便這般蜡
屐一秋忙。

《珠海校刊》第13屆畢業典禮特刊 1963年7月 頁13

146.滿庭芳對菊（家課）

蓮房粉墜，洞庭木落，秋在東籬。十年飄泊處，孤舟繫十對芳菲。
海上西風拂衣，徑邊瘦影連畦。須尋醉，問前村酒美，吟望白衣誰。

《珠海校刊》第13屆畢業典禮特刊 1963年7月 頁13

147.叨叨令趁巴士（堂課）

擺人龍腳也瘦些箇，眼光光巴士飛馳過。打衝鋒衝上車廂無位怎生坐，使
任他摩肩接踵隨顛簸。只討你擠煞人也麼哥！只討你悶煞人也麼哥！我這
裡，還須顧住荷包破。

《珠海校刊》第13屆畢業典禮特刊 1963年7月 頁13

148.四塊玉海濱對月（期考）

玉鏡懸，銀波漾。莫負了今宵的好風光，海邊倚徙天邊望。風也飄，月也
涼，襟也爽。

（么篇）負手行，微吟放。驀地低頭思故鄉。奈故鄉到處紛烟瘴。海一
涯，天一方，空悵惘。

《珠海校刊》第13屆畢業典禮特刊 1963年7月 頁13

149.中呂癸卯（1963）歲朝（家課）

才聞臘鼓聲喧，已是椒花頌獻。家家齊把春盤荐，笑看瓶花瑞展。

（朝天子）傳箋，拜年，路上人團團轉。街頭爆竹响連天，處處歡聲徧。祝朋舊發達無邊，遇兒童利市當先，今歲要般般都遂願。也這邊拍肩，那邊抱拳，喜人間盡是春風面。

（喜春來）誰云一記蓬萊淺，好卜良辰運會旋，正須鼓舞過新年。君不見，兔來虎去轉坤乾。

（煞尾）計韶光，只換了一天。看兒童，又長了一年。對江山，指顧便東風轉。我則待，打點今春得興不淺。

《珠海校刊》第13屆畢業典禮特刊　1963年7月　頁13

150.雙調入春久晴（家課）

（清江引）年年入春時雨蘇，濕透春郊路。屐印滑如油，魂斷紛紛處。怨天公故弄人遊興阻。

《珠海校刊》第13屆畢業典禮特刊　1963年7月　頁13

151.讀史雜詠

其一

窮石竊夏政，恃力以濟惡。彎弓射十日，九日應弦落。恣稽莫余毒，遊畋肆其虐。豈知肘腋間，早已伏寒浞。如彼螳捕蟬，在後有黃雀。

其二

衛文罹狄禍，社稷生荊棘。布衣大帛冠，上下同一德。革車三十乘，遂造復興績。世人驚偷逸，所急食與色。不思薪胆嘗，何由同謀國。

其三

樂生聯趙魏，下齊若豆剖。但餘莒即墨，直等枯與朽。

田單獨奮臂，彈丸能固守。火牛夜突圍，燕將朝授首。
不須藉外援，自力即樞紐。

其四

智伯識豫讓，常何舉馬周。雖未盡其才，已足傳千秋。
羊斟御華元，餉士生怨尤。遂與入鄭師，俱為階下囚。
丈夫重意氣，俗士隨沉浮。久要安可忘，隙末誠足羞。

其五

祖龍併六國，威力蓋邃古。銷兵鑄金人，峻法誅偶語。
獨遺張子房，袖椎若持麈。亦有輟耕人，不平時一吐。
秦網雖百密，妨民但成侮。

其六

沛公王漢中，如鳥困樊籠。重瞳制其命，未容毛羽豐。
一朝出三秦，竟搏羊角風。鬥力一人敵，鬥智萬人雄。
黔首心懷西，士卒思歸東。乘勢而待時，善用茲成功。

其七

太宗斥佞口，長孫賀直臣。導人攻己過，故能明若神。
身居堂陛深，安得耳目親。責善不先己，便自成聵昏。
故知達四聰，乃在獎直言。

其八

子文執楚政，三已無慍色。舊政必告新，泰然忘通塞。
子儀定唐難，功成即摒斥。一朝亂復生，怡然再陳力。
世人但熱中，患失亦患得。偶為去其位，怨懟成敵國。

其九

成湯桑林禱，甘霖應成澤。陸贄奉天詔，悍將持之泣。
萬方即有罪，六事惟自責。能受國之垢，人神自交格。
必有悔禍心，斯能齊眾力。

152.木蘭花慢曇花出天竺，其全名為優曇缽華。《法華經》云，一切皆愛樂者是也。四年前，余得一本植盆中，久候無蓓蕾，乃棄置籬畔，聽其自為生滅，不復措意矣。癸卯（1963）七月望前一日，忽見此花在草叢中發紫莖逾尺，正含苞即待展放，時內人寬素方禮佛，作中元荐，急移入室中，夜漏初下，瓣蕊漸舒，將屆三鼓，盛放如碗，縞衣絹裳，明艷勝於白蓮，異香氤氳，益覺夜氣之清也。於時月色一庭，荒雞再唱，余徘徊其側不忍就寢，念佛言優曇缽華，時一現耳，而余於不意中，幸未失之交臂，是亦一段因緣也。因走筆賦此闋，以志一時之愛樂，但未能會人于微笑之間，猶不免為着相耳

正新秋露冷，問叢菊，悵縈苞。乍籬畔籐纏，徑邊草蔓，異卉抽條。瓊瑤，是誰咒缽，揖花靈，失喜上眉梢。未怨頻年冷落，清齋許供清宵。

招邀，月姊出雲霄，天女幻嬌嬈。為維摩問訊，室中花散，座上香飄。難描。似蘭似蕙，似靈芸，環佩夜來嬌。縱是驚鴻一瞥，還須紅燭高燒。

《人生》第26卷第10期（總第310期）　1963年10月1日　頁26

一九六四

153.和太希前韻

平生蠻駏最相憐，隔海遙知各惘然。試數昔遊才一瞬，寧論世事已千年。江湖憔悴天方瞶，肝膽輪囷夜不眠。臘鼓聲聲勞問訊，暫開懷抱付吟邊。

《人生》第27卷第6期（總第318期）　1964年2月1日　頁25

154.悼林君秀芳十四韻

世事等蜉蝣，人生一夢寐。夢中哀樂多，覺後滄桑異。

傷哉吾黨林，邈矣風徽逝。纔聞摩詰病，遽報葛洪睡。

靈前一束芻，堂上三號淚。嗟君本耽詩，此外百無慮。

掉臂南海南，五載同聲氣。相期楚澤吟，共樂箕山志。

如何鑠肺肝，筆健身竟頧。悽惶茂陵秋，怛惻荃灣瘞。

交遊俱歡息，風雨況如晦。失此洛社英，詩腸誰鼓吹。

遺篇定不朽，昔夢空成慨。回首南皮遊，更雪山陽涕。

《人生》第28卷第2期（總第326期）　1964年6月1日　頁28-29

155.沙田道中雜作

海上芸芸莫問年，人間氛瘴總遮天。春來生意欣欣處，只在青原碧嶂邊。
銷盡芳華滿地斑，沙田路上路彎環。東風換為新天地，吹得桐花白一山。

《人生》第28卷第2期（總第326期）　1964年6月1日　頁28-29

156.甲辰（1964）暮春林村修禊，賦呈幼椿、澹園、善同學長，並示諸生

何必蘭亭曲水邊，林村佳處足流連。相攜羣彥皆英發，頓覺吾儕亦少年。
袖拂落紅香滿徑，樹添新綠密參天。竭來屢恨春無那，只有茲遊一快然。

《文史學報》第1期　珠海學院文史學會　1964年7月　頁146、頁152

157.憶江南香港重九登高

秋正好，遙指太平山。山上白雲招我往，登臨吹帽一舒顏。雲外看人間。

《文史學報》第1期　珠海學院文史學會　1964年7月　頁146、頁152

158.調笑令五二（1963）年雙十節

今日何日，五十二年雙十。眼中漢幟分明，海上吟邊奮興。興奮興奮，搔
首齊州烟暈。

《文史學報》第1期　珠海學院文史學會　1964年7月　頁146、頁152

159.清平樂壽黃（麟書）校長七十

人生難得，七十嬰兒色。國老雍容看杖國，待纘中興興褒德。樹人作育英
良，百年大計擔當。珠海珠光璀璨，祝公壽比陵岡。

《文史學報》第1期　珠海學院文史學會　1964年7月　頁146、頁152

160.浣溪沙新界秋遊

元朗街頭蟹正肥，沙田市上酒如飴。青山寺裏菊成畦，秋色自妍休錯過。
金風送爽莫差池，日斜遊屐尚忘歸。

　　　　　《文史學報》第1期　珠海學院文史學會　1964年7月　頁146、頁152

161.江城子五十二年（1963）除夕

一年光景太匆匆，瞬秋風，瞬隆冬。瞬到今宵，歲序忽云終。我自奔波輪
渡裏，聽汽笛、動長空。　　佈新除舊此聲中，望爐峯，月濛朧。海上棲
遲。依舊轉飄蓬。最是客愁除不盡。天一角，烱雙瞳。

　　　　　《文史學報》第1期　珠海學院文史學會　1964年7月　頁146、頁152

162.好事近登太平山

海上太平山，人道天堂高矗。策杖撥雲排霧，看天堂面目。峯頭雲氣幻晴
陰，峯下市樓簇。但見熙來攘往，問天堂誰屬。

　　　　　《文史學報》第1期　珠海學院文史學會　1964年7月　頁146、頁152

163.西江月登太平山

海色翻濤捲雪，山光筸黛撐天。車飛絕壁同峯巔，下看滄桑幾變。
大廈擎空拔地，人烟接踵摩肩。居然世外作桃源，一顆明珠湧現。

　　　　　《文史學報》第1期　珠海學院文史學會　1964年7月　頁146、頁152

164.一剪梅春草

漸覺東風貌一新，山色連雲，野色迎曛。黏天極海盡欣欣，烟也氤氳，雨
也氤氳。　　和雨和風綠到門，隨意留痕，隨意鋪茵。王孫歸訊總難論，
過了今春，又說來春。

　　　　　《文史學報》第1期　珠海學院文史學會　1964年7月　頁146、頁152

165.南鄉子春遊新界松園

何處好尋春，曲水蘭亭隔嶺雲。聞道松園花正放，紛紛，一路車飛紫陌
塵。　　莫悵去鄉人。不是桃源也問津，猶有舞雩歸詠地，欣欣，何必清
明便斷魂。

《文史學報》第1期　珠海學院文史學會　1964年7月　頁146、頁152

166.雙調新水令題涂公遂、劉太希臺北畫展

江山文采待誰扶，有聯鑣雲霄二羽。縱行吟追杜老，揮畫筆媲倪迂。便水
範山模，把勃鬱鬱都化作烟霞趣。

（駐馬聽）

幾幅菰蒲，彭蠡漁歌連極浦。幾重雲樹，秣陵烟雨接南徐。歎斜川舊徑盡
荒蕪，歎螺亭青嶂誰將護。黯鄉關荊棘阻。騰丹青，意匠重排佈。

（沉醉東風）

記當日衣冠渡處，念頻年炎徼居諸。荔子風，椰林雨。更臺澎復國名區。
對無數山河錦繡鋪，盡網入吟邊畫圖。

（折桂令）

費經營，手寫心摹，位置江湖。點染蓬壺，漫擲筆躊躇。摭勞愁積愫，作
翰墨璠璵。正好與襟期同展布，更憑將塊壘各消除。料觀摩：塞路、填
衢。風動了臺灣，車滿了鴻都。

（收尾）

殘山賸水縈情處。待整頓，待慰來蘇。待河朔鷹揚，重寫凱旋圖。我則
待：換羽移南作新譜。

《人生》第28卷第7期（總第331期）　1964年8月16日　頁24

167.颱風過後有作

罡風昨夜掃南溟，去後溪山半換形。沒徑橫流爭泛濫，未霜秋樹盡凋零。

世將沉陸天難問，海記揚塵劫屢經。如此狂飆何處避，漫悲吹白楚江萍。

《人生》第28卷第9期（總第333期）　1964年9月16日　頁8

168.春日雜詠

海上芸芸莫問年，人間氛瘴總遮天。春來生意欣欣處，只在蒼岩碧嶂邊。

銷盡芳華滿地斑，沙田道上路彎環。東風為換新天地，吹得桐花白一山。

《珠海校刊》本校成立第17週年校慶紀念特刊　1964年10月　頁11-12

169.邵鏡人兄有新翁之喜，賦此調之

頭衡初晉作阿翁，遙想東陵喜氣融。佳婦佳兒看美眷，傳詩傳禮繼家風。

羹湯細領調烹味，瓜瓞深培樹藝功。從此經壇添一席，更開新課作癡聾。

《珠海校刊》本校成立第17週年校慶紀念特刊　1964年10月　頁11-12

170.羅敷媚渡海

蓬山隔海橫波處，桃葉歌傳，港九相連，不似銀河待鵲填。

津頭日日人如織，掉去船旋，來往梭穿，織就樓台兩岸圖。

《珠海校刊》本校成立第17週年校慶紀念特刊　1964年10月　頁11-12

171.清平樂颱風過港，蘊鬱盡消，靜坐山窗，悠然賦此

秋聲何處，鎮日風兼雨。潮打溪橋平沒路，秋恨秋愁都洗。

門前海色迷濛，窗前簷溜琤琮。消領秋來情味，閉門聽雨聽風。

《珠海校刊》本校成立第17週年校慶紀念特刊　1964年10月　頁11-12

172.西江月風姐頻來，不勝其擾，更作此解

嫋嫋遠從蘋末，蓬蓬忽出天邊，誰云阿姐是嬋娟，直恁輕狂變幻。

方聽爐峯就戰，又傳東海瀾翻。縱為佳麗也眉攢，扇得籬荒菊散。

《珠海校刊》本校成立第17週年校慶紀念特刊　1964年10月　頁11-12

173.雙鴛鴦（北曲）春柳

曉風輕，晚風輕，綠舞腰枝弱不勝，折取一枝門外插，告人今日是清明。

（么篇）雨中青，客中程。疊到陽關憶渭城。一路鶯梭勤織得，短亭垂徧又長亭。

《珠海校刊》本校成立第17週年校慶紀念特刊　1964年10月　頁11-12

174.刮地風（北曲）中秋颱風報警

月姐終輸風姐狂，桂殿徬徨，忍看跋扈更飛揚。掩卻蟾光，海翻波浪，城濛氣瘴。如此江山，任他搖蕩。待高歌誰共放，待對酒誰共觴，黯廣寒負了霓裳。

《珠海校刊》本校成立第17週年校慶紀念特刊　1964年10月　頁11-12

175.慶宣和（北曲）春遊青山

岳色松濤翠一灣，春在青山。縱不逢僧也偷閑，竹間柳間。

（么篇）峯上歸雲逐鳥還，海上歸帆。隔海蒼茫是鄉關，近看遠看。

《珠海校刊》本校成立第17週年校慶紀念特刊　1964年10月　頁11-12

176.雁兒落帶得勝令題亮齋伉儷書畫展覽

雙清誰佔先，彩筆誰爭巧。畫得鳥能言，畫得花能笑。鴛也入簾梢，蝶也繞屏飄。春色平分取，詩書看並塵。濡毫，讓德曜丹青妙。推敲，讓梁鴻翰墨高。

《珠海校刊》本校成立第17週年校慶紀念特刊　1964年10月　頁11-12

177.題王世昭君聖教序、玄秘塔、劉熊碑等唐宋拓本展覽

竹居主人擅雙絕，字寫黃庭詩軾轍。家藏古拓滿瑯環，麻白金烏世無匹。精光寶氣不自秘，要照人間作星月。文協樓頭珠玉陳，鴻都門外車乘結。

夜分隔海望象緯，訝有光芒射奎璧。朝來投謁許觀摩，思古幽情為君發。
俗工但解寶康瓠，卞生抱璞人嗤拙。連城之璧待一剖，駑驥方知異良劣。
三希十寶曠代珍，不意書生盡囊括。我欣眼福正不淺，贊歎逢人口飛沫。
恍如三月味聞韶，更作長歌寫心折。

《人生》第29卷第3期（總第339期） 1964年12月16日 頁26

一九六五

178.同貫之過林村，訪陳文山農舍，即贈主人

陳郎正年少，讀書明淡泊。卜此林村居，灌園訢然樂。
養親供菽黍，養志藉丘壑。菘芥藝畦邊，薜荔挂籬落。
廚中引山泉，簷下噪晴雀。我來三讚歎，羨爾安耕鑿。
芸芸港九間，誰能甘寂寞。不隨胡商胡，即為惡少惡。
如君勤四體，不與眾俱濁。食貧守儒素，食力足藜藿。
忘懷問得喪，有味堪咀嚼。在昔美芳容，終焉勉成學。

《人生》第29卷第5期（總第341期） 1965年1月16日 頁26

179.余園春禊，同經緯諸生

開歲幽尋到海邊，計辰恰在上元前。一春樂事爭先著，更勝蘭亭祓禊年。
印屐攜筇咨嘯吟，人言汀角好園林。門臨路轉峯回處，迎客松杉一徑陰。
漾碧洄清海一灣，亭臺宛在水中間。停車下看蓬萊淺，消得風雲半日閒。
倚檻觀瀾負手哦，松邊列坐水邊歌。滄浪漁父延緣出，漫訝緇林裙屐多。

《人生》第29卷第9期（總第345期） 1965年3月16日 頁28

180.題黎生炳昭畫展

黎生論畫精且詳，曲盡物態色與光。陽開陰合極變化，白雲之白蒼狗蒼。
黎生作畫雅而健，視蠱如牛龍縮寸。西方面目東方骨，筆底剛柔自分判。

黎生藝事方英年，已從六法承薪傳。孳孳不息學日益，勉向三絕追鄭虔。
黎生藝術蚩畫苑，文協樓頭作披展。以文會友德不孤，喜得摩挲舒老眼。
黎生乞我為一言，我於此道非知津，但堪與子說其概，藝通於道方能神。
子今已得筆墨妙，要與造化同彌綸。韓言詩書厚其氣，孔言游藝依乎仁。
子能會心不在遠，吾拧拭目觀其成。

《人生》第29卷第9期（總第345期）　1965年3月16日　頁28

181.選堂見示和東坡七古六首，勉和一章奉酬

眼中世事紛風波，眼前歲月如飛梭。閉門懶問理與亂，已分珞珞慵鐫磨。
忽聞諸君發豪興，尋詩把臂賡東坡。大聲鞺鞳金戛玉，險韻圓轉珠翻荷。
洪流浩瀚巨浪湧，捲我汩沒隨漩渦。望洋向若嘆壯闊，自笑不異河伯河。
強為急足逐騏驥，悉索敝賦窮張羅，竭來震耳鳴瓦釜，荊棘久已埋銅駝。
諸君海濱啟聾瞆，從容壇坫看委蛇。編張旗鼓樹風氣，盡裁雲錦營文窠。
並時騰驤讓顏謝，後塵駭汗慚陰何。夜來撚髭再剪燭，且為公等司殿呵。

《人生》第30卷第2期（總第350期）　1965年6月16日　頁22
香港中國筆會詩歌選編輯組編　《現代詩歌選》　香港中國筆會　1972年3月　頁80

182.雙調新水令太空船探月

人間花樣已翻全，要從何處換新鮮。徧五洲，環七海，下窮地，上參天。
指向星躔，玩幾艘太空船。
（駐馬聽）縹緲仙源，人道鴻都曾馭電，微茫銀鍊，世傳博望已先鞭。這
多般，都不算希玄。要從新，高把天掀徧。看月殿，玉盤懸處人俱羨。
（沉醉東風）是銀界，金輪玉碾，是瑤臺，璧合珠聯。桂影邊，珠簾捲。
有霓裳歌舞翩翩。曾引得唐皇夢寐纏。合遠探，任奇換勝選。
（步步嬌）不用候，張騫仙槎返，不須仗。公遠銀橋變，驀地聽。憑火
箭，便排空馭氣九霄穿。貝闕前，任徜徉，隨遊衍。
（慶東原）銀蟾境，玉殿仙。清閒自在無恩怨。轟轟火箭，噴濃濃白烟。

並雷動飈旋。驚的是鬧天宮，愁的是天宮變。

（落梅風）姮娥怯，應帶撚。老吳剛，停斧茫然。不知下方爭地戰，為地盤，竟爭上清虛殿。

（離庭燕煞）休云玉宇瓊樓遠，休云界有仙凡辨。只輕輕按鈕掣電，便霎時六合周流徧。橫白道，飛青輦。驅望舒，衝碧天。爭取的是制空權，但從今滓穢了太清邊，瘦損了素娥面。

《新亞生活》第8卷第2期　1965年6月　頁3

183.雙調新水令春郊即事

塵居坐送暮還朝，非愁非病總無聊。春未來，時在念。春已到，又輕拋。且自推敲，算今年，任我放逍遙。

（沉醉東風）報花訊鶯嬌燕嬌，簇春郊山近山遙。雲邊獅子峰，海上長洲島。更南灣，浴沂剛好。遮莫逢春尚鬱陶。不出門，漫惹得東皇著惱。

（水仙子）花朝徧野菜堪挑，寒食沿堤柳自搖。杏花村裏還須到。趁清明，試濁醪。更重三，曲水溪橋。約羲之，惠風暢。邀杜牧，宿雨銷。這節目，都在芳郊。

（清江引）江南此時春色饒，陌上花多少。不是不思量，思得添煩惱。到不如花間酒邊隨醉倒。

（么篇）昨天九龍郊外早，今日青山道。處處去尋春，處處春光好。一枝簍，幾兩屐，岩前澤邊吟且嘯。

（本調煞）囊中添了新詩料。喜的是，有童冠載言載笑。歸詠處，還喜有舞雩情調。

《新亞生活》第8卷第2期　1965年6月　頁3

184.壽幼椿學長七十乙巳（1965）二月十九日雅集頌橘廬，為幼老七十壽記。前三日同本校文史系青山旅行，諸生均訝其登陟輕健，幼老笑謂吾年顛倒數之正十七年耳，余為撫掌此語，可以入詩矣，因步其自壽韻以張之

酌酒壽難老，良辰況春日。君言吾尚少，十七非七十。撫掌昨同遊，青山
看日出。相攜躋巉岩，攀陟徧林隙。誠哉老益壯，素養美平昔。今宵共燈
燭，對此介眉席。詩陣合尋盟，酒兵合開壁。

《珠海校刊》第15屆畢業典禮特刊　1965年7月　頁23-24

185.壽彭醇士鄉老七十，即用其前年見贈韻

律應夾鐘時，辰逢嶽降日。詩名滿天下，甲算剛七十。

緬維吾鄉賢，復見涪翁出。差池望天末，飄帽各兵隙。

隔海訂神交，聯答憶疇昔。遙知老彭壽，悵未接瑤席。

好待杖朝年，同畫旗亭壁。

《珠海校刊》第15屆畢業典禮特刊　1965年7月　頁23-24

186.除夕港夜聞海上汽號齊鳴有作

訝換牆頭日曆懸，客邊除夕盡今天。矍然忘送窮神去，瞬爾遙聞汽笛傳。
歲月久吩新舊朔，生涯已負綺紈年。還存漢蠟癡堪賣，坐看樓前斗柄旋。

《珠海校刊》第15屆畢業典禮特刊　1965年7月　頁23-24

187.一叢花公園看杜鵑盛開

春風噓拂海南天，梅杏各爭妍。杜鵑也自先寒食，趁晴日，徑滿岡連。千
紫萬紅，暗凝舟渥，簇錦占芳園。　　江南爭說映山前，春色總無邊。只
今草長鶯飛地，料添得血淚斑斑。烟冷月寒，傷春懷遠，無處不啼痕。

《珠海校刊》第15屆畢業典禮特刊　1965年7月　頁23-24

188.八聲甘州木棉花

訝凌霄，擢秀發高枝，爭春簇南天。似紅綃裁剪，丹霞烘漢，爛錦迎暄。
俯視桃夭柳弱。吐燄到雲邊。人道英雄樹，也自吹緜。　　好憶五羊三

月，徧越王臺上，荔子灣前。記當時霸氣，猶自照林巒。趁東風珊瑚茂樹，綻滿城，瑪瑙大如盤。休回首，鷓鴣聲喚，春為誰妍。

189.滿庭芳和（王）弼卿教授春感韻

海誤槎期，山餘甄脫，閒愁鎮日惛惛。因君詞筆，挑起欲灰心。門外花紛柳裊，鵑聲喚，方訝春深。應相笑，芳華屢負，空說寄雲岑。　虞吟，同澤畔，飄零已慣，憔悴能禁。但鶯飛江滸，夢隔烟潯。搔首香爐峯下，行歌處，時作南音。聊相倩，胡姬壓酒，留與向詩尋。

190.沁園春太空船探月

不藉填河，不待浮槎，不用化橋。便上窮碧落，蟾宮咫尺，橫衝玉界，羊角扶搖。樹樹香飄，金輪光射，妙舞霓裳正踏謠。應相訝，又暮來相蝕，蛙復成妖。　星軺，六合遨遊。看幾輩梟雄霸九霄。笑謫仙醉起，水中枉捉，東坡影弄，高處空招。火箭轟轟，火光霍霍，人力居然天可驕，從今後，歡坤維擾攘，象緯紛淆。

191.太平詠賽馬

人潮長過龍，排隊打衝鋒，馬場生意最興隆。只見人頭湧湧，電機數字如飛動，人強馬健騎師勇。快如閃電逐流風，一場即告終。

（么篇）馬運亨且通，贏錢又輕鬆。空懷轉眼富家翁，獨買香檳不中，連贏金榜又輸飛鳳，誰知跑馬將人弄。一場歡喜一場空，悵歸來氣冲。

192.南呂宮一枝花（北套曲）《人生》編者以詠「新聞」詩徵和，余既慨乎其言，因以詩人
賦溱洧牆茨之義，寫此曲以廣其意，惜無負聲盲翁，能為歌唱於豆棚瓜架之間，一警昏晦
沉迷之耳目，則亦惟余與編者自吟自唱而已

新聞日出奇，怪事原多異。聞君驚拍案，聽我說無稽。漫衍支離。道是開
風氣，向狂猱看齊。是潮流進步先驅，是西化新鮮玩意。

（梁州第七）釁宮裡，風光綺旎。廟廊中，名器離奇。縱荒唐，誰問是和
非。璇閨搶褲，未只荒嬉。狂人得意，更予分主。獎龍陽，儼作夫妻。倡
裸體，無束無羈。費議會朝堂，立法成規。算軍國平章大計。任胡天胡帝
胡為。噫嘻，歐美，文明進步如斯已。居然鳥獸同歸矣，徧邸報新聞到處
飛。嘆世人，都著沉迷。

（隔尾）看狂潮捲盡海東西，看天下，龍蛇發殺機。為達多盲走忘頭助狂
勢，更男飛女飛，飛到烏烟兼瘴氣。

（收尾）莽坤維，處處都荊棘，我只見地折天摧。儘人欲橫流，衝破了藩
籬。這新聞，已是尋常不奇異。

《人生》第30卷第5期（總第353期）　1965年9月16日　頁42

一九六六

193.悼汪君樹聲君休寧人，倫敦大學哲學博士，獨客香港，任教華僑書院，去年忽罹胃癌，
至前日卒以不起。其醫藥殮葬皆華僑校友諸生為之經紀，發靷之際，余與（王）淑陶校長
等八人為之舉櫬，諸生有泣不能止者，此動人之一幕，余亦為惻然；嗚呼汪君，雖孤羈客
死，可以瞑目矣！

白嶽原鐘秀，蒼天獨扼賢。問年方五十，遘疾竟纏綿。

去國傷王粲，遺書繹費邊。悲風吹繐帳，舉櫬為潸然。

惘惘憐孤客，哀思動上庠。鱣壇空講席，弟子服心喪。

海外存師道，人間是異鄉。諸生黯相嚮，淚眼盡汪汪。

《人生》第31卷第4期（總第364期）　1966年8月10日　頁33

194.贈洪生肇平

洪郎從我遊，翻經復繹史。孳孳自忘倦，不與流俗比。

擾擾此洋場，紛拏看多士。學失壽陵步，書惟蟹行體。

攢眉望故國，陷溺正胡底。詩書等焚坑，禮樂盡傾圮。

絕續誰能存，衰廢誰能起。區區諸老翁，海上再經始。

藝火待薪傳，成章待文斐。無如伏生髦，況乃時俗鄙。

正奈後起英，能宏前路軌。洪郎正年少，奮志日礪砥。

字從子雲學，詩得康成旨。游藝樂涵濡，依仁拒隨詭。

後生足可畏，吾黨更堪喜。勗哉百尺竿，勉矣驥千里。

毋為章句徒，要作黃中理。庶幾道路開，絕學得綱紀。

《人生》第31卷第4期（總第364期）　1966年8月10日　頁33；

香港中國筆會詩歌選編輯組編　《現代詩歌選》　香港中國筆會

1972年3月　頁80-81

195.次韻（王道）高樓

養痾暫息機，如禪入初地。氣復平旦清，心期日月至。

雖非世外遊，擬作山中計。讀君高樓篇，動我怒然意。

熊熊隔岸火，誰恤蒼生淚。君居百尺樓，鬧中得靜觀。

世方飲狂藥，欲扣其兩端。我結半山茅，披草相往還。

望魯無斧柯，傷時多痏瘝。何由豁心胸，嘯歌同永歎。

《人生》第31卷第6期（總第366期）　1966年10月10日　頁7

一九六七

196.和《江皋集》

難老甲初周，越歲斗建丑。欣茲耳順年，正作傳經叟。

伊川猶盛年，蓄積素而厚。宜開北海樽，合集同袍友。

釀飲記嵩生，甫申頌眾口。酒邊既盡歡，天邊各翹首。
星聚五百里，光茫照林藪。德業日以劭，康強大能久。
敝屣祿萬鍾，高詠桑十畝。人思邦教功，士頌斯文右。
重來振木鐸，並作扶輪手。風徽緬河汾，髦彥皆趨走。
我忝與緇帷，濫竽眾吹後。載賡和絃歌，欲揮伯喈帚。
同壽南山松，亦賦中書柳。

《新亞生活》第9卷第17期　1967年3月　頁3

197.為《江皋集》口號

游藝依仁樂在茲，諸生鏗爾我成詩。書堂不覺春寒薄，更愛風雩共此時。

《新亞生活》第9卷第17期　1967年3月　頁3

198.再疊《江皋集》韻

昔讀自敘詩，于時記辛丑。殷殷淑世心，汲汲學魯叟。
所志在達立，所存在敦厚。自樂育英髦，自遠來朋友。
欽茲飛動意，和之尚挂口。今讀《江皋》編，更若龍見首。
聲能扣心絃，氣能發春藪。道文喪已甚，荊棘塞已久。
正耐吾黨賢，揮鋤藝南畝。薪傳教以興，鐸振文以右。
詩為照乘珠，文為躝輪手。上庠望風華，重譯俱奔走。
所論足鍼俗，所守足垂後。宜珍籠壁紗，堪為掃雲帚。
卓哉老益壯，定繼韓與柳。

《新亞生活》第9卷第17期　1967年3月　頁3

199.任吾表兄七十

外家兄弟廿年中，零落天涯賸兩翁。童稚親情吁作夢，菊松忽詠悵今空。
身當亂世流離慣，路隔滄溟倚徙同。我過六旬君七十，白頭猶有氣如虹。

《文史學報》第4期　珠海學院文史學會　1967年6月　頁122-123

200.珠海文史系長洲旅行，以事未能同遊，步涂公遂教授韻

　　病梅枯柳報新瘥，蔥翠迎風待勝遊。滄海一航橫桂楫，漁村十里到芳洲。
瀾光山色原相識，羈思春愁且暫收。我自勞生負佳約，無緣同問水邊鷗。

　　　　　　　　　《文史學報》第4期　珠海學院文史學會　1967年6月　頁122-123

201.滿庭芳水仙花

　　浥露凝香，凌波無影，綽約風韻雙清。藐姑仙子，相伴玉壺冰。未止鉛華
不御，塵根淨，沙水分明。還堪比，梅花耐冷，未共歲寒情。　　娉婷，
如有意，陳王邂逅，天女輕盈。待姻席安排，夜別銀燈，花散維摩室裏。
氤氳處，春意惺惺。瑤臺見，如聞鼓瑟，江上對湘靈。

　　　　　　　　　《文史學報》第4期　珠海學院文史學會　1967年6月　頁122-123

202.水龍吟觀泳

　　漫辜淺水灣頭，夏來南國風光好。沙明海靜，如淇如澳，如池如沼。仕女
聯翩，冠童歌詠。滌煩除惱，似曲江游衍，華清瀲灩。游鯤運，游龍矯。
來看弄潮嬉水，碧山環，蓬壺圓嶠。芙蓉杜若，鴛鴦鸂鶒，芳洲縈繞。贈
芍遺蘭，涉溱浮洧，十分情調。便濠梁袖手，羨伊魚樂，也堪吟嘯。

　　　　　　　　　《文史學報》第4期　珠海學院文史學會　1967年6月　頁122-123

203.行香子春假郊遊

　　春假頻仍，春昭新成。宜乘興，著屐携藤。杏花村外，日麗風清。約右軍
王，樊川杜，舞雩曾。　　長洲大澳，沙田粉嶺，東風裏，鶯燕相迎，水
如曲水，亭似蘭亭。恰清明近，梨方白，柳方青。

　　　　　　　　　《文史學報》第4期　珠海學院文史學會　1967年6月　頁122-123

204.夏夜

　　夏日熱於蒸，夏夜涼如水。海濱足逍遙，芳園足徒倚。

晚風吹衣襟，蘊鬱一時洗。忽聞廣播聲，嚴警傳滿城。
途人爭路歸，舟車倉猝停。閉門坐斗室，靜聽桴鼓鳴。
天心未厭亂，舉世方糜爛。童稚亦鷗張，豺狼肆流竄。
矧茲彈丸地，何由得清晏。搔首問長天，月暗紛狼煙。
市廛已寂寂，長夜方漫漫。招涼既無從，且詠鷗梟篇。

《人生》第32卷第4期（總第376期） 1967年8月10日 頁35

205.丁未（1967）夏日次韻

驕陽如火日如年，隱几微吁獨仰天。靜聽蜩螗紛鼎沸，坐忘憂懼得神全。
明夷不待羲爻卜，絕續猶存魯壁編。豺虎披猖看淨掃，薰風吹袂一悠然。

《人生》第32卷第5期（總第377期） 1967年9月10日 頁34

206.垂釣

尋幽向海濱，偶作垂綸客。荻葦茁新綠，蘋藻漾春色。
掃苔坐石磯，執竿釣寒碧。游心子陵灘，微吟屈原澤。
滄浪淼無際，容我寄閒適。得魚未足喜，失餌亦非惜。
所樂在煙波，所愛在泉石。魚龍觀變化，沙水自揚激。
好風拂面來，快意襟懷滌。沙鷗不須猜，匪與爾爭食。

《人生》第32卷第5期（總第377期） 1967年9月10日 頁34

207.秋郊五首押淵明〈歸田園居〉韻

其一

蓬萊不可即，人世無仙山。摘埴天地隘，忽忽十八年。
欲飛阻青冥，欲潛無深淵。屢看海水清，瞬變為桑田。
賸此枋榆中，暫忘霄漢間。滄溟到門外，南山當門前。
夕吟弄素月，朝吟開曉煙。值茲時序改，秋到霜樹巔。
不為葉落悲，卻愛風日閒。徙倚望高旻，負手時陶然。

其二

浮生為誰忙，日日逐塵鞅。往來港九間，亦自作遐想。

時清不可待，世變吾安往。卜居臨海濱，潮汐識消長。

已無得失懷，地僻心獨廣。秋色淨郊原，猶堪老林莽。

其三

秋山雲自淡，秋樹葉漸稀。爽氣自西來，北雁正南歸。

相招采芳杜，微風香滿衣。欲為山中人，分與世路違。

其四

良辰美晴霽，即事多清娛。駕言任所適，漫步歷村墟。

老圃安田園，林壑環山居。連畦菊千本，正綻新種株。

叩門開薜荔，瓜果垂紛如。屋角竹交蔭，列坐地有餘。

披襟忘理亂，蕭然抱清虛。侷促城中人，得有此趣無。

其五

竹林竹萬竿，可以寫心曲。荃灣泉三疊，可以濯吾足。

但能恣清遊，何必問時局。古人惜良辰，美言夜秉燭。

我今適秋郊，著屨趁朝旭。

《人生》第32卷第7、8期（總第379、380期）　1967年12月16日　頁32-33

208.瑤臺聚八仙芳洲詞社豪華樓雅集賦

獅子山前，蘋風起，和秋送到吟邊。為添吟興，若杜待采須搴。況對籬花朝燦爛，又當嶺月夜清圓。共陶然，合邀儔侶，宜約詞仙。　　誰云棲遲海外，便屈平澤畔，子美江干，但能攜酒，何處不可盤桓。隨他虎狼滿地，只將作深宵狐鼠看。欄杆拍，且放懷歌嘯，著意流連。

《人生》第32卷第7、8期（總第379、380期）　1967年12月16日　頁32-33；

《新亞生活》第10卷第14期　1968年　頁4

209. 憶秦娥 對菊

霜初白，何由問訊秋消息。秋消息，西風報道，徑邊籬側。　　從前成趣
空追憶。如今沒箇淵明宅。淵明宅，徑蕪籬敗，幾時歸得。

《人生》第32卷第7、8期（總第379、380期）　1967年12月16日　頁32-33

210. 錢芷友先生挽詩

獅子峰前任展節，居安樓上自從容。經傳複壁儒尊老，詩詠衡門興正濃。
何遽嗟來成怛化。為傷文弊執彌縫。吟壇尚有遺編在，悵隔人天一萬重。

《人生》第32卷第7、8期（總第379、380期）　1967年12月16日　頁32-33

一九六八

211. 滿江紅 丁未（1967）十月新亞書院中文系旅行元朗南生圍，賦此闋課諸生同作

秋盡霜飛，正木落洞庭時節。問郊外谿山何似，好同登涉。荻岸徧飄鋪雪
絮，柳堤猶舞藏雅葉。指滄茫元朗水雲間，筇堪拽。　　風日好，塵襟
豁。携少長，秋重袯。是小陽天氣，不殊三月。未得關前梅訊報，且尋沙
上鷗盟說。記菰蒲依約似江南，煙波接。

《人生》第32卷第9、10期（總第381、382期）　1968年2月16日　頁26；
《新亞生活雙周刊》第10卷第14期　1968年2月　頁4

212. 湘春夜月 丁未（1967）除夕，大埔山居賦以送歲

慶依然，滿城燈火辭年，不藉爆竹聲驅，已蕩淨狼煙。一望海平潮定，正
佈新除舊，垢滌瑕湔。看賣花市上，尋芳獵艷，裙屐聯翩。　　山村笑我，
痴多懶賣，債積非錢，負手閒庭，還自計，居夷居易，隨處能安。回頭驀
念，也待除，殘簡陳篇。細檢點，有詩囊未祭，須傾對尊酒，又聳吟肩。

《人生》第32卷第11期（總第383期）　1968年3月16日　頁32

213. 一萼紅戊申（1968）人日立春

舉欣欣，喜青陽轉斗，時節一番新。應侯條風，迎釐花勝，齊到海角瀛濱。算今歲，東皇有意，故排就，淑氣作良辰。霧靄樓臺，草蘇郊野，都入氤氳。　　翹首太平山下，正錫簫處處，綵仗紛紛。野老山堂，春星庭戶，也辦生菜敷陳。漫吟望，寒江遠客，暫揚州何遜句重溫。尚有梅花詞筆，好共慇懃。

《人生》第32卷第11期（總第383期）　1968年3月16日　頁32

214. 入春久雨遣悶

鎮日春陰不肯晴，花前無蝶柳無鶯。微吟窗下時如晦，獨聽塒邊雞一鳴。寒威未退陣雲屯，山氣夢騰海氣昏。欲向芳鄰問芳酒，路迷何處杏花村。獅嶺鑪峯相對愁，煙帷霧幕幾時收。怪渠鳩婦偏饒舌，猶向東風喚不休。

《人生》第32卷第11期（總第383期）　1968年3月16日　頁32

215. 太空船探月賦

鏡懸天上，光滿人間。是藏蟾魄，亦蘊河山。既團圞而璧合，更嫵媚而眉彎。桂影扶疏，散天香兮下金粟，絳宮明滅，舞霓裳兮聞佩環。羨其七寶裝成，悵欲登而無路；對此四更吐出，耿長夜以臨關。唐皇遊兮馳夢魂，謫仙邀兮空醉顏。嗟人天之遠隔，望星漢而難攀。則有箭可衝天，船能馭氣。不待槎浮，無煩橋備。輕掀電紐，瞬爾而周流六虛。稍按機關，霎時而數環大地。橫星躔兮絕銀河，亂象緯兮驅天駟。可以瞰廣寒之清都，可以探天門之幽閟。於是遄征六合，指向太空。以彗星為後塵，噴長煙為霓虹。揮飛廉作先驅，扣望舒之蕊宮。觀素娥之晚粧，憩吳剛之桂叢。試白中之靈藥，辨玉兔之雌雄。縮天路於咫尺，幸仙凡之交通。遂乃美蘇互爭，探星探月。競科學之奇巧，向太空而發掘。轟轟火箭，既交織乎碧霄。轆轆飛車，並聯翩乎月窟。從此清虛之境，化為人間角逐之場；漫云

仙靈所居，已屬霸國囊中之物。

《新亞生活》第10卷第18期　1968年4月　頁8

216.望湘人（饒）固庵畫〈溪山平遠圖〉長卷，（羅）忼烈愛而奪得，作〈望湘人〉，邀與同賦
　　對煙嵐點染，樵徑釣磯，此中誰不神往。近繞清溪，遠排疊嶂，好作武陵
　　源想。我見猶憐，也思囊括，蕭齋留賞。快乎嗟先著輸君，已入襄陽船
　　舫。　　聞道經營意匠，自遊心世外，寄情雲上。任桴鼓宵鳴，不礙窈冥
　　超曠。松邊鶴唳，石邊泉響，合譜新詞傳唱。正客裏，夢斷涔陽，且共瀟
　　湘吟望。

《文史學報》第5期　珠海學院文史學會　1968年6月　頁106-108；
《新亞生活雙周刊》第10卷第14期　1968年2月　頁4

217.西河和清真〈金陵懷古〉韻
　　形勝地，吟邊夢裏猶記。鍾山翠疊石城雄，鬱蔥蔚起。霸圖指認赤烏年，
　　東南龍虎蟠際。浪淘處，江北倚，幾回鐵鎖橫繫。休嗟王氣黯然收，但餘
　　故壘。待揮檣櫓事澄清，衝開津渡煙水。　　李花滿店壓酒市。蔣滔滔，
　　天塹千里，擎楫待看今世。隔南溟遠憶新亭曾對，神往籠煙垂楊裏。

《文史學報》第5期　珠海學院文史學會　1968年6月　頁106-108；
《新亞生活雙周刊》第10卷第14期　1968年2月　頁4

218.讀淵明〈飲酒〉詩
　　酒能合歡成禮儀，亦能沉湎成妄迷。屈平寧可與眾違，不肯餔糟其□□。
　　如何淵明歸田時，愛此麴蘗興不衰。壺觴日引盃日揮，南窗寄傲顏獨怡。
　　有時門外來白衣，便自醉倒東邊籬。有時田父來相遺，脫巾快灑新熟醅。
　　醉中自比軒與義。醒時即寫〈飲酒〉詩，但言帝鄉非所期。不願醒眼看
　　世移，欲尋桃源路已歧。惟有醉鄉堪棲遲。地偏心遠忘是非，此中真趣何

熙熙。美哉□□味在茲。意不在酒誰得知。我欲從之遊不疑，陶然直到天
地迴。

《珠海校刊》第18屆畢業特刊　1968年7月　頁20-21

219.（船灣）淡水湖歌

海安瀾，雲擁巒。人工締造環船灣，波光一鏡，蜂影八仙。明湖十里青浮
天，鳶飛魚躍涵蒼烟，斥鹵淨洗儲甘泉。儲甘泉，清且冽，引入庖廚用不
竭，城中從此無消渴。

《珠海校刊》第18屆畢業特刊　1968年7月　頁20-21

220.贈梁生平居歸麻六甲

適道吾誰與，諸生首數梁。東來遊太學，萬里涉重洋。
世運仍如晦，氛霾尚未央。看君賦歸去，西邁導炎方。

《珠海校刊》第18屆畢業特刊　1968年7月　頁20-21

221.歸大埔車中讀劉太希《竹林精舍詩》

忘卻車奔第幾程，一編神往海雲生。快同襟抱雙眸炯，便覺谿山四面清。
風雨廿年榮夢寐，臺澎千里隔蓬瀛。豪情誰說劉郎老，詩陣依然霸百城。

《珠海校刊》第18屆畢業特刊　1968年7月　頁20-21

222.看菊

言從老圃遊，引看園中菊。植瓶千木秀，綻金萬朵馥。
淡與共田園，清淨宜友松。買得供蕭齋，宜能遠塵俗。

《珠海校刊》第18屆畢業特刊　1968年7月　頁20-21

223.題何少蘭手冊

上舍諸生共化裁，春風桃李一齊開。吟邊詠絮能驚座，失喜吾宗有俊才。

《珠海校刊》第18屆畢業特刊　1968年7月　頁20-21

224.掃花遊大會堂看花卉展覽

渡頭雜，訝士女聯翩。紅塵紛起，尋春拾翠。報玄都觀裏，墜釵遺餌，香麝先飄。試看蜂儔蝶侶。芳園內，且隨隊過牆，同訪佳麗。　　誰幻花世界，偏燕瘦環肥，獻妍爭媚。風裳水佩，滿維摩丈室，散香遊戲。彈指催開，天女多應有意。著襟袂，笑何妨拈來成諦。

《珠海校刊》第18屆畢業特刊　1968年7月　頁20-21

225.滿庭芳題（張）紉詩為救濟越南難民詩畫義展

花是花王，詩為詩后。看君璧合珠聯，調脂研墨，脫手走雲煙。想見宣樓高處，天香散，得意忘言。繽紛下，瑤臺秀句，久共露華妍。　　今番揮采筆，佈金滿地，咒缽生蓮。灑楊枝甘露，都出吟邊。銷得越裳氛，添佳話，盛事堪傳。洛陽譜，傾城國色，饑溺記承肩。

《珠海校刊》第18屆畢業特刊　1968年7月　頁20-21

226.何敬群、韋金滿〈戊申（1968）七月宿寶蓮寺阻風〉聯句

夜宿寶蓮寺，終宵風雨鳴。（何）庭樹頻飄搖，打窗時有聲。（韋）
朝來望山雲，四塞成晦明。（何）欲歸未可歸，況乃路不平。（韋）
兀坐蕭寺中，暫忘世俗情。（何）靜聽鐘與鼓，和應傳梵經。（韋）
山鳥寂無聲，山花垂欲傾。（何）亂葉滿庭階，亂雨打池亭。（韋）
趁此閒與靜，且為吟復賡。（何）吟詩添情趣，賡歌望天晴。（韋）
冒雨賞園林，雨重柳枝輕。（韋）城南句可聯，輞川韻愈清。（何）
塵喧俱拋卻，嘯傲對山靈。（韋）禪悅許共耽，風姨了不驚。（何）

悟道庶可勝，雕龍愧不能。（韋）又得一夕閒，高枕聽翻騰。（何）

《新亞生活》第11卷第5期　1968年9月　頁4

227.同韋生金滿入大嶼山宿寶蓮寺風阻

鳳凰峯上寶蓮開，為證華嚴結伴來。得扣禪關參究竟，遽傳風訊動崔嵬。
漫天昏晦疑傾柱，徹夜喧豗恍劈雷。早起山靈住留客，故垂烟障鎖蓬萊。
狂飈拔海萬靈驚，三宿空桑看化城。心定且邀雲入座，詩敲頻有磬傳聲。
輞川習靜携裴迪，丈室拈花對淨名。莫悵荒山歸路阻，下方風雨正縱橫。

《新亞生活》第11卷第7期　1968年10月　頁11；
香港中國筆會詩歌選編輯組編　《現代詩歌選》　香港中國筆會　1972年3月　頁82

228.鶯啼序芳洲社集，送饒宗頤往星洲

同君海隅久住，狎閒鷗已慣。但吟望秋月春風，客愁羈思無限。況花落，
江南夢遠。去無燕子來無雁。怎排除，楚澤低徊，江關蕭散。幸有金尊，
更有俊侶，共銅琶鐵板。不須嘆。兩界山河，眼中風景都變。倚新聲，商
移羽刻，待呼起，鷹揚龍戰。拍闌干，東望滄溟，北哀齊甸。黃壚且醉，
燕市宜歌，敝裘酒可換。記幾度，木蘭山畔，杜若洲邊，舊結詩盟，新聯
詞伴。高樓同上，塵襟同滌，放懷直到洪荒外。縱豪吟，笑看風雲幻。還
覘象緯，斗牛幾點光寒，德星早聚銀漢。如何盛會，意興濃時，正素丸屢
荐。忽報道，送君南浦，波碧艅揚，揮手培風，翼垂天半。乘槎料得，瑤
笙錦瑟，天聲遙向星馬播，攬炎洲，定見蓬萊淺。也應回首鱸峯，衣上襟
頭，酒痕尚滿。

《新亞生活》第11卷第7期　1968年10月　頁11

229.新亞中文系師生百花林秋遊

飛鵝嶺下記尋幽，猶有雲巒媚脫秋。磴道谷風涼習習，深林晴鳥喚啾啾。
喧聽泉瀉爭趨壑，靜愛田間任放牛。喜近小春天氣暖，合邀曾點與同遊。

《新亞生活》第11卷第12期　1968年12月　頁7

230.永遇樂前題與諸生同作

峯崎飛鵝，霄橫過雁，秋色猶媚。密樹藏村，重巒鎖壑，磴道通陰翳。柴荊臨水，蓬蒿沒徑，宜可避囂遺世。訝真有谿山湢樸，近接九龍塵市。

偷閒半日，相攜屐展，相與幽尋塵外。十畝閒田，一林紅葉，對此先心醉。壺漿行炙，竹邊松下，且試山家風味。歸途更同扶向路，桃源默記。

《新亞生活》第11卷第12期　1968年12月　頁7

一九六九

231.己酉（1969）元旦，壽曾履川先生七十，課文系諸生同作己酉元旦，履川詞兄七十誕日。履端兆慶，正當椒花獻頌之辰；古稀揆覽，宜作美意延年之祝，況乃遠飄遼東之帽，同鳴海上之琴。蒿目則氛塵未息，行吟則江國難歸。而能頤養天和，自全性命。但樂心之所安，不知老之將至。為斯文存一脈，宏化育之三千。是天欲有以淑茲世，故宜有以壽其身也。觀其老能益壯，正新諧魚水之歡，刃游有餘，不讓於春秋之富。喜年躋於國老，更望重為儒宗。矍鑠哉翁，足張吾軍之氣，期頤可卜，齊晉九如之觴，而余為俗冗所牽，未能飛觥作壽，爰摛辭以祝曰

曾侯八閩之者英，詩禰臨川文桐城。蔡許大筆妙以精，龍蛇落紙生風霆。驅遣懷素追黃庭，湜籍駭汗走且驚。並對藝苑推鴻宏，昔遊上國標名聲。榻懸屣倒傾公卿，今居海澨屬艱貞。詩教書教成耘耕，印書為發先德馨。振鐸為傳孔壁經，揭來文酒尋詩盟。豪氣爽颯四座傾，廉公秤肉彭鏗羹，是宜上壽宜豐亨。伏波益壯顧聆輕，子野不老饒風情。洞房紅燭方妍明，畫眉采筆重勻停。歲欣在酉雞一鳴，子與夜視天氣清。極星高處輝三星，椒花載頌松柏榮。渭濱七十方揚鷹。

《新亞生活》第11卷第19期　1969年4月　頁6

232.上巳東英樓分詠得風字

祓除磨羯出昏濛，海上依然有惠風。置酒合邀春共醉，披襟同快氣如虹。

漫為蒲柳傷誰綠；且賞芳華到眼紅。座列山陰舊儔侶，好收煙景入詩筒。

《新亞生活》第12卷第1期　1969年5月　頁5

233.太希書云今年已七十矣，賦此賀之

正看殘棋局未終，人間歲月已稱翁。從心早辦脫羈馬，循例應須祝華嵩。
吟嘯世推詩筆老，風徽豪與少年同。期頤好約歸遊釣，貢水西邊章水東。

《新亞生活》第12卷第1期　1969年5月　頁5

234.（陳）伯祺屬題〈淡墨荷鷺圖長卷〉

知君寄興在滄浪，一幅亭亭滿玉塘。得盡風流人共澹，分來閒靜鷺成行。
經營妙出丹青手，什襲猶聞菡萏香。今日穎廬新有喜，又添牙軸入縹緗。

《新亞生活》第12卷第1期　1969年5月　頁5

235.趙文漪女士述哀詩後

女嬰悲慟寫嬋媛，怨魄無由起九原。薄命為憐逢不淑，斷腸空悼永沉冤。
淒清淚落胡笳拍，哀轉聲傳巫峽猿。安得佩環歸月夜，重洋杳杳賦招魂。

《新亞生活》第12卷第1期　1969年5月　頁5；
香港中國筆會詩歌選編輯組編　《現代詩歌選》　香港中國筆會　1972年3月　頁82

236.急雨

紛紛急雨趁斜風，轆轆征車向杳濛。百里雷聲奔海上，二分春色鎖煙中。
寒禁料峭吾原慣，望入淒迷路欲窮。且喜遙天回晚霽，掃開氛祲掛長虹。

《新亞生活》第12卷第1期　1969年5月　頁5

237.伯祺招飲青松觀

人間何處訪蓬萊，只在雲隈與海隈。青引松風通殿闕，綠垂煙柳出池臺。
暫遊方外神俱契，直指仙源壁為開。許我壺中共天地，不徒蔬笋味堪回。

《新亞生活》第12卷第1期　1969年5月　頁5

一九七〇

238.秋興次杜韻

其一

海濱負手眺雲林，到眼蒼然萬壑森。蓬轉滿汀方作絮，桐疏依井尚留陰。
一隅容與吟還嘯，廿載栖遲口語心。昨夜西風起蘋末，幾時重聽洞庭砧。

其二

天高銀漢影橫斜，搔首蕭蕭兩鬢華。已辨騷心長作客，分無仙骨事浮槎。
撫膺世歷重重劫，側耳聲傳處處笳。喚起秋懷獨惆悵，誰家笛裏弄梅花。

其三

陣陣昏鴉噪夕暉，年年天末望熹微。胡為中露歸無日，久滯南雲夢屢飛。
滄海塵揚嗟澒洞，匡山頭白感乖違。一盃且自澆孤憤，莫負叢開菊正肥。

其四

紛紛世局一楸棋，颯颯秋聲萬竅悲。雷雨昆陽問何日，矛英河上歎當時。
沼吳生聚人俱老，唁衛顛連馬載馳。底事悠悠控誰極，清宵徙倚費尋思。

其五

秋氣西來蕭萬山，中原依舊祲氛間。望雲遙祭松楸地，隔水先驚虎豹關。
戚戚子遺惟血淚，昏昏天地亦愁顏。廟廊拯溺成空論，投筆誰為定遠班。

其六

銷憂懷土倚樓頭，塞雁新傳北國秋。遠報來時艱覓路，近曾過處總成愁。
間關幸脫天邊繳，遵渚何如海上鷗。指數沉霾籠九點，不堪回首是齊州。

其七

但矜人力奪天功，火箭紛飛到月中。枉自連雞稱霸主，如何搏兔失雄風。
層霄坐視熛翻赤，九派橫流血染紅。只恐他年悼王建，載歌松柏付盲翁。

其八

谷口林丘四邐迤，門臨淇奧竹連陂。笑為寒兔營三窟，暫許鷦鷯寄一枝。

借地種桑成蔽芾，隨時觀化任推移。休將理亂縈心曲，自愛牆陰橘柚垂。

《新亞生活》第12卷第14期　1970年1月　頁8

239.新亞中文系馬鞍山官坑秋遊用淵明遊斜川韻

共載舟搖搖，相攜士休休。雖非暮春日，亦作風雩游。

馬鞍藏幽谷，吐露迥安流。境靜絕輪鞅，海環來鷺鷗。

足客逍且遙，愛此林與丘。藉草坐歌歡，吾亦少年儔。

炰燔酌酒漿，少長歡酢酬。借問城中人，頗有此樂不？

舉頭秋旻高，白雲澹忘憂。記茲半日閒，欲為一壑求。

《新亞生活》第12卷第14期　1970年1月　頁8

240.輓莫可非（曲齋）先生聯

酒兵文陣孰如君　念意興猶豪　胡遽遠馭東維　上騎箕尾

文苑儒林失此老　嘆風流頓盡　從此縱成春服　誰詠舞雩

《新亞生活》第12卷第15期　1970年2月　頁3

241.悼故張丕介先生（1904-1970）輓聯

庠序想風徽　經濟文章成絕響

交遊感零落　高山流水更思君

《新亞生活》第13卷第5、6期　1970年9月　頁2

242.上水鄉村俱樂部地有試馬場

岡頭煙景正芳菲，楓徑新陰綠四圍。出樹鳥聲迎異客，媚人天氣放晴暉。

地留濮水宜垂釣，襟把春風共詠沂。列座各能言爾志，試聽曾點瑟方希。

《人生》第34卷第1、2期（總第397、398期）　1970年9月28日　頁50

243.勒馬洲北望

勒馬洲前水一灣，登臨磅礴認河山。廿年羈旅枯雙淚，九點煙嵐失故關。

幕鎖久嗟人迹斷，雲高卻羨鳥飛還。何時報洗乾坤淨，重到岡頭得解顏。

《人生》第34卷第1、2期（總第397、398期）　1970年9月28日　頁50

244.泰園漁村

山村行遍又漁村，夾道春光入泰園。九曲有橋橫作畫，一竿垂釣坐忘言。

峰迴大帽青於染，草長平疇綠到門。擬向嚴陵借簑笠，烹鮮差可足盤餐。

《人生》第34卷第1、2期（總第397、398期）　1970年9月28日　頁50

245.青松觀

海隈容與到山隈，處處芳郊賞化栽。一路田園任耕鑿，万行烟柳出樓臺。

天留甌脫春仍在。人有仙緣境為開。少長融融恣吟嘯，暫拋塵網即蓬萊。

《人生》第34卷第1、2期（總第397、398期）　1970年9月28日　頁50

一九七一

246.健忘在貫之兄處遺忘眼鏡，作此解嘲

聰明絀盡效希微，徙宅忘妻且自譏。赤水亡珠尋亦嬾，隍中藏鹿誦方歸。

齋心一笑遺肝膽，齊物何從辨是非。世事紛挐俱過眼，直須忘我更忘機。

《人生》20周年紀念特刊　1971年2月16日　頁51-52

247.（郭）亦園以〈搖落吟〉屬和，因次韻以廣其意

其一

桴浮海澨歲將闌，欲寫羈情下筆難。天上星迴如轉瞬，篋中裘敝慣禁寒。

依然故我將誰憾，猶得隨緣且自安。歷盡滄桑說搖落，先生只作等閒看。

其二

薪米能賒酒可沽，一椽有寄即蓬壺。懷鄉夢已隨流水，抱膝廬堪結愛吾。

縱是種桑嗟世改，尚容隱几仰天吁。斷萍飄泊原為分，且詠門前蔭柳榆。

《人生》20周年紀念特刊　1971年2月16日　頁51-52

248.哭貫之兄二十韻

海外論交遊，誰為吾黨健。惟君最篤實，有若金百鍊。

為傷世喪道，獨奮素履願。身方處顛沛，手操無尺寸。

所憑惟誠懇，所仗惟筆硯。秉此單廄心，不計利與鈍。

號召起斯文，輯作通德論。上達孔孟旨，集思訂文獻。

中闡人生義，徧為頑懦勸。彌綸二十年，文字三千萬。

雖無赫赫功，已播拳拳善。方將再磨礪，立達裁狂狷。

如何遽長往，失此鴻筆彥。伏念海濱遊，相期同汗漫。

學殖共犁鋤，道誼無厭倦。人天嗟杳杳，言笑記晏晏。

獨坐把遺篇，支燈對窘嘆。茲人有茲疾，掩卷悲誰唁。

如君所操守，至死塞不變。蓋棺論可定，宜入儒林傳。

《新亞生活》第13卷第20期　1971年4月

249.何敬群率男健耕、歷耕〈悼念王貫之輓聯〉

誰非蕩析離居　蹢躅海隅　狐死兔悲傷物類

未免沒身遺憾　精神所在　輔仁會友寂人生

《人生》第34卷第5期（總第401期）　1971年6月1日　頁7-9、頁42

250.賀新郎和元一（羅香林）主任教授懷水原子瑞詞丈韻

風雨雞鳴又。播詞壇、笙鏞疊奏，璿璣旋斗。瀛海東西推雙彥，彎並鑣聯

丸走。傾蓋地、從容文酒。今日天聲須重振，領風騷、同是扶輪手。枹鼓

應，情長久。　曾經滄海揚塵後。幸斯文、無分國界，各宏傳授。試按
琴牕〈銷魂譜〉，律呂絲絲入扣。徵此老，風流宜壽。一水盈盈蓬山遠，
念者英、東望公知否?賡雅奏，起攘袖。

《珠海學報》第4期　1971年7月　頁249-251

251.送次兒歷耕赴英京皇家醫學院進修

擔囊負笈向英京，揮手雲邊壯此行。要為醫林窮秘奧，好從仁術礪專精。
龍泉利待百千鍊，鵬翮高摶九萬程。祝爾歸時慶成學，倚閭吾亦快平生。

《新亞生活》第14卷第7期　1971年11月　頁4

252.（余）少颿贈雞旦花，索詩次韻

貫蕊餐英詩陣張，珍叢何惜逐蜂忙。擷來名重雞林價，泛處烹成蟹眼湯。
消暑浮瓜瓜正熟，滌腸搜句句俱香。多君錫我同清味，試淪冰壺細校量。

《新亞生活》第14卷第7期　1971年11月　頁4

253.題吳俊老庚戌（1970）自敘三叠舊題韻

泚筆和公詩，辛亥繼辛丑。十年一彈指，不覺各成叟。
惟公德彌劭，日進博與厚。七十正從心，嚶鳴尚求友。
新詩敘庚戌，若決大江口。儒林仰耆彥，藝林仰魁首。
祥鳳噦朝陽，秋實美岩藪。述往勵憂勤，無疆楙悠久。
《江皐集》一編，農圃蕙百畝。教設蘇湖盛，聲高洙泗右。
功成身不居，遠引一揮手。踪欽掉臂游，道在無足走。
公自陶然樂，人難瞠乎後。我今再賡吟，但奉班鄭帚。
海上一老尊，清操齊夷柳。

《新亞生活》第14卷第7期　1971年11月　頁4

254.青年節放歌附叨叨令

青春令轉青陽月，青年共慶黃花節。當時號角聲吹澈，同將禹甸讎仇雪。六十年也麼哥，六十年也麼哥，日星河嶽猶光燁。

（么篇）九州幾度滄桑劫，萬方多難山河裂。狂瀾泛濫須舟楫，馳車坷坎須軟軏，是時候也麼哥，是時候也麼哥。莫負青年，要擔運會肩如鐵。

余祖明 《自強不息齋辛亥吟草》 香港 香港中文大學香港文學特藏 1971年

255.和少颿原韻

貫蕊餐英詩陣張，珍叢何惜逐蜂忙。擷來名重雞林價，泛處煎成蟹眼湯。消暑浮瓜瓜正熟，滌腸搜句句俱香。多君錫我同清味，試瀹冰壺細校量。

余祖明 《自強不息齋辛亥吟草》 香港 香港中文大學香港文學特藏 1971年

一九七二

256.行香子六首

一、訪菊

秋到南天，人在闤廛。偏相憶露後霜前，寒香幾處，佳色誰邊。待玉谿簪，淵明采，屈平餐。　香爐峯下，試探老圃，九龍城徧問芳園。驀添羈思，秋雁難傳。念簾前瘦，山椒散，徑邊殘。

二、秋聲

何處傳聲，無影無形。徧鏦錚金鐵皆鳴。出門四望，月白天青。聽竹間嘯，松間噫，樹間生。　悲哉氣也！曾聞騷客，抒吟情向澤邊行。我今聞此，獨自支燈。喜炎威退，涼風至，客懷清。

三、春假

春假頻仍，春服新成。宜乘興著屐攜籐。杏花村外，日麗風清。約右軍

王，樊川杜，舞雩曾。　　長洲大澳，沙田粉嶺，東風裏鶯燕相迎。水如曲水，亭似蘭亭。恰清明近，梨花白，柳絲青。

四、落葉

紅是江楓，黃是梧桐。蕭蕭下慣趁西風。飛揚處處，亂蝶欺蜂。徧澗中積，溪頭滿，徑邊封。　　飄簷戰瓦，送愁驚夢，厭敲窗厭礙吟筇。快尋箕帚，快具筐籠。向階前掃，庭前拾，喚家僮。

五、酬水原子瑞丈

引領東瀛，遙念耆英。魚書到、寄我新聲。江南春好，海上風清。想水仙琴，湘靈瑟，使君箏。　　曾聽雛鳳，論音訂樂，九臯鳴、四座移情。更知老鳳，雲蔚霞蒸，讀琴窗譜，俱手歙，並心傾。

六、年宵花市

猶是殘冬，已徧東風。看塵市忙煞花傭。瓶栽枝插，露瀙香穠。有墨蘭紫，山茶白，吊鐘紅。　　罏峯獅嶺，氤氳隨處，探春人似蝶如蜂。依然漢臘，獻歲雍容。好梅花粧，椒花頌，菊花供。

《新亞生活》第14卷第12期　1972年2月　頁2

257.同華僑師生集芙蓉山竹林寺

招提高處綠雲封，消得災威憩展節。颯颯好風鳴蟺谷，濛濛時雨洗芙蓉。

携來少長歡揚觶，望極烟嵐快蕩胸。列坐聯吟催覓句，老僧還為數敲鐘。

香港中國筆會詩歌選編輯組編　《現代詩歌選》　香港中國筆會　1972年3月　頁80

258.清明前一日，衝雨歸大埔山居，於火車中作

一路喧喧急雨飛，入窗橫掃濕春衣。蟄雷迅與車爭吼，野水平添潤盡肥。

九宇昏茫迷遠近，萬靈呼嘯失從違。詰朝屈指清明節，正為紛紛要早歸。

香港中國筆會詩歌選編輯組編　《現代詩歌選》　香港中國筆會　1972年3月　頁80

259.同新亞中文系重陽登青山作，步（潘）重規韻

　　桂樹山中好見招，秋旻開處趁雲軺。登高載詠茱萸插，辟地同為皂帽飄。
　　雁斷衡陽迷望眼，僧傳盃渡認前朝。臨風指點齊州近，氛祲何時得盡銷。

香港中國筆會詩歌選編輯組編　《現代詩歌選》　香港中國筆會　1972年3月　頁81

260.題亡友《馮漸逵（1887-1966）詩集》

　　香江詩老推馮公，扢揚騷雅勤彌縫。目擊瓦釜凌黃鐘，起揮漢幟張南中。
　　伍黃周李俱詩雄（謂憲子、偉伯、謙牧、鳳坡四老），並時相應聲氣同。
　　有如春雷啟蟄聾，有如火炬光熊熊。九州兩度丁鞠凶，海隅吟嘯聲愈洪。
　　我當牆埴南潛蹤，行吟澤畔嗟迷濛。得聞矍然契素衷，快心景附同磨礱。
　　西園飛蓋時從容，城南聯句無夏冬。長吟短詠誰為工？七字出奇誰無窮。
　　敲鐘擊缶聲錚錚，四座欽公興最濃。風氣不變高爐峯，一時壇坫俱風從。
　　如何洛社諸老翁，後先凋謝詩陣空。公如碩果宜筠松，亦報殞落悲秋蓬。
　　黃壚感舊巷輟舂，遺篇屢讀尋殘叢。今公有女能箕弓，掇輯珠玉紛璜琮。
　　哀然成帙垂長虹，屬我題句為鼓鐘。與公逾紀通詩筒，是宜奮筆明其宗。
　　為告輶軒采粵風，應先迎有順德馮。

香港中國筆會詩歌選編輯組編　《現代詩歌選》　香港中國筆會　1972年3月　頁81

261.丁卯（1927）中秋，（陳）肇炘有詩，即次其韻

　　翹首星河大火流，欃槍如此幾時休。澤清尚待崔苻劉，野肅今看鷹隼秋。
　　勝有行吟存莫逆，又逢佳節慶重周。問天合與歌明月，掃淨陰霾照海頭。

香港中國筆會詩歌選編輯組編　《現代詩歌選》　香港中國筆會　1972年3月　頁82

262.登月，時1969年7月

　　轟轟火箭如雷發，太空三雄上探月。環球額手候佳音，宇宙隅望待分別。
　　昔聞擲杖化金橋，夢想千年事茫忽。人間只可挹光影，終古瓊樓隔天闕。
　　居然今日驅望舒，直指蟾宮窮秘密。世人引領望碧落，七寶應能任囊括。

焉知廣寒本靈境，況乃凡夫少仙骨。微施神變倒兜羅，盡欲莊嚴現荒磧。
金蟾玉兔隱不見，但見塵砂掩丘垤。世人惘惘電視前，未免咨嗟爽然失。
有如舍利對淨土，坎坷滿眼徒咄咄。三雄歸來扃淨室，伐毛洗髓重剔抉。
舉頭再望牛斗間，如璧如圭更明潔。素娥不改晚妝出，吳剛未停斤斧伐。
人天之路已交通，憶萬由旬瞬能達。但毋渣滓污太清，定現瓊台桂容折。

香港中國筆會詩歌選編輯組編　《現代詩歌選》　香港中國筆會
1972年3月　頁82-83

263.和亦園彈指韻

不計桃源幾度春，且遵窮海寄閒身。菊松難問陶公趣，柏棘寧辭莊叟貧。
居易有方惟俟命，行吟以外更誰親。詩城再闢新天地，試看從心所欲人。

《珠海校刊》第22屆畢業典禮特刊　1972年7月　頁28-29

264.壬子（1972）碩果社敘舊

歲值壬林紀，陽回瀛海春。班荊欣話舊，壁壘又翻新。
酒到豪猶在，詩敲筆有神。還期縱吟嘯，忘漢亦忘秦。

《珠海校刊》第22屆畢業典禮特刊　1972年7月　頁28-29

265.祝蔣總統當選連任

旋轉乾坤運斗樞，擔當艱鉅出憂虞。經文緯武原天縱，訟獄謳歌徧海隅。
億兆倒懸須救主，九州喁望待來蘇。喜聞元首仍宵旰，動地歡傳萬歲呼。

《珠海校刊》第22屆畢業典禮特刊　1972年7月　頁28-29

266.題穎廬書畫欣賞雅集

金題玉軸集琳琅，來看君家什襲藏。錦水吳山張滿壁，練羣繭紙盡生香。
珍羅宜作風騷主，客到俱豪翰墨場。燒燭引盃終擊節，大觀今夕展洋洋。

《珠海校刊》第22屆畢業典禮特刊　1972年7月　頁28-29

267.坐睡碩果社即席

渴睡撩人味最長，據梧倚甕亦多方。鼾時不計雲門棒，酣處何須子及牀。
晝寐漫譏如朽木，神存猶可夢高唐。答然隱几同灰槁，為告顏成道在忘。

《珠海校刊》第22屆畢業典禮特刊　1972年7月　頁28-29

268.悼易君左

中興騷雅仗高標，忽報巫陽遽下招。香港交遊俱惘惘，洞庭風雨定瀟瀟。
同哀禹甸慷當慨，追憶梁樓歌且謠。淼淼重洋悲作祭，一盃遙奠海東潮。

《珠海校刊》第22屆畢業典禮特刊　1972年7月　頁28-29

269.為創作社發刊題

作文當如何，所要在創造。言必出諸己，說必得其要。
諸君皆英俊，踴躍屬且蹈。已能著先鞭，必能知其奧。
惟茲事體大，有路分仁暴。經緯本萬端，何以盡其妙。
謂我識途馬，宜作知津告。且盡寸所長，聊為助談笑。
文章忌因襲，所貴能出新。出新非詭異，要在美善真。
美則遠鄙倍，善則存性情，真則無誕妄，總在立其誠。
三者能不失，然後蔚成軍。文章忌無用，所貴在經世。
經世非叫囂，要在能利濟。或冶性陶情，或深慮遠計。
毋隨潮流靡，明辨涇與渭。要作潮流導，導之無決潰。
惟能依於仁，然後可游藝。游藝夫何如，非幻非譸張。
要在淪仁智，要在裁狷狂。毋為消閒品，令人意志荒。
毋嘩眾取寵，毋為虎作倀。須從人生中，作指路之光。
須從溫故中，得知新之方。不與流俗同，不茹柔吐剛。
世譽所不屑，卓為砥柱當。是乃為創作，斐然庶成章。

《珠海校刊》第22屆畢業典禮特刊　1972年7月　頁28-29

270.錦纏道新娘潭上作

結伴尋幽，路入蒼蒼岩岫。隔松筠漸聞泉溜，雙懸絕壁如龍門。倒瀉銀河，疑有春雷吼。　　訝深藏谷中，一潭奔湊。為誰人琴瑟鳴奏，踞磐磐石上聽珠漱。新娘照處，山水留靈秀。

　　　　　　　　　《珠海校刊》第22屆畢業典禮特刊　1972年7月　頁28-29

271.錦纏道太平山秋望

秋到南溟，翹首海頭山半。點寒林丹楓璀璨，微雲一抹鑪烟幻。篆裊高旻，涼入金風扇。　　趁車飛嶺頭，下看清淺。訝蓬萊滄桑難辨，莽鄉關不見南來雁。山椒芳菊，問向誰邊散。

　　　　　　　　　《珠海校刊》第22屆畢業典禮特刊　1972年7月　頁28-29

272.錦纏道電視機

是有還無，傳影傳聲惟肖。鏡奩中萬般奇巧，不須窺牖知天道。香海華藏，應手齊來到。　　似天師指頭，月宮影照。似蜃樓方壺員嶠，耳根通眼更通諸妙。銀河深處，牛女傳言笑。

　　　　　　　　　《珠海校刊》第22屆畢業典禮特刊　1972年7月　頁28-29

273.錦纏道觀泳

海靜山圍，又是弄潮時節。徧晴沙鴛鴦鵁鶄，芍堪持贈蘭堪擷。淺水灣頭，碧漾波堪涉。　　綻芙蓉滿陂，清漣搖拽。詠橫波桃根桃葉，笑濠梁袖手看魚唼。從容同樂，待與莊生說。

　　　　　　　　　《珠海校刊》第22屆畢業典禮特刊　1972年7月　頁28-29

274.錦纏道重陽後一日新亞青山旅行

秋在誰邊，一徑楓丹松茂。指青山撐空岩岫，登臨問訊黃花瘦。昨日重

陽，今日何妨又。　　且風雩詠歌，翠微攜酒。瞰屯門海平波皺，認當年
盃渡僧歸後。六朝風物，彷彿猶依舊。

《珠海校刊》第22屆畢業典禮特刊　1972年7月　頁28-29

275.苦雨

甘雨施有節，苦雨作無制。肅則為膏澤，狂則成災沴。
歲惟壬子夏，本屬時行季，如何失舒慘。引起乖龍恚。
竟日作盆傾，天河驚決潰。水積陸將沉，山崩天欲墜。
洪流挾泥土，下瀉狂吞噬。齊雲百尺樓，接宇千家地。
一瞬即丘墟，居人盡生瘞。嗟哉殺機發，乃自陰陽氣。
海隅丁此劫，起視今何世。狂藥正滿城，狂潮正如醉。
上干天地和，下化沙蟲異。哀彼罹難人，對此天方瞶。
舉市並惶惶，將焉作防備。談雨為色變，聽風亦心悸。
芻狗胡不仁，此苦問知未。

《珠海校刊》第25週年校慶特刊　1972年10月　頁28-29

276.壬子（1972）新秋用亦園韻

其一
久狎沙鷗興頗隨，又傳秋訊編催詩。商颼漸覺千林肅，氛祲依然四野垂。
栗里菊松縈夢寐，中原旗鼓失心期。殊方吟嘯天安問，造化由來弄小兒。
其二
蕭疏潛向鬢邊侵，鏡裏霜華感更深。極目山河秋歷歷，當窗風露夜沉沉。
庾郎屢屢傳愁賦，莊舄今猶作越吟。兩記南冠天一角，何人同此曲中心。
其三
相期遵海待時清，長為秋聲坐到明。窗外梧桐聽戰雨，階前螢火自關情。
欲從海上尋津筏，卻被人間識姓名。試向爐峰高處望，齊州坷坎總難平。

其四

莫嗟歌短不能長，此有詩朋共倡詳。天下興亡歸氣運，人生憂樂付壺觴。
九州到眼終沉陸，一葦臨河久斷航。自笑悲秋徒亂意，何如披髮學猖狂。

《珠海校刊》第25週年校慶特刊　1972年10月　頁28-29

277.池上

秋霖霽處夕陽低，池上平添水拍堤。天末風搖萍破碎，荷邊魚戲葉東西。
待溫舊夢吟春草，斗引鄉心憶故谿。回首白蓮開社地，匡山頭白望中迷。

《珠海校刊》第25週年校慶特刊　1972年10月　頁28-29

278.初夏

嘒嘒蟬聲報夏來，乍驚春去望林隈。寄巢海澨忘時節，摩眼鴻鈞轉化裁。
濃有綠陰堪逭暑，緩尋幽徑淨無埃。廿年已慣殊方客，且放襟懷向草萊。

《珠海校刊》第25週年校慶特刊　1972年10月　頁28-29

279.對月

萬籟無聲萬慮銷，天階誰與對清宵。雲開桂影婆娑出，酒倒金荷意興饒。
念裏嬋娟千里共，望中宮闕九霄遙。平生愛此當頭好，何必西樓悵寂寥。

《珠海校刊》第25週年校慶特刊　1972年10月　頁28-29

280.重陽華岡雅集索詩

商颷肅肅又重陽，何處登臨望八荒。携得壺觴開菊徑，遙知羣屐集華岡。
風塵澒洞天方瞋，潮汐紛翻海有桑。指點齊煙成慷慨，幾時弧矢射豺狼。

《珠海校刊》第25週年校慶特刊　1972年10月　頁28-29

281.天仙子初夏

　　嶺外四時皆是夏，節序無聲潛代謝。忽聞唱賣荔枝香，方自訝，鑪峯下，落膾茶薇花一架。　　海上弄潮春服卸，池上鳴蛙青草藉。披襟忽念故鄉時，桑與柘，陰低亞，正是繰車鳴到夜。

《珠海校刊》第25週年校慶特刊　1972年10月　頁28-29

282.鵲橋仙秋星

　　餘霞散綺，晚風涼扇，林外烏翻鴉舞。料為今夜待填橋，試與看銀河淡處。　　天階翹首，天津橫渡，訝有飛星無數。梭穿電射太空船，怎辨得誰為牛女。

《珠海校刊》第25週年校慶特刊　1972年10月　頁28-29

283.西江月迎秋

　　誰道悲哉秋風，應知秋最多情。楓丹蘆白菊敷榮。更有月華如鏡。
　　溪壑燦添秋色，園林暗送秋聲。安排席展迓秋臨，莫為催租敗興。

《珠海校刊》第25週年校慶特刊　1972年10月　頁28-29

284.次兒歷耕留英一年，考取皇家醫學院院士學位，賦此寄之

　　八月蟾宮桂有華，天門射策幸無差。要為東著回春手，不負西乘泛海槎。
　　萬里望雲遊子意，一年幾瞻客程遐。倚閭秋好金風爽，盼爾歡然快到家。

《新亞生活》第15卷第6期　1972年12月　頁5

285.展重陽

　　海不揚波秋影涵，鑪肥蟹美似江南。方辜蠟屐酬陽九，且倒金荷後甲三。
　　節令正宜重領略，風騷須與作承擔。登樓賦得霜前雁，縱是殊鄉興也酣。

《新亞生活》第15卷第6期　1972年12月　頁5

一九七三

286. 壬子（1972）冬仲，珠海文史研究所泛舟鯉魚門外，考察香港前代史
迹，舟中有作

稽古幽尋興不窮，蘭橈桂櫂鯉門東。傳知海若毋翻浪，徧訪天妃靜歛風。
夕紀摩崖猶宋刻。洞名藏寶說梟雄。一時俊侶留踪迹，珍重他年印雪鴻。

《珠海校刊》第23屆畢業典禮特刊　1973年7月　頁28-29

287. 九壽歌壽夏先生書枚八十詩有九如之頌，詞有福唐之體，因仿其意為九壽之歌，用
博壽翁一笑樂也，壽翁為本校教授

世事正絲棼，吾黨並天祐。訢然遵海濱，快哉為君壽。
君今齒八十，矍鑠不殊舊。何術保康強，何方致眉壽。
君懷曠以達，得失非所究。縱浪大化中，是乃一宜壽。
君道直而古，流枕石可漱。從容夷惠間，是乃二宜壽。
君貌清且癯，吟嘯出錦繡。不知老將至，是乃三宜壽。
有此三壽徵，於茲得天厚。宜為三多祝，合舉十觴侑。
一祝海上居，肆志忘世宙。優遊紫芝歌，逍遙商山壽。
再祝腰足健，歲寒松柏茂。洛社日宴遊，領袖香山壽。
三祝老而傳，兒女俱競秀。徜徉看桑海，要比南山壽。
與君共鄉里，世外復邂逅。屈指二十年，莫逆同味臭。
今宵共燈燭，作頌豈肯後。預約期頤年，更祝大椿壽。

《珠海校刊》第23屆畢業典禮特刊　1973年7月　頁28-29

288. 蘭亭二十七周癸丑華岡分詠得峻字

春光倏九十，客久蘊幽憒。屈指上已辰，何由祓愁悶。
有海空以闊，有山崇而峻。試為禊事修，放眼山河認。
草長正鶯飛，一念猶氛祲。江關何日歸，宙合何時淨。

忽憶永和年，山陰集賢俊。羲之感獨多，安石物能鎮。

流觴臨曲水，文采盛東晉。悠悠二七周，癸丑又重印。

世運復紛挐，人心須振奮。遙望華岡遊，同聲遠相應。

臨流勵澄清，司春想乘震。並時頹廢起，三月賡歌競。

不作莊舄吟，不為洛生詠。慷慨對新亭，不必呼天問。

《珠海校刊》第23屆畢業典禮特刊　1973年7月　頁28-29

289.漁家傲本意

打槳鳴榔煙水媚，桃源洞口曾探異。更記江潭曾鼓枻。論醒醉，一竿一網滄浪寄。　海闊江空無限制，魚蝦有價饒生計。泛宅浮家隨所至。船任繫，笑他賃廡租金貴。

《珠海校刊》第23屆畢業典禮特刊　1973年7月　頁28-29

290.醉落魄珠海旅遊

小春時節，風和日暖如三月。最宜命侶尋登涉。清水灣頭，海碧沙如雪。　流觴好作蘭亭祓。觀瀾好對煙波闊。忘機好與閒鷗契。更好尋詩，得句俱清絕。

《珠海校刊》第23屆畢業典禮特刊　1973年7月　頁28-29

291.揚州慢癸丑（1973）上巳，港九禊會紛來相招，大埔道上，車輛闐塞不能赴，賦此以謝

峻嶺迴環，清流映帶。永和癸丑春深，約羲公列座，共安石聯吟。醉乘興，毫揮繭紙，放懷觴詠，結契苔岑。序幽情，千古風流，韻事須尋。

今年癸丑，喜清明上已同臨。縱海滋棲遲，鶯飛草長，夢隔江潯。報道杏花多處，新開釀，散慮披襟。但行人魂斷，鷓鴣聲正關心。

《珠海校刊》第23屆畢業典禮特刊　1973年7月　頁28-29

292.浪淘沙端午

佳節又端陽，旗旐央央。畫船簫鼓徧香江。為問錦標誰奪取，爭看鶩洋。

弔屈憶沅湘，同是殊鄉。懷沙哀郢感蒼茫。縱有精魂招不得，水遠天長。

《珠海校刊》第23屆畢業典禮特刊　1973年7月　頁28-29

293.憑欄人（北曲）春燕：余住文咸西街逾二十年，前年遷出。昨過其地，則全街盡改建成摩

天高樓，故借春燕以志感

剪取東風來海邊，柳陌差池莊徑穿。春歸又一年，巢尋簾幌前。

（么篇）卻訝樓臺高接天，朱雀烏衣齊變遷。何從寄一樣，呢喃成惘然。

《珠海校刊》第23屆畢業典禮特刊　1973年7月　頁28-29

294.中呂宮粉蝶兒二十七周癸丑上巳又為清明，少颿索作套曲，賦此以應

（春正多嬌）數良辰今年何巧，記匆匆送去花朝。報清明，報上巳，一朝

同到。報周甲年光二十七番遭。怎消領，應須計較。

（快活三）徧芳原菜待挑，聽吹徹賣餳簫。曲江幾處正相邀，杏花村也須

重到。

（朝天子）山椒，海嶠，處處鶯花鬧。爐峰雲氣接天高，香海煙波渺。宜

放襟懷，宜同遊眺，宜為歌且謠。詩豪，酒豪，宜與招同調。

（四邊靜）流觴蓬島，憶得蘭亭意興饒。右軍文藻，謝公吟嘯。詩瓢酒

瓢，神往山陰道。

（醉春風）摒絲竹，出東山，挈壺觴，攜長少。趁暮春三月揮毫，攄感

慨，解鬱陶。把滇洞中原，風流江表，都付與煙雲幻泡。

（賣花聲煞）今番癸丑同襟抱，滿目山河首各搔。江南草長暗魂銷，看貽

蘭投芍。對淺斟低酌，且忘情絮飄萍泊。上巳前一日邇翁益智仁室寫

《珠海校刊》第23屆畢業典禮特刊　1973年7月　頁28-29；

《新亞生活》第1卷第2期　1973年10月15日　頁12

295.癸丑重三隱廬禊集

三三春禊徧芳洲，癸丑剛重二七周。客裏南溟觀變化，酒邊東晉接風流。
紀年好歃清明柳，臨水宜嬉上巳舟。繭紙紛裁羣彥集，隱廬高處序清遊。

《新亞生活》第1卷第1期　1973年9月　頁15

296.次韻太希地震不寐韻

天風高處送雷音，知是蘇門縱嘯吟。滄海下看經幾劫，橫流不改到如今。
誰為地動驚機發，其奈蠶眠尚夢沉。長夜宥人歌待旦，恨無雄劍斫霾陰。

《珠海校刊》第26週年校慶特刊　1973年10月　頁26-27

297.水原子瑞寄詩，次韻以答

得君詩札快如何，往復燈前擊節歌。同是耽吟忘老至？雞鳴風雨更情多。
蓬山香海路逶遲，喜接郎君愜素知。昨夜樽前話庭訓？亦欣聞禮更聞詩。
秋水伊人隱久棲，蒹葭白露又淒淒。溯洄莫悵滄洲遠？過雁猶堪錦字題。

《珠海校刊》第26週年校慶特刊　1973年10月　頁26-27

298.次謝扶雅八十自挽韻

八十耆年齒德尊，三千世界剎那存。文章久貫中西學，滄海曾看漲落痕。
回望神州傷赤地，高吟薤里起黃魂。狂瀾隻手難為挽，慨對彭殤作討論。

《珠海校刊》第26週年校慶特刊　1973年10月　頁26-27

299.秋興用公遂韻

其一

觀雲觀海兩微茫，嘯對蘇門作阮狂。賸水殘山勾昔夢，西風落日是殊鄉。
杜陵興發將誰寄，宋玉辭成且自傷。二十四年如彈指，低徊地老與天荒。

其二

問天瞶瞶復何言，雀噪朝曦雅噪昏。世事半如雲過眼，秋心惟有月當門。
身因念亂添霜鬢，襟為澆愁徧酒痕。厭聽新垣恣橫議，不知吾道竟何存。

其三

為耽風月不妨痴，但惜芳華負歲時。避世忘機更忘我，居夷無喜亦無悲。
菊容借地開三徑，壁許潛身看劫棋。屈指海濱秋幾度，合同鷗鳥共心期。

其四

棲遲谷口作麼生，綠繞青排霧寫楹。窗外好風新送爽，竹間啼鳥不知名。
天隨鵞影冥無際，雨作秋聲倍有情。卻喜重陽堪極目，鑪峯高處暮雲平。

《珠海校刊》第26週年校慶特刊　1973年10月　頁26-27

300.春坎角秋遊

林巒開處海浮天，赤柱潮平舂礴邊。為訪鷗鳧下雲磴，相携裙屐撥嵐烟。
風光漸覺紛秋色，腰腳猶堪敵少年。笑指連成在何許，微瀾拍岸正琅然。

《珠海校刊》第26週年校慶特刊　1973年10月　頁26-27

301.重九

勝日宜携酒，秋風漸送涼。露晞蘆絮白，徑綻菊花黃。
喜得添吟興，何妨對異鄉。獅山招俊侶，幸不負重陽。

《珠海校刊》第26週年校慶特刊　1973年10月　頁26-27

一九七四

302.甲寅（1974）重三暨詩學研究所成立六周年聯吟，以蘭亭序文分韻得信字

去年癸丑追東晉，二十七番花有信。招邀觴詠集英賢，海外聯鑣聲氣應。
今年甲算又翻新，峻嶺崇山仍發興。春陽踏處惠風暢，旗鼓重張再分韻。

眼中景物足歌歠，念裡坤維待雱榮。倒懸二紀孰為解，批孔揚秦復梟獍。
水邊袚禊有餘哀，樽前慷慨能無忿。休嗟手無劍可掣，猶有懷中筆能奮。
應須作氣壯山河，莫僅臨流風月詠。漫漫沉霧幾時掃，赫赫天聲何日振。
華岡眾志蔚成城，六年淬礪為堅陣。大明之雅勗鷹揚，無衣之詩迴國運。
波揚東海垢淨滌，竹罄南山罪俱問。氣清天朗紀斯會，不負清流相帶映。

《掌故月刊》第33期　九龍　1974年5月　頁89

303. 74年2月14小集酒樓，到者14人，年皆七至八十，合計千歲以上。費老云此
　　　次可以十四鹽為韻，因賦此

同為遵海廿年淹，一瞬今成十四耋。逸興猶豪壚畔酒，世情添味水中鹽。
春能媚客花爭放，詩到從心筆退尖。最喜筵前俱健飯，不煩趙使遠覘廉。

《掌故月刊》第33期　九龍　1974年5月　頁89

304. 《夢真軒詩稿》題詞其一李君孟晉，能書、能文、能詩。近輯其詩為《夢真集》，請
　　　為題眉，余問夢真之義何居？則答曰：我名孟晉，取諧音，故名耳！余聞而韙之，予以此
　　　名集，蓋能得詩意之三昧矣！老子論道曰：其精甚真，其中有信。荀子論學曰：真積力，
　　　久則入。故真者，學問文章之極軌；而詩者，則以言志而永言者也。言志不真，則哀樂隨
　　　人，無病呻吟之詩也。永言不真，則摹擬剽竊，油滑浮泛之詩也。必能自抒其情，自鑄其
　　　詞，然後為有自己性情與聲音之真詩。子能知此真，而夢寐以求之，其必能與子之名互
　　　諧，而曰孟晉於詩也無疑！則今之成集，猶其嚆矢也，因題辭以廣之曰：

出言有章，修辭立誠。興觀群怨，善美在真。
始基既真，康衢以闖。為玉為珠，試觀茲集。

李孟晉　《夢真軒詩稿》（羅香林署耑，涂公遂題）　九龍
珠海中國文史研究所學會　1974年6月

305.題費子彬大夫南覓含圖

天南一老近何如，自與閒雲任卷舒。肘後有方能壽世，海濱闢地且安居。
偶從市肆尋蔬笋，卻憶鄉關問鼓鱸。誰解鵷雛須竹實，道旁鷗嚇枉紛拏。

《珠海校刊》第24屆畢業典禮特刊　1974年7月　頁32

306.香港中國筆會詩人節前夕會集即席

端陽節近感靈均，哀郢洋洋問水濱。到眼橫流誰砥柱，當前文運此扶輪。
座中各有如椽筆，海上俱為闢地人。作賦登樓須蹈厲，要看九宇淨氛塵。

《珠海校刊》第24屆畢業典禮特刊　1974年7月　頁32

307.春盡大埔山居偶成

林巒當戶漸蘢蔥，閒向庭前坐畫中。嶺上過雲攜急雨，陌頭飛絮尚東風。
竹為添蔭預留笋，泉足澆花任引筒。海畔棲遲原不負，茶鐺詩卷笑成翁。

《珠海校刊》第24屆畢業典禮特刊　1974年7月　頁32

308.壽方啟東先生八十

惠來先生今耆英，八十矍鑠期彭鏗。昔膺民社嘗專城，甘棠蔽芾歌簾明。
更為作育躬橫經，杏壇絃誦興莪菁。出其餘緒為傳燈，詞林墾殖勤經營。
網羅唐宋元明清，三千家詞俱權衡。煌煌巨著一手成，老而彌見精神精。
是宜上壽宜飛觥，請賡南山松柏青。

《珠海校刊》第24屆畢業典禮特刊　1974年7月　頁32

309.雙調新水令苦旱行

舉頭紅日掛天高，照晴空片雲都渺。歎門前花盡萎，看陌上草齊焦。不信
芳郊，竟似是秋風掃。

（駐馬聽）田中坼到枯燋，阡陌縱橫苗盡槁。魚兒已空池沼，鵜鶘憔悴腹

俱枒。杳東風不見雨如膏。又南風扇得人煩躁。驚傳報，水塘見底怎生好。

（沉醉東風）這天道緣何亂了。各油雲，更各雨飄搖。是老龍睡太酣，是齊婦冤難剖。問如何沒箇分曉，一任山枯轍也涸，消渴到相如病倒。

（折桂令）一疊聲水令重調，供水分朝制水連宵。撲水紛攳，爭水咆哮。滿路上瓶捧肩挑，怎敢望冲涼洗澡，難為了淘米充庖。只怪他乾鵲聲罵，鳩婦聲銷，竟朝朝火炙雲燒。

（收尾）桑林七事還須禱，暫止渴且望梅梢。待西決西江，東把蟄龍招，便張皇掘井占星也休笑。

《文學世界》第7卷第4期（總第40期）　1974年冬　封頁

一九七五

310.答何浩天（中華民國國立歷史博物館館長）

書通于道道通天，一例成文法自然。臥虎跳龍出機杼，摹秦撫漢自經權。兩番結集風茲遠，三載觀摩藝益全。今日香江方蔚起，鴻都刊石又新編。

《香港中國書道協會第二屆會員作品展覽集》　香港
香港中國書道協會　1975年

311.天白生日招宴，未赴次韻

坐忘今世是何年，得放襟懷即快然。老至更添詩筆健。興來猶可酒家眠。閒情如擬陶彭澤，洛社交推白樂天。報道逢辰紀生日，定知賓主共吟邊。

《掌故月刊》第41期　九龍　1975年1月　頁73

312.夏書枚鄉老移居美洲，次其將去港，韻贈行

廿年纔一瞬，夕酒接壺觴。把臂話桑梓，行吟時榷商。海濱俱久客，天下正多方。目送桴浮處，蒼茫詠望洋。

禹甸猶洪水，瞻迴感切肌。渡遼烏帽弊，入楚白雲隨。

西邁胡堪化，夷居鳳與嬉。武城何日返，後會倘能期。

《珠海校刊》第25屆畢業典禮特刊　1975年7月　頁18-19

313.李璜（1895-1985）幼椿八十，再疊其七十自壽韻

七十壽公詩，青山踏青日。堂堂十寒暑，公已臻八十。

振鐸聲愈宏，傳經緒愈出。著書維世宙，游刃批大隙。

康強錫難老，豪健猶曩昔。同為洛社遊，屢接文酒席。

載賡撼公罍，知公定開壁。

《珠海校刊》第25屆畢業典禮特刊　1975年7月　頁18-19

314.華岡上已用〈蘭亭序〉文，分韻得亦字

兩紀住南海，吟邊雙鬢白。三年詠蘭亭，望裏春雲碧。

遙知華岡上，偕來集羣屐。流觴臨曲水，列座接茵席。

分韻召同聲，不遺滄海隔。未能陪少長，敢不應驅策。

出門擬覓句，信步隨所適。有山即會稽，有水即楚澤。

何必泣新亭，何為傷異客。對酒便當歌，對花便須惜。

披襟迎蕙風，按幘循紫陌。或觀濠上魚，或坐磯邊石。

快然寄所託，放浪吾合亦。詩成自踴躍，金谷酒免罰。

《珠海校刊》第25屆畢業典禮特刊　1975年7月　頁18-19

315.少颿以除夕元旦及題我移居，疊張字三詩見示，次韻以謝

春盤春帖待新裝，大筆如椽紙似霜。韻比累几看疊疊，風從橫海聽浪浪。

百篇咳唾滿囊槖，七字珠璣發蓋藏。更為蝸居添藻繪，迎元送臘並恢張。

《珠海校刊》第25屆畢業典禮特刊　1975年7月　頁18-19

316.東坡生日，南薰社集得陰字

　　誕祝東坡酒載尋，市樓呼取快登臨。青山一髮空摩眼，瘴海行吟有會心。
　　且引壺觴忘理亂，尚留天地與謳吟。一時逸興遄飛處，好爵同占鶴在陰。

　　　　　　　　《珠海校刊》第25屆畢業典禮特刊　1975年7月　頁18-19

317.挽梁均默先生

　　早年德業已泉燮，晚歲詩騷起廢衰。國步艱難待元老，大聲鏜鎝仗風規。
　　方瞻北斗璇璣轉，遽報中天箕尾騎。我亦梁園老賓客，海頭雪涕望雲湄。

　　　　　　　　《珠海校刊》第25屆畢業典禮特刊　1975年7月　頁18-19

318.和太希偶成四首

　　其一
　　釣濮遊濠興未闌，先生襟抱比天寬。哦詩自寫凌雲氣，應作羲皇以上看。
　　其二
　　大化之中寄此身，曾經滄海屢揚塵。拊髀鵲躍行吾素，不問人間花樣新。
　　其三
　　天門迢遞喚難開，孤負靈均一代才。檢點牢愁入騷賦，風悲江介有餘哀。
　　其四
　　各有孤懷歷苦辛，同為辟地走風塵。登丘臨壑能成趣，卻愛淵明最率真。

　　　　　　　　《珠海校刊》第25屆畢業典禮特刊　1975年7月　頁18-19

319.筆會會集

　　端陽節近感靈均，〈哀郢〉洋洋問水濱。到眼橫流誰砥柱，當前文運此扶輪。
　　座中各有如椽筆，海上俱為辟地人。作賦發樓須蹈屬，要看九字掃氛塵。

　　　　　　　　《珠海校刊》第25屆畢業典禮特刊　1975年7月　頁18-19

320. 水龍吟劉君祖霞鄉兄,以《椰風續集》屬題,欣然為賦。吾江西自宋以來,即多詞人,晚近流寓嶺南以詞名者:前有文芸閣,萍鄉人,君之鄉里。後有萬載龍榆生,教授中山大學。君之僚友,今有信豐劉太希,嘗教授南洋大學,則君之同宗也。並君而四,可謂盛矣。君昔客婆羅洲,今息影香港,與余同住九龍區,復同好為詞曲,又可謂德不孤,必有鄰。然不在桑梓優遊之時,而在海濱避世之地,回首匡山頭白,南浦雲飛,又不能不為之憮然。因倚此意成聲,知君當有同感也

一編珠玉披紛,淵澄川媚魚龍嘯。飛鵝嶺下,婆羅洲上,扶餘海嶠。椰樹蕉林,天風海雨,瀾翻波淼。似東坡瓢負,成連船刺,新聲倚,新詞妙。
一讀一回擊節,喜吾鄉,正多同調。道希華藻,榆生精鍊,錯公排奡。
更喜椰風,蓬然瘴海,徧吹炎徼。幸投荒笑我,徑邊澤畔,許同吟眺。

　　　　　　　　　　　　《珠海校刊》第25屆畢業典禮特刊　1975年7月　頁18-19

321. 健社銀禧三百期雅集

以文會友久流光,積健為雄勵自強。慶屆銀禧春曉藹,聲傳玉振韻琳琅。
履端歲筆飛龍紀,作頌詩賡伐木章。誰說黃鐘今絕響,一樓騷雅蕩鰲洋。

　　　　　　　　　　　　《華僑日報》　香港　華僑文化　1976年2月15日

322. 踏莎行風姐

昔號風姨,今名風姐。婀娜潑辣。威難惹,能鳴萬籟怒而號,須懸五兩迎蓮駕。　　憐目憐蛇,飄簷飄瓦。無踪無影何瀟灑,水塘喜汝送甘霖,船家怕汝當頭打。

　　　　　　　　　　　　《珠海校刊》第26屆畢業典禮特刊　1976年7月　頁36

323. 清平樂風姐

拔山拔海,威勢人俱駭。為颶為颱嘘大塊,來自南溟海外。　　者番旱魃猖狂。水官制水張皇。卻喜阿姨阿姐,帶來水滿陂塘。

　　　　　　　　　　　　《珠海校刊》第26屆畢業典禮特刊　1976年7月　頁36

324.清平樂秋登太平山

涼風萍末，高處眸堪豁。棧道飛車雲任撥，一攬海天空闊。香鑪頂上蒼茫，下看海市熙攘。我自塵襟一滌，安排吟眺重陽。

《珠海校刊》第26屆畢業典禮特刊　1976年7月　頁36

325.南鄉子秋登太平山

海瀅待時清，卻喜名山號太平。昨夜涼風蘋末起，攀登。笑攬南維一柱擎。　秋氣滿滄溟，人在蓬萊頂上行。道是天堂須認取，分明。蜃幻龍嘘作化城。

《珠海校刊》第26屆畢業典禮特刊　1976年7月　頁36

326.鳳銜盃秋郊

清秋何處好遊嬉，趁颱輪新界飛馳。徧歷瀝源粉嶺訪東籬。應有菊，合敲詩。　泉三疊，水連陂。向荃灣丘壑探奇。徧試杏花村酒引深盃。蠔正美，蟹方肥。

《珠海校刊》第26屆畢業典禮特刊　1976年7月　頁36

327.醉落魄秋郊

天蒼氣爽，青山道上人來往。松間謖謖傳清響。一路濃陰，盃渡禪風暢。　高山第一碑須訪，撥雲直抵仙人掌。解衣磅礴詩情放，拍手豪吟，一任驚天上。

《珠海校刊》第26屆畢業典禮特刊　1976年7月　頁36

328.臨江仙夜讀

月挂香鑪峯頂上，秋深獅子山邊。一燈窗下靜探研，但知書有味，不覺夜無眠。　休隘小樓纔一角，能容世界三千。翻經繹史絕韋編，東西賢與

哲，列座共爇燃。

《珠海校刊》第26屆畢業典禮特刊　1976年7月　頁36

329.清平樂丙辰（1976）上元夜

時光如瞥，又是元宵節。東望鯉門天海闊，湧起一輪明月。　六街三市
熙攘，燭天燈火輝煌。共慶鴻鈞運轉，徹宵歡動香江。

《珠海校刊》第26屆畢業典禮特刊　1976年7月　頁36

330.清平樂競渡

端陽時節，海上人聲沸。簫鼓畫船波浪闊，爭看錦標誰奪。　中原傾洞
神傷，可憐黿水逃亡。對此茫茫百感，揚舲安得慈航。

《珠海校刊》第26屆畢業典禮特刊　1976年7月　頁36

331.清平樂大環頭旅遊

山亭一角，臨海洵訝樂。宜詠投蘭宜贈芍，宜畫解衣磅礴。　嵐光海氣
迷茫，沙鷗浩蕩迴翔。長嘯大環岡上，乘桴誰與同行。

《珠海校刊》第26屆畢業典禮特刊　1976年7月　頁36

332.浪淘沙大環頭旅遊

冬日尚清妍，趁小陽天，幽尋路入大環灣。海碧沙明風款款，如在蓬山。
岡上對烟嵐，列座荊班。烹鮮行炙足盤餐，猶勝舞雩沂泳地，只有瓢簞。

《珠海校刊》第26屆畢業典禮特刊　1976年7月　頁36

333.祝英台近新燕

杏花時，春意鬧，海燕翩翩到。掠宇穿簷，更向屋梁繞。別來半載韶光，
呢喃宛轉，說的是舊巢完好。　蛛塵掃，依舊雙宿雙棲，安排育兒早。

雀侶鶯儔，相賀還相勞。朝朝柳陌桃蹊，拋梭拋剪，共春日春風歡笑。

《珠海校刊》第26屆畢業典禮特刊　1976年7月　頁36

一九七八

334.穎廬詩與畫欣賞雅集題

車騎紛紛塞訏途，國都樓上是鴻都。座中翰墨驚風雨，壁上煙雲展畫圖。

錦軸牙籤歎觀止，引盃燒燭。興殊主人，更有陽春唱灑落，樽前玉與珠。

甲寅（1974）五月為穎廬詩書畫欣賞雅集題何敬群未定草

陳伯祺　《穎廬詩草》　黃維琩題　1978年　香港大學馮平山圖書館藏本　頁34

335.題（伍揖青）揖青荷鷺圖

知君清興寄滄浪，一幅亭亭滿玉塘。得盡風流人共澹，分來閒靜鷺成行。

經營妙出丹青手，什襲猶聞菡萏香。今日穎廬新有喜，又添牙軸入縹緗。

陳伯祺　《穎廬詩草》　黃維琩題　1978年　香港大學馮平山圖書館藏本　頁147

336.滿庭芳

照眼榴紅，登盤桃熟。五月朱夏方中。天旋南極，齊祝壽星翁。多福無過老健。多男子，薛鳳荀龍。萊衣舞，階前堂上，蘭桂郁蘢蔥。　如君，誰得似，已宏蠡殖，亦擅倕工。更襟期灑落，詩酒從容。百尺穎廬樓上，高吟處，飄下天風。看周甲，三多具美，宜與壽喬松。

癸卯（1963）仲夏　譜〈滿庭芳〉詞　祝伯祺詞兄六十大壽

愚弟何敬群題賀

陳伯祺　《穎廬詩草》　黃維琩題　1978年　香港大學馮平山圖書館藏本　頁166

一九七九

337.悼羅香林先生輓聯

元一所長千古

公為文化承肩，多士仗栽成；世欽著作等身，自有聲光照表史。

我記寒氈接席，十年如旦暮；悼失平生知己，那堪涕淚過黃壚。

何敬群拜輓

余偉雄、何廣棪編　《羅香林教授紀念集》　香港　1979年8月　頁68-98

一九八〇

338.吳公俊升寄示八十生朝感懷八章，拜讀賦此作壽

八詩風概自軒軒，八十康強一老尊。浮海桴乘九萬里，出關書著五千言。

遙知樂國優遊處，尚記豪華笑語溫。我與華封三次祝，更期四祝共金罇。

吳俊升　《庚年酬唱續集》附義本室近稿　1980年　俊升署耑本

339.香港詩壇同人庚申（1980）酬唱

別後情懷各若何，迴槎報道客星過。蒹葭溯處伊人近，鴻雁飛時秋水多。

言面有期重執手，新詩先到想鳴珂。東來紫氣連天耀，已動鯤洋萬里波。

吳俊升　《庚年酬唱續集》附義本室近稿　1980年　俊升署耑本

340. （吳天任，1916-1992）《荔莊詩稿》題詞

摀埴冥行昔夢縈，君過樟樹我羊城。南歸依舊無天地，北望同傷有棘荊。

十載荔莊詩滿篋，並時瀛海客知名。一編定稿承相寄，昨夜支燈讀到明。

吳天任　《荔莊詩稿初續集》　臺北　孚佑印刷公司　1980年5月　頁11

341.輯亡友郭亦園君遺詩，即以悼之亦園於己未（1979）冬至前數日，病歿調景嶺養

真苑，知交擬刊其遺詩而無存稿。乃相與搜集剪報雜誌，斷紙零謙，輯其殘缺，去其重

複，得數百首。余既為之編次，復念此老友，三十年來為海上騷壇鼓吹詩風，播揚雅奏，

所為者何事，則為之愴然，寫此以致慨也

臘鼓報催年，文星遽隕落。交遊走相報，失我亦園郭。

詩壇孰扶輪，鼓吹誰韶籥。嗟君一代才，辟地棲海角。

蹢躅三十年，不計居轍涸。但傷詩日亡，奮起鼓槖籥。

日招吟詠侶，振此騷雅作。續絕樹風聲，海外鐘應洛。

網珠兩成集，邸報日揚榷。馳驅導先路，掉臂訢然樂。

如何扼殼獨，毋乃世澆薄。投老住窮山，悄然傳化鶴。

悵望鯉門潮，悲風煙漠漠。

與君結知交，悠悠逾兩紀。同為避世人，同是眈詩侶。

回首廿年前，間日通郵匭。有時喬家柵，有時尖沙嘴。

候我聯謳吟，敲推會心視。追昔復撫今，人亡琴已毀。

嗟茲悼逝者，更覺悲難已。君詩出不窮，獹惜無稿底。

散落滿人間，珠玉隨地委。朋舊搜殘叢，幸得集故紙。

忍淚定君詩，次第為董理。遑云曹子建，能飾丁敬禮。

撫卷慨微吟，悲風窗外起。

郭亦園　《郭亦園先生詩集》　香港詩壇　1980年10月；

何敬群自輯　《避翁詩詞曲集》　1983年8月　頁72-73

一九八一

342. 輓徐訏詩

一夜蕭蕭風雨驚，何堪病阽庾蘭成。退休待理藏山業，傳世長留說部名。

如睡葛洪尸得解，嗟來桑戶死猶生。十年浸會同趨席，淒絕黃壚思舊情。

何敬群拜輓

香港浸會學院中國語文學會出版　《徐訏紀念文集》　香港　1981年5月

343. 鷓鴣天

夜報空中甲馬鳴，朝聞天上玉樓成。如何一代風流盡，遽作三秋璽耗驚。

歸常所，慨平生。巨卿行矣隔幽明。低徊插架虞初著，哀動山陽笛裏聲。

香港浸會學院中國語文學會出版　《徐訏紀念文集》　香港　1981年5月

一九八二

344.讀《懷冰室文學經學論集》

超超元箸五雲騰，文苑經甯論可徵。瑜瑾在懷冰在抱，廢哀能起道能凝。
嶺南學術張流派，海外儒林有準繩。貽我案頭添氣象，夜深光燄作明燈。

《孔道專刊》第6期　1982年　頁86-87；

何敬群自輯　《避翁詩詞曲集》　1983年8月　頁78

345.讀公遂《浮海集》及《反芻詩集》

詩卷新編出玉函，散原山谷並成三。聲華昔冠江之表，吟嘯今傳嶺以南。
浮海乘桴心自遠，反芻回味興尤酣。豫章我亦同鄉邑，圖派輸君一脉擔。

《孔道專刊》第6期　1982年　頁86-87

346.次文擢約與公遂、懷冰、霖沅市樓茗飲韻

輪囷肝膽略形骸，燕市高歌興會偕。自有好風生兩腋，遠離聒平謀羣蛙。
經翻陸羽茶重煮，弄連□成海一涯。寄我新詩邀送臘，五人相視八音諧。

《孔道專刊》第6期　1982年　頁86-87

347.春日偶成和文擢，再疊前韻

真宰該存臟竅骸，冥行不計與誰偕。幙簾竈突容巢燕，春草池塘聽譟蛙。
倒轉坤維問何日，橫流滄海望無涯。眼中世網俱荊棘，幸有都俞相爾諧。

《孔道專刊》第6期　1982年　頁86-87

348.少驪、公遂、韶生作迎月詩，次韻和之

　　素娥東出玉輪迎，問向塵寰照幾程。屢被梭船窺隱隱，未因滓穢損晶晶。

　　天從雲外看高潔，影對花前共晦明。最羨三人相莫逆，無情遊處更移情。

《孔道專刊》第6期　1982年　頁86-87

349.梁隱盦先生輓聯

　　詩編錦帙待成刊　懇懇索我書名　歸夢題簽方報命

　　城入毗耶探示疾　憫憫嗟君怛化　美孚同里愴停春

《梁隱盦先生（1911-1980）哀思錄》　1982年

一九八三

350.三十歲小照題辭1934年夏與內人江夏君寬素，迨暑匡山設影，今五十年，而吾已老，

　　面目全非。所輯詩詞，即此五十年所作。撫今念昔，則為憮然，因張之卷頭，賦此自贈：

　　鶼鰈雙留影，低佪五十年。幾番丁世易，三徙幸身全。遵海卿偕隱，憂時懶問天。鹿門歸

　　未得，搔首白雲邊

　　鶼鰈雙留影，低佪五十年。幾番丁世易，三徙幸身全。

　　遵海卿偕隱，憂時懶問天。鹿門歸未得，搔首白雲邊。

1982年3月　遯翁，益智仁室

何敬群自輯　《遯翁詩詞曲集》　香港　志文出版社　1983年8月

351.八十歲小照題辭1982年3月25日生辰設影時，方輯成五十年來行吟之作為一集，因率筆

　　賦此贈影，亦以自壽吾詩詞曲

　　一住三千界，居然八十年。觀河知面皺，縱浪幸神全。

　　贈答忘形影，逍遙有地天。笑為詩卷壽，吟望海南邊。

遯翁，益智仁室書

何敬群自輯　《遯翁詩詞曲集》　香港　志文出版社　1983年8月　頁1

352.臺城路芳洲社集拈此調，適春假鄉居，日對山雲海濤，悵然追念雙江昔遊。登八景臺，瞰清江水，恍如昨夢。此亦臺城路也！因倚其聲，並東太希，當有同感也

記曾假日芳華地，相携艷陽天氣。座列斜川，花尋杜曲，吟入鬱孤蒼翠。

一時俊侶，指楊柳樓臺，杏花村市。酒倒金荷，詩賡玉局夢猶繫。

如今海濱幾歲。又逢休沐日，誰與同醉。近狎沙鷗，遠招社燕，擬共風光明媚。無端念裏。總故國低徊，故人迢遞。且拾春心，付滄溟萬里。

何敬群自輯　《避翁詩詞曲集》　香港　志文出版社　1983年8月

353.悼陳肇炘先生輓聯

肇炘學弟靈右

有八旬親在，正愍問禮趨庭。如何遽返玉樓？可堪哀動西河，灑淚如傾傷子夏。

記念載同遊，黽勉耽吟樂志。方報泖成詩集，不意阨當中道，喪予為慟失顏回。

何敬群哀挽

陳肇炘（1923-1983）　《穎廬趨庭吟草》　1983年12月　避翁署本

一九八四

354.贈書枚步文擢韻

狎鷗遊放遠氛塵，隨分逍遙寄此身。蓬島偏留棲憶地，商山宜有避秦人。

行歌帶索堪娛老，携杖登臺不負春。亞美雲程任來往，猶龍誰與並精神。

夏書枚　《夏書枚先生詩詞集》　香港詩壇編輯　1984年12月

355.聞夏君書枚美洲逝世，疊舊與唱和日壁韻哭之

音問杳三年，靈耗黯春日。屈指數甲算，君已逾九十。

手足簀上啟，甲馬空中出。君應無遺憾，撒手笑言隙。

伏念遵海濱，廿年似疇昔。朝同濠梁遊，夕接管寧席。

能無為吞聲，悲風生四壁。

夏書枚 　《夏書枚先生詩詞集》　香港詩壇編輯　1984年12月　頁71

356.端午

年年海上逢端午，競渡橫流快先睹。朱旗畫舫事水嬉，桂櫂蘭橈並飛舞。

錦標爭奪角番漢，舊俗依然繼荊楚。茫茫烟水鯨波捲，隱隱沅湘瘴雲阻。

當時哀郢復懷沙，憔悴江潭問漁父。精魂不反些淒絕，世事滄桑竟終古。

眼中參虎正甘人，無地堪歸更誰語。南溟一掌地雖隘，暫可行吟寄羈旅。

扣舷擊楫發吳謳，試聽揚舲動簫鼓。

《嶺雅》第4期　1984年　頁15

357.鄧文生兄函告其子鳳山加州買宅，將以迎養，請為題壁，賦此賀之

加州負郭報堂成，胥宇相將鸞鳳鳴。地是金山新世界，經傳高密舊家聲。

卜居雖隔重洋遠，歸省仍為一日程。樂國樂郊迎養樂，庭園松菊預經營。

《嶺雅》第4期　1984年　頁15

一九八五

358.陳博士伯元（新雄）鄉兄以詩見贈，倚韻衍為短歌以謝

海隅氈席欣今日，難得同鄉又同室。我昔雙江鶼寄家，君從八境鵬摶出。

新詩貽我足珍誇，射斗龍光動物華。擢秀已看佳氣鬱，建標更作赤城霞。

陳新雄 　《香江煙雨集》　臺北　學海出版社　1985年7月

359.壬戌（1982）七月，值東坡作〈赤壁賦〉九百周年

永和癸丑春，蘭亭序禊集。元豐壬戌秋，赤壁賦七月。

一序自風流，兩賦尤超逸。緬維蘇長公，泰然忘得失。

身當顛沛中，夷然住遷謫。西望夏首浮，東去大江闊。
英雄淘已盡，風月自清白。凌波舟一葉，扣舷遊楚澤。
橫江鶴聲唳，橫棹簫聲咽。洗盞再酌酒，揮毫對座客。
作賦日月懸，當歌肝膽豁。快哉逍遙遊，邈矣千歲隔。
甲算周十五。歷紀剛九百，山河有殊異，風月無今昔。
何由步臨皋，渺渺望天末。

陳新雄　《香江煙雨集》　臺北　學海出版社　　1985年7月

360.壬戌（1982）重陽步公遂韻（即〈重陽登鑪峯〉）

雁到霜前歲亦陽，登高宜與上崑岡。下看禹甸天須問，近住楞伽境未涼。
凍雨喧虺難袯禊，鴟雞喁唏感悲傷。無心更作龍山會，巢幕何堪是異鄉。

陳新雄　《香江煙雨集》　臺北　學海出版社　　1985年7月

361.觀荷

亭亭淨植出清漪，有美清揚澤與陂。濯濯鴛翻晴瀲灩，田田魚戲影迷離。
門前綠隔橫塘路，勝處白開功德池。但許遠觀毋狎玩，濂溪叮囑已多時。

陳新雄　《香江煙雨集》　臺北　學海出版社　　1985年7月

362.伯元博士招飲醉瓊樓，時一九八二年，歲盡賦此紀興，並柬同席

醉瓊樓上泛瓊巵，今夕陶陶醉不辭。笑我婆娑茶當酒，欣君豪縱缽催詩。
鹿車漸報佳音近，蠟鼓頻傳歲序移。暫喜蓬萊清且淺，好開懷抱共怡怡。

陳新雄　《香江煙雨集》　臺北　學海出版社　　1985年7月

363.七十二年（1983）元旦，應中山學會邀作

其一

到耳鳴鳴汽笛傳，案頭日曆換新箋。南依東海三千水，北望神州九點煙。
萬萬人心存漢臘，番番除夕望來年。吟邊呵筆誰為對，搔首階前屢問天。

其二

頌有椒花作慶無，四方蒿目尚泥塗。世罹浩劫天方瞶，淚盡蒼生海亦枯。
七十二年今改歲，百千萬願首來蘇。三民主義應三祝，正待齊為振臂呼。

陳新雄 《香江煙雨集》 臺北 學海出版社 1985年7月

364.伯元博士以贈文擢教授、戎庵先生之作見示，亦次韻分呈三君

振雅揚騷意在斯，三人莫逆互心儀。約傾渭北論文酒，定有城南聯句詩。
白詠花間邀夜月，杜迴岩上媚春姿。大聲鞺鞳輸公等，笑我詹詹日出厄。

陳新雄 《香江煙雨集》 臺北 學海出版社 1985年7月

365.伯元鄉兄將歸台北，賦此以贈

海外相逢說貢章，江西流派仗擔當。芝蘭同氣芳華發，臺港聯鑣旗鼓張。
稷下談經推祭酒，河梁分手賦同行。何時九宇重光復，菊徑松陰話梓桑。

陳新雄 《香江煙雨集》 臺北 學海出版社 1985年7月

366.壽李璜幼椿先生九十，即次其七十自壽壁字韻

七十壽公詩，青山踏青日。熙熙二十載，又壽公九十。
大德必永年，大聲宜愈出。中朝正勵精，禹甸猶劫隙。
難老錫自天，國老尊自昔。記同遵海濱，日接談經席。
舉頭望德星，光聯奎與壁。

《嶺雅》 第5期 1985年 頁19-20

367.次韻壽王世昭鐵髯先生八十

八十重逢甲子年，祝釐滿引酌誰先。慶宜曲踴躍三百，酒有蟠桃斗十千。
橡筆淋漓承草聖，桂冠瀟灑是神仙。閩江香瀨推耆宿，南極星高正麗天。

《嶺雅》 第5期 1985年 頁19-20

368.次蘇文擢先生移居荃灣韻兩首

其一

背郭子雲堂，近市平仲宅。高臥有岑樓，高吟宜月夕。

抱膝足悠悠，愛聞謝役役。息機得真趣，息影罷爭席。

荃灣好山水，定不負平昔。所樂在居安，世變懶分析。

其二

游心世網外，閉門獨耽詩。縱浪任大化，吟嘯隨所之。

集枯與集菀，無慮亦無思。菰蒲天地間，名更重一時。

荃灣好山水，某也宜在藥。松柏當歲寒，足傲霜雪欺。

《嶺雅》第5期　1985年　頁19-20

369.南康薛逸松先生與我同庚，寄詩相慶，即次其韻

記同鄉里又同年，海外棲遲共蓋圓。二老訢訢宜互壽，一詩欵欵喜遙傳。

君懷遊釣蓉江水，我憶徜徉贛石船。並祝期頤同作伴，歸觀地轉與天旋。

《嶺雅》第5期　1985年　頁19-20

370.八聲甘州香鑪峰春望，十年不到山頂。甲子（1984）初春，偶一往遊，憑高四望，撫事感時，余懷愴然，遂倚聲寫之

踞鑪峰頂，上倩山靈，開雲攬南溟。計十年不到，嵐光無改，海氣猶騰。

下瞰軟紅十丈，清淺訝蓬瀛。回首百年事，如對楸枰。　　人號天堂勝

境，嘆樓同噓氣，山結層冰。僅草墩爭長，鎮日亂陰晴。縱鶯花、繁華不

減。但桃源、依舊入秦嬴。憑欄慨、北臨禹甸。西弔伶仃。

《嶺雅》第5期　1985年　頁65

371.除夕和公遂韻

炭添商陸夜圍爐，孤憤勞愁待掃除。且辦屠蘇酬歲序，靜觀世運阨跖啚。

杞人底事憂天墜，火宅原來作計疎。漫為明年拂甹策，爻占虎尾履從初。

372.直夫教授雙八壽慶

壽與彭鏗定等儔，記年八十八春秋。太丘德劭呼嵩祝，吉旴情豪擊柱謳。
學廣博文文載道，經傳珠海海添籌。交梨火棗桃卮酒，齊向筵前大白浮。
（直公任教珠海，編《華僑日報・博文版》二十餘年，至今不倦故云）

373.嘉義拓建吳鳳廟，賦此落之

阿里山前吳鳳廟，一新丹膲崇祈報。惟神取義復成仁，正俗化民彰海繳。
山中惡俗舊相傳，獵頭作祭年復年。河伯娶婦已荒誕，次睢用人尤暴殘。
惟神恆惻革其敝，開說多方眾難喻。甘將身命作犧牲，要以祥和銷戾氣。
收姪棄兒仁在茲，以身飼虎佛慈悲。山中從此安熙皞，廟食千秋來格思。

374.仁超兒當選華會會長，賦此作慶

小春應律報飛灰，大手扶輪合占魁。作陣俱為夢中華，生花獨放嶺頭梅。
又成錦繡紛奇采，字縋龍蛇有別裁。壇坫正宜牛耳執，詩人世界已先推。

375.滿庭芳題公遂繪〈松茂蘭馨圖〉為懷冰八十壽，收誼女何少蘭碩士上契志慶

謖謖風生，幽幽香汜，枝葉峻茂翹翹。虬蟠谷隱，各自建清標。報道光風
轉蕙，根移處，上接松喬。丹青華，傳神增色，偃蹇陰蘭皋。　　眉梢俱
喜上，階生佳謝，庭晒怡陶，慶喬梓相依，結善人交。從此滋成九畹，連
三徑，十步香飄。南陔詠，采捋佩紉，松壽譜雲傲。

376.好事近為何根權學弟梁淑儀女士婚禮佐賀

銘潢月媚，藍橋玉暖，今夕三星當戶。良人桀者慶何梁，正好訂三生鴛譜。　齊眉舉桉，畫眉勻黛，窈窕綢繆同賦。書成博議媲東萊，友且樂，瑟琴鐘鼓。

《孔道專刊》第9期　1985年　頁44-47

377.行香子甲子重陽

歲歲重陽，綵繫臾囊。携童冠，袚禊徜徉。登高作賦，臨水浮觴。上鑪峰頂，獅山脊，攬香江。　今年九日，爭墩爭長，草簽成，尚待平章。為憂為喜，為福為殃。對籬邊菊，霜前雁，兩徬徨。

《孔道專刊》第9期　1985年　頁44-47

378.水龍吟夜望當頭明月書感

一年幾度當頭，玉輪東出清光滿。鯉門望眼，鑪峯翹首，無聲盤轉。織女停梭，素娥開鏡，微雲四捲。照維多海上，明珠一顆，元宵夜，懸銀漢。報道頻飛火箭，向蟾宮，轟如雷電。廣寒天上，桂華香處，霓裳歌半。玉兔潛踪，瑤臺罷舞，歎愁驚變。幸廣寒今夕，玲瓏未滓，好同清玩。

《孔道專刊》第9期　1985年　頁44-47

379.齊天樂甲子端午感懷

年年蕭鼓端陽節，龍船海頭爭渡。旗幟分張，唐番並賽，打槳揚舲洄溯。浪花翻處，看水門蛟罟，汀鷺鷗鷺。到眼風光，低徊澤畔憶南楚。

三閭久傷憔悴，江潭懷莫遣，空對漁父。去住難論，醉醒難判，默默嗟嗟愁苦。騷心終古，悵浮海無槎，問天無語。山澤章皇，又遠遊愁賦。

《孔道專刊》第9期　1985年　頁44-47

一九八六

380.丙寅（1986）新歲有作

偶稽甲算一芒然，百歲猶餘十七年。幸踏春陽仍旖旎，正須光景趁流連。
海濱久慣危巢燕，夢裏時聞半夜鵑。無可奈何怎自遣，忘言忘義且隨緣。

《嶺雅》第8期　1986年　頁54-55

381.陳君禮傳招宴松竹樓迎虎年歲首，祝太夫人九秩晉八，並為正風教育出
版社十六周年，四十年生活影集出版作慶，詩以張之

歲值虎年欣受釐，萱堂春好祝期頤。正風作社張文教，影集成書紀緝熙。
松竹樓頭歡共慶，太平山下樂隨時。再傾竹葉松醪酒，我亦醺然為賦詩。

《嶺雅》第8期　1986年　頁54-55

382.潘君兆賢贈所著《采薇廔吟草》索題，潘君住太古城，自言學詩方一
年，有此成就，殊足矜也

太古樓頭聲拊石，香爐峯上山增色。一年磨礪不尋常，一卷琳瑯出圭璧。
清同東閣詠官梅，韻比西山歌采薇。小試光芒射牛斗，龍泉出匣已能奇。

《嶺雅》第8期　1986年　頁54-55

383.以荷蘭烟絲寄太希，媵以小詩

飲蘭飧菊挹朝曛，晼畔籬邊樂我貧。寄與黑蠻煙一匣，夜噓消領氣成雲。

《嶺雅》第8期　1986年　頁54-55

384.仁超以蟬聯筆會會長賦懷見示，次韻賀之

豪翰恢恢二妙兼，占魁梅放賦巡簷。南州冠冕聲華遠，閩海謳歌眾望饜。
新舊藝林俱競爽，東西文運兩無嫌。敦槃再仗扶輪手，筆陣花生錦更添。

《孔道專刊》第10期　1986年　頁30-32

385.悼孔君鑄禹

　　記結詩盟二五年，詩壇祭酒作先鞭。方期永仗扶輪手，不意歸為化鶴仙。
　　十月嶺頭春到眼，百花堂外海連天。為君歌哭黃鑪下，吹笛山陽一黯然。

　　　　　　　　　　　　　　　　　《孔道專刊》第10期　1986年　頁30-32

386.珠海文史研究所新界一日遊，齋於清涼法苑，步公遂韻

　　屐屧相攜踏小春，九龍蟠處隔囂塵。翩翩海畔鷗堪狎，啾唧林間鳥可親。
　　濠濮優悠任遊放，沂雩吟詠勵淄澠。齋廚更喜分香積，同是清涼頂上人。

　　　　　　　　　　　　　　　　　《孔道專刊》第10期　1986年　頁30-32

387.鷓鴣天寄沈子良表姪

　　身在風塵澒洞間，天低鶻沒眼為穿，記從漢上題襟後，話到陶然一惘然。
　　湖海客，夢如烟。最難忘卻是丁年。相攜意氣今猶在，吟望匡山與閣山。

　　　　　　　　　　　　　　　　　《孔道專刊》第10期　1986年　頁30-32

一九八七

388.梅花港社春禊分詠，百駕老人代拈得邊字韻

　　渡江春色在淮邊，嶺上梅花訊早傳。值此燕鶯飛二月，正須文酒酹新年。
　　踏歌紫陌生芳草，攫錦南天放木棉。未得追陪共吟嘯，勉拈分韻寫拳拳。

　　　　　　　　　　　　　　　　　《孔道專刊》第11期　1987年　頁34-35

389.詩學研究所外雙溪至善園禊集，未能赴賦此

　　今年禊事共誰溫，憂樂無端懶出門。草長鶯飛俱過眼，風飄雨凍黯銷魂。
　　觴流曲水山陰會，神往雙溪至善園。遙羨偕來盛羣展，踏歌相和是桃源。

　　　　　　　　　　　　　　　　　《孔道專刊》第11期　1987年　頁34-35

390.和公遂重陽登太平山，遙奠先靈韻

　　高歌卻曲和迷陽，佳節思親在異鄉。四十年來人亦老，八千里外露凝霜。
　　天低杳杳白雲白，木落蕭蕭黃葉黃。為向太平山上望，山河又見海生桑。

《孔道專刊》第11期　1987年　頁34-35

391.感事三首

　其一
　　放懷容我快披襟，老至尤須惜寸陰。已慣世途歧且險，待看滄海淺還深。
　　頌商曳縱聲常滿，策杖觀山樂可尋。揮手夕陽羲馭挽，臨風長嘯復長吟。
　其二
　　九點烟嵐放眼看，八方氛祲射眸酸。婆娑只合談風月，澡雪聊為浴肺肝。
　　天墜縈懷徒自苦，憂來何故總無端。高山流水逍遙地，獨撫瑤琴一再彈。
　其三
　　棲遲海上幾經年，般礴詩邊與酒邊。久已逃虛無樂土？誰與呵壁問青天。
　　禪參佛示三千界，雁到聲傳二五弦。權手幸留豪未減，破除諸象付吟箋。

《孔道專刊》第11期　1987年　頁34-35

392.丁卯（1987）人日立春天氣晴暖，喜而有作

　　比歲春來挾寒雨，今番晴暖迓春歸。節當人日宜行樂，天放新陽轉曙暉。
　　海滋投荒忘久暫，玉衡東指運璇璣。尚留十載容熙皞，何必攢眉憂世非。

《孔道專刊》第11期　1987年　頁34-35；
梁譚玉櫻　《燕居叢憶錄》　1986年7月　文擢署崀本

393.題梁譚玉櫻居士《燕居叢憶錄及書翰圖照影存》，居士為梁士貽先生姬人

　　一篇叢錄存回顧，一帙圖書存掌故。黃卷青燈數十年，木魚清磬爐香炷。
　　朝雲昔侍長公蘇，卓氏今傳封禪書。誅德何殊柳下婦，不徒燕子一樓居。

《孔道專刊》第11期　1987年　頁34-35；
梁譚玉櫻　《燕居叢憶錄》　1986年7月　文擢署崀本

394.珠海書院四十週年校慶，次公遂韻

菁莪造就此經過，四十週年美琢磨。卓爾海頭擎砥柱，偉哉南嶠湧鯨波。
天得木鐸鳴庠序，地對獅山各峻峨。我幸曾分半氊席，應聲同作泮宮歌。

　　　　黃毓民主編　《珠海書院四十周年紀念集》　城市出版　1987年10月

395.芙蓉山竹林寺小集

招提瞰荃灣，裙屐集勝日。俱儲曹斗八，來證佛地十。
鍛宜竹林幽，秀比芙蓉出。欣能遠煩囂，喜可送閒隙。
洛社繼自今，蘭亭感在昔。雖無曲水流，亦接鳴琴席。
夜觀德星聚，定見耀東壁。

　　　　　　　　　　林仁超、陳荊鴻、蘇文擢編　《詩詠香江雅集》
　　　　　　　　　　　　九龍　油尖區文化藝術協會　1987年12月

396.錦山文社第九屆隱廬春禊，時1979年3月27日

永和九年三月三，羲之安石遊山陰。蘭亭修禊聯嘯吟，流觴曲水詩酒酣。
繭紙一序娥玉函，流風遺韻傳至今。蓬萊清淺香海深，錦山之臺連雲岑。
有峯可登水可臨，有峯可登水可臨。宜邀與公招道林，八年勝會韻屢拈。
九合更喜盟重尋，一時裙屐簪盍占。酒邊吟邊樂耳耽，不問世事苦與甘。
且為山水傳清音，斯文絕續感我心，我亦按幘來披襟。風流魏晉世已淹，
逸興今看南海南。

　　　　　　　　　　林仁超、陳荊鴻、蘇文擢編　《詩詠香江雅集》
　　　　　　　　　　　　九龍　油尖區文化藝術協會　1987年12月

397.港九渡海之一

港九蓬壺隔，行人滿渡頭。暫逢雖陌路，共濟並中流。

利涉無朝夕，相親有鷺鷗。毋為生敵國，風雨況同舟。

林仁超、陳荊鴻、蘇文擢編　《詩詠香江雅集》

九龍　油尖區文化藝術協會　1987年12月

398.蓬瀛仙館望雨

小憩蓬瀛俗念空，山光雲影盪心胸。竹間聲動瀟瀟雨，亭下涼生習習風。
四面樓臺歸縹渺，一時天地入鴻濛。坐來但覺仙源近，忘卻棲遲世網中。

林仁超、陳荊鴻、蘇文擢編　《詩詠香江雅集》

九龍　油尖區文化藝術協會　1987年12月

399.過石塘咀

載酒江湖記昔遊，石塘西畔醉忘憂。當時風月無邊夜，今日滄桑幾度秋。
薄倖已難分覺夢。經回曾與結綢繆，重來難再尋隣里，銷盡豪情一笑休。

林仁超、陳荊鴻、蘇文擢編　《詩詠香江雅集》

九龍　油尖區文化藝術協會　1987年12月

400.夜宿寶蓮寺

鳳凰峯上寶蓮開，為證華嚴結伴來。得扣禪關參究竟，遽傳風訊動崔嵬。
漫天昏晦疑傾柱，徹夜喧豗恍劈雷。早起山靈更留客，墳前烟幕鎖蓬萊。

林仁超、陳荊鴻、蘇文擢編　《詩詠香江雅集》

九龍　油尖區文化藝術協會　1987年12月

一九八八

401.西江月

不寫蟲魚花鳥，不摹勝水名山。祇揮綵筆舞斕斑，妙寫丹青壹卷。

歷數五千年代，圖成六十名賢。為師為友得心傳，朝夕心香一瓣。

戊辰（1988）夏月倚〈西江月〉一首，清江何敬群遯翁題

羅鶴鳴（1922-2001）繪圖、七十名家題詠　《歷代文壇名人造象》

香港　當代教育出版社　1991年12月

何敬群先生題詠六

一九八九

402.乙丑（1985）重九，步公遂、懷冰、文擢詩老唱和韻

海上且携千日酒，海邊聊聽數聲猿。頻筆分作行吟窮，有夢徒營識路魂。

爭長爭墩猶未了，為祥為厄更難論。惟餘一紀供秋禊，莫問桃溪何處源。

黃惠嫦編　《文薈》　珠海書院文史學會　1989年6月　頁37

403.再叠公遂兄猿魂韻書感

獅子山前紛戲馬，石梨塘畔徧啼猿。又當落帽吹寒日，喚起秋思九逝魂。

風雨滿城天亦老，滄桑換世事休論。淵明枉自尋吾契，淳薄行看各異源。

黃惠嫦編　《文薈》　珠海書院文史學會　1989年6月　頁40

404.三叠前韻，故作豪語以祛閒愁，並呈吟壇諸公

匡山舊種連畦菊，巫峽傳啼兩岸猿。辟地南維遠遵海，登高北望黯銷魂。

偶呵壁畫呼天問，賸有詩心把酒論。歌歇樓頭酬九日，尚堪混混似泉源。

黃惠嫦編　《文薈》　珠海書院文史學會　1989年6月　頁40

405.四叠韻秋盡偶成，並呈詩壇諸公

嘵嘵正譟棲枝鵲，慄慄還看失木猿。塞雁飛時秋瑟瑟，崑崙望處氣魂魂。

冰山樓閣原難久，海市繁華不易論。欲問支機是何石，浮槎安得探何源。

黃惠嫦編　《文薈》　珠海書院文史學會　1989年6月　頁40

406.何敬群壽詩

　　壽比靈冥春永留，八千春更八千秋。太平峯上雲舒卷，至樂樓中詩唱酬。
　　書刻石經闡儒雅，僱工拓建美貽謀。盧江忝附同宗派，為祝怡怡百不憂。

《嶺雅》第11期　1989年10月　頁56

一九九〇

407.挽錢賓四先生聯

　　九六仰高齡，緬維新亞精神。曾預講堂分末席。
　　三牛起髦士，回溯中文大學。當時弦誦永追思。

後學何敬群拜挽
《新亞生活》第18卷第3期　1990年11月　頁8

一九九二

408.夢故人（即〈憶勃賓〉）

　　風波滿地夢難追，矰繳高張雁到遲。畫地已占人似草，囓氈知有命如絲。
　　遙傳主易城南宅，未止名登黨錮碑。故老凋零朋舊盡，思君寧獨暮雲詩。

《嶺雅》第15期　1992年3月　頁52；
《嶺雅》第23期　1996年12月　頁109

筆者案：何敬群卒於一九九四年，以下所錄詩詞，只是出版年份，而非何敬群撰著詩詞年份

一九九六

409.颱風過後，自大埔山居往香港

　　海上刁調一夜風，四山猶滯雨濛濛。天歸混沌難分外，路入岡陵不盡中。
　　潮落人聲喧拾蛤，峯迴雲氣幻為虹。嗟余栗碌緣何事，根觸秋懷付斷蓬。

《嶺雅》第23期　1996年12月　頁108-110

410.中秋前夕車中見月

　　雨雨風風日戰秋，今宵喜見月當頭。車爭海岸潮堪射，天盡滄溟地欲浮。
　　吹笛客懷牛渚詠，憶鄉魂斷鹿江流。來宵莫便埋雲窟，煩慰蒼生照九州。

《嶺雅》第23期　1996年12月　頁108-110

411.客傳揖岩近況，黯然有作

　　罡風一夜八紘昏，消息遙傳冀不根。巢轂已空安有幸，江湖入夢了無痕。
　　孟嘗關下雞難候，文舉樽前酒尚溫。欲覓來鴻問真切，陣雲低壓雨傾盆。

《嶺雅》第23期　1996年12月　頁108-110

412.和太希留別韻

　　其一
　　五年海角共酸辛，又歷滄桑又種因。絕域久傷歧路客，天涯難得故鄉人。
　　細商出處欣君往，自計棲遲悵孰親。獨聳吟肩聽夜雨，殘燈無焰照嶙峋。
　　其二
　　天池南送木蘭舟，孤憤幽憂一棹收。待掃欃槍應有日，得歸鄉井復何求。
　　西風故國雲邊影，明月空山夢裏秋。料向阿峯最高處，殘烟點點弔齊州。

《嶺雅》第23期　1996年12月　頁108-110

413.得舍姪莘耕贛州來信

　　得汝南來信，心同子午潮。八年通束少，百里隔天遙。
　　搔首人俱老，懷鄉意漸銷。萬端難盡說，燈燼幾回挑。

《嶺雅》第23期　1996年12月　頁108-110

414.洞庭舟中

　　潮打篷艙曉夢醒，楚天烟雨望滄溟。西風一夜巴陵路，落木蕭蕭渡洞庭。

《嶺雅》第23期　1996年12月　頁108-110

415.買書

囊有餘錢便聚書，年年不讀廢居諸。如何架上塵封徧，又買新編飽蠹魚。

《嶺雅》第23期　1996年12月　頁108-110

一九九八

416.香港市樓和伯常韻（1938）

香港塵居德輔道，層樓雖隘山卻好。俯視皆為市井人，舉頭便對蓬萊島。
雲來岩壑皆晦冥，雲去松杉辨分秒。瓊樓玉宇互參差，怪石飛橋足幽討。
我客香江今十年，此身但為塵事牽。朝朝暮暮對佳景，見慣遂作尋常觀。
君從漢口來幾日，便喜茲樓堪抱膝。指點煙雲比畫圖，謳吟珠玉揮椽筆。
山靈亦為感知己，變幻陰晴愈奇崛。君詩遺我意能神，更看樓前事事新。
十年枉作樓中客，為謝山靈恕俗人。

方寬烈編　《香港詩詞紀事分類選集》　香港　香港文史研究會
1998年　索引頁2-3

417.同浸會同人春礀角海灘消暑（1973年8月）

林巒開處海浮天，赤柱潮平春礀邊。為訪鷗鳧下雲磴，相攜裙屐撥嵐煙。
風光漸覺紛秋色，腰足猶堪敵少年。笑指連成在何許，微瀾拍岸正琅然。

方寬烈編　《香港詩詞紀事分類選集》　香港　香港文史研究會
1998年　索引頁2-3

418.十月九日（易）君左徙宅大角咀，招飲即席

滄桑放眼幾番新，故結行窩近海濱。劍氣沖霄聯大角，德星當戶動勿陳。
登盤雞黍歡今夕，簇錦旌旗慶翌晨。他日還鄉留勝跡，九龍添得浣花春。

方寬烈編　《香港詩詞紀事分類選集》　香港　香港文史研究會
1998年　索引頁2-3

419.曉行桃源洞山寺，時1960年5月

曉行衣袂爽，海氣通噓吸。緩步謝趦趄，披襟當習習。
不非戈鳧雁，不礙鷗鳥集。潮平龍尚眠，林靜露猶濕。
方欣存夜氣，且自迓朝日。聞鐘路不迷，撥雲山可入。
本此清淨心，來尋遠公室。回望山外村，樹杪炊煙出。

方寬烈編　《香港詩詞紀事分類選集》　香港　香港文史研究會
1998年　索引頁2-3

420.自大光精舍入半春園

隨喜入蘭若，偷閒謝塵網。絃誦播園林，梵唄出林莽。
誰云山徑隘？已覺佛門廣。座上證圓通，女中有龍象。
談禪指般若，設喻破迷惘。良田不精植，荊棘便滋長。
嗟余住火宅，正錯負三壤。徒知耕耘方，久矣廢培養。
儒釋事本一，書劍學荒兩。悵望山中雲，空為出塵想。
誰家好池館，相隔在咫尺。主人還鬧市，松菊鎖深密。
覓徑不得門，窺籬悵荊棘。幸逢沮溺引，乃得窮登陟。
歷澗石可漱，陞丘目能極。堂虛几席開，佛定爐烟直。
好風任來往，林禽自啾唧。相携撫修篁，謂此足隱逸。
余懷本汗漫，世事亂胸臆。故居美花竹，一去等絕域。
對此林下情，徒添夢中憶。有網未由舉，臨淵羨何惑。
出門一長喟，此意誰可質。

方寬烈編　《香港詩詞紀事分類選集》　香港　香港文史研究會
1998年　索引頁2-3

421.過松仔園悼罹難者

松仔園上山百重，松仔園下橋一弓。虬松滿谷聲謖謖，龍湫幾處泉淙淙。

新秋天氣正晴朗，裙屐雜遝風雩中。須臾油雲突作雨，驟如集霰漫長空。
谷中浴者避無地，急走橋下忘汹汹。誰知山靈恣震怒！雷電驚起湫中龍。
翻身湧濤陡沒岸，揚鬛激湍飛作瀧。爭橋直似三峽瀉，赴海疾如萬馬衝。
一時童冠數五六，瞬息盡沒馮夷宮。嗟哉並流不得拯，竟使歸詠成鞠凶。
市人聞之亦隕淚，造物亭毒何瞢瞢！我於茲橋日來往，昔愛幽勝今悲風。
秋寒水落石齒齒，山迴樹暗陰叢叢。昨過又見道場設，梵唄滿路鳴清鐘，
橋邊招魂歎杳杳，澗底濯足毋懵懵。毒龍安禪或可制，人性陷溺難為功。
古來狃玩水懦弱，往往飄沒亡其躬。吾思子產早垂誡，合將此語銘橋椿。

方寬烈編　《香港詩詞紀事分類選集》　香港　香港文史研究會
1998年　索引頁2-3

422.青山寺下聞晚鐘

屯門飛孤鶩，青山鬱蒼松。遙望暮烟藹，隱隱傳疎鐘。
世情苦營營，天下方洶洶。誰能清耳根，緬想蕭寺中。

方寬烈編　《香港詩詞紀事分類選集》　香港　香港文史研究會
1998年　索引頁2-3

423.上巳後一日同內子黃素貞禮佛錦田凌雲寺

凌雲古蘭若，近在南山岑。路隨幽澗上，門當修竹深。
踏青留餘興，鼓我來登臨。古佛適新裝，緇素紛滿林。
梵唱應清磬，雲氣開層陰。下望海一角，仰看峯百尋。
錦田森兵氣，赤灣彌棘荊。正須灑楊枝，戾氣化令清。
余方住山北，攜家何營營。鹿門慚龐公，枉欲學躬耕。
幸此度垣鼓，照性能聞聲，化城儻可息，稍淨塵垢情。

方寬烈編　《香港詩詞紀事分類選集》　香港　香港文史研究會
1998年　索引頁2-3

424.薄扶林道上見紅葉

太平山下百無憂，草木青蔥四季幽。不染薄扶林上葉，市人那識已深秋。

方寬烈編　《香港詩詞紀事分類選集》　香港　香港文史研究會

1998年　索引頁2-3

425.港九渡海之二

港九蓬壺隔，樓船聯兩方。穩無龍作負，近似葦能航。

渡口迎桃葉，舟中送孟姜。料知牛女羨，歲歲悵銀漢。

方寬烈編　《香港詩詞紀事分類選集》　香港　香港文史研究會

1998年　索引頁2-3

426.北角新村居民協會十四周年

拓埴經營十四年，枌榆成蔭海成田。兒童長大紛蘭桂，父老優遊樂性天。

仁里從來須有美，端居如此仗群賢。人間處處皆安宅，何必桃源在水邊。

方寬烈編　《香港詩詞紀事分類選集》　香港　香港文史研究會

1998年　索引頁2-3

427.蝶戀花太平山春望

峰是香爐雲作篆，翹首天邊，隱約仙源現。乞借飛車如掣電，撥雲認取春

風面。　下指峰前煙景幻，樓閣崢嶸，誰說蓬萊遠。日拂扶桑紅一片，

東風吹得鵑花燦。

方寬烈編　《香港詩詞紀事分類選集》　香港　香港文史研究會

1998年　索引頁2-3

428.望海潮爐峰晚望

明霞光射，亂鴉聲噪，飛身欲扣穹蒼。樓閣依山，艨艟接海，峯前世號天

堂。鰲載水中央，為羣仙飄泊，七聖徬徨。皂帽重來，十年天下幾鴻荒。
登臨猶是殊方，正山銜日落，風拂衣涼。官富依稀，屯門隱約，伶仃指點
汪洋。陳迹歎微茫。又坤維再絕，誰繫苞桑。渺渺予懷，欲排閶闔悵昏黃。

方寬烈編　《香港詩詞紀事分類選集》　香港　香港文史研究會

1998年　索引頁2-3

429.臨江仙美孚新村海濱晚眺

日向鳳凰山落，帆從汲水門歸。行人匆遽渡頭時，華燈千萬點，夾岸已爭
輝。　潮自荔枝角湧，笛吹漁父船回。暮鴉聲噪各尋枝，看他三匝繞，
覓得一宵棲。

方寬烈編　《香港詩詞紀事分類選集》　香港　香港文史研究會

1998年　索引頁2-3

430.臨江仙美孚秋夜，徙居荔枝角美孚新村瞬一年矣

月皎美孚村裡，秋清荔子灣邊。一燈窗下靜探研，但知書有味，不覺夜無
眠。　休隘小樓一角，能容世界三千。翻經繹史絕韋編，東西賢與哲，
列坐共藜燃。

方寬烈編　《香港詩詞紀事分類選集》　香港　香港文史研究會

1998年　索引頁2-3

431.風入松林村紀遊導新亞諸生同作

幽尋同趁小陽春，路入林村。一溪紅葉隨流水，似桃花泛出桃源。岩下菊
猶黃綻，嶺頭楓尚丹紛。　緇林吟詠想沂濱，一樣芳辰。屐痕印到崎嶇
處，有飛泉界破山雲。且對蒼崖長嘯，人傳聲，出蘇門。

方寬烈編　《香港詩詞紀事分類選集》　香港　香港文史研究會

1998年　索引頁2-3

432.念奴嬌宋王臺公園

一拳孤石，佔芳園半畝。披紛花藥，谷變陵遷。留認取無數滄桑痕焃。野火燒殘，金牛鑿破，剩此歸遼鶴。低徊舊迹，九龍何處城郭。　　遙想一代君臣，相扶南走，指巖前船泊。祇為汗青存浩氣，照海依然光灼。幾度興亡，千秋英烈，往事渾如昨。石曾親歷，試看多少斑剝。

方寬烈編　《香港詩詞紀事分類選集》　香港　香港文史研究會

1998年　索引頁2-3

433.鷓鴣天1971年冬攜孫兒保永，九龍觀香港節燈䌽百戲遊巡

燈火鰲山暮到朝，香江節勝上元宵。何妨共此壺中樂，漫問俱為幕上巢。鳴社鼓，鬧錫蕭。黃童白叟並陶陶，歲時伏臘思鄉國，對此茫茫舊夢挑。

方寬烈編　《香港詩詞紀事分類選集》　香港　香港文史研究會

1998年　索引頁2-3

434.一叢花宵禁，時為針對天星碼頭加價，四月七日夜，九龍突起騷動

播音傳遍市西東，宵禁發匆匆。渡頭路口人潮湧，避風鶴紛似狂蜂。屨失釵遺，車闐途塞，處處亂烘烘。　　閉門夜聽美高風，桴鼓正鼕鼕。誰令障水成橫決，歉巢幕灶突熊熊。竭澤赭山，魚驚鳥亂，惆悵對爐峰。

方寬烈編　《香港詩詞紀事分類選集》　香港　香港文史研究會

1998年　索引頁2-3

435.浪淘沙過萬宜水壩，贈義大利工程師羅君

萬頃水涵煙。來看船灣，從此香江無旱魃，滿市欣然。

靈沼引靈泉，飲水思源，萬宜堤壩固而堅。羅馬之羅功不朽，眾口俱傳。

方寬烈編　《香港詩詞紀事分類選集》　香港　香港文史研究會

1998年　索引頁2-3

436.沁園春 啟德機場

南望爐峰，北倚獅山，東接鯉門，看平疇一片。塵揚滃，酸風十里，堤壓蓬瀛。鐵翼翱翔，飛車奮迅，羊角扶遙雲將雲，奇肱巧，任瑤池可探，月殿能奔。風輪旋轉乾坤，便指顧天涯若比鄰。但破空聲吼，時虞地裂，沖霄燄吐，每訝天焚。丹海鶴銜，青冥鵬負，好為珠吹輕細塵。回旋處，蕩九龍雲氣，到眼氤氳。

方寬烈編　《香港詩詞紀事分類選集》　香港　香港文史研究會

1998年　索引頁2-3

437.台灣行九章

其一　星航機中設影余住海隅近三十年，足跡未出香港一步，1978年7月以次兒歷耕之請，乃與姬人善緣、門人韋金滿夫婦，台灣十日之遊。金滿於飛機中設影，欣然賦之

卅載栖栖等寄萍，爐峰為我作居停。久安地限蹄涔水，忽動天行驛馬星。伴有朝雲同渡嶺，友攜裴迪共揚舲。泠然善處欣留影，笑徙南溟自北溟。

其二　桃園苗栗山谷間夾道均茶，圖憶東坡細雨足時茶戶喜之句，想雨前新焙，已覺腑肺俱清矣

桃園不問滿溪花，卻喜山中處處茶。綠勝煙耕龍井種，釅分雨足武夷芽。連畦芳散風生腋，夾道清隨露拂車。好約盧仝招陸羽，日燃松火結鄰家。

其三　阿里山行山中多古樹，有壽至四五千年者，今森林鐵路穿行林內，時時見之。

阿里山前木號神，后皇呵護作靈椿。屢逃斤斧能全性，曾蔭義皇以上人。風出谷中傳謖謖，車馳林內吼轔轔。從今不是無何有，材不材間道孰循

其四　高雄旅夜余中表兄弟六人，長為姨母之子彭靜安，次吾胞兄清泉，次三舅之子沈鳴章，次大舅之子麐青，均長余二十歲，又次二舅之子任吾，則長余僅五歲，童稚同嬉遊，長大同事業。國變前後，諸兄謝世。惟任吾走台灣，任教旗山中學，亦於1970年逝世。余踽蹀香港，不能引柩臨穴，今過高雄，去旗山不遠，又未能往視其藏骨之地，夜電鳳山，召其內姪金芯來，詢任吾逝世時事，相對於悒。金芯去，余中夜不眠，潸然有作。

高雄一宿不成眠，南望旗山夜悄然。庾信江關空故宅，喬公陵墓杳荒阡。
難忘歸骨平生語，追憶親情七十年。中表六人惟我在，天涯涕淚灑誰邊。
　其五　澄清湖三亭攬勝書感三亭，名有如清如淡如，額為易君左、彭醇士、程天放
三人書，亭下湖山一角蒼茫立，風雨高樓感慨同詩句，為梁均默寫作，今諸人均歸道山，
對亭下蒼茫煙水，余懷愴然，遂為賦之，且悼逝者

澄波淼淼向湖濱，湖上低徊陌上塵。勝境當前雲欲斷，三亭題額墨猶新。
高樓風雨聯梁苑，南國謳吟失故人。文藻江山今宛在，金飆搖浪碧粼粼。
　其六　將從橫斷公路往花蓮，阻風不得行，廢然賦此，檄問封姨

風姨與爾昧恩仇，底事干卿作石尤。東海無端狂捲浪，花蓮有意阻行輈。
煙嵐近處猶迎客，林壑深時正待秋。太魯梨山定延佇，石崖苔篆為誰留。
　其七　化南新村與太希合影

十七年中首屢搔，隔洋吟望暮雲高。相看不覺頭俱白，執手猶欣氣並豪。
設影庭前同奕奕，放眸天下尚滔滔。澄清何日期重見，留印鴻泥話鬱陶。
　其八　故宮博物院觀快雪時晴、倪寬傳贊及懷素帖

晉帖唐碑照乘光，故宮文物展琳琅。得觀真跡摩雙眼，喜與三希集一堂。
金匱開緘容瀏覽，鴻都刻石任平章。如斯環寶須將護，柱史應能謹慢藏。
　其九　七月晦日旅邸晨起，覺樓宇几席俱動盪飄浮，知為地動，晏然坐
以觀其異，須臾遂定，是亦以不變應萬變之道也

坤維搖盪了無驚，靜坐樓頭看變生。六種為誰俱震動，九州蒿目尚榛荊。
任渠象緯鈞星直，仗有崑崙天柱擎。戒慎毋荒心自定，須臾朝日入窗明。
　　　香港中文大學中國語言及文學系編　《歲華──香港中文大學三十五年
　　　　　中國語言及文學系教師文藝作品集》　香港　香港中文大學
　　　　　中國語言及文學系　1998年12月　頁55-59

438.醉花陰重陽新亞秋季旅行，自青山寺入流浮山作
　雲斂秋高天宇淨，海上平如鏡。蠟屐訪韓碑，路入招提，鐘動知禪定。

蠔肥蟹美曾縈聽，趁者番餘興。蠟屐向流浮，且當蓴鄉，莫效南冠詠。

香港中文大學中國語言及文學系編　《歲華——香港中文大學三十五年
中國語言及文學系教師文藝作品集》　香港　香港中文大學
中國語言及文學系　1998年12月　頁55-59

439.滿庭芳1968年10月22日，太陽神八號，繞月十匝。新亞課詞示範作

桂影依稀，蟾光隱約，萬古圓缺分明。舉頭銀界，長掛一輪清。聞道明皇
曾訪，霓裳曲，偷得新聲。因何事，無人再到，從此斷雲軿。今聽橫碧
落，星搖漢動，電掣雷鳴。報環飛十匝，下瞰層城。卻訝瓊樓玉宇，重尋
徧，祇見丘陵。滄桑改，人間天上，同悵幾衰興。

香港中文大學中國語言及文學系編　《歲華——香港中文大學三十五年
中國語言及文學系教師文藝作品集》　香港　香港中文大學
中國語言及文學系　1998年12月　頁55-59

二〇〇七

440.失約即用太希韻以代負荊

又將小約無端爽，且喜詩筒近可通。然諾我真慚季布，後期君幸宥防風。
寧論咫尺人千里，更借松蘿地一弓。來日負荊當載酒，尚多奇字問揚雄。

何乃文、洪肇平、黃坤堯、劉衛林編　《香港名家近體詩選》
香港　香港中文大學出版社　2007年　上冊　頁94-96

441.午睡

晝寢曾譏朽木雕，先生飽飯太無聊。文章久已難為用，博塞何由定得梟。
炎日行天方赫赫，好風吹竹正蕭蕭。倦來一枕南窗下，且喜華胥路不遙。

何乃文、洪肇平、黃坤堯、劉衛林編　《香港名家近體詩選》
香港　香港中文大學出版社　2007年　上冊　頁94-96

二〇一〇

442.好事近

聽處愛荷亭，賞處最宜茅屋。霧裡煙中春媚，引一尊相屬。只憐楊柳隔樓台，翠袖嘆幽獨。路上行人魂斷，更一聲鳩哭。

方寬烈編　《二十世紀香港詞鈔》　香港　香港文學研究社
2010年9月　頁264-267

443.憶秦娥秋燕

將歸客，商量去住誰知得。誰知得，樑間宛囀，柳邊拋擲。　　多緣連日西風急，多緣愁到雙飛翼，雙飛翼，呢喃小語，故巢堪惜。

方寬烈編　《二十世紀香港詞鈔》　香港　香港文學研究社
2010年9月　頁264-267

444.風流子聞鵑

枝上水邊聲斷，惹起閒愁零亂。花落去，月殘時，枉自恁般癡戀。休喚，休喚，青帝幾曾聽見。

方寬烈編　《二十世紀香港詞鈔》　香港　香港文學研究社
2010年9月　頁264-267

445.西江月秋興

故國長為蒿目，殊方屢繫孤舟。有人秋到感傷憂，淚濕菊叢襟袖。
嶺外四時是夏，海頭一雨成秋。我今無喜亦無憂，興在吟邊酒後。

方寬烈編　《二十世紀香港詞鈔》　香港　香港文學研究社
2010年9月　頁264-267

446.翠樓吟本事和華南韻

似是無情，原非有意，如何恁般相憶。雲羅千里外，早知有，滿腔心事，聲聲和淚。但見面無言，別來空記。怎生地，尋條計較，為伊安慰。

且付一行回雁，把萬千言語，一齊回味。相逢原不晚，竟辜負，今生今世。含顰掩涕，料愛怨難分，柔腸半碎。應須悔，當時枉識，賺來憔悴。

方寬烈編　《二十世紀香港詞鈔》　香港　香港文學研究社　2010年9月　頁264-267

447.金鈴子丁酉中秋

閏到中秋，算人生難遇，兩逢佳節。雲靜夜無聲，欣蟾魄重輝，桂華重發。不妨壓住重陽，且茱萸遲插。休錯過，仙槎又浮銀漢，遠從天末。

高潔，開宮闕。回首憶，前番儘一瞥。嫦娥料應幽怨，瓊樓外，風風雨雨颯颯。這番妥貼新妝，再平分秋色。霓裳薄，千里幾處嬋娟，共此清絕。

方寬烈編　《二十世紀香港詞鈔》　香港　香港文學研究社　2010年9月　頁264-267

附錄壹
何敬群詩詞曲賦聯文補遺

一　詩

1. 遯翁〈夜坐用太希韻〉

其一

一室更初定，孤燈夜轉涼。偶思燕市醉，忽憶楚人狂。
悵悵吾安往，栖栖世已荒。星河明滅處，窗外對天長。

其二

興為新詩遣，詞難苦語刪。世人爭巧利，吾道本痴頑。
日暮途雖遠，愁多意轉閑。隣雞聲喔喔，殘月正啣山。

其三

天地原隨指，江湖即是家。直須忘歲月，何必問桑麻。
鶺寄安林杪，鷗親樂海涯。此情聊自解，摩眼剔燈花。

其四

長夜終須旦，虛空未可搏。不妨滄海隔，莫負酒盃寬。
夢裏邯鄲暫，詩中玉宇寒。近來俱悟道，濠上待同觀。

見《人生》第15卷第6期（總第174期）　1958年2月　頁9

2. 遯翁〈春日紀遊〉辛丑（1961）元日，與書枚、文擢訪鏡人，還憩沙田。酒家相約作詩，
文擢用東坡壁字韻先成，即次並韻。

節序轉青陽，追歡趁元日。言尋陶徑三，約挈蠻箋十。
相攜縱高吟，要放金石出。坐花入村店，呼酒酹劫隙。
對景事不殊，有作思在昔。我詩尚未成，君詩已奪席。

記此三人行，為畫旗亭壁。

見《人生》第21卷第9期（總第249期）　1961年3月　頁28

3. 何敬群《惠安曾氏一貫七葉集》題詞

八閩曾氏何燁燁，鄒魯薪傳俱累葉。福州家學久聲蜚，惠安盛業又踵接。
海外今刊一貫編，善為啟後與承先。看君祖傳慇勤述，百代猶當詩教縣。

壬寅（1962）春題紀棠先生惠安一貫七葉集

清江何敬群遜翁稿

見曾紀棠（1896-）　《惠安曾氏一貫七葉詩集》　1962年　香港中文
大學圖書館閉架書藏本

4. 何敬群《閒吟初續集》（存目　待檢）

見戴澍霖（1904-？）　《閒吟初續集》　香港中文大學圖書館‧香港
文學特藏綫裝書　1963年

5. 何敬群《觀瀾堂詩集》題詞

域中無地著行窩，海外栖遲問若何？鯤運鵬摶看變化，椰甘蕉美付吟哦。
百年世事詩俱老，萬里鄉心淚尚多。賸有一編存感慨，觀瀾隨處任婆娑。

見林盛之（1916-？）　《觀瀾堂詩集》梁寒操題耑　1965年

6. 何敬群《馮漸逵先生詩存》題詞

香江詩老推馮公，扢揚騷雅勤彌縫。目擊瓦釜凌黃鐘，起揮漢幟張南中。
伍黃周李俱詩雄（謂憲子偉伯謙牧鳳坡諸老），並時相應聲氣同，有如春
雷啟閉蟄，有如火炬光熊熊。九州兩度丁鞠凶，海隅吟嘯聲獨洪。我當擳
埴南潛蹤，行吟澤畔嗟迷濛。
得聞矍然契素衷，快心景附同磨礱。西園飛蓋時從容，城南聯句無夏冬，
長吟短詠誰為工，七字出奇誰無窮。敲鐘擊鉢鳴錚鏦，四座欽公興最濃，

風氣丕變高爐烽，一時壇坫俱風從。

如何洛社夔櫟翁，後先凋謝詩陣空。公如碩果宜筠松，亦報殞落悲秋蓬。

黃壚感舊巷鞧春，遺篇屢讀尋殘叢。今公有女能箕弓，掇輯珠玉紛璜琮。

襃然成集看成功，屬我題句何謙冲。

與公逾紀通詩簡，是宜奮筆明其宗，為告輶軒采粵風，無遺此有順德馮。

見馮鴻翥（1887-1966）　《馮漸逵先生詩存》（吳）肇鍾題耑、馮康侯署本

1966年　香港中文大學圖書館閉架書藏本

7. 何敬群《觀瀾堂詩續集》題詞（存目　待檢）

見林盛之　《觀瀾堂詩續集》　1969年　香港中文大學圖書館閉架書藏本

8. 何敬群〈俊公校長以庚子（1960）自述見示，即次其韻〉

難老甲初周，越歲斗建丑。欣茲耳順人，正作傳經叟。

伊川猶盛年，蓄積素而厚。

宜開北海樽，合集同袍友。醼飲記嵩生，甫申頌眾口。

酒邊既盡歡，天邊各翹首。

星聚五百里，光芒照林藪。德業日以劭，康強大能久。

敝屣祿萬鍾，高詠桑十畝。

人思邦教功，士待斯文右。重來振木鐸，並作扶輪手。

風徽緬河汾，髦俊皆趨走。

我忝與緇帷，濫竽眾吹後。載賡和弦歌，欲揮獻之帚。

同壽南山松，亦賦中書柳。

見吳俊升（1901-2000）　《庚年酬唱集》　1971年　俊升署耑本

9. 何敬群〈對月〉

萬籟無聲萬慮銷，天階誰與對清宵。雲開桂影婆娑出，洒倒金荷意興饒。

念裡嬋娟千里共，望中宮闕九宵遙。年年愛此當頭月，何必西樓悵寂寥。

見李孟晉　《夢真軒詩稿》　1974年　涂公遂題本　頁55

10. 何敬群〈甲寅（1974）清明宜亭落成賦題〉

長洲埋玉玉深深，奉倩傷神直到今。蝴蝶夢中人宛在，牡丹亭下跡難尋。
編傳詩卷流彤管，待問瑤臺隔碧岑。海上堂成逢誕日，宜樓高處有悲吟。

見張江美編輯　《蔡張紉詩夫人紀念亭紀念堂落成專刊》　香港　蔡念
因出版　1974年

11. 何敬群《椰風續集》題詞（存目　待檢）

見劉祖霞（1903-？）　《椰風續集》　香港大學馮平山圖書館藏
1974年

12. 何敬群〈韶生以感春索和〉，即次其韻，時一九八一年三月〉

春光駘蕩招留眼，春氣氤氳待寫心。權當武陵遊且釣，慣經滄海淺還深。
忘機世外閒消領，把酒花前細酌斟。我自放懷風日好，任地鳩鵲鬧陰晴。

見何敬群　《邃翁詩詞曲集》　香港　志文出版社　1983年8月　頁75

13. 何敬群〈夏書枚（1892-1984）《過訪余大埔山居贈詩》和韻

黯黯齊煙念念灰，羈懷能得幾回開。因君萬里來同客，失喜孤燈又剔煤。
故國烏頭悲黑白，仙山鰲首戴樓臺。虔南舊夢依稀記，惆悵窮陬作散材。

見夏書枚　《夏書枚詩詞集》　香港詩壇編輯　1984年12月　涂公遂敬
題本

14. 何敬群《未肥樓吟草》題詩二

辟地居塵隱少微，余侯詩草放光輝。握瑜早辦金兼玉，織錦今羅珠與璣。
風采傳家樓繼美，梅花比瘦雪添肥。綠楊高閣臨香海，想見豪吟大筆揮。

見余璞慶　《未肥樓吟草》　1987年　涂公遂題耑本　頁12

二 詞

1. 何敬群書法

香爐峰上，火雲烘人，似坐薰籠，只待夕陽。西下吹來，蘋末蓬蓬，車馳電軌，船橫碧海。馭氣乘風，容與披襟。挹爽勝地，酒綠燈紅。

壬子（1972）首夏〈玉樓春〉銷夏

桂綿學弟索書留念　敬群

見陳萬雄、鄧偉雄編　《承前啟後：近代旅港學人墨跡》　香港　饒宗頤文化館　2013年6月　頁23

三 聯

1. 何敬群輓王貫之（王道，1908-1971）

為起衰振廢　奮著述等身　嗟心血分嘔完　便作輿來遽化
念莫逆論交　並膽肝相照　愴風流之頓盡　不知涕泗何從
見《人生》第34卷第5期（總第401期）　1971年6月　頁7

2. 何敬群輓陳湛銓（1916-1986）

緬維當代英儒　如何蒼昊不遺　杳矣經壇失耆老
為序續刊詩集　豈意殺青無日　寥然修竹動悲風
見《陳湛銓教授追思大會場刊》　1987年5月3日

四 文

1. 〈益智仁室詩存〉序

昔人論詩古文辭，謂文為載道之音，詩為天籟之音，而世方詬之為迂腐，為桎梏；余時舞勺之年，始學操筆，則茫然於兩者皆未能喻其旨。其後讀書漸多，又屢經世變，身之所歷，與夫事物交互於前者，益賾且複，凡接於目而感於心，必欲吐之為快者，既愈積愈多，操筆為詩文，亦漸能

得之心而應之手。乃恍然於載道之言者,有用之文也,天籟之音者,自由之聲也。弱冠賈遊,往來大江東西,五嶺南北,舟車之間,無以為有用之文,則時以天籟之音以自遣,快然於不能宣之於言者,皆可寄之於詩。舉凡人之所膜視,世之所顧忌,為方寸之間,所不能積,有用之文,所不能載者,亦惟詩可以傾囊倒篋而盡吐之。益快然於詩者,真聘吾意氣之自由天地也。其疆域之廣,自晤言一室之中,以至洸潢廣漠之野,自微塵芥子之內,以至混茫六合之外,蓋無非其版圖也。其矩矱之寬,則既容吾深衣博帶,雍容嘯傲以自高,亦容吾科頭跣腳,放蕩形骸以自適。或會心而微笑,或得意而忘言,或恣情於絃管絲竹之間,或寄賞於牝牡驪黃之外。欲歌則歌,欲哭則哭,任性之所之,任筆之所揮,凡黃帝成湯之所問,鴻濛雲將之所遊,堯之所居,跖之所踞,仲尼墨翟之所肆;乃至巢由之箕潁,漁父之江潭,皆可詫其人,歷其境。湘之蘭,沅之芷,與夫神鼎之所鑄,夷堅之所志,靈犀之所照,莫不可以指其事而發其覆,莫不可以肆興之所至,肆言之所快,而莫予違也。物不能靳之,人不能禁之‧不自知其與世孰為是非得失與?而世亦不得以是非得失橫加之。快哉此境!蓋眾人有一天,而吾於此獨有二天,是得不謂非自由之勝境也乎。夫世予我桎梏,而詩獨許我徜徉,則吾何為而不樂於詩也。計二十年之中,留稿不下千首,數丁滄桑之變,舉皆散失。比年羈遲海上,侷促囂塵,念天地之悠悠,哀世途之黯淡,尤覺惟詩可樂。每招朋命侶,則笑言與吟詠相諧,或閒處索居,則抱膝與孤燈相對。當其天機所會,境界聽我縱橫,意興所加,格律隨吾桴鼓,既消遣世慮於游藝之中,亦縱浪襟懷於安危之外。則怪世人苦風詩平仄韻律,拘束其性靈者,而吾正樂於有此繩墨,乃適以恣吾馳範。譬長江黃河,正奈有三峽龍門之夾峙,乃能成其壯觀。吾之學力,雖未足以與汩俱入,隨汩俱出。然吾能駕一葉之舟,乘趨海之波,騰踔激蕩於其間,或衝驚灘急瀨之飛沫,或凌浩瀚紆迴之安瀾,於自由天地中,又得一抑揚頓挫,揮斥捲舒之快意事,南面王不以易也。六七年之間,積稿復盈

寸，自笑如陶朱公，屢散千金，所至又成封殖。偶自檢視，時有回甘，不徒情之所鍾，而實吾優哉游哉，聊以卒歲之樂土，是不宜獨閟其說，因並年來所作小詞，彙為一冊，而布吾所樂之意於簡端，將以公於同吾所樂之人，茲又自由天地中，天籟之音，予我之又一快事也。時丙申（1956年）初冬，遯翁自記於九龍半島古媚川都之益智仁室。

撰寫於丙申（1956）初冬；見何敬群　《遯翁詩詞輯》　香港　人生出版社　1960年12月　頁1-3

2. 〈天遯室舊作詩存〉序

　　余學語時，　先母沈太夫人，即口授唐人詩以代兒歌。十五歲於樟樹鎮，從從舅叔樵孝廉讀，漸知作詩法，即喜覓句為樂。民國三十三年避寇，流寓會昌，檢篋中稿，錄存五六百首，題曰《天遯室詩輯》，今均及身亡失。夜寒寂坐，偶默憶舊作，及朋友抄寄，僅得此而已，亦三十年之夢痕也。因並〈天遯室題壁〉一文，存之於此，丙申（1956）仲冬敬群記。

見何敬群　《遯翁詩詞輯》　香港　人生出版社　1960年12月　頁83

3. 跋〈天遯室題壁〉

　　遯翁所居，僅堪容膝，地接江湖。星分軫翼，雖近囂塵，如與世隔。偶然興至，驅文遣墨，爰以天遯，大榜其室，亦署曰翁，囂然自得，客或見之，嗤之以鼻：異哉！子之名室，不歸於人，而遯於天，謂人爾棄，謂天爾賢，是乃昧昧，徒為炎炎，人則有情，天實懵然。爾惟自棄，於人無怨，人不子恤，天胡子憐，子而歸之，毋乃惑焉！遯翁聞言，振衣而起，客能嗤我，則亦有理。抑知翁之為人，鮮長可紀，不智不愚，無譽無毀，非道非儒，似頑似鄙。然而粗糲三餐，奇書一几，獨往獨來，是天所予，無求於人，曷為不爾。客再進難，其辯便便：侈無求人，毋乃汗顏！布帛

菽粟,麻絲履冠,子非自為,取給市廛。且與翁遊,亦知貧困,二十已冠。猶傭以食,囊乏杖頭之資,家無廩底之積,歲終而索欠者填門,日出而薪米之需交誚,是皆人也,遁將焉匿!遁翁展然,自聳其肩:客知其一,不知其全,翁之所養者氣,所欠者錢,錢之為物,孔方周圓,能令人媸,能令人妍,世人盡愛,翁亦非嫌。顧得之不以方,則受之而必怍,知富貴之不可求,乃自甘於淡泊,勤手足以食功,亦何恥於狐貉,且莫之為而為者命自天,故得其所得焉心即樂。客為大笑,絕其冠纓:子方少壯,胡竟因循,為此遁詞,天將不承。須知當今之時,天擇物競,適者生存,奈何委命,違天行者不祥,逆天演者焉遁。遁翁歎息,自撫其髀:吾之所名,客固難知。物唯自擾,故必驅馳,人唯最靈,安用支離,雖措跡乎林林總總之間,當洞知此昏昏悶悶之時。鑽人隙者必頭尖,仰人息者必躬卑,翁惟骨傲,持此焉之。是以進既無人所長,則惟退而用其所短,亦唯少壯之年,須作平旦之勉,但能率其天命之性,即能不為天行所演,觀萬物之往復,與一世為舒卷。夫天由我擇,則物孰能與爭,適從我心,則人孰能相浼。何必隨風靡之波,作縛身之繭,何為而不以天自遁,何為而必與物同轉。客為語塞,翁亦言多,爰書於壁,以銘自呵,銘曰:天門開闔兮誰與同行,天道幽深兮誰與徜徉。將呼天兮何方?將問天兮茫茫?天不言兮垂大荒,望蒼蒼兮帝旁,懷天民兮吾將為佯狂。

　　民國十二年,余年二十歲,居樟樹學貿遷,有先人之廬在市稍而家焉。因榜其座右曰天遁之室,張此文於壁間。吾同學友楊緒冕冠豪見而擊節歎曰:此天地之至文,君蓋有得於筌蹄之外者矣。亦作感喟之文以相應,其詞尤瑋異。並附以詩云:「文章有價難沽命,鬼魅揶人枉費詞。」見者賞吾二人之文,而目之為狂,時吾二人少年氣盛,不知天地之高與厚也。又五年,冠豪潦倒皋比之間以死,余亦去鄉井,雖有此室,而不能安居,忽忽三十年,屢經世變,凡所作文字,皆無留稿,獨此文書扇頭,尚存行篋,蠹蝕殘缺,仍可記憶。今棲遲海外,竟成遁世之人,每夢境神

往，臨睨故居，窅而悵惘不已，又自笑少年遊戲之名，不意竟成讖語。因書以素箋，再張座右，此則蘧廬也，傳舍也，亦聊以志吾慨而已！丙申（1956）初冬遯翁記。

撰寫於丙申（1956）初冬；見何敬群　《遯翁詩詞輯》　香港　人生出版社　1960年12月　林千石署本　頁97-99

4. 〈天遯室詞存〉序

　　少時作詞，喜東坡稼軒之豪宕，則以作散文古風筆法效之。民國三十年，流寓桂林，友南昌蔡澍稼孫君，謂余曰：子以古詩文之法為詞骨則可，以為詞肉，則失之粗野矣。余乃矍然知詞之句法組織，應異於古詩文也。因盡棄舊作，而取《世說新語》中，魏晉六朝人雋永放達之意以鑄詞；其所詣雖不可知，而頗有一得之樂矣。蔡君於光復後歿於桂林，其子抄寄蔡君病中詩云：「何子清華水部才，擔簦賣藥走塵埃。棲遲桂柳詩千首，跌宕衡廬酒一杯。南望蒼梧叫虞舜，北臨禹甸弔秦灰。鐵肩此責休輕卸，起廢終須覓大材。」余舊有〈廬山〉詩，居桂時有〈衡山紀遊〉詩各數十首，均為交遊所誦傳。及避寇走桂東八步，與蔡君之子遊鯉魚岩等處，又為詩〈磨崖刻石〉，故蔡君云然也。今其歿已十餘年，余每命筆倚聲，則未嘗不憶蔡君之言，因記於此，以志吾感。丙申（1956）十一月望前遯翁記。

撰寫於丙申（1956）11月；見何敬群　《遯翁詩詞輯》　香港　人生出版社　1960年12月　林千石署本　頁65

5. 〈《孔孟要義探索》前記〉

　　這本書，是我重溫論孟四書，對漢宋儒注疏偶有疑義，所寫的商討之文。我於民國三十八年己丑，再次南來，賃宅於新界大埔墟的半山，面海臨溪，本是一個可以讀書的環境。但為生計，終日奔走香港市闠之間，雖

有行篋所攜嘗讀之書，也只好束之高閣了。四十六年丁酉春夏之間，內人江夏君素貞病怔忡，纏綿數月，為求醫問藥，時作鄉居。室中清靜，窗下有修竹數十竿，清風琅然，引起了讀書的興趣。架上抽出一部四書，還是兒時從先母沈太夫人所課讀，童年再從舅父伯樵公業師楊蘭階先生講解過；小小的心靈，雖曾印上過憂道不憂貧的影子。但弱冠後，父母見背，終於為貧所驅迫，轉而習商；而結習未忘，偷著空閒的時間，曾寫過〈論孟一得〉百餘則，批評講章家的拘執。後來工商業務日繁，不但不能再寫，並這部四書，也幾乎近二十多年，未能從頭至尾溫習過一次。這幾月中，居然得到溫習的時間，又居然能細細地讀過了幾十遍。自計此三十年中，所讀過的書，似乎不算很少。但除了《通鑑》、《史記》，曾仔細閱讀過幾遍外，其餘即均止於涉獵一次，或溜覽二三次而止。只有這次溫四書，將漢宋儒各種註本，翻來復去，作不計次數的讀；愈讀愈覺醰醰之味，如飲陳酒，漸漸將我這紛繁複雜，幾乎茅塞的心靈，重新得到一點開朗的光明。記得三十多年以前，一批前進的先生們，正在上演著打倒孔家店的高潮。新文化一名詞，成為聖經，齒及孔孟之道者，成為腦筋陳腐的落伍者，甚至被斥為反潮流者。那時我剛剛是一個十三四歲，正在求知的大孩子，讀了《新青年》一類的刊物，自然也會歆慕其新奇可喜。但心理上終然會有這樣的疑問：我們的人生，是不是只要物質的滿足，只要有爭奪物質的手段與智力，而不要倫常與禮教呢？我們做人之道，齊家治國之方，是否全在《水滸傳》、《儒林外史》、《石頭記》，以及外國托爾斯泰，易卜生等人的小說之中，不要四書五經，不要前代的聖言哲理呢？因此：我雖然在那一高潮之中長大，但這顆血氣未定的心靈，還是以保留的眼光，去看那一潮流的起落。經過二三十年洶湧的浪潮，漸漸將我們這一代人，捲入了機械的，慘礉無情的世界中去了！世人才恍然於那一高潮，就是我們民族悲慘命運的開始。現在於流離之餘，還幸而有讀書做學問的自由，重溫兒時所讀的四書，重究孔孟要義之所在，重新加深心性中本已具

有孔孟之道的認識。這理由，即不外於經過了三十年來憂患的心苗，比較容易蘇醒。而三十年來之中，見書便讀，見新奇便竊喜，實同貧子入市，目迷五色，不但都非己有，並且毫無所得。結果：還是要回到老家，勤力田園，才是歸根立命之處。孟子曰：學問之道無他！求其放心而已矣！我雖未能求則得之，但四十年以來，尚未隨風而靡，無疑的！乃是兒時，從先母機畔受讀，印像太深的緣故。

當我將四書靜靜的重溫，細細的咀嚼，又漸漸浮起了少年時所寫一得的記憶，有一點自心的領悟，從漢宋儒異同的註釋，有了一些我的見解。因此，一邊讀，一邊筆記下來，再反覆將全部四書，作一整個的體會，與綜合的比較。終於有近百多個問題，不能與漢宋儒之說，強異為同，乃將他分別寫成專文；這樣拉拉雜雜的寫，不覺便有七八十篇。寫完了這些問題後，曾抽出十餘篇，名曰〈孔孟之道的重溫〉，交給《人生》雜誌去充篇幅。現在將之稍加排編，合成一帙，想到必須給以一個概括的題籤，因易其名曰《孔孟要義探索》。以上即是我寫本書的緣由，以下要說一說我寫本書的意義。

有人難曰：孔孟之道，譬如燈燭之光，吹火之熱；於電氣化的現代，實已不合潮流，應歸淘汰的！你這樣的寫作，如不是復古的反動思想，就是泥古的頑固思想，這不是勞而無功的事嗎？而且所探索的問題，不出於論孟四書之中，是不是孔孟要義，即盡於此麼？

應之曰：孔孟之道，乃是宇宙之間自然的光與熱，雖然常被叫囂者所蔑視，但決不會因這一叫囂而損及其毫髮。譬如太陽，雖常會被烟瘴所矇蔽，但只能矇蔽一部份的空間，與有限的時間，太陽本身的熱與光，不但不會減少，並且自然而然的，會將這些霾瘴蒸發而消散的。不過在霾瘴矇蔽之下的人與物，則蒙受了昏晦的傷害而已！要知孔孟之道，乃是本諸天地之心，深植於人生性情之中，其為光與熱，在天地，即為成化的絪蘊，與運行的規律。在人生，則為超然異於群生的秉賦，與能思辨，能向上的

靈明。也就是自然運動的道德，與適應人生演進的經緯。如果天地不翻覆，地球還是繞軸左旋，人還是有父子夫婦，有社會的生活，則孔孟之道的光與熱，即一樣照耀溫煖，決不因一個時期的漠視而熄滅的。〈易傳〉說：天地設位，而易行其中。易與天地準。乾坤毀，則無以見易，易不可見，則乾坤或幾乎息矣！這不是空言，而是宇宙間必然的定理。如以時髦的名詞來說，就是現實的經驗的實理。世人只見現代物質應用的進步，只見西洋論理哲學的蛻變，有了新的發明，便不用舊的東西，以為孔孟之道，乃是兩千年以前的學說，也應該如舊東西之不合於現代的應用，這是大錯的。要知道：人類本著宇宙間，陰陽闔翕的自然演化，也就是寒暑交互的自然調節，而以生以長的。人的性能生活，便天然為此陰陽闔翕的塑型。此陰陽闔翕不變，則其所塑型的人性，亦不會變，乃是一定的。幾千萬年以來，這一闔翕與塑型，並沒有什麼變化，因此：幾千年萬年以前的人性是這樣，現代的人性是這樣，推而至於以後幾萬年的人性，也必然還是這樣的。而且幾萬年以來，人還是五官四肢，並沒有改變為三頭六臂，或者一身九首。人還是要穿衣吃飯，並沒有變成辟穀服氣的生活。故人性道德的條達，不出於孔孟之道，譬如草木的暢茂，不出於水土陽光，古代的草木如此，現代及未來的也還是如此，我們能說草木之需要陽光水分是復古與泥古麼！西方哲學，其淵源所自，從遠古以來，即與中國不同。如古希臘哲人，探討人類生命之原，初說是水，繼說是空（氣），是火，是自然，即屢變其說，即是未定的學理，所以後來時時有不同的，新穎的學說出現。至於孔孟之學，則自太古哲人，即已揭出宇宙間萬物生命之本在陰陽，人性之不同於物性在於善。這一原則，應用於人類一切生活之中，即莫不有其不偏不易，至中至正的適應。這一原則，自上古直到現代，直到未來，凡有人類活動的時代，還是不易之理，還是儘夠我們去條貫之推演之，以適應其環境的需要。故以探究孔孟之道，為復古者的見解，那只是身處層樓密室之中，只知有電力的光熱，不知有太陽的光熱。必須走上

屋頂天臺，走出屋外曠地，才能接受到太陽的光熱，才知電力的光熱之有限，才能瞭然於執著電力光熱，去非毀太陽光熱，之為短視。故只要人心不死，人性不滅，則孔孟之道，即無時而不存在，孔孟的要義，也無時而不需要去探索的。至於從一部四書之中，能否賅括孔孟之道？這一問題，則確有必須作一說明之必要。

《孟子》之學，盡在現存七篇之中，乃是無疑問的。孔子之道，博大精深，現存六藝之文，尤其〈易傳〉〈春秋〉，乃是孔子的著述，自然不能僅以見於《論語》者，為能盡其要義。但《論語》為孔門講學時，弟子問難的紀錄，所涉及的範圍極廣，於六經的原則，所謂微言大義，便莫不包括在內，乃是六經的樞機，與孔子全部學說的綱領。至於《大學》，則是說明進修致用之方，《中庸》則是說明進修致用的所以然，《孟子》，則無異是《論語》、《大學》、《中庸》三書的總說。故說孔子之道，即在《論語》之中，是雖不中，不遠矣的。本來孔孟之道，乃如日月經天，江河行地，無處而不有其要義之存在，只要不失其本心者，則無處而不可以體會之，不待探索，即已見於人生日用之中。但孔孟之書，均是言簡意賅之文，或為面對當時利病而發，則單舉其要義而已足。或為立言垂教，則署明條理，期為百世可知。由於詳署之不同。因而兩千年以來，註釋者紛出；而其要歸，則不出漢儒宋儒的經說。漢儒長於訓詁，我們研究四書中的名物制度，音義訓釋，便不能不探索之於漢儒。但漢儒訓詁之弊，失於膠執，或至改字詁經，以自圓其穿鑿之說，這一點，在清代的漢學家，尤為通病。宋儒長於義理，我們要從知人論世，貫通其微言大義，則非探索宋儒之說不可。但宋儒義理之弊在臆斷，或致添字詁經，曲成其附會之說；這雖朱子也不免此。例如顏路請車為槨，王肅與許君謂顏淵死時，伯魚尚存，孔子曰：鯉也死，乃是假設之詞，預言其死；即膠執《史記》顏淵少於孔子三十歲為說。趙岐釋必有事焉之事為福字。孫奕釋而勿正，心勿忘，為而勿忘勿忘的疊句，朱子釋五十學易為卒以學易，便均不免於膠

執與臆斷。我們研讀四書，既不能不從漢宋儒的訓繹，便不能不留意到漢宋儒的得失，才不致因錯就錯，以偏成偏。我所探索者，即在此等處，希望能豁出其疑義，以歸於孔孟義理之正。至於漢宋儒正確之說，自然無須費詞，否則即是故為立異了。因此：我所探索的問題，不但沒有及於五經，並且也沒有徧及論孟四書之中全部的要義。雖然我這書中，有論究詩書易禮樂春秋的許多專篇，但那還是論孟四書的範圍，並沒有越出這一範圍以外去。正因為孔孟之道是博大的，淺學如我，自然不敢作好高騖遠的探索，只能在這一範圍之中，為溫故知新的體認。也自知其不免於偃鼠飲河之譏，但謹守登高自卑，涉遐自邇的繩約，或不致為大而無當的五石之瓠，則是我個人硜硜自信的原則。或又問：自李唐之時，佛法言心性唯識止觀禪定之說日盛，儒家才有李翱〈復性書〉，以張心性之辨。到宋明，才有程朱性理，陽明致良知之學，繼之而起。儒家性命誠正之道，才大暢其旨。現在你這書，也嘗援引到釋老二家之說；則世人謂宋明性理之學，不全出於古代的儒學，乃是受了佛學的影響，乃為因襲佛家的學說，不是很對嗎？應之曰：不然！人性是全世界無古無今，均是一樣的；如同海水，無論在那一角落，必均是鹹的。古來探討人性的大哲人，只要沒有個人的私意，沒有宗教政治的野心，不去作歪曲的解釋，則所見到的人性，便決不會兩樣。孔子所能見到的，佛陀老聃，一樣也能見到，佛陀老聃，找到這東西，孔子也一樣是找到這東西。所不同者，只在各有各的找到之途，各有各的處理之方，而不是所見人性的不同。凡存誠，主敬，盡心，致良知，其用功著力之處，同於佛法覺照悟入之點，但這乃是孔孟之道，本已具有的，並不待因襲佛法，才能附益出來。〈學記〉，善待問者如撞鐘；叩之以小者，則小鳴，叩之以大者，則大鳴。孔子有許多學理，如參乎！吾道，一以貫之之類，在當時弟子能唯而相喻，聲入心通，故不須反復詳說，只須說一個當然的原則便夠了。七十子之徒既沒，後儒抱殘守缺，既自以為足，又自董仲舒請獨尊儒學之後，幾百年之中，更沒有其他

學派，能與儒學相對等。因之，後儒只要陞堂歷階，即以為已盡宮室之美。直到有了佛家的學說，分析心識之辨，條舉目張，儒者才檢查自己家藏的東西，將他整理出來，加上所以然的說明。這說他受了佛學的影響，是可以的，說不是儒家原有者，則是喜為異說者的偏見。但宋明儒有時自為拘窘，亦為招致後人作此偏見之一因。自從韓昌黎有一篇專闢佛老的〈原道〉，因而後來衛道自任的儒者，便生怕其言論涉及佛老，會成為『攻乎異端』。如朱子謂濂溪言主靜，靜字只可作敬字看，故又言無欲故靜；若以為虛靜，則恐入釋老去。實則無欲故靜，與老子不欲以靜，佛法去妄想，立正念為靜，有什麼不同呢？正因宋儒這樣故意紆迴閃避，弄到縮手縮腳，縛束了自己，反而致令今人懷疑是因襲佛家之說了。要知道學術上各有各的宗旨，各有各的方法，異的地方自然要異，同的地方，正不妨大膽地同。如從香港往上海，目的地同，所以往的目的，以及交通的工具則各自不同，但經過某一段途程或某一驛站旅店，有時是常常會相同的。既已同了，便不妨其同，這何必故為相避，以求異呢？我這書，關於心性之辨，有時引証佛家之言，關於治平之事，有時引証老子五千言之說，即是途程旅店，偶然相同之處，正不必故作紆迴繞道去相避。不若直道而行，反而可以証人性之同，是沒有古今中外之別，反而容易瞭解孔孟之道，乃是無所往而不通的。這決不是援儒以入佛老，也決不是攔佛老以亂儒術。昔班固序〈藝文〉，推崇孔子刪定之六經，但於諸子百家，一樣認為合其要歸，亦六經之支與流裔。這即本於孔子〈繫易〉所云：天下同歸而殊塗，一致而百慮為說的。我們於學術的探討，便必須有這一態度，只要真理之所在，自不妨禮問宗周之柱史，官徵四夷之郯君。如自拘於門戶之見，即不免有黨同伐異之偏了。我於四書的溫習，既懍於學而不思則罔之戒，因之，於其要義的探索，更不敢為阿世的曲學，即只有黽勉於正誼明道之事，不暇問其勞而有功無功；所以不計淺陋，要提出來，和天下有心於世道人心的賢豪，作一個參考。

　　自宋以後，直到清末，這一部四書，不但為士人必讀之書，而且是兒童入塾啟蒙時的課本，有如現代小學的國語。因為漢唐以來的學校，一開始即是成人教育，故兒童讀不懂，也還是要讀，這當然過於勉強。但現在高中，已應該是成人教育了；而這部條達人性，指導如何做人，指導人生之路的四書，還是束之高閣，使終身由之，而不知其道，這是很危險的事。現在許多學者，正在闡明仁的學理，以為淪智淑世之方，提倡孔孟之教，以振廉頑立懦之風，這是一個新生的氣象。但我以為不如在中學時，即規定講習論孟四書，才是起衰振廢，拔本塞源的辦法。否則還只是老一輩的人說說而已，不能涵濡濯溉到青年的學養之中，還是無補於衰頹之風的。不過，我們蒿目時艱，能做一分上說下教的工作，也總算能稍盡匹夫之責，因此：將這一感想，順手寫記於此，以為此文的結語。

　　　　　　　　丁酉（1957）仲冬敬群記於九龍大埔山居益智仁室

撰寫於丁酉（1957）仲冬；見何敬群　《孔孟要義探索》　香港　人生出版社　1961年11月　頁10-17

6.　〈《孔孟要義探索》編次說明〉

一、這幾十篇文字，名曰《孔孟要義探索》，實即均為研讀四書之文。本應依照四書原文次序作編排，但所論既各紛歧，則閱讀時，即將礙於作參互的比較，所以將性質相近的，並為七類九輯。（志學、道德、仁義、性命上、性命下、禮樂、為政、擇善、擇善下）因為是在全稿寫完之後，才作分類，故界限並不明顯，即同一門類之中，也還是各自為篇，未能前後相貫；不過有了條目之分，或者可以增加一點互証的方便。

二、孔孟要義，並非這幾個分類所能盡包，即這幾個分類之中，也不止於這幾十事為要義，如四科四教，即各有其專門，五美九思，亦皆有其

分目。還有孝弟之行，出處之節，均是道之所存，義之所在。但我所探索的，只是從前人注疏之中，感覺其有必須再加研討，再作詮釋者，才為之紬繹，僭與論定；既不敢為吹毛求疵，故此以適可而止。至於紬繹所不及者，則有漢宋儒的經注具在，無須我在太陽之下去秉燭了。但從這幾個部門中，作一隅三反的互証，用以窺測孔孟之道，或者還可以雖不中，不遠矣的！

三、在南宋以前，並沒有四書之名，《漢書・藝文志》，《論語》為六藝之一部，《中庸》《大學》，則在《禮記》之中，《孟子》乃與諸子十家並列。自朱子《集注》（四書），才有四書之目，數百年來，學者童而習之，成為範本。因此：本書即以朱子注本為依據，如《大學》《中庸》，經文傳文之分，篇章次第之別，即依朱本，以免參差。

四、四書義訓，在宋以前，大抵皆從漢儒注釋，自朱注盛行，漢唐注疏，即漸退為參考之書。近代才有劉寶楠《論語正義》，焦循《孟子正義》，復張漢儒之說。我們讀四書，要考証其名物訓詁，自須探究漢儒的注解，要貫通其微言大義，則必須參互宋儒的義理。我所探索的張本，即以何晏《論語集解》，鄭玄《禮記注》，趙岐《孟子正義》，孔穎達、邢昺、孫奭等人的疏解，朱子的《集注》，以及焦、劉兩家的《正義》等書為對象。雖慚所見不廣，不能無爽然於望洋，然均為江河所濫觴，或不致拘虛於陷井。

五、漢儒訓詁精詳，但其弊，不免於膠執，宋儒義理超勝，而其弊，亦不免於臆斷。我們於參互研討之時，便要各知其所短，方能各取其所長。如其義有未妥，詞有未盡，便只有先求證於四書之中，再求證於詩書六藝之文。因其或為孔子所刪定，或為孔子所著述，自與《論語》所明，理無二致。而《左傳》、《國語》，先秦諸子之書，與《論》《孟》相接，《史記》《漢書》，《說文》《論衡》等作者，也是最為近各的典籍，足以作文義上的參訂。至於唐宋以後的著述，「精駁互

見，不敢備引」，劉寶楠氏，已先我言之！本書紬繹所及，即從此
例，或能免於陳陳相因，但也未敢以為文必己出。

　　　　　　　　　　　庚子（1960）白露前七日遯翁於益智仁室記
撰寫於1960年；見何敬群　《孔孟要義探索》　香港　人生出版社
1961年11月　頁8-9

7.　〈《孔孟要義探索》後記〉

　　此書大半為民國四十六年，春夏之間所寫，寫成後才分篇目，彙作一
帙，擬即付刊。經過自己再次檢討之後，自計如我這樣的末學淺識，孤陋
寡聞者，是不應於草創未定，即急於自是其是的，因而擱置下來，以待學
力稍有進益之時，再作去取的決定。後來在珠海、新亞兩學院講課，得到
一點教然後知困的經驗，所能借閱的書籍稍便，所購備的書籍稍多。涉獵
的範圍既加寬，而切磋的益友也更廣。因之得以將原稿加以改正與補充，
又添寫了王者之跡熄而詩亡的時間問題，井田封地的概況等十餘篇。間亦
刊佈於各雜誌及校刊，以待先進者的指正。去年暑假中，乃將全書再作條
整，決定排印。但這樣拉雜的文字，於論孟四書，既非訓詁註釋之文，亦
無義理獨創之見，為什麼要將他刊印出來呢？這在我的理由很簡單，四書
是由　先母所口授，現在重溫之後，稍有一知半解，而在流離之中，既無
家塾可藏，即祇好災梨禍棗，亦所不惜了。

　　既將此書校對完畢，再次檢討我於溫讀四書的方式與感想，似乎也有
寫出來，回味既往，策勵將來之必要。一則近十年來，從班固《漢志》所
說：昔仲尼歿而微言絕，七十子喪而大義乖的兩言中，得到一點讀書的啟
迪，知道微言大義之分，是可以作讀四書的線索的。大義一詞，前儒釋為
要義，這是正確的，至於微言一詞。《漢書》李奇註曰：隱微不顯之言，
則成為神秘難知之說了；所以（顏）師古糾正之曰：精微要妙之言耳！實
則大義云者，即為當然的事理。微言云者，即為所以然的說明，自仲尼既

歿，則所以然的理由，經權的折衷，即無人能作明析的說明；但七十子之
徒還能篤信師說，守其當然的事理。七十子既喪，後來學者，便各為異
解，無可折衷，而大義也乖了，本來《論語》之文。簡短精絜，明白曉
暢，並非殷盤周誥，屈詰聱牙的難通，亦非墨經莊文，脫畧洸潒的難解，
凡稍有文言文根柢者，均能十懂八九。但為什麼古今註者數百家，還是不
能盡明其義蘊，而成為人持一義，家執一說的分歧。其原因：即由於《論
語》大義多而微言少，才會有後儒這樣多的異解，才使易解之書，也成為
難解了。如開始第一章：學而時習之，不亦說乎！即沒有作何以為習，何
以為說的說明，故吾鄉先賢象山先生曰：《論語》中，多有無頭柄的話說。
無頭柄，即是沒有作所以然的微言之說明，這即是《論語》難懂的所在，
也就是古今註家各有異同的因由，我們明白此一癥結，能分別其執為大
義，孰為微言，便先有了一個輪廓，再從這一輪廓，比較其旁通互証之
義，便常常有豁然貫通之樂的。例如：樊遲問仁？子曰愛人。問知？子
曰：知人：即是為仁為知的大義。樊遲未達，子曰：舉直錯諸枉，能使枉
者直；即是闡明所以說愛人知人的微言。又如孟孫問孝？孔子對曰：無
違，即是孝的大義，生事之以禮，死喪之以禮，祭之以禮！即是闡明所以
無違之孝的微言。孔門弟子，皆具聖人之一體，皆能聞一知二，舉一反
三，如曾子子貢，於一貫之義，只要孔子一提，便均能唯而相喻，不須再
問，是以孔子即只須舉其大義已足，不必再為費詞。只有仁義之道，亂於
霸者的假竊，孝弟之行，壞於世風的澆漓。孔子既須復其舊章，亦為充以
新義，故論難之際，於大義之外，間亦兼及微言。此外《論語》所記，即
均為綱領，為定律，為原則之大義，至如《大學》，三綱領，八條目，即
是大義，傳十章，即等於微言。《中庸》天命率性，即是大義，傳三十二
章，亦即等於微言。又如《孟子》，條辨詳明，析理精透，則大半是微言
大義，並明互訓之書。我們更可以從此去理解《論語》中所有無頭柄話
說，便又常常會有左右逢原之樂。這實不止於讀四書為然，凡六藝之文，

如《詩》《書》《易》《禮》《春秋》，以至《老子》的五千言，所有簡短樸質，艱深難解的理論，即莫不可以這一方法去分辨之，參互之的。當然，讀書之功，前人所說的方法很多，後人也各有各的方法，至於我這一方法，本算不了什麼，但一得之愚，或可為讀《論語》者，作一個參考的資料。

一則從溫故而知新之中，得到一點讀書的樂趣，似乎也有說一說的價值。為學的目的，自然希望知新。孔子便指示學者，知新並不難，只要能溫故，即會有新的可知，即會有無師自通之樂。所以又曰：知之者，不如好之者；好之者，不如樂之者。能溫故，即是能知之好之，能知新，即是能自得之，自然會有不知手之舞之，足之蹈之之樂了。故我們讀書，必須能從故紙之中，發現新天地，如同哥倫布之發現新大陸，才是樂境。又必須知道，新大陸，乃是開天闢地以來，便已有之的，並非哥倫布到達之時，才從海洋中浮現出來的新地。溫故而知的新，也並非新的出生，還是從舊的學理之中所探究出來的。例如現代科學對於物質上的各種發現，就不是上帝新的創造，而是早已具於宇宙本身之中的東西；不過以前沒有人看到，直到近代才發掘出來。這雖似乎奇跡，實則還是根據故有的物理知識，才能研究出新的學理。但現代人能發掘到，即等於探測到鑛脈，發掘到窖藏，自然可以謂之為新，又自然是愉快而可樂之事。至於孔孟之道，經過兩千年學者的探測，所有的脈鑛窖藏，究竟全部發掘盡了沒有呢？我們可以斷高之曰：沒有的！因為他是建立於天然的人性物理之上，人與物的環境交互，天天在綜錯演變，孔孟之道，也就天天在這演變上作著適應的德性指導，這指導，即是新，這新，就必須從溫故而出。捨故而言新，即等於抹殺了今日以前的人性物性，那樣的新，只是詭異的新，不是適合於我們這一民族生活的新。所以孔子繫〈易傳〉，作《春秋》，本來是發揮其新的學理，但還是說：述而不作，信而好古，其意義即在於此。

為了要知道怎樣才可以發揚我們民族文化的光輝，便必須從溫故作一

研究。溫故的中心點，便在孔孟之道：必須對這一中心點，有了研究，才可以衡量其他故有的諸子百家之說，以及世界各民族，舊的新的文化學術，然後能有新的認識，然後才可以衡量當前人情物理交互的環境，結合成新的學說，才可以為適應人性物性，而非戕賊人性物性的條理與措施。因此：我們便必須對孔孟之道，作深入而精密的溫故，才能有作為衡量的尺度。雖然我這書，還是粗枝大葉，雜亂而無系統的重溫，但已有了一些新的可知，這不能不算是我的樂境。自計讀孔孟之書，四十多年，到現在才知有重溫之樂，實在自恨其太遲！在二十年以前，一般先進學者，正在放言高論、鄙夷孔孟之時，我雖然未為這一高潮所捲去，但不免懷有一些找不到答案的疑問，因而將治學之功擱誤了，直須經二三十年來的體驗，才有了一個自己認為心安理得的解釋，才能於重溫舊學之後，知道那些疑問，只是幼稚的，實在是不成問題的疑問。這又是一種樂境。這樣雙重之樂，是應該歸之於溫故的收穫的。

以上這兩個檢討，自然只是我個人淺薄的所得，但也不妨以獻芹曝背之忱，作嚶鳴求友的媒介，因此決然將之自白出來，寫在本書的最後頁。

再者：本書自去冬開始排印，中間牽延擱置，由春而夏，又逾半年，才排得完。在此半年之間，又發現了一些必須加以修改的部份，未排者，自然趁此補正，已排者，無法改版，則只好任之。由此又爽然於我的溫故之功，還未能做到，還只是知道有新的可知，而實在則是望道而未之見。唯一的補救之方，即只有繼續溫故的工夫，或將有確然真知之一日，因此，將這一願望，並記於此，以作今後由知之好之，以至樂之的策勵。

民國五十年（1961）辛丑立夏後十日遯翁記

撰寫於1961年；見何敬群　《孔孟要義探索》　香港　人生出版社1961年11月　頁217-221

8. 〈《老子新繹》前言〉

小引：中國古代學術思想，能籠罩百代，孕育民族種性者，不出道與

儒墨三家。墨家秦漢以後已失師承,如莊子所稱:相里勤之弟子,五侯之徒,苦獲已齒鄧陵子之屬,相謂別墨者,今皆不傳。世所傳者,儘《墨子》一書,故墨學無異說,反因而存其真;如賞鑑碑帖然,猶不失為初拓之蘭亭也。儒家孔子之學,傳至荀卿,已與子思、孟子生異同。二千年以來,儒者之書,汗牛充棟,家執一詞,人為一說,雖大旨不違於孔子,然已為翻版之蘭亭矣。至老子之學,未百年,即為楊朱、列禦寇、莊周亂其說,已如唐人臨寫之蘭亭。其後申韓勦襲之以飾其刑名,河上公、葛稚川諸人勦襲之以為神仙養生,則訛為鄉曲里巷之抄本矣。老學蔽而失其真,以至於今,是可慨也!

老子曰:人法地,地法天,天法道,道法自然。學者遂以為道法自然而已耳!故莊子之說不敢為天下先也,則曰:不為福先,不為禍始,感而後應,迫而後動,不得已而後起;去知與故,循天之理,不思慮,不謀議。《淮南子》因之,遂有物來而後應,事至而後動之說。二千年以來,學者翕然從之,皆以法自然為信天任運,虛靜無為,為不感則不應,不迫則不起。而老子之道,乃成俯仰隨人,與世浮沉,與眾委蛇;必待堤決然後堙之以土,火盛然後灌之以水之因循苟安者。陵夷至于近代學者,則直以老子為極端之放任主義者,極端之消極主義者矣。夫謂老子之道法自然是也,謂法自然而止矣,則其逕庭,又不止於臨寫蘭亭之失真而已也。

余讀老子,嘗疑法自然而止者,是必將寂然無聲,漠然不動,引之不來,推之不往。至於絕棄聖知仁義,非以明民,將以愚之;是必復於太古穴居而處,結繩而治,不必君臣上下以維序之矣。然又何以王居四大之一,必為之官長,鎮其欲作,損其有餘以補不足乎?且既信天任運,與世委蛇矣,則鎮欲之際,損補之間,將何所依據以為治?將歸之空洞杳冥之自然,而以無稱之言,窮極之詞以為式乎?古今註老,以王弼之義為勝。弼之釋自然曰:在圓而法圓,在方而法方,於自然無所違也。自然者,無稱之言,窮極之詞也。用智不及無知,而形魄不及精象;精象不及無形,有

儀不及無儀，故轉相法也。道順自然，天故資焉，天法於道，地故則焉，地法於天，人故象焉。弼蓋於法自然之所以然，及其作用，歸之於無形無儀，則猶在恍惚窈冥之間。故其注非常道非常名曰：指事造形，非其常也。注得一生一曰：數之始而物之極，由無乃一，一可謂無。注復命曰常曰：得性命之常。均遠失老子之要旨。甚至注微明為因物之性，令其自戮，與老子善貸善救有罪以免之義為矛盾。弼之言如此，故繼弼以後之釋老子者，非求之於深不可識之中，為恍惚窈冥所迷惘；即求之於法自然而止，為放任消極之說。於五千言之文，作支離破碎之解釋，無一能明老子一貫之學說。致《老子》上下篇，幾同雜家，可勝歎哉！

撰寫於1959年1月；見何敬群　《老子新繹》　香港　人生出版社1959年1月　頁1-2

9.　〈論學書簡──（詹）勵吾先生道鑒〉

　　昨人生社轉來大函，于下里巴人之詞，作牝牡驪黃之賞，過蒙品藻，實增慚惶！曩于《人生》拜讀〈論良心與東方文化〉一文，語重心長，輒為擊節。又于今日佛教等刊，數誦宏法之作，機理雙契，益以服膺。弟于尊兄，恭附同文之末，不徒今感天涯知己，實則久已萬里心儀者也。弟兒時先母奉佛，課讀之餘，教以經論，惜庭闈早背，障業遂深，弱冠服賈牽車，更茫然不知家業之何在。中年以後，內人寬素飯依虛公，案頭經典漸多，泛覽所及，漸知身在迷途，然結習難除，鈍根莫化，以視尊兄上紹周孔之遺教，復得佛力之加持，出其餘緒，發為風詩，讀〈不老行〉、〈烏啼行〉及〈觀瀑〉諸篇，均大筆淋漓，真氣流轉，茲乃宏文字之般若，振華胄之黃鐘，不止于自為吟詠性情而已也。當茲道喪文敝，正待續絕存亡，弟不敏得蒙鼓勵，敢不屣從。謹剪呈近作詩文各一首。附呈　郢正

耑肅　敬候

道安

弟何敬群頓　七月廿四日

撰寫於1960年8月；見《人生》第20卷第7期（總第235期）　1960年8月頁27

10. 〈談溫故知新——紀念孔子誕辰及校慶〉

「孔子是學不厭，教不倦的聖人，我們在校慶之時，來慶祝孔子聖誕，最好是依照孔子治學方法，以行動作紀念，這也就是在學言學的一句本分話。孔子所示治學之方，即見於《論語》的：如學而時習之，學而不思則罔，思而不學則殆，以及志學共學，志道據德，興詩立禮，真是舉不勝舉的。但最切合於我們今天在學言學的時間與環境，則無過於『溫故而知新，可以為師矣』的兩言，茲請先略明此兩言的義蘊：

《論語》此兩言的要旨，乃是指示學者作自發的研究的方法，能從舊有的學問之中，作精熟的溫習，即能體會出新的見解，即為能自得師之人；因為新知，還是從舊學之中萌蘗出來的，這樣，才是有根據的知，才不是浮泛之知，所以能說自得師。漢宋儒於此章的師字，均訓釋為『可以為人之師』；這是不太妥的。在《論語》中，孔子處處只教人為學，並沒有教人為了為人之師而學。孔子門人七十，弟子三千，也只說誨人不倦，以吾一日長乎爾。古之學者為己，今之學者為人。為人，即侈然去為人之師，乃是孔子所戒的。因此，孟子亦曰：『人之患，在好為人師。而且溫故，即學而時習之。』知新，即『舉一隅，必以三隅反』。這兩個要義，實際還是學的事，故為師兩字，實是說，能溫故知新，即無師亦等於有師，乃是與孟子告曹交：子歸而求之，有餘師的師字，同一意義的。學者如只知進而學，一切靠先生的督導，不知『歸而求之』，放棄自己『有餘師』的自發，這實在是太自棄了。

我們弄清楚了溫故知新，能自得師的要旨，就可以了然在學言學的意義。大學的教與學，是不同於中學小學的。中小學，可以先生教一事，學生便學一事為成功。至於大學，則是學生與先生共同研究的場所，先生立於指導的地位，學生必須自己作『憤悱』的研究，才能聞一知二，才能有

自己的啟發。先生也必須作教學相長的進修，才能做『傳道授業解惑』的工作，能這樣，才能各自得師。從學生言，即不止有在講壇上的師，還有許多從自悟而得到的良師。就先生言，也可從『教然後知困』之中，得到『遜志時敏的導師。』『學而時習之，不亦說乎』的可悅者，即在於此。現在我們正是在大學肄業，正要互為研究，尤其要自行研究，溫習舊的，孕育新的去自己得師，才容易有『下學上達』之功。所以說孔子這一章的指示，是最切合於我們現前的時間與環境的。

說到溫故的對象，自然是從舊有的已知的學理之中去溫習與探討。這一來，便不免為時俗之見者所指摘，以為是守舊的，是復古的。近四十年以來，孔曾思孟之學，即在此一潮流之下，被指為陳腐的東西。一般人喊著迎頭趕上的口號，以為一切只要新的，不要問舊的，結果新的既不成，舊的又茫然無所知，弄成我們民族命運，文化學術上的空虛。在紀念孔子聖誕之時，蒿目時艱，真使人不勝其感慨。本來我們先哲即說過：『苟日新，日日新，又日新。』學新的東西，原是不錯的。但要知道：新的東西，就無一不是由舊東西之中研究出來，蛻變出來的。所以要尋求新的發現，便絕對不能抹殺舊的，便必須對舊的有了練熟的理解，才容易有新的可知。那些只知騖新而不知溫故者，只是躐等躁進之見，實均犯上了欲速不達的毛病，這是我們為學者不可不警惕的事。

我們學校，在錢先生的遠見之下，老早就以闡明中國文化，溝通世界文化為宗旨，以宋明書院自發的研究為學風。這就是要從中國舊有的學術之中，茁壯出新苗。我嘗嘗向同學提供由自己研究，而自己得師的意見：溫故知新這一原則，是最適於國文的體會，與文藝的寫作上的。這一溫故的範圍，是不能止於研讀現在講授的課題，與指定參考之書為已足的；凡中學時所讀的歷代文，即均是基礎的，最為有用的範本；能將他重行溫習，拿來與現在所學的互相印證，是必然有意外的了悟與收穫，而領會到事半功倍，自己『有餘師』的樂境。至於進一步的研究，怎樣發揮固有文

化的光輝，怎樣將他結合世界文化，而孕育出新的天地，則更非有溫故知新的精神與毅力不可。我們從儒家，或者諸子百家之中，有了深切的研究，再研究『其有所試』於歷史上的演變，以證其孰得孰失，這樣在學術上，便有了自己的認識，這即是新的基礎。然後研究世界文化，才有衡量在手，才不敢於人云亦云，才能結合成新的果實。這不只是我們同學對於個人學業的成就問題，而是我們現在為學，對於時代所負的使命。要達到這一使命，最好就要不理時俗之謬說，以不搖惑，不倦不厭的精神，去做溫故知新的工作。因此，我要以孔子此言，作為獻詞，以慶祝聖誕，慶祝校慶，並慶祝我們全校的進步。」（遯翁於益智仁室）

撰寫於1960年9月28日；見《新亞生活雙周刊》第3卷第6期　1960年9月28日　頁5-6；另見新亞研究所編　《新亞教育》　1981年　九龍　新亞研究所　頁277-279

11. 〈題鶴琴藝苑展覽〉

　　鶴琴藝苑，將於約翰聖堂，設書畫篆刻展覽之會，先期陳所作於齋中，邀港九精鑒名家，預為甲乙。兩次東招，而余均以休沐山居相左，方擬負荊以謝，則君已倩郭先生亦園致殷殷之意，謂到門之蠟屐雖爽，惟書簽之品題希速。余喜於得有後期之罰，自宜貢其芻蕘之言，昔東坡詩云：「我雖不能書，知書莫如我」。余於書畫篆刻，等於面牆，然能為牝牡驪黃之分，則時自計當比於東坡。港九雖蹄涔一掌之地，而比年以來，實為中國英賢萃薈之區，交游如（曾）履川、（徐）文鏡、（陳）荊鴻、（林）千石、（劉）太希、（涂）公遂以及（趙）鶴琴諸君，或以六法擅長，或以藻繪獨步，此皆四方之英，海內之雋。每平居劇談，上下今古，余亦嘗於精粗得失之辨，至於瀾翻風動，口沫橫飛，不自忖其僅能坐而言不能起而行之陋也。余往年記太希書畫展，常謂詩文同本，書畫同源，凡能文者，必能詩，能書者必能畫。能文而不能詩，能書而不能畫者，乃其人不為，而非不能也。及余既友鶴琴，復友千石，則見二君者，皆能書畫，亦皆能

篆刻，余於是恍然又進一解，以知凡能書畫者，亦必能金石，蓋毛錐與鐵筆，其運腕力之功同，而其使轉波磔，著於娟素者，又正與鑴於金石同其功也，觀於鶴琴以古籀作漫畫，刊為石章，此足以證其為同者矣。至於其不同者，則在其人之志趨與風趣。如虞歐褚三人均寫蘭亭，李將軍、王右丞二人均為畫宗，而面貌風骨，各異其趣，茲即曹子桓所云，氣之清濁有體，不可強而致，亦即桐城姚氏所謂，文章之美，各有得於天地陽剛陰柔之氣之分。鶴琴為浙東世家子，浙江桐廬富春之水，天台雁蕩之山，皆秀麗甲於天下，故其人物，亦皆翛然有清新俊拔之氣。二十年前，浙東趙叔孺先生，即以書畫篆刻，與齊能傳其家學，而其為人恂恂儒雅，與遊者，莫不心儀其為魏晉間人，故其所作，皆妙得天地雍容華貴之氣。以言風華，則如秋林春樹，窈窕多姿；以言氣韻，則如天馬行空，了無轍跡；至其渾厚沉著，則如光風霽月，恬淡怡情；其局度規模，則如韻士高人，角巾野服，茲皆妙得天地雍容華貴之氣者也。余於預展，雖未能快於先睹，然近兩年以同執教鞭於新亞學院，已嘗得數數覽其新作，蓋足以徵吾言之非謬矣！因雜記所見，以貽鶴琴，且以報亦園，至於未盡之意，則繫以小詞一闋，以表余歡喜讚歎之情，亦以博參觀鶴琴藝展諸君之一笑也。（〈如此江山〉題鶴琴藝展，見本書〈何敬群論著輯錄〉096）

撰寫於1960年10月；見《新亞生活》第3卷第8期　1960年10月　頁607

12.〈（王道）《心聲集》序〉

　　貫之彙其三十二年中所為詩，命曰《心聲集》，將付刊而屬序於余。燈前展讀，率皆傷離痛亂與悲天憫人之什。其國變以前作，則屈平之江潭，工部之同谷，所謂商聲滿天地者也。其國變以後作，雖蘊劍南慷慨之懷，心史沉哀之感，而境界澄澈，音節和平，發聲鍾呂之中，寄興簞瓢之素，饒有淵明田園、堯夫擊壤之風。茲雖世變磨鍊有以礪其操，而亦學力存養有以歛其氣，是以有諸內而形諸外，謂之為心聲也宜矣。昔師乙與子

貢論歌詩曰：夫歌者，直己而陳德也。動己而天地應焉，四時和焉，星辰理焉，萬物育焉。間嘗繹師乙此言，一人之歌詩，其事甚微，而能至於動天地萬物者何也？則以其人之精神，可與天地通往來，萬物同休戚；而此精神之凝聚，即在一心，心體澄明，然後以逞顏色而自怡怡，以出辭氣而自遠於鄙倍矣。朱子注《論語》不學詩無以言曰：事理通達，心氣和平，故能言。蓋惟有和平之心氣，乃能言之以興觀群怨無不宜，言之為溫柔敦厚而成教；故直己而陳德之歌，藝也而進於道矣！以其直陳心聲之正，不違於天地萬物者，即所以應天地而育萬物者也。往余嘗以此論詩，值世人方揚棄聲律雅馴之制，趨附佉盧分行之篇，囂囂然以從流忘返，而吾有「獨行無徒、是非無所與同」之歎。洎亂離已瘼，再辟地海濱，得與貫之為友，始以行吟同契，繼則各以學術道義相砥礪。十餘年來，每抵掌論當世事，輒相與慨然於詩風雖甦，而詩教未復！夫未得其性情之正，發乎其心之不容已，而徒縷章琢句，言失其志，文過其質，則春花秋月，光景之流連而已。貫之服膺孔孟之教，潛心人文之學，安貧守素，耕耘《人生》雜志，日以身體力行，與同志者相黽勉；間出其涵濡之情，發為一唱三歎之詠，以真氣為流轉，由激楚入雍容，是可以讀其詩聞其聲而見其志抱所存、身世所遇、及其心氣之日臻于和平矣。余喜為詩，竊亦有志乎溫厚和平之音，而學無專精，心未能一，氣未能澄，自知其聲之駁而不淳，今讀貫之此集，觀其日幾于遺貌存神與返虛入渾之境，則憬然自失。要當劍及屨及，相與徜徉乎依仁游藝之途，嘯歌乎以雅以南、無邪不傷之境，庶幾能淳一其心聲，窈言永嘆，有不知手舞足蹈之樂！因書此以報命，貫之或當相視而笑，莫逆於心也。

　　　　　民國五十二年（1963）大暑後三日清江何敬群遯翁序於

　　　　　九龍舊媚川都之益智仁室

撰寫於1963年10月；見王道（王貫之，1910-1971）　《心聲集》　香港　人生出版社　1963年　梁寒操署耑本　頁1-3

13. 〈《網珠集》序〉

　　香港詩壇徵集海內外詩輯為《網珠集》，一以存並時風詩之盛況，為以文會友之資；一以樹當前風詩之正聲，為激濁揚清之準。一時應者紛至，自港臺泰菲以及南洋北美諸地，以詩來投者近千家，計詩不下十萬首，而吾友郭君亦園實主其事。得稿既多，一人不能盡閱，則與同志者蔣君醉六、黃君天碩、林君秀芳、張君蜷厂等共為董理。擇其足以囊括此作家之全者錄之。經一年考校之功，存詩千餘首，乃付良工為精印，計編輯以至成書，耗資蓋逾三萬金矣。朋友或為余言，郭君不自刊詩而孳孳印人之詩，不為生事經營，而耗資為此不急之務，是非迂與拙而何？余曰不然。觀郭君之所為，迂於趨時而急于存誼，拙于自謀而冀為淑世，茲乃中國傳統文化之孕毓，故常有此樂為迂拙畸行之人，而每當風雨晦冥之時，亦正賴有此能為迂拙畸行之人，為聲教文物之延續。董生有云：正其誼不牟其利，明其道不計其功。茲固儒家之精神，亦為中國文化所以能大與遠者也。自西方功利之說風靡天下，舉凡事物行為，胥以價值為平衡無當前之代價者，均不值為一顧。而董生之說遂為拙為迂，更何有於亦園之選詩與刊詩也。至若其有當於誼與道否乎？自為不可知，然其為孤詣與畸行，則有可得而言者。中國自昔號為詩禮之邦，而詩教尤重列於六經之首。唐虞以詩歌教冑子，王制樂正以詩書禮樂造士。兩漢詩三家均立博士列於學官。自唐以來且以詩取士，于以養成民族和平雍穆之氣，齊一我藝文淵懿雅馴之美，其體制時有演變，而依永和聲，無邪不鄙之風華。不異近數十年以國勢之不競，維新之士乃一切棄其故有之舊，唯西方之新是趨，而於詩為尤甚，視和諧調順之音為桎梏，而用鉤輈格桀之方言，謂溫柔敦厚之義為陳腐，而奉苗猺踏月之詞為典則。作者以其易于獵名效者，以其易于掇拾風氣所扇，遂以草掩全國。憶余兒時猶見報章雜誌，必有古近體詩以殿其篇幅，及成童而後，則新詩流行，而詆此為舊詩不惟絕跡，于報章且為治文學者所諱言矣。然所謂舊詩也者，固我大漢語文所以為美與善之結

晶，亦自然而永存于我民族性情之中。雖遺佚而不沒阨窮，而不泯者故傾覆沈淪之後，即悠然而復蘇。此十數年之間，海外吟事之興，與詩壇之盛，殆有過于明代之結社。然大病初瘥自難即復，其康健之常而有待于藥餌之調攝。亦園歷經世變，投荒南來，念平生事功盡同夢幻，惟行吟嘯歌，尚可祛其幽憂。乃以香港詩壇與海內外詩家，互為聲氣之相應，而作風雅之扶輪，亦時擇其雅馴者佈之《華僑日報》文史版。數年之中，詩風因以丕變，今復輯此集，以廣其觀摩，既昭海外，猶存溫柔敦厚之遺風，亦為詩家齊一興觀群怨之為用。昔曾滌生氏有言天下之風俗奚自乎？自乎一二人心之向背而已。今天下之詩風均復向於騷雅之正，而亦園為之疏通綱紀於其間，無所為利為功，亦不問何以為誼為道，則雖終于拙與迂可也。書既成，而秀芳遽以病歿，亦園乃持而屬余為序曰，吾為此刊毀譽所不計。今秀芳逝矣，不可不署記之以存其人，余因錄右所論于其卷端，亦冀吾黨能多有幾人為此迂與拙，則黃魂之復甦，庶有豸夫耳。

民國第一癸卯歲（1963）除夕前四，清江何敬群遯翁

於九龍古媚川都之益智仁室

撰寫於1963年12月；見郭亦園（1903-1979）集稿　《網珠集》　香港詩壇編集　1964年　于右任署耑本　頁1-3

14. 〈《網珠續集》序（二）〉

亦園始編《網珠集》，凡三年而成，皆以為人，而非以自為，人或以為僊。越二年，又成《網珠續集》，其編輯一仍舊貫，余則佩其勇。其編末復附錄亡友十餘人之作，亦以見其用心之敦且厚也。詩為中國語文之美之昇華，中國語文，其字為方型，其音為單音，其義更可以相通而互用，故天然而具色聲味三者之美。可以為齊言為雜言，可以為排比為對仗，是其色之美。可以隨意為抑揚頓挫之吟，可以令律為宛轉悠洋之詠，是其音之美。至其為比為興為諷為刺，言有盡而意無窮，此其美雖為世界各種語

言文字之所同，而以天然之色與聲以協合之，乃能如琴之琅然，瑟之鏗爾，則惟中國語文之詩之所獨擅者矣！自唐虞三代以來，即以詩為教。故世人言中國文藝之目，謂之詩古文辭，或逕目之曰詩文，晉宋以後，文家因以有韻者乃謂之文，無韻者則名之為筆，而有韻之文，即以詩為首。自有唐至於民國以前，詩且為舉業之一科。是知發揮中國文字之美者，惟詩乃書其致，況溫柔敦厚之成為詩教，興觀群怨之成為詩學，茲乃中國文化精神之所寄，非徒文藝之美而已也！自民國以後，士人既習於偷惰，妄者復亂以譸張，學校雖設有學詩之一科，而教者不事寫作，惟摭拾前人詩話之唾餘為敷說。甚且為妄言以惑世，謂詩之韻律為桎梏，格調為死文學。而不知此韻律格調，正為中國語文色聲味天然而具有之美，本在能為語文運用者心眼之中，唇吻之間，但能稍加沉潛練習之，即滔滔而來，汩汩而出矣。乃妄者畏其難，惑者利其偷，故學校五十餘年課詩，未能得其影響，而學校之外，吟詠寫作之風，獨能繼繼繩繩，不因囂說而中斷。則以言志永言之詩，本之語文天然之美，蘊諸人人心志之，故在在處處，能為天籟之鳴，亦在在處處，能有泠風飄風，鼓動之為小和與大和也。此觀於近二十年來，海內外詩風之盛，自港臺南洋各屬，徧至南北美各國，凡有華僑聚居之地，即莫不傳謳吟之聲，亦莫不風動當地，成為中華文藝之代表。其為之鼓蕩之，推移之者，固在在處處，有好事者，為振臂而起，順風以吁。而亦園之編〈香港詩壇〉與刊《網珠集》，事雖甚僨；至於海外詩聲，能前者唱于，隨者唱喁，未始非此以為之泠風與飄風也。兩年以來，海外詩人，得此鼓動推移以作其氣，於是激者噭者，益不能自已，益以增其萬竅怒號之勢，亦園亦為再接再屬，而有此續刊。此余所以佩其勇，茲又畏佳竅穴，調調习习，促使亦園不得不鼓其勇，是乃相長相成之一環。雖欲怯退而不可得，《莊子》所謂，咸其自取，怒者其誰耶，中國文化之不滅，詩教之不絕，其在此矣；亦園此編，再以鼓動海外為于喁，海外眾籟，亦鼓動再屬為飄風為泠風，則《網珠集》一續之後，當再續以

至於三四續。孔子曰：進！吾往也，亦圍其能以自已乎？爰述此意貽亦
圍，以為《網珠續集》序，並以告此集編者與讀者，起而同大塊之噫氣
也。何敬群丙午（1966年）八月作。

撰寫於1966年8月；見郭亦園編　《網珠續集》　出版者不詳　1969年
（曾）克耑署耑本　頁1-2

15. 〈（關志雄）《吐綺集》序〉

　　開平關志雄，於（香港）清華研究所，從余究詞學。出其所為《玉窗
詞》，則穠麗都雅，能入四明之藩籬；課其銓繹謳曲旨要，則斟酌中西樂
律之異同，折衷丘瓊蓀、楊蔭瀏、夏承燾、饒宗頤、涂公遂諸君之說，而
有獨具之闡發，能抉玉田之奧義。可謂好學深思之士，足為詞壇之龍象者
矣！今復彙其所作三卷為《吐綺集》而請序，觀其風華氣韻，則已出入東
坡、白石之間，得清新雋拔，剛健婀娜之致，較其舊作，又進一境界。志
雄方英年，而日新又新乃如此，其成就蓋未可限量也。詞為協合聲樂之文
學。中國樂律之清婉，與漢語文聲容之美茂；近體詩能盡其妙之一部，而
不能盡其全。能盡其全者，實莫詞若也。近體詩惟平起仄起，五言七言之
兩式，雖能極聲調之悠揚，而未能窮聲情之變化。詞則格調繁多，姿態百
出；有停聲待拍之節奏，有浮聲切響之抑揚。或為喁于婉轉之音，或極抗
墜拗折之變。不惟能與宮商七音，得依永和聲之諧協，尤能傳喜怒哀樂之
聲情於脣吻之間。而其要即在字之平仄陰陽，與句之頓住轉折。能明此兩
要，然後運之以雋永之意境，麗之以輕靈之詞藻，則詞之能事具，而漢語
文聲容之美妙，漢樂律詠歎鏗鏘之韻味莫不顯，亦莫不為我用矣！近代西
樂入中國，西方複音字，不能依永和聲之協合，亦不必字字依永和聲而可
歌。中國作者，樂其通易，乃捨棄陽阿清商之家寶，而效濫今濫予之嘔
啞，唯知以聲逐樂，不問字失本音；而漢語文聲情之美，遂以黯然日亡。
所幸詞之薪傳未爐，格律尚存，近數十年，且列為上庠必修之科。然學者

但為避重就輕，僅高談義理，不解操觚；遂致此文藝之昇華，成為考古之僻學。余每聽覽今人所為歌曲，輒為慨然。安得有俊逸之士，能明聲律，辨五音，能引商刻羽，鏤翠剪紅，以詞之聲情華采以救之！今乃得志雄，當非異人任已！志雄於寫詞如此集，即已斐然可觀；其探討聲律，復能作深入之追求。又能按譜品簫，依琴成操，此於詞人之能事，亦幾備具。所望益為淬礪，發揮詞與樂律相協之精神，振起樂寫人聲之風氣，則白石玉田，去吾人正非甚遠，志雄勉之哉！吾將拭目以觀其成矣！

一九六八年九月清江何敬群遜翁寫於

九龍古媚川都錦山臺益智仁室

撰寫於1968年9月；見關志雄（1936-）　《吐綺集》　香港中文大學新亞書院錢穆圖書館特藏版　1969年　頁1-3

16.〈《楚辭精注》前言〉

正中書局編國學萃編，派我寫《楚辭精注》。楚辭是熱門文學，前賢注者，既代有名家；今賢探討研究者，更指不勝屈，亦各有千秋。這裏說要精注，不只是談何容易，而且將招徒為大言之譏。但這題目，是書局派給我做的，我只好竭蹶從事，先研究一下怎樣為精的辦法：精字可以兩個意義來看，一為精妙，如《老子》：杳兮冥兮，其中有精的精，這樣在杳冥之中去鑽稽其精妙？是往往會鑽到牛角尖中，成為自詡創見的穿鑿附會之精，我不惟不想這樣做，也不能這樣做。一為精要，如《書》：惟精惟一，允執厥中的精。這以執中為精，乃是中庸的，不詭異的，平平無奇的精。我想：以這一態度，依著前賢的準繩，不作放言高論，不畫蛇添足，也不穿鑿附會，但以平正淺近的觀點作紬繹，期於幫助讀楚辭者，能得到一個清淨的眼目，在馳說上，雖然不見其精，至在著意與作用上，或者還不致於是粗吧？

於精粗之間，既作了一個決定，又想到還有兩個問題，必須弄清楚，

才好著筆作注解。

　　一為楚辭範圍之確定：楚辭篇目，王逸章句，於〈大招〉後有漢人賈誼〈惜誓〉，淮南小山〈招隱士〉，東方朔〈七諫〉，嚴助〈哀時命〉，王褒〈九懷〉，劉向〈九歌〉，及王逸自己所作的〈九思〉等文七篇。朱子集注本，於〈大招〉之後，亦附賈誼〈惜誓〉，〈弔屈原〉，〈服賦〉，莊忌〈哀時命〉，小山〈招隱士〉五篇。蔣驥《山帶閣注楚辭》，則只錄屈宋之文至〈大招〉而止，不錄漢人的作品。按楚辭一名，始見於《漢書・朱買臣傳》：買臣見漢武帝，說春秋楚辭。〈春秋〉是先秦之書，楚辭與春秋對舉，而莊助淮南，均買臣同時人，可見買臣所說的楚辭，乃指楚人屈原、宋玉、景差的作品，蔣驥將漢人附庸於楚辭的篇章，概行略去，這一甄別是正確的，本書作注的範圍，即決定依蔣驥至〈大招〉而止的篇章。

　　一為楚辭文體的明辨：楚辭為後世辭賦之祖，其文體，實為上承商周詩歌，脫胎於三百篇的，惟美的抒情詩。由於辭藻的奇瑋瓌幻。乍觀之，似乎有一種特具的面目，因之，近人便以為詩三百篇是北方文學，楚辭是南方文學。這不徒是好奇於異的曲說，實是不明楚辭何以為美者的曲說。春秋戰國時，各國政刑雖各自為政，但文物聲教，則還是一致，並沒有兩樣。楚辭第一篇為〈離騷〉，即屈原自敘之文，等於孟子的好辯章，莊子的天下篇，乃是戰國中期諸子著書者一般的作風。楚辭托意比興，即全本於詩三百篇。如善鳥香草，即關睢，鴻雁，棠棣，蘋繁。如惡禽臭物，即鴟鴞，蜉蝣，牆茨，稂莠。喻君子的虯龍鳳皇，即騶虞，麟趾，喻小人的飄風，雲霓，即彼〈何人斯〉的飄風，莫之敢指的蝍蛛。至於崑崙，扶桑的靈境，本於《山海經》，就重華，求虙妃，驅望舒，揚雲霓的想像，則彷彿列子、莊子，即均是當時無分南北的文學作風，其句法韻讀，全本於《詩經》，並且是商周以來，一脈相承的音節，更是可以一一按之而不變的。周初伯夷、叔齊的采薇歌：陟彼西山兮，言采其薇矣！以暴易暴兮，不知其非矣！神農虞夏忽焉沒兮，我將安適歸矣！吁嗟徂兮，命之衰矣。

箕子的麥秀歌：麥秀漸漸兮，禾黍油油。彼姣童兮，不與我好兮。如詩三百篇的：

　坎坎伐檀兮，寘之河之干兮，河水清且漣猗。——魏風

　婉兮孌兮，總角丱兮。未幾見兮，突如弁兮。——齊風

　我心匪石，不可轉也。我心匪席，不可卷也。——邶風

　知子之來之，雜佩以贈之，知子之順之，雜佩以問之。——鄭風

即是楚辭聲情語調之所本。楚辭句調的特殊，即在兮之也只等助辭的普徧運用，而在國風雅頌之中，即為習見的文法。只有〈招魂〉的些字，似乎是楚辭所特有，但也還是周南江漢，不可方思，不可詠思，大雅，神之格思，不可度思，矧可射思的聲調。思與些雙聲，乃是音近而相轉，還是本於周南的舊音。楚辭的韻讀，經朱子、陳第、顧炎武等人的考正，更無一不與詩三百篇相合，並無所謂楚人特別的俗語音韻，〈離騷〉有幾處韻叶，以今音讀來似乎極不調順，後人疑為是楚音的，如求宓妃之所在，與下句理字為韻，若不相叶。實則小雅：不屬于毛，不離于裏；天之生我，我辰安在，即是在理同韻。如求矩矱之所同，與下句調字為韻，若不相叶，實則車攻篇；弓矢既調，射夫既同，正是同調同韻。又如重之以脩能，與下句佩字為韻，若不相叶，詩三百篇，亦無能字韻。陳第〈毛詩古音考〉云：能古音泥，佩古音皮。秦風悠悠我思，與下瓊瑰玉佩的佩字韻，佩即讀皮。由以上所舉，可見楚辭體制文辭聲調音韻所承者，上自殷季，下至春秋。北自孤竹國的夷齊，西自岐秦，中歷魏衛陳鄭，東極齊魯，南盡江漢，實無不包有，乃為詩三百篇，變風變雅的延續，故其辭雖哀怨而不怒，雖靡麗不妖，實為承繼溫柔敦厚的詩教之傳統文學，正不必強作南北之分，才可以尊異之的！而且南國被文王之化，原較宋衛齊魯還要早，漢東在周初，即為諸姬的封地，也更前於秦鄭等國，周南的〈漢廣〉，〈汝墳〉，召南的〈行露〉，〈江有汜〉等篇作者，即是方域漢水之間的仕女。周太師不別之為楚風，而將之編入二南之中，列為儀禮鄉樂的樂

章，可見荊楚的詩教，正是岐周的一系。自春秋伊始，楚國與齊晉，分主
夏盟，行人往來無虛歲，並未與北方相隔絕。楚人的文采聲教，以及行人
的詞令，見於《左傳》、《國語》、《國策》者，也與齊晉魯鄭等國，沒有什
麼不同之處。故知屈宋楚辭，即是詩三百篇的繼聲。所不同者，詩三百
篇，均為合樂的短章，楚辭則全為抒情之文，如〈離騷〉、〈遠遊〉、〈天
問〉、〈招魂〉、〈大招〉，且為洋洋灑灑的長篇。詩三百篇，樸茂而涵渾，
楚辭除〈天問〉外，則皆委婉盡致，文句亦調順，與秦以後語文極為接
近，這即是其風格不同之點。這一點，又正是文學發展必然而有的演進。
因此，我對於楚辭文體文藝的解釋，即從其上承殷周，下開漢魏，乃是中
國古代文學的主流作演繹。

　　以上兩個問題，即是以老生常談，卑之無甚高論的平常見解作分辨。
以下各篇的注解，也就以這一見解作尺度，沒有「易人之意，反人為實」
的精微玄妙的見解，只作尋常五穀菽粟的分辨，用來寫這一題目作交卷，
現在且持這一見解寫在卷頭，作為本書的開場白，是否為精為粗，我已不
暇作計較了。

　　　　民國五十七年（1968）十一月遯翁於九龍大埔錦山臺之益智仁室
見何敬群編纂　《楚辭精注》　臺北　正中書局　1978年4月

17.〈祭莫可非先生文〉

　　中華民國五十九年二月十一日，香港中文大學新亞書院教職員聯誼
會、校友會、中文系系會沈亦珍等，謹以香花醴酒公祭於　岑溪莫君曲齋
先生之靈櫬前曰：嗚呼！　莫君堂垂繐帳
几（火蓺）篆煙，桐棺三寸，悲隔人天，對　遺容兮，宛在想謦欬兮，淚
潸柩車駕兮，門外素旐飄兮，道邊歌薤露兮，扣貍首將有言兮，俱愴然嗚
呼！　莫君，岑溪之英，嶺表之儁，文宗韓歐，學宗孔孟，樂作育以育英
才，以先覺而覺後進。昔設教於八桂，而薪火傳今，都講於香港，而木鐸

振嶺南之，弟子皆服膺其步趨，新亞之生徒，盡涵濡其沂詠。方宏化雨兮春風，胡遽考終兮正命，嗟講席之寂寥兮，經壇之鐘磬，嗚呼！莫君儒行，不缺酒德，自豪談笑生風，吐屬翻濤，比馬伏波之益壯，同晏平仲之善交。同輩既愛其高朗，後生更樂其鈞陶，而乃剛過周甲之四年，恰為履端之歲，朝忽報赴，修文之丹韶，能無傷巫陽之下招，嗚呼！莫君靈櫬將行，靈兮不昧，儻念人寰，應遲鶴逝鑒故舊之滿堂，黯壺觴以作祭，念中郎有女文，能傳身後之遺書，況梁鴻有妻，瘞能旁要離之塚，地知過化，而存神悟死歸兮，生寄格此玉甼之灌第，宜作九原之安慰，嗚呼！　莫君伏維　尚饗

見《新亞生活》第12卷第15期　1970年2月　頁3

18.〈悼念王貫之兄〉

今天是清明日，我在大埔山居休假，早起望到隔溪公路上擁塞的車輛，那是清明祭掃者的車龍。便想到貫之兄的逝世，已是匝月了！在這一月之中，我每從新亞書院，走出馬頭涌道去趁巴士之時，回頭東望貫之居所，高聳在十一層樓上，窗牖如故，便覺惘然如有所失。也便深深地體會到古人所云，黃墟思舊，山陽聞笛的情懷。貫之是於三月六日逝世的。當舉殯時，我曾挽之以聯云：

為起衰振廢　奮著述等身　嗟心血兮嘔完　便作輿來遽化
念莫逆論交　並膽肝相照　愴風流之頓盡　不知涕泗何從

又為中文大學新亞書院，東方人文學會，人生雜誌社三團體作公祭文云：「嗚呼王君！穆若清風，杳矣人天。桐棺待舉，清酌在前。悲橞帷之回颷，裊靈几之爐煙。嗟昊天之不愍，奪吾黨之名賢。舉一觴而致奠，冀精魄之流連。緬平生之風誼，試述哀而潛然。嗚呼王君：本八閩之英，丁陽九之厄，義不帝夫暴秦，乃遵海而遠辟，哀文化之淪胥，憤儒風之中絕。忘貧困之纏身，遂奮臂而肆力。創《人生》之雜誌，聯師友而為一。

本其不安不忍之赤誠，起作淑世淑人之經畫。發揚文周孔孟之遺教，重振大漢天聲之喧赫。為明道而正誼，甘淡薄與窮扼，惟人生之嚮往，作心聲以感格。歷廿載之慇懃，惟耕耘與墾殖。方紀念之成編，竟嘔心而疾以革。嗟我車之不駕兮，悲以身殉道者之絕筆。嗚呼王君！儒素儒行，經師人師。作我上庠之都講，亦為矩而為規。方盛西河之教授，遽吟梁木之崩頹。嗟鐸聲之遂寂，黯絳帳之虛垂。嗚呼王君，嬰肝膽之痼疾，了死生之如寄。詠黃中與通理，等鼠肝與蟲臂。無恒化而何悲，同蓮覺與成寐。然平生之交親，昨言笑而今異世。念人生之無常，能不撫棺而雪涕。今厝君於荃灣之海岡，祝藏魄之有地。念薤露之易晞，爰挽歌以作祭。嗚呼王君！櫬殯於土，神反其故居兮！宋王臺之隣，馬頭涌之衢兮！巍然而高者，君之廬兮！魂兮歸來，不忘人生之著書兮！嗚呼哀哉尚享。」

這一聯一文是不足道的，至敘貫之為學術道義而盡瘁，與哀傷中華文化，失去這一堅定不拔，守死善道的學者為惜，則正表達了當時與祭者數百人的心情。王先生之逝世為可惜，中華文化在復興與前進的途程中，失去這樣一個勇敢，「采吾道乎先路」者，是尤為可惜的。

貫之原名雲，四十後，改名曰道，閩南永春人，童年時能背誦四書五經，奠定了他成為一個篤信好學的學人的基礎。壯年時，正當國難期間，他投身黨政界，參加青年軍。從事抗日救國的工作。及大陸變色，乃辟地南來香港，從梁均默（寒操）、錢賓四（穆）、唐君毅諸先生遊。究心人文之學，從陽明程朱之書，上探孔孟之道。以為中華民族，所以淪為當前歷史悲劇的主角，乃由於數十年以來，傳統文化學說之被腐蝕，被蔑視，于是一般覬覦高位，不擇手段的野心家，便得乘間將西方傲詭怪幻的囂說，為醉麻，為篡奪。因之中華民族，便被劫制。便淪入黑暗的地獄之中。怎樣能以消除這黑暗，即只有張明燈，燃火炬，保存部份的光明，以待曙曦之來臨。因此他便創辦《人生》雜誌，繼承孔孟以仁為中心的道統，闡發以人性為尊的學說。在其論中國的文化一文中，他以為道的本體就是生，

除了生，就無道的可言。道的作用在仁，天覆地載，使萬物各順其性，各得其所，各遂其生，人類社會，也應效法其博大無私，才能使人類各得其生，各適其性，各得其所，而有人與人間親善關係的建立，即是仁的簡樸意義。道的精神在誠，誠便是仁與智與勇的原動力──原文是《去國集》──其《人生》雜誌的創刊辭則云：我們認為人乃宇宙萬物之中心。──萬物雖不必本然的為人類而存在，但萬物經過人類利用厚生之後，卻是實然的為人類而存在，因此：人類為宇宙萬物的中心，雖不是物理上的必然，卻是事實上價值上所當然的。

我們認為人就是人，不同於物──人創造機器，發明主義，是用來滿足其生存願望，與實現人生理想，不是反轉來以人類為機器的奴隸，為主義的芻狗。人是社會一切文化理想的主體，如果人不值得重視，則所謂理想或主義，實將一文不值。

他本這一宗旨，從事《人生》雜誌的耕耘，毅然以整理國故之學，闡揚用世之文，振起儒家立人達人的精神為己任。日與海外志趣相合的師友相討呼應，夜則篝燈著述，為正誼明道的喉舌。凡編輯校讎發行等工作，皆躬自任之。這樣二十年如一日，毫不顧及生活困窮，與工作的辛苦。這種精神，即非尋常所可及的，只有一個篤實的學者，才會有這樣弘毅的熱忱。本來辦一個雜誌，乃是極為尋常的事，在近二十年之中，海上雜誌等刊物之多，不可勝數，而能不枝不蔓，無詭無隨，始終中立不倚，為文化，為人生，為學術，作正言與讜論，而又能支持到二十年之久，屹然作狂流中的砥柱者，即只有這一《人生》雜誌，正因其起衰繼絕的立場之嚴正，故《人生》雜誌，遂為海內外學人所推重，視之為海上文化的堡壘，貫之即儼然為這一文化堡壘的號角手。亦正因其立場之嚴正，與陳義之高，樹幟之堅，有如大羹玄酒，不能投合低級趣味者的胃口，故其銷路不能廣闊。因之《人生》雜誌的經濟，即時在拮据虧累之中。人勸貫之，何不降低水準，稍迎合低級趣味的潮流。貫之夷然不顧曰：「大匠能與人規

矩，不能使人巧」。我這樣的幹，本是在不毛之地作播種，本不作穰穰滿車的豐收希望，但能有一二顆種子，得到泥土而苗而秀而實，我的心便已安慰。若降格求售，乃是市儈的行為，為經濟而變節，這不是良心所容許的。這可見守道不貳的堅決，真不愧為一個誠篤的學者了。

我與貫之相識，係在梁公均默的抱山襟海樓座中，近數年，又同以文史之學，教授新亞中國文學系。在這二十年中，我們是商量文字，砥礪學養的老友，我為《人生》寫文章，見他節衣縮食，支撐這一雜誌的艱苦，自願不收稿費，他寧肯自己清苦，還是將這些稿費，為我印《老子新繹》，《易義淺述》，《益智仁室論詩隨筆》，《莊子義繹》等書。去年冬《人生》出版二十週年，他告我云：《人生》發表師友的文字，不下三千萬言，皆為有關文化學術，道德倫理之文，不可以不作紀念，甚望能為我作歌行以張之。這歌行我還沒有動手寫，他已因肝病突發入醫院，庚戌（1970）歲杪，他的病稍見好轉，即出醫院，力疾編印特刊。並為題辭云：「人生有言，直道正辭。天下權衡，方寸良知。文章性情，教化所在，會友輔仁，忠信敬愛。心所同然，聲應氣求，成非獨力，功仗群謀。公是公非，合情合理，無適無莫，義之與比。志道據德，依仁游藝。明善誠身，闢邪解蔽。時有盛衰，道有顯幽，盡性至命，不怨不尤。天爵良貴，他非所慕，懼以終始。庶幾寡過。躬履諸艱，貞定不移。擇善固執，〈剝〉〈復〉之機。篳路藍縷，我車不駕。任重道遠，敬待來者。」

這特刊出版旬日，他的肝病突轉劇，未數日遽歸道山，他於《人生》雜誌這一文化事業，可以說是鞠躬盡瘁，死而後已的了。念此二十年老友，念此一誠虔篤實的學者之殞逝，為之傷感不已；檢視他的遺書：如《去國集》，《人生之嚮往》一二三集，如《心聲集》。均陳列在我座右的書架中。重復翻閱，愈感他盡瘁文化學術的精神，與其對於中國道德倫常體認的深切，確能做到擇善固執的地步，也正掌握著剝復的先機。但我車不駕，亦若預知其大命之將盡者。我想他二十年來的心血，與這幾百萬言

的著述，雖然拋擲在這不毛之地，但幾十年之後，終必得到沃土而蕃滋，這是可以斷言的。

回憶去冬，我去看他的病，他於病榻示我病中之作云：散木料難支大廈，病軀試與卜天心。任他肝膽生顏色，潤得黃膚日已深。並自註云：賤恙積漸已久，去年十二月二十四日，全身發黃，不過為肝膽病之表面化而已！，《易》曰：君子黃中通理，正位居體，美在其中。惜未能臻此境耳！我以為此詩與註，與維摩詰所云：以一切眾生病，是故我病，有同一心量，當時即以此安慰他，也以為他的氣並不衰，他的病必然會漸漸地好轉。昨晚燈下翻閱《人生》紀念刊，再讀到這篇詩，再記起去年他要我寫歌行，我還沒有交卷，想到延陵季子在徐君墓挂劍的故事，又不禁黯然為之於挹不止，因寫成五言二十韻。念二十年來，我們兩人，每得詩，必互相抄示，互相敲推，互相欣賞。現在輪到我為哀悼他的詩，而他已不能見，不能為敲推了。今晨，重把這二十韻的詩，自己吟誦一過，更覺「情何能已」的感慨，湧上心頭！因拉雜寫成本文，即將這詩附在後頁。既嘆逝者，亦自念也，曹子桓氏，已先我慨夫言之了。

〈哭貫之兄二十韻〉：海外論交遊，誰為吾黨健。惟君最篤實，有若金百鍊。為傷世喪道，獨奮素履願。身方處顛沛，手操無尺寸。所憑惟誠懇，所仗惟筆硯。秉此單厥心，不計利與鈍。號召起斯文，輯作通德論。上達孔孟旨，集思訂文獻。中闡《人生》義，徧為頑懦勸，彌綸二十年，文字三千萬。雖無赫赫功，已播拳拳善。方將再磨礪，立達裁狂狷。如何遽長往，失此鴻筆彥。伏念海濱遊，相期同汗漫。學殖共犁鋤，道誼毋厭倦，人天嗟杳杳，言笑記晏晏。獨坐把遺篇，支燈對寤嘆。茲人有茲疾，掩卷悲誰唁，如君所操守，至死塞不變，蓋棺論可定，宜入儒林傳。

辛亥（1971）清明日於益智仁室

撰寫於1971年辛亥清明日；見《人生》第34卷第5期（總第401期）1971年6月　頁7-9

19.〈(翁一鶴)〈紀事詩三種序〉

　　翁君一鶴著〈紀事詩〉三種，徵余為之序。憶四年前於香港報章讀君所為〈赤馬謠〉，即歎其風格為國風為變雅之遺，不徒詩史而已也。然刊佈不齊，時斷時續，則以未能盡窺全豹為恨，亦數數為君言之，曷不編為一帙，公之世人。蓋君此詩，皆為蒿目時艱、扼腕世變者：同欲傾吐而後快之心聲，然人欲為傾吐而或格於興會與資籍，未能以盡吐，君則詞□在手，獨能噴薄而出之，以探驪得珠之麗藻，為燃犀燭怪之屬照。斯乃有關世運之文，而亦異代論世之徵驗，若不彙集而傳之，將使後之人，但見一鱗一爪者，復引為遺憾也。今君於〈赤馬謠〉之後，續成〈長春詠〉〈秣陵後吟〉，并為一帙。中山學術文化基金會，即將為之出版，而余得為之弁其端，以樂其成書，快心為如何也。昔揚子雲氏論賦曰詩人之賦麗以則，辭人之賦麗以謠。余謂此云未可以論詩。詩之吟風弄月、流連光景，爭弄風月之間，於異聲響之，末者自不足論，即能抒寫抑塞、俯仰人事者，而止於交遊投贈、會別傷離之吟嘯，雖辭采披紛，瑾瑜在握，實亦辭人之詩而已。惟能有為而發，不徒出之空呻，為志為聲，足代罪人之喉舌，在書□識穆創之義，為興觀群怨之吟，乃為詩人之詩。故變風變雅者，憫周道衰，禮樂崩，人倫廢，刑政奇，乃有〈兔爰〉〈碩鼠〉之風，〈桑柔〉〈瞻卬〉之雅。今君諸作，對當前之變幻，為紀實之謳謠，哀沐猴之冠，慨傀儡之戲，而於□之良人，□□之土□，故能窮其形像，抉其□□，其憤慨怛惻之概，激揚哀麗之筆，云之得變風變雅之遺。意下之接二都、三吏三別之後塵，此其為詩人之詩，亦為後世譯史者必徵之文獻，可斷言也。余與君約當其時，親見此三紀之事，足証其所詠，不惟鞭辟入裡，而實要言不煩，皆犖然有當，於人心聲足以信今而得後，因撮舉其意，書之以復命，亦以□後世之讀此詩者云耳。

民國六十一年壬子（1972）春清江何敬群邂翁，寫於
香港古媚川都錦山台之益智仁室

撰寫於1972年春仲；見翁一鶴（1911-1993）　《赤馬謠》　載楊愷齡輯、沈雲龍主編　《近代中國史料叢刊》第17輯　臺北　文海出版社1977年

20.〈《詩學纂要》序〉

　　學詩學文，非一朝一夕之功可致，非真積力久不能入。近代教制，小學中學僅課語文而不課詩，必大學文科，始有一年課程之詩選。其為講習之時間，不足百小時；僅能使修習者，略知某時代有某某詩家，某詩家有某名篇某佳句而已！至何以為名為佳，則大半茫然，以云寫作，自戞戞其難矣！論者於此，則以為學詩之時間過少，學者無法多取資，自無以宏其用，教者為所限，亦無所施其技也！余謂不然。詩之所資，不外經史語文；今大學生徒，正當窮經繹史之年，正作經史語文之攻治，不可謂無資，但有資而不知用於為詩耳！若能發其蒙而導之前，則如棒喝而悟，破翳得明，一轉移之間，即可以悠然而逝，翼如以趨。故一年之時間，不可謂短，要在學者與教者之能得其要耳！原夫詩為天籟，為心聲，學之而工自非易，學之而能則非難。能明於聲調格律而熟其規矩，則十得四五矣！能讀唐宋詩三二百篇，紬繹其規矩運化之所在，則十得六七矣！能不斷嘗試為寫作，則十得八九，而能入言志永言之塗徑矣！再進而泛濫魏晉六朝之篇什以鍊其辭，再進而涵濡國風騷雅之韻味以厚其氣，則可以為言必己出，斐然成章矣！而此一年之講習，則為之開局啟鑰以窺其秘，指路示途以助其行也！此自須學者之欲窺欲行，而亦在教者之善啟善指。故必究學之之方，與教之之術；所謂工欲善其事，必先利其器，而教材之選擇，與學習之疇範尚矣！近十年，余以詩詞曲，講授海上各學院，即以此旨編為課詞課曲課詩綱要三種，用為教與學之工具。要在易知易行，重在能讀能寫。雖未能使其器盡利，其事盡善；然使從學者，以最短之時間，能循宮墻而得門，能知堂奧之所在，雖若近於速成，而不無利於初階也。去年秋為浸會學院課詩，即用此本，易其名曰《課詩纂要》，油印發諸生為講習

之範本。文系主任徐伯訏先生見而善之,謂不若排印成書,以廣其用為便。余惟此猶閉門所作之屨,我之所便,未必為人所同便。然既便於我矣,則付之手民也亦宜,因自序其顛末於此以為之引。本書體例,有須略作說明者,並約舉如後:

一、詩歌只用,。斷句。凡韻句用(。),非韻句用(,),不用其他符號斷句。

二、聲調符號——示平聲 │示仄聲 ○示可平可仄 ⊖示可仄,但宜平 Ø示可平,但宜仄 △示韻 ∟示本韻至此止,下句換他韻。

三、典故出處,儘前文作注釋,後文重見,即不作注。

一九七四年二月遯翁於九龍浸會學院中文系室

撰寫於1974年2月;見何敬群 《詩學纂要》 九龍 遠東書局 1974年9月 頁1-2

21. 〈《詞學纂要》引言〉

詞之聲調複雜,若比詩為繁難,然其格式靈巧,等於揭有指標,足以引人入勝。其風致雋永,妙於自成境界,足以任人揮灑。教者學者,能知其意而得其要,則此繁者,正為美人之環佩,壯士之雄劍,正足見詞之易於詩,而不覺其難矣!此謂要者為何?即善於取則已爾!取則不外讀唐宋人詞,熟之,即能依腔上口,按譜成詞。此為極尋常之學詞法,人人均知之;故詞選之書,充塞書肆,學者教者,均能人手一編,用為法式,然未足以見學詞之易者何也?則以此諸選本,大多騖於遠寫隱微,而未能得教詞與學詞之意也!

自來言詞者,均以美成、夢窗為詞之正宗,均以代言無題之作為詞之極品。故《四庫提要》云:詞自晚唐五代以來,以清絕婉麗為主,而以東坡為別體。是以選詞與教詞者,即均以婉麗之詞為選為教,而不知此類鶯嬌燕囀,吟風弄月之詞,美固美矣;而空洞浮游,無中心可言,無性情可

見，實不足以發揮指標境界之運用。蓋詞之興象與詩同：代言當如樂府，必須言中有物，立言當如騷賦，必須哀樂從心。而其曲折盡情，莊諧並妙，實較詩為尤易盡其致者。但一涉空泛，即入迷離，縱集七寶以為樓臺，亦徒為眩惑，使人目迷五色而已！

民國六十一年，余始以詞教授珠海書院。初取坊肆選本為教，講肄雖勤，而學者格格不入。興味索然。乃爽然於工欲善其事之不可不先利其器也！於是另選有詞題，有興象，有旨歸，情理並抒，清靈醒快，富於啟發性之作為教本。十餘年之間，自珠海至中文大學，華僑、經緯、清華、浸會各學院，前後從學者，不下千人。雖未能盡一隅三反之功，而一般俱能有聲入心通之效，莫不興味盎然，樂於講習與寫作，無慼額相向以為難者。然後知伐柯取則，蓋在邇而不在遠，茲則學詞之意之所在者也。頻年以來，就講授與諸生習作之體驗，數為增損刪補，以成今本，因畧加箋注，以便學者之自修。至詞之旨趣，與語句之靈巧超妙：如溫庭筠〈更漏子〉，以葉葉聲聲，空階滴到明之雨聲，寫思婦之竟夜無眠。史達祖〈瑞鶴仙〉，以冰霜一生裏，厭從來冷淡，粉腮重洗，寫是紅梅而以別於白梅。吳文英〈浣溪沙〉，以月落溪窮清影在，日長春去畫簾垂，寫是舟中梅屏，而非開在園林中之梅花。張玉田〈解連環〉，以寫不成書，只寄得相思一點，寫是孤雁而非陣雁，此為語句之靈巧。如歐陽修〈朝中措〉，以手種堂前垂柳，別來幾度春風，寫重到揚州，不但無江潭搖落之感，而且有豪情依舊之勝概。蘇東坡〈定風波〉，以料峭春風吹酒醒，微冷，山頭斜照卻相迎，寫襟懷灑落，隨遇而安之心境。周美成〈滿庭芳〉，以人靜鳥鳶自樂，寫溧水山僻，政簡人安之閒適。李清照〈聲聲慢〉，以乍暖還寒六事，寫一日之間，尋覓所得，皆為紛至沓來，愈增慘戚之悲苦。辛棄疾〈水龍吟〉，以把吳鈎看了，欄杆拍徧，無人會登臨意。寫報國無門，請纓無路之悲憤。姜白石〈齊天樂〉，以邠詩漫與，笑籬落呼燈，世間兒女。寫太平時與衰亂時，人情事物不同觀感之慨嘆。此為旨趣之超

妙。此選唐宋各家詞，即均各有此靈巧與超妙之旨趣與語句，是即詞之興象，足以啟發學者興趣之所在。此但舉數例而不及備舉者，則以山蹊澗道，俱為通塗，而熊掌膾炙，各有賞心；是在教者各抒所見，各能說法契機，則學者自能觀感興起，自能心領而神會。茲故不加詮繹，以免支離。蓋牟尼寶珠，四面望之，各成華彩，不欲以一隅之見，而局限各有會心之發揮也。至聲調音韻句讀對仗，此為詞之規矩，亦為初學老學，均所必習知之定法，故隨詞舉例，不厭其詳；規矩既明，斧柯不遠，則自能得心而應手矣！六十四年（1975）夏，將以此本付剞劂，爰以此意書其端，用告如好之覽者，亦以為他日自檢其得失之徵驗也。

清江何敬群邁翁記於九龍美孚新村之益智仁室

撰寫於1975年；見何敬群　《詞學纂要》　九龍　遠東書局　1975年9月　頁1-3

22. 何敬群〈故國務總理孫公慕韓碑銘手札集書後〉

民國十一年直奉戰役，舉國喁喁望治。孫公寶琦以吳將軍佩孚之支持出而組閣，余時方弱冠，即時聞輿人之頌。孫內閣為好人內閣，其去也，時人莫不惋惜之。越五十年，余與公之子用震君，同執教香港華僑大學，用震彙其先公書翰墨蹟及碑誌等，欲為公作年譜，浼余介紹一二能為搜集近代史事資料之人，而余無適當之人可應命。君乃自為序跋，記其先公平生事蹟，屬余為作文字之釐定。余因以知公之廉正，與其臨大節而不可奪之氣節，蓋不儘為一好人而已也。自民國以來，凡達官顯宦，家資積至千萬者，舉目皆是，而公位至元輔，幾須舉債度日；晚年為二十餘萬元之債務，至於口手瘃瘃，雖有稅務署之羨餘，與金法郎案之厚賂，亦怢然不顧，此其廉正為如何也。日人迫簽二十一條，與金法郎案，為民四至十三年間轟動世界之大事，公與袁世凱為姻親，於曹錕為舉主。均毅然拒簽，寧敝屣尊榮，挂冠以去。當時北洋軍閥之當權者，惟吳佩孚為一最具氣節

之正人君子。吳之擁公當政，雖由師生關係，而其欽公之氣節，服膺有素，當為其主因。然公兩次主政，而不能展其用，此則天未厭亂，非人之所能為也！用震輯公手札，並娓娓述公平生瑣事，不惟足覘真實之行誼，亦足為民初二十年間歷史之文獻。余既為參酌文字，用震復請繫辭以申之。因舉余所景仰於公者書其後，以告得此冊之讀者。

　　　　民國六十六年（1977）六月，清江何敬群書於九龍之益智仁室

見《孫慕韓先生碑銘手札集》　載楊愷齡輯、沈雲龍主編　《近代中國史料叢刊》第45輯　臺北　文海出版社　1977年

23.〈（陳湛銓）《修竹園近詩續集》序〉

　　吾友新會陳君湛銓，講授國學，為海上大師。歲上丁巳（1977），君年逾耳順，群弟子請出其舊所作（修）竹園詩，刊印之以為壽，亦以嘉惠後學。君不許，更為新作以應之。自秋初至冬季，數月之間，成古近體三百五十餘首，署曰《修竹園近詩》，自書景印。海外士林，莫不詫其敏捷，服其精鍊也。旬月前，君語余云：今年自春至秋，吾又得詩千一百首為續集。昔陸劍南作詩三十年，有詩八千餘首；其最多之一年不過三百首。而吾於八閱月中成詩逾千首，是亦足以盡吾興矣！今後擬不再為詩，當從事平生研經繹史，明道正誼，稽古開新之述作。今之續集，將於改歲之前付梓，子其為我序之。余聞而詫君興致之豪，亦昭君所蓄之厚且廣也！余嘗與君同執教於珠海者數年，又嘗從君任教經緯者數年，以是知君深；亦欽君博聞強記，好古敏求，固異乎尋常者萬萬。其治學：則務其大道遠者，不沾沾於呫嗶之間；而以拒邪說，放淫辭，振廢起衰，拔本塞源為己任。故其自言：四十四歲以後，極少為詩；且有五年中斷者。則揚子雲所云：詩賦小道，壯夫不為；非真不為也，將節其精力，以為大者遠也！然其蓄之既厚，則自然能宏且廣；其蘊之深，則自然能精且約。如樹木之根柢既深，雨露之膏深既溥，則自然及時而發茂之葉，爛錦之花，與纍纍而碩大

之果實。故情之所寄,興之所發,一觸其機,即能為經世之文章,能為答
詠性情之詩歌。而詩為六藝之首,一經命筆,即能源泉滾滾,即能汩汩而
來,噴薄而出之,譬猶大塊噫氣,是唯無作,作則萬竅怒號。故君之為
詩,不基年而得千數百首,皆言中有物,句無虛設,而精悍揮綽,光芒四
射之概,皆足以廉頑而立懦。人謂君為霸儒,君亦嘗言:今日橫流中,遏
惡戡姦,似非天地溫柔之仁氣所能勝。則知君之為詩,蓋蓄天地陽剛之氣
而出之者。昔人論文,以為文以氣為主:氣盛,則言無不宜。余謂氣有醇
有駁。氣之駁者,雖能運其文辭,至於持之有故,言之成理,然終為跛弊
邪遁之囂說。惟以直養,乃能理直而氣壯,乃能發為文章,而鑿然有當於
人心示君既以明文周孔孟之道為學養,復以張文周孔孟之文起衰廢,則其
理以直而氣以醇,故以天地之義氣為詠歎為風詩,即以沛然浩然,灑灑洋
洋而不能自已。至其緒引不絕,出奇無窮,則又其才力之磅礡迥異乎尋常
萬萬者也!君今後不再為詩,將肆力出其治學講學之所蓄養者為述作,為
經世之文章,猶樹木者之豐其繁碩之果實。而此兩詩集,則賞心悅目,爛
然如錦之奇葩矣!故樂為廣其意而序之,以為讀其詩者之先導也。

戊午(1978)秋季,清江何敬群逖翁於益智仁室

撰寫於1978年;見《華僑日報》 香港 華僑文化 1978年12月30日

22. 何敬群〈悼羅香林先生〉(存目 待檢)
見余偉雄主編 《羅香林教授紀念集》 羅香林教授紀念集編輯委員會
出版 1979年 頁97

25. 〈悼(郭)亦園〉
郭君亦園,浙之黃巖人。少年時嘗以詩受知於吳孚威上將軍,入參幕
府,出為縣長。君和涂公遂除夕詩,七字換來官百里,及每感孚威先我
去,縱延喘息也虛存之句可見之,國變後,南走香港,臥病鑽石山某禪院

中數年，隱去少年仕宦之名，惟以亦園自名。謝靈運詩，養疴亦園中，君蓋取其義。余嘗以問君，則莞爾而笑曰，吾為世所遺，亦欲忘世，且忘我爾。君病愈，乃出而與香港詩人遊，日以吟詠為樂。唱酬者既日多，乃結為「香港詩壇」，每周必集吟侶於市樓茗座，相與敲推唱和，先後於《華僑》《星島》各報，闢專欄刊佈詩壇所為詩，遂以風動一時，海外聞風興起，郵筒加盟者，自港澳台灣而外，遍及南洋、星馬泰、越南、印尼、菲律賓、南北美洲，君儼然為之盟主。一千九百五十六七年之間，余以夏書枚、林千石君之介，始識君於九龍茶座，一見即如故舊交。觀君唯日汲汲鼓吹騷雅以自樂，則益欽遲其人，中國文化詩書禮樂之教，每丁世變存亡絕續之時，則必有好事者，不顧名位勢利，起而彌縫延續之。余每讀陶淵明詩：詩書復何罪，一朝成灰塵，區區諸老翁，為事誠殷勤，則慨夫其言。今觀君之所為，其成效如何未可言，其好事之殷勤則一，是可風者也；君於一九七九年十二月，病歿於調景嶺養真苑之林寶醫院，詩壇友人，擬為刊其詩集，乃發覺其詩無存稿，君好詩如此，而不留遺稿，不作傳世想，是真為忘世亦忘我者矣。遺稿既無存，計惟搜集剪存報章雜誌之稿，而黃君天碩、李君任難、孔君鑄禹、王君世昭、包君天白、徐君義衡、王君質廬各檢出所藏剪報，計得詩五六百首，而天碩、天白、質廬三人，所得者為最多，因請天碩編之其先後，余為去其重複，補正其漏字，實得詩三百餘首，編為《郭亦園遺詩鈔》，附諸家哀挽之詩聯合為一冊，一以為海外詩壇存紀念，一以彰亦園盡瘁於詩之孤詣，一以傳其詩公之於世人也。亦園喜為七言近體，其詩風格近白樂天，而意境辭氣，剛出入東坡、劍南之間，時有新意新語，能犁然當於人心，故近二十年，海上詩壇，皆以七言為尚，書枚君言，自有亦園，香港詩風，即只有七律，此雖戲言，亦見其能影響二十年之詩風，則其詩之傳，亦可預覘其必然矣。余為編次其詩，亦慟失此為騷雅扶輪之人，遂成右作兩章以悼之。

遯翁庚申（1980年）二月

撰寫於1980年2月；見郭亦園 《郭亦園先生詩集》 香港詩壇 1980年10月 王世昭署耑本 頁76-77

26. 〈益智仁室詩錄〉序

　　錄一九六〇至一九八二年所作詩，計古風：五言七十一首，七言三十一首，律詩：五言十四首，七言百二十七首。絕句：七言三十四首。共古近體詩二百又九題，二百七十七首。余幼貧失學，長雖有志問學，而為生計所驅，牽車服賈，奔走江湖，亦無餘晷向學。兒時從吾母沈太君，口授唐人詩，以代兒歌，頗能解其辭意之新穎，聲調之順唇吻，即喜自為誦習，時亦弄筆塗鴉為邯鄲之學步，長而好之益深，詩遂成為吾怡情快意之要目。則以詩為短章，便於誦讀，又有一定之格律，整齊之對偶與句讀，易於記憶，易於寫作。不必下帷鍵戶，擁被挑燈，而可得閒即展卷，興到即成吟。故五十以前，擔簦躚躚，櫛沐風雨，而篷艙車蓋，板橋茅店之間，即均為吾研詩作詩之天地。其他學問雖騖為涉獵，均止於淺嘗，獨於詩則耽之癖之，亦唯詩能發吾勃鬱，祛吾勞愁，不徒芻豢之悅口而已也。五十以後，棄商從學，以詩詞教授海上各學院，即不僅為空泛之講論，而以寫作為諸生倡，亦自快其言志永言之興會！計此三十年，跼蹐港九蹄涔之間，猶鳩鴳之搶枋榆，亦自笑其固陋。然吾心能徜徉於八紘九宇之內，悠悠然坐觀風雨煙雲之變化，洋洋然縱浪於枯榮喜懼之外，此中味況，即一一發之於詩。一以識歲月而知非，一以寄吾心之所宅而自檢，亦顛沛流離之一樂境也，彼澤畔行吟，自為憔悴者何耶！故錄吾詩而存之！又不禁自為會心之微笑矣！

　　　　　　　　　　　　壬戌（1982）七月遯翁於美孚新村益智仁室識

撰寫於1982年7月；見何敬群自輯 《遯翁詩詞曲集》益智仁室識 香港志文出版社 1983年8月頁1-2

27.〈天遯室詞錄〉序

　　錄一九六〇年秋至一九八二年所作詞，百二十九首。皆自寫胸臆，興之所至，信筆成篇，有詞之格式，而無詞之風情，則有名無實之俚詞也！詞為豔科，而余不喜綺羅香澤之辭，尤不喜無故而虛構為纏綿旖旎之豔語。故所作皆直率淺露，不足當好花間陽春者之一顧。然吾樂詞之格調排比富於詩，其聲情之靈妙，與辭氣之宛曲，能範我驅馳，尤能發我興會。得其肯綮，即能得之心而應之手，肆筆之所之而盡吾情，快吾意。不必牽挽美人香草，即足以鳴其天籟，極其興觀群怨之寄託。吾自計所作，雖不能當於朱弦清越之音，然一唱三歎，亦可以自樂其悠然自得之樂，是故錄而存之，聊以自覽而永其樂也。

壬戌（1982）秋仲益智仁室記

撰寫於1982年秋仲；見何敬群自輯　《遯翁詩詞曲集》益智仁室識　香港志文出版社　1983年8月　頁81

28.〈天遯室曲錄〉序

　　錄小令三十章，重頭十六章，帶過十一章，套曲二十套。半為一九六二年至一九八〇年，在珠海、新亞、華僑、清華各學院，教授詞曲，課習作時，所為導引示範之作。余於南北曲，雖心知其美，然素未問津，遑云寫作。一九六二年珠海始開此課，乃嘗試按拍倚聲，扶路學步。乃知曲之聲容格調，態度風裁，生動靈活，比詩之疆域為寬廣，比詞之間架為靈妙。不惟示人以應機說法之規矩，且能引人入勝，如環中運樞，順流揚榜，而使人巧；自得無窮之興象，自出無盡之興會矣！惜余少壯之時，計不及此，至六十之年，乃得知而味之！然吾老矣！不能用也！雖駸駸汗追之，不可及已！至此二十年中，所為令曲，果有成乎？果無成乎？置之金元關鄭馬張之行列中，能建旗鼓乎？抑為偏裨乎？吾所不知！然吾自審所為詩文詞曲，則當以此為最得吾意者。人將許為是乎，抑將嗤為非乎？非吾所計。但平生為學，百無一成，儘此雕蟲小技，自謂為能愜於心，比之為稼為

圃，其必為吾夫子所斥也明矣！然吾嗜痂有癖，敝帚自珍，故錄而存之！其為守高叟為詩之固與？抑為解揚子草玄之嘲與？又非吾之所計者矣！

壬戌（1982）仲秋天遯室記

撰寫於1982年秋仲；見何敬群自輯　《遯翁詩詞曲集》_{益智仁室識}　香港志文出版社　1983年8月　頁121-122

29.〈《遯翁詩詞曲集》前記〉

　　一九六〇年庚子春，彙僑居香港十二年所為詩詞二百五十五篇，刊《遯翁詩詞輯》一冊，至今又逾二十年，辟地遵海、耕硯為田，雖感顛沛流離，亦幸還吾初服，則以素願在學詩學禮，樂道樂飢，至於不受命而貨殖焉，非吾志也。自慨生當道喪文敝之世，目睹囂說高張，奇衺錯出，為吾心所謂危，為吾憂多待寫者，充滿胸臆，而無三餘之假日，容我三絕其韋編，徒懷靡及之心，每深未遑之憾。自一九五七年從事講學，借敊學相長之便，乃得肆力於翰墨之場，先後輯成《易義淺述》、《老子新繹》、《孔孟要義探索》、《論詩隨筆》、《莊子義繹》、《詩學纂要》、《詞學纂要》、《楚辭精注》等書，則皆平生讀書，若有所得，蘊之腦海，渟為淵泉，今乃得鈎稽整頓，豁然疏通而出之，則此硯田耕耨，不無多少之收穫，然田疇畦町之間，尚有遺秉滯穗，尚待灌溉之，收割之，而昏眊交逼，甚矣吾衰能一一籽之耘之，以登場圃乎，未可然也。惟詩與詞曲，皆零縑雜製，厄言小歌，皆各自成軍，不相統屬，可以不須部勒，不待蒐討，而可呼之即集，信手拈來，爰檢案頭所積，優先條理，納之倉庾，因再輯為《遯翁詩詞曲集》，首為詩錄，二為詞錄，三為曲錄，而以《遯翁詩詞再版》殿之，不敢謂此為硯田畹畎中滋樹之蕙蘭，然比之留夷揭車之在畦町，保其峻茂，俟時刈之，毋使萎絕而蕪穢，亦足以自怡自悅，自盡吾意而為快矣。遂以書之卷頭，亦以自壽其所作曰：詩乎詞乎曲乎，爾之出也自我心；爾之藏也在我腹；爾為歌，爾為哭，寫之恣吾筆，彙之遂成錄，與爾同語默，為吾存耳目，與爾詠歌兮海之濱，與爾徜徉兮部之屋。吁嗟夫，

詩詞曲，江漢以濯秋陽曝，唯我與爾莫逆相視兮同憂樂。

　　　　　　一九八二年庚戌七月，何敬群記於九龍海濱益智仁室

撰寫於1982年7月；見何敬群自輯　《遯翁詩詞曲集》益智仁室識　香港

志文出版社　1983年8月　頁1-2

30.〈《伯元吟草・香江煙雨集》序〉

　　歲壬戌（1982）秋，伯元陳君來香港浸會學院講學一年，秩滿復歸台

北，彙一年所作詩詞為《香江煙雨集》，屬余為序。君籍贛縣，余籍清江，

誼為江西同鄉。往余賈遊贛城近兩紀，挹贛南先賢陽孝，本曾茶山之遺

風，與贛城詩人謝遠涵、周蔚生、廖夢蘭、袁盛沂、程伯臧、高巨瑗、盧

貞木、劉太希、賴靜虛、陳昆生諸老，結為詩社，蘭臭同心。今此一年，

又與君海上同寅，談經同舍，復同耽吟詠，同在香江煙雨中，為唱和之詩。

友於君，此集不惟佩其聲華，亦同其興象與興會，固宜樂而為之序也。

吾江西詩盛於兩宋，至元明而稍衰。明末清初，乃有寧都之魏，鉛山之

蔣。清末民初，乃有義寧之陳，萍鄉之文，新建之夏，以振起之。至近三

十年，播遷海嶠，則有彭醇士、劉太希、易大德、胡鈍俞、楊雪齋、涂公

遂諸老，皆能扢揚風雅，為海上詩壇之主盟。而君少壯英發，正足為江西

詩派延續其流衍，播揚其餘烈。計此一年中，君在浸會學院，鳴金戛玉，

日宏大聲。余雖老朽，亦向風而鼓舞，作應聲之追陪。君詩即景生情，遊

方之外，遺形寫意，筆墨淋漓，而香江山海樓臺，四時成歲之地，則在煙

雨迷離之中。君為繪聲繪影，為謠為歌，使人讀之，如對桃花源。詩低徊

往復，於往跡未淹之前，神界既敞之後，詠歎三復，而不能自已。則此集

之必傳，可以斷言。而今後江西詩之延續，亦匪伊異人望，惟君勉而當之

矣！

　　　　　　癸亥（1983年）十二月，何敬群遯翁益智仁室寫

見陳新雄　《香江煙雨集》　臺北　學海出版社　1985年7月　頁1-2

31. 〈《夏書枚詩詞集》序〉

一九八四年三月十八日，即甲子二月十六日，夏君書枚，逝世於美西。七月，其夫人蔡林芳，攜其詩詞雜文稿一篋來香港，請「詩壇」為之刊印，而屬余與文先生疊山為編次校訂。且告余云：書枚耽吟詠，亦自愛惜其所作。惟近三年來，每觸手得舊作詩文稿，往往剪碎擲棄之曰：此無用之物，不足以覆瓿，今所攜來者，皆剪棄之餘也；書枚一生心血之結晶，儘此而已！我為後死者，不忍座視其湮沒，故不遠萬里，不惜費用，乞為輯存，以告書枚之朋友，亦以貽其後昆。余聆其言而憮然，發其篋，則故紙殘箋，叢雜損缺，真為剪棄之餘。乃為去其重複互見，蠹蝕墨漬者，得詩九十餘首，詞十六首，討論學術之論文數篇。記二十年來，余所見其所為詩，不下三四百篇，今可得而刊之者，不及十之三，則慨然於吉光片羽，尤為足珍也；君籍江西新建縣，生於光緒十八年壬辰（1892）十二月三十日，時已立春，故八字列為癸巳。原名承彥，後乃名叔美字書枚。為江西書香世家。其曾祖憲綸公，科甲出身，甲午前，任臺灣道臺，著有政聲。其父敬忠公，號退圃，著有《抱石山房詩稿》二卷，文稿一卷。其從叔敬觀公字劍丞，為清末民初，江西詩派之大家。而與楊昀谷，盧兆梅等人齊名之程學洵伯臧，則其姊夫也；故君少年時，即涵濡於詩詞領域之中，耽於吟詠。民國初年，畢業於北京中國大學，出而從政，於交通部門，則歷主招商局各分局，如蕪湖局總經理，於鹽務部門，則歷長省區鹽務，如江西省鹽務局長，均以幹員名，以廉潔自守，以儒雅馴馴見稱。大陸變色，潛身上海，一九五八年，乃得間關來香港，即以詩文教授珠海、華僑、清華、經緯、文商專及中文大學新亞、聯合各院校。並時庠序間，莫不推之為老師宿儒，詩會詞社間，莫不奉之為規矩模楷。君亦樂之，於九龍買住宅樓，將終老焉，至八十二歲，以曾趑趄傷足，其女宗嫄，乃來迎之，往住美西加州之聖荷西，數年復歸香港。然格於移民律，不能久住，一九七八年，復往加州，而日夕思香港，形之夢囈，語其夫人

曰：我思歸香港，敬群時有信招我，往珠海上課，曷為我治裝。按君官贛州時，余亦間還贛縣，參與謝遠涵、周性初、劉太希、盧兆梅、程伯臧諸老詩會。以伯臧故，余知君為詩家，君亦知余為同道；恨余在贛時間甚暫，未能相欸接。及君來珠海任教，始一見如故，遂相莫逆。君過訪余大埔山居贈詩，余和其韻云：黯黯齊煙念念灰，羈懷能得幾回開。因君萬里來同客，失喜孤燈又別煤。故國烏頭悲黑白，仙山鰲首戴樓臺。虔南舊夢依稀記，惆悵窮陬作散材。今忽忽二十七年，乃為定君遺稿，不禁為之黯然而惋歎也！君之夫人，能珍重君心血之結晶，君之子宗匯，加州大學博士，女宗嬡，加州大學碩士，能傳家學，亦能振家聲。君年九十二，已臻上壽，今騎箕駕鶴，高謝世人，可以無憾。君之詩，淵源家學，出入宛陵、廬陵之間，為宋詩之溫厚者。君之詞，精於音律，工麗幽窈，出入於美成、夢窗之間，為宋詞之馴雅者。存稿雖不多，然張繼〈楓橋夜泊〉，張志和〈西塞山前〉，僅一詩一詞，即流傳千古，則又何恨於少也！附錄論著雜記文，自為卮言賸稿，然可覘其論學術思想之醇正，論詞調音律之精要，則其治學精神，為文風格，又可想而知其為篤實而有光輝之作手矣！余既綴拾其遺稿，又得袁先生子予為精校督印。書既成，以序文為之喤引，惟不欲為俗套語，爰略述其家世生平軼事以弁其端，度當為讀其書者之所唯然願聞者也！

　　　　　　一九八四年九月清江何敬群邈翁於九龍之益智仁室

撰寫於1984年9月；見夏書枚　《夏書枚詩詞集》　香港詩壇編輯1984年12月　涂公遂敬題本　頁1-2

32.〈詩壇同人哀挽（夏書枚）小輯〉記

　　一九七三年，夏先生八十，同人為詩以壽。先生謂我云：諸君以詩壽我，不若以詩或聯挽我。死後靈堂聯幛滿壁，而我不能知。不若生前挽聯到手，挽歌到耳，諸君盡黃壚之歎息，我亦得會心之微笑；我當為自挽聯

以自況也。今檢其遺稿，有集荊公句成輓聯七首：

集荊公句成輓聯

一、千載閟山阿，欲寫此哀終不盡。百年同逆旅，卻尋殘夢獨多時。

二、會哭已填門，握手笑言如昨日。浮名同逆旅，傷心無路送靈輀。

三、粉字暗銘旌，海曲冷雲埋拱木。喪車上新壟，無風此日白衣冠。

四、無地與騰驤，窮通往事真如夢。所論多慷慨，直筆他年豈愧辭。

五、零落掩山邱，陳跡欲尋無復日。衣冠遺故物，山川長在淚痕中。

六、能世有諸郎，秀鐘舊國山河氣。無因置一酹，夢盡青燈展轉中。

七、千載閟山阿，爽氣忽隨秋霧盡。百年成阻闊，心期自與眾人殊。

右當為其自輓之作。至今十餘年，先生已怛化海外。當時為先生壽者，如（曾）履川、（郭）亦園、（吳）稼秋、（張）樹青、（徐）義衡、（王）則潞諸君，均歸道山。山陽聞笛，虞歌寄哀，而君不能知，爰輯輓詩以告哀于後之覽者。遜翁記

撰寫於1984年12月；見夏書枚　《夏書枚詩詞集》　香港詩壇編輯1984年12月　涂公遂敬題本　頁67-68

33.〈（包天白）《天白詩詞選》序〉

歲乙丑（1985）夏杪，老友包君天白寄其詩詞一帙來告云：余不文，而好雅言，好吟詠，抗戰前所作詩詞，丁世變，太半失去。僅近二十年所作，庋置篋笥，尚有存稿，投贈朋友，亦尚有流傳。偶為檢視，則叢殘拉雜，覺無可觀，然其中吟詠性情，發之心聲者，則又低徊往復，不忍棄去。遂乃自為擇別，得近體詩二百十三首，詞七十九首，彙為《天白詩詞選》本。擬付印工，希能為我序之！按君自謙不文，余亦不敢自居於能文，即勉強為文以序之，亦不能為君詩詞增色。然二十年老友，同為海濱飄泊之子遺，同為性情中負瓠帶索之辟地者，則澤畔行吟，同谷放

歌，固宜為之喤引，以為同聲之相應也！君為閩之上杭人，精於
岐黃活人之術，酖於天籟自鳴之吟。抗戰前，以醫名於吳越，以
詩名於滬杭。大陸變色，間關南來海濱，與香港詩壇同文，編締
文字之交，日聯文字之飲。君年齡最長，詩興最豪。同文均尊稱
之為包公而不名，余尤心儀其風度儒雅，詩筆清新，幸附於相視
而笑，莫逆於心之神交。既而君往臺灣，籌辦中國醫院，宏其瘇
痌在抱之仁術，亦張其挹揚騷雅之詩風。日與胡鈍俞、高越天、
徐義衡諸君子，結為四老，徜徉於台南北山水之間，自寫其樂山
樂水之情趣，如柳州之記山水，如謝客之賦山澤，無噍殺忿懫之
音，極優悠自得之致，可謂得性情之正者矣！君之詩，二十年以
來，數數見之，久已目擊而道存，然均尺賤片楮，今乃得觀其全
豹，則詠歎其風華掩映，無異玉谿，骨氣開張。同於杜牧，其詞
尤擢秀建標，珠輝玉蘊，瑰麗若夢窗，而無其晦澀，清新如屯
田，而歸於雅正，衡之海上詞流，君當為之冠冕。而尤有感於余
心者，則君為和緩之醫家。余少壯時，亦為從事韓康市中之賣藥
者，可謂為醫藥一家之人，而均耽於詩，以寄托其溫柔敦厚之性
情，以抒其興觀群怨之心聲。又可謂道同而志合者，則宜為君
序，不得以不文辭。以是拉雜成文以報命，以告讀君詩詞選者，
亦以博君相視為一笑也。時在七十四（1985）年八月。

清江何敬群遯翁於九龍益智仁室寫

撰寫於1985年8月；見包天白　《天白詩詞選》　臺中　三大印刷廠
1986年2月　頁1-2

附錄貳
「香港作家及藝術家傳記資料庫」*
所收何敬群作品

一　何敬群作品

發表年	名稱	發表日期	刊載處	〈知見錄〉／〈論著輯錄〉
1962	一叢花春暉草堂看菊	1962年12月1日	《文學世界》	見〈論著輯錄〉134
1962	宋詞概說	1962年12月1日	《文學世界》	見〈知見錄〉65
1963	中國的新詩應從何處來？	1963年3月1日	《文學世界》	
1963	韋莊、羅隱、杜甫、劉長卿、陸龜蒙港版第一集，第25-26頁	1963年9月1日	《亞洲詩壇》	
1963	雨淋鈴聞初雁	1963年3月1日	《文學世界》	
1964	揚州慢甲辰暮春林村修禊與諸生同作	1964年8月15日	《亞洲詩壇》	
1965	沁園春啟東詞兄七十壽慶民國第一甲辰之春	1965年11月12日	《亞洲詩壇》	

---

* 本資料庫為香港中文大學圖書館所建構，為香港文學資料庫第二階段更新項目，以香港文化人物為中心，建構查詢及數據可視化平臺，支援香港文學相關的數碼學術研究項目及分析。網址：https://hkbdb.lib. cuhk.edu.hk/。

發表年	名稱	發表日期	刊載處	〈知見錄〉／〈論著輯錄〉
1965	清代傳奇概說	1965年6月1日	《文學世界》	
1966	清代傳奇概說	1966年10月10日	《亞洲詩壇》	
1967	珠海文史系諸生旅行青山步涂公遂兄韻	1967年6月6日	《亞洲詩壇》	
1969	南歌子兩四調		《亞洲詩壇》	
1970	行香子落葉		《亞洲詩壇》	
1970	同韋生金滿宿大嶼山寶蓮寺阻風		《亞洲詩壇》	
1970	沁園春		《亞洲詩壇》	
1970	香港任吾表兄七十		《亞洲詩壇》	見〈論著輯錄〉200
1972	次兒歷耕遊學英京，得皇家醫學院院士學位，賦此寄之		《亞洲詩壇》	見〈論著輯錄〉285
1972	沁園春壽方啟東七十，時上元前夕，平安樓席上作		《亞洲詩壇》	
1972	香港辛亥重陽和公遂韻		《亞洲詩壇》	
1973	壬子冬仲，珠海文史研究所泛舟鯉魚門外，考察香港前代史蹟，舟中扣舷吟嘯，快然有作		香港文學資料庫	見〈論著輯錄〉287
1973	香港中國筆會同人春遊漫興筆會春遊未與，步韻和仁超漫興四章		《亞洲詩壇》	
1973	揚州慢癸丑上巳港九禊會紛來相招，大埔道上車輛闐塞不能，賦此謝		《亞洲詩壇》	

發表年	名稱	發表日期	刊載處	〈知見錄〉／〈論著輯錄〉
1973	贈何生達桓		《文壇》	
1973	蘭亭修禊二十七周，癸丑分詠得峻字		《文壇》	見〈論著輯錄〉289
1974	香港題吳俊升先生庚辰自敘，三疊其辛丑韻		《亞洲詩壇》	
1974	漁家傲本意		《亞洲詩壇》	
1984	輯郭君亦園遺詩，即以悼之亦園於已未冬至前數日病歿調景嶺養真苑，知交擬刊其遺詩而無存稿，乃相與搜集剪報雜誌，斷紙零縑輯其殘缺……寫此以致慨也。		《嶺雅》第3期	
1985	八聲甘州香鑪峯春望，十年不至山頂，甲子初春，偶一往遊，憑高四望，撫事感時，余懷愴然，遂倚聲寫之		《嶺雅》第5期	見〈論著輯錄〉371

二 何敬群大事年表

年份	大事	資料出處
1963	筆會唱酬集和天石先生詠木棉原韻十一	香港文學資料庫
1963	新水令苦旱行	香港文學資料庫
1963	談元代散曲	香港文學資料庫
1964	花朝醉月樓雅集未能赴，諸君索詩，因和亦園韻以應	香港文學資料庫
1964	河傳大埔觀競渡	香港文學資料庫

年份	大事	資料出處
1967	落葉和少颿韻	香港文學資料庫
1968	秋郊五首用淵明歸園田居韻	香港文學資料庫
1968	苦雨	香港文學資料庫
1968	鶯啼序芳洲集社送饒宗頤往星洲	香港文學資料庫
1969	太希寄示與聲伯飲筵合照	香港文學資料庫
1970	題順德馮漸逵先生詩集（馮為碩果社祭酒，前年逝世，令其女影仙為印遺集）	香港文學資料庫
1971	香港珠海同人郊遊	香港文學資料庫
1971	香港書枚以選堂用東坡百步洪韻索題，即次其韻	香港文學資料庫
1971	香港賀新郎（和元一主任教授懷水原子瑞詞丈韻）	香港文學資料庫
1972	壬子新秋次亦園韻	香港文學資料庫
1973	浪淘沙端午	香港文學資料庫
1973	香港送王校長淑陶旅遊美洲	香港文學資料庫
1975	香港書枚移居美國，和其將去港韻	香港文學資料庫
1977	得杖字	香港文學資料庫
1978	任難兄七十次韻	香港文學資料庫
1978	水龍吟（題劉祖霞鄉兄椰風續集）	香港文學資料庫
1979	冬至	香港文學資料庫
1979	（前題）	香港文學資料庫
1984	壽李璜幼椿先生即次其七十自壽壁字韻	香港文學資料庫
1984	端午	香港文學資料庫
1986	丙寅新歲有作	香港文學資料庫
1989	壽詩	香港文學資料庫
1994	辭世	《香港古典詩文集經眼錄》

附錄參
香港孔聖堂《孔道專刊》所收
何敬群教授詩文

期數	出版年	篇名	詩詞創作	〈知見錄〉/〈論著輯錄〉
第1期	1977	------		
第2期	1978	《論語》研讀導言		論文115
第3期	1979	孟子距楊墨的理論及其成就		論文116
第4期	1980	《左傳》作者問題之檢討		論文119
第5期	1981	《中庸》作者問題之辨正		論文120
第6期	1982	《周易》作者問題之探討	益智仁室近作	論文123 詩作345-349
第7期	1983	讀《四書》劄記		論文124
第8期	1984	論孔子刪詩		論文125
第9期	1985	從《論語》為政以德章看孔子的政治理論		論文127 詩作372-380
第10期	1986	孟子說性善是本於孔子的	益智仁室詩詞	論文128 詩作385-388
第11期	1987	孟子對孔子作《春秋》的評論	益智仁室近作詩	論文130 詩作389-394
第12期	1988	------		

附錄肆
何敬群教授詩、詞、曲、文
篇章創作統計表

著作	編次說明／題詞	自序／前記／引言	後記／附記／跋	詩	詞	曲	文
1《老子新繹》劉太希序		1	1				
2《易義淺述》		1					
3《遯翁詩詞輯》林千石題籤 王道序、黃華表序 題詞一、梁寒操 題詞二、劉太希 題詞三、林千石 題詞四、勞思光 題詞五、陳孝威 題詞六、曾克耑 題詞七、羅雨山 〈益智仁室詩存〉		2 1		359	49		1
4《孔孟要義探索》	2	1	1				
5《益智仁室詩論隨筆》		1					
6《莊子義繹》		1					
7《詩學纂要》		1					
8《詞學纂要》		1					

著作	編次說明/題詞	自序/前記/引言	後記/附記/跋	詩	詞	曲	文
9《楚辭精注》		1					
10《遯翁詩詞曲集》 林千石題籤　陳肇炘跋	2	3		277	129	77	
合計	4	14	2	636	178	77	1

	益智仁室詩存	古近體詩	天遯室舊作詩存古近體	天遯室詞存	合計
《遯翁詩詞輯》	153	169	37	49	408

	五言古風	七言古風	五律	七律	七絕	合計
《遯翁詩詞曲集》〈益智仁室詩〉	71	31	14	127	34	277

	詞
《遯翁詩詞曲集》〈天遯室詞錄〉	129

	小令	重頭	帶過	套曲	合計
《遯翁詩詞曲集》〈天遯室曲錄〉*	30	16	11	20	77

---

* 散曲常識，可參趙義山主編：《明清散曲鑒賞辭典》（北京：商務印書館，2014年1月），頁1249-1262。

跋

是書出刊，不無感懷。略敷數言，以饗讀者。

余在黃大仙徙置區成長，中小學渾渾噩噩，不學壞幾萬幸矣！年青時在一潮州飼料廠當後生，初嚐溫飽。因能講潮州（閩南）話，略懂珠算簿記之學，以此謀生，在九龍升讀夜校中六，繼而入讀中文大學，走上人生不同之路向。

大學時代，喜歡打籃球，終日流連體育館，嘗代表系隊院隊校隊出賽，可說玩箇不亦樂乎。真的沒有想過甚麼是學術研究。惟喜歡流連書肆，如今想來，是余步入治學門徑之濫觴。

大學畢業後，半工半讀唸研究院，余獲博士學位，已屆半百之年。終身學習，捨吾其誰？汪洋書海，獨喜中土文史哲三類，余之所購，多屬此列；西洋書籍，接觸甚少，默念來日尚可追之乎？

港九書肆，新亞實用，五車楡林，廣華誠品，文星樂文，商務中華，三聯上海，皆留有吾之足跡。余最愛大陸古籍，上海天津、北京成都、山東貴州，各省出品，余視之皆價廉書美。至若人民文學、上海人民、黃山書社、岳麓書社、精品迭出，不購之不覺可惜乎？黃山谷云：「三日不讀，便覺語言無味，面目可憎。」信哉斯言。

詩人學者，如何與之結緣？《室冰園藝》書跋，已作交代，在此不表。斯處略加補充。欲撰學者〈論著知見錄〉，勤跑圖書館，乃不二法門。憶余居港時，除平時教課，一有餘暇，余大多浸沉圖書館，諸如港大馮平山，中大崇基，新亞聯合，公開大學，香港中央，或影印詩集，或蒐求善本，或訪尋目錄，余皆遍得學習之趣，樂在其中。晚近互聯網興，足

不出戶，全球圖書館目錄，皆在吾人一部平板電腦之中，資料蒐求，一按鍵便可獲悉。吾人治學，豈可忽視網路？

全書付梓，感激下列諸君無私襄助：

何廣棪教授，閱讀全書初稿，替余批改遣詞用字。

陳煒舜教授，乃本文催生者，賜贈書名，兼撰序文〈搖盪性靈尚有詩〉。

楊永漢校長，撰文推薦予《新亞文商學術叢刊》，另題贈詩作乙首。

程光敏院長，撰文推薦予《新亞文商學術叢刊》。

林翼勳博士，草贈序詩誌賀。

高繼標先生，乃筆者大學同窗，書贈題耑，筆畫龍飛鳳舞，讀者自可細賞。

凌頌榮博士，於教學百忙中撥冗，協助搜尋資料。

張晏瑞總編，擘劃全書綱目，細分〈論著知見錄〉、〈論著輯錄〉二大部分，使讀者一目了然，利便翻檢。

張宗斌學術編輯，全稿重新編排，心思縝密，盡責用心，可敬可佩。

余銘感五內，是為跋。

爰賦五絕一首，與廣大讀者共勉：

　　學籍香江結，書傳續盼音。

　　楓邦隨客夢，廣海樂沉吟。

孫廣海草於溫哥華

二〇二四年一月三日

出版後記

　　書撰後記，實為全書作結。

　　先交代書名由來。陳煒舜教授引《周禮‧春官宗伯》：「以蒼璧禮天，以黃琮禮地。」同書〈秋官‧司寇〉：「璧以帛、琮以錦」又劉禹錫詩：「琮璧交輝映」，故以之名書。

　　其次，近日筆者因網上手鈔〈益智仁室詩存〉（香港中文大學圖書館‧電子書特藏‧《遯翁詩詞輯》），得讀何敬群天籟之音，句子由自由天地來，佳作不勝枚舉，聊列數句，以概其餘。

記事句：鞠場不宜雨，花藥須及春。不如植瓜蔬，足作廚中珍。（〈種菜〉）

　　　　案頭日曆又新陳，人事蒼茫轉陳跡。（〈日曆〉）

抒情句：吾今遵海濱，訢然樂亦多。……人生苦營營，不樂復如何。（〈對月〉）

　　　　居夷未必堪終老，採藥何時反鹿門。（〈大埔舊墟卜居〉）

寫景句：秋蘿得依附，病菊得蘇復。（〈補籬〉）

　　　　潮聲打岸雁流哀，南望伶仃雪浪來。（〈與內子素貞携健歷兩兒長洲覓宅〉）

說理句：作詩勗山僧，宏法吾當證。（〈入馬窩山蘭若園題增秀上人壁〉）

　　　　世人久為頭迷惘，佛子真須古廣長。（〈謝竺摩上人贈閱無盡燈刊〉）

狀物句：家人設清齋，供佛禱安吉，強我禮世尊，香花芬滿室。

　　　　（〈四九初度書懷〉）

　　　　經營曲曲彎彎水，位置重重叠叠山。（〈題畫〉）

　　余在鈔錄遯翁詩作期間，既是一個學習的歷程，也是一段享受的歷程。至若何敬群詞曲佳句，讀者閱覽本書自可細賞，筆者在此不再饒舌了。

　　最後，筆者編著本書，因得讀何敬群教授名篇雋語，不忍捨棄，故附錄書末，俾便廣大讀者闓觀雅賞。是為記。

孫廣海草於溫哥華

二〇二四年一月一日

大學叢書·新亞文商學術叢刊 1707008

琮錦交輝——何敬群教授論著知見錄

編 著 者	孫廣海
責任編輯	張宗斌
實習編輯	簡驫徹
發 行 人	林慶彰
總 經 理	梁錦興
總 編 輯	張晏瑞
編 輯 所	萬卷樓圖書股份有限公司

臺北市羅斯福路二段 41 號 6 樓之 3
電話 (02)23216565
傳真 (02)23218698

發　行　萬卷樓圖書股份有限公司
臺北市羅斯福路二段 41 號 6 樓之 3
電話 (02)23216565
傳真 (02)23218698
電郵 SERVICE@WANJUAN.COM.TW

香港經銷　香港聯合書刊物流有限公司
電話 (852)21502100
傳真 (852)23560735

ISBN 978-626-386-032-2
2024 年 2 月初版
定價：新臺幣 500 元

本書為臺灣師範大學國文學系 2023
年度「出版實務產業實習」課程成果。
部分編輯工作，由課程學生參與實作。

如何購買本書：

1. 劃撥購書，請透過以下郵政劃撥帳號：
   帳號：15624015
   戶名：萬卷樓圖書股份有限公司

2. 轉帳購書，請透過以下帳戶
   合作金庫銀行 古亭分行
   戶名：萬卷樓圖書股份有限公司
   帳號：0877717092596

3. 網路購書，請透過萬卷樓網站
   網址 WWW.WANJUAN.COM.TW

大量購書，請直接聯繫我們，將有專人為
您服務。客服：(02)23216565 分機 610

國家圖書館出版品預行編目資料

琮錦交輝：何敬群教授論著知見錄 / 孫廣海
編著.-- 初版.-- 臺北市：萬卷樓圖書股份有
限公司, 2024.02
　　面；　公分.--(大學叢書. 新亞文商學術叢
刊；1707008)
ISBN 978-626-386-032-2(平裝)
1.CST: 何敬群 2.CST: 學術思想 3.CST: 中國文
學 4.CST: 文集
820.7　　　　　　　　　　　　112022281